作家小说
典藏

蒋子龙 著

蒋子龙小说

作家出版社

目 录

乔厂长上任记

"时间和数字是冷酷无情的，像两条鞭子，悬在我们的背上。

"先讲时间。如果说国家实现现代化的时间是二十三年，那么咱们这个给国家提供机电设备的厂子，自身的现代化必须在八到十年内完成。否则，炊事员和职工一同进食堂，是不能按时开饭的。

"再看数字。日本日立公司电机厂，五千五百人，年产一千二百万千瓦；咱们厂，八千九百人，年产一百二十万千瓦。这说明什么？要求我们干什么？

"前天有个叫高岛的日本人，听我讲咱们厂的年产量，他晃脑袋，说我保密！当时我的脸臊成了猴腚，两只拳头攥出了水。不是要揍人家，而是想揍自己。你们还有脸笑！当时要看见你们笑，我就揍你们。

"其实，时间和数字是有生命、有感情的，只要你掏出心来追求它，它就属于你。"

——摘自厂长乔光朴的发言记录

出　山

　　党委扩大会一上来就卡了壳，这在机电工业局的会议室里不多见，特别是在局长霍大道主持的会上更不多见。但今天的沉闷似乎不是那种干燥的、令人沮丧的寂静，而是一种大雨前的闷热、雷电前的沉寂。算算吧，"四人帮"倒台两年了，一九七八年又过去了六个月，电机厂已经两年零六个月没完成任务了。再一再二不能再三，全局都快要被它拖垮了。必须彻底解决，派硬手去。派谁？机电局闲着的干部不少，但顶戗的不多。愿意上来的人不少，愿意下去，特别是愿意到大难杂乱的大户头厂去的人不多。

　　会议要讨论的内容两天前已经通知到各委员了，霍大道知道委员们都有准备好的话，只等头一炮打响，后边就会万炮齐鸣。他却丝毫不动声色，他从来不亲自动手去点第一炮，而是让炮手准备好了自己燃响，更不在冷场时赔着笑脸絮絮叨叨地启发诱导。他透彻人肺腑的目光，时而收拢，合目沉思，时而又放纵开来，轻轻扫过每一个人的脸。

　　有一张脸渐渐吸引住霍大道的目光。这是一张有着矿石般颜色和猎人般粗犷特征的脸：石岸般突出的眉弓，饿虎般深藏的双眼；颧骨略高的双颊，肌厚肉重的阔脸。这一切简直就是力量的化身。他是机电局电器公司经理乔光朴，正从副局长徐进亭的烟盒里抽出一支香烟在手里摆弄着。自从十多年前在"牛棚"里一咬牙戒了烟，从未开过戒，只是留下一个毛病：每逢开会苦苦思索或心情激动的时候，喜欢找别人要一支烟在手里玩弄，间或放到鼻子上去嗅一嗅。仿佛没有这支烟他的思想就不能集中。他一双火力十足的眼睛不看别人，只盯住手里的香烟。饱满的嘴唇铁闸一般紧闭着，里面坚硬的牙齿却在不断地咬着牙帮骨，左颊上的肌肉鼓起一道道棱子。霍大道极不易觉察地笑了，他不仅估计到第一炮很快就要炸响，而且对今天会议的结果似乎也有了七分把握。

果然，乔光朴手里那支珍贵的"郁金香"牌香烟不知什么时候变成一堆碎烟丝。他伸手又去抓徐进亭的烟盒，徐进亭挡住了他的手："得啦，光朴，你又不吸，这不是白白糟蹋嘛。要不一开会抽烟的人都躲你远远的。"

有几个人嘲弄地笑了。

乔光朴没抬眼皮，用平稳的显然是经过深思熟虑的口吻说："别人不说我先说，请局党委考虑，让我到重型电机厂去。"

这低沉的声调在有些委员的心里不啻是爆炸了一颗手榴弹。徐副局长更是惊诧地掏出一支香烟主动地丢给乔光朴。"光朴，你是真的，还是开玩笑？"

是啊，他的请求太出人意料了，因为他现在占的位子太好了。"公司经理"——上有局长，下有厂长，能进能退，可攻可守。形势稳定可进到局一级，出了问题可上推下卸，躲在二道门内转发一下原则号令。愿干者可以多劳，不愿干者也可少干，全无凭据；权力不小，责任不大，待遇不低，费心血不多。这是许多老干部梦寐以求而又得不到手的"美缺"。乔光朴放着轻车熟路不走，明知现在基层的经最不好念，为什么偏要下去呢？

乔光朴抬起眼睛，闪电似的扫过全场，最后和霍大道那穿透一切的目光相遇了，倏地这两对目光碰出了心里的火花，一刹那等于交换了千言万语。乔光朴仍是用缓慢平稳的语气说："我愿立军令状。乔光朴，现年五十六岁，身体基本健康，血压有一点儿高，但无妨大局。

我去后如果电机厂仍不能完成国家计划，我请求撤销我党内外一切职务。到干校和石敢去养鸡喂鸭。"

这家伙，话说得太满、太绝。还无疑是一些眼下最忌讳的语言。当语言中充满了虚妄和垃圾，稍负一点责的干部就喜欢说一些漂亮的多义词，让人从哪个方面都可以解释。什么事情还没有干，就先从四面八方留下退却的路。因此，乔光朴的"军令状"比它本身所包含的内容更叫霍大道高兴。他欣赏地抬起眼睛，心里想：这位大爷就是给他一座山也能背走，正像俗话说的，他像脚后跟一样可靠，你尽管相信他好了。就问："你还有什么要求？"

乔光朴："我要带石敢一块去，他当党委书记，我当厂长。"

会议室里又炸了。徐副局长小声地冲他嘟囔："我的老天，你刚才扔了个手榴弹，现在又撂原子弹，后边是不是还有中子弹？你成心想炸毁我们的神经？"

乔光朴不回答，腮帮子上的肌肉又鼓起一道道肉棱子，他又在咬牙帮骨。

有人说："你这是一厢情愿，石敢同意去吗？"

乔光朴："我已经派车到干校去接他，就是拖也要把他拖来。至于他干不干的问题，我的意见他干也得干，他不干也得干。而且——"他把目光转向霍大道，"只要党委正式做决议，我想他是会服从的。我对别人的安排也有这个意见，可以听取本人的意见和要求，但也不能完全由个人说了算。党对任何一个党员，不管他是哪一个级别的干部，都有指挥调动权。"

他说完看看手表，像事先约好的一样，石敢就在这时候进来了。猛一看，这简直就是一位老农民。但从他走进机电局大楼，走进肃穆的会议室仍然态度安详，就可知这是一位经过阵势，以前常到这个地方来的人。他身材短小，动作迟钝，仿佛他一切锋芒全被这极平常的外貌给遮掩住了。斗争的风浪明显地在他身上留下了涤荡的痕迹。虽然刚交六十岁，但他的脸已被深深的皱纹切破了，像个胡桃核，看上去要比实际年龄大得多。他对一切热烈的问候和眼光只用点头回答，他脸上的神色既不热情，也不冷淡，倒有些像路人般的木然无情。他像个哑巴，似乎比哑巴更哑。哑巴见了熟人还要咿咿呀呀地叫喊几声，以示亲热；他的双唇闭得铁紧，好像生怕从里边发出声音来。他没有在霍大道指给他的位子上坐下，好像不明白局党委开会为什么把他找来，随时准备离开这儿。

乔光朴站起来："霍局长，我先和老石谈一谈。"

霍大道点点头。乔光朴抓住石敢的胳膊，半拥半推地向外走。石敢瘦小的身材叫乔光朴魁伟的体架一衬，就像大人拉着一个孩子。他俩来到霍大道的办公室，双双坐在沙发上，乔光朴望着自己的老搭档，心里突然翻起一股难言的痛楚。

一九五八年，乔光朴从苏联学习回国，被派到重型电机厂当厂长，石敢是党委书记。两个人把电机厂搞成了一朵花。石敢是个诙谐多智的鼓动家，他的好多话在"文化大革命"中被人揪住了辫子，在"牛棚"里常对乔光朴说："舌头是惹祸的根苗，是思想无法藏住的一条尾巴，我早晚要把这块多余的肉咬掉。"他站在批判台上对造反派叫他回答问题更是恼火，不回答吧态度不好，回答吧更加倍激起批判者的愤怒，他曾想要是没有舌头就不会有这样的麻烦了。而和他常常一起挨斗的乔光朴，却想出了对付批斗的"精神转移法"。刚一上台挨斗时，乔光朴也和石敢一样，非常注意听批判者的发言，越听越气，常常汗流浃背，毛发倒竖，一场批判会下来筋骨酥软，累得像摊泥。挨斗的次数一多，时间一长就油了。乔光朴酷爱京剧，往台上一站，别人的批判发言一开始，他心里的锣鼓也开场了，默唱自己喜爱的京剧唱段，以转移自己的注意力。此法果然有效，不管是几个小时的批斗会，不管是"冰棍式"，还是"喷气式"，他全能应付裕如。甚至有时候还能触景生情，一见批判台搭得很高，就来一段"由本督在马上用目观望"，有时皮肉受点苦，就来一段《敬德装疯》："为江山跑坏了能征惯战的马……"他得意洋洋地把自己的经验传授给石敢，劝他的伙伴不要老是那么认真，暗憋暗气地老是诅咒本来无罪的舌头。无奈石敢不喜好京剧，乔光朴行之有效的办法对他却无效。一九六七年秋天一次批判会，台子高高搭在两辆重型翻斗汽车上，散会时石敢一脚踩空，笔直地摔下台，腿脚没伤，舌头果真咬掉了一块。他忍住疼没吭声，血灌满了嘴就咽下去。等到被人发现时已无法再找回那块舌头。从那天起，两个老伙伴就分开了。石敢成了半哑巴，公共场合从来不说话。治好伤就到机电局干校劳动，局里几次要给他安排工作，他借口是残废人不上来。"四人帮"倒台的消息公布以后，他到市里喝了一通酒，晚上又回干校了，说舍不得那大小"三军"。他在干校管着上百只鸡、几十只鸭，还有一群羊，人称"三军司令"。他表示后半辈子不再离开农村。今天一早，乔光朴派亲近的人借口有重要会议把他叫来了。

乔光朴把自己的打算，立"军令状"的前后过程全部告诉了石敢，充满希望地等着老伙伴给他一个全力支持的回答。

石敢却是长时间的不吭声，探究的、陌生的目光冷冷地盯着乔光朴，使乔光朴很不自在。老朋友对他的疏远和不信任叫他的心打寒战。沉默了一会儿，石敢到底说话了，语音低沉而又含混不清。乔光朴费劲地听着：

"你何苦要拉一个垫背的？我不去。"

乔光朴急了："老石，难道你躲在干校不出山，真的是像别人传说的那样，是由于怕了，是'怕死的杨五郎上山当了和尚'？"

石敢脸上的肌肉颤抖了一下，但毫不想辩解地点点头，认账了。这使乔光朴急切地从沙发上跳起来替他的朋友否认："不，不，你不是那种人！你唬别人行，唬不了我。"

"我只有半个舌……舌头，而且剩下的这半个如果牙齿够得着也想把它咬下去。"

"不，你是有两个舌头的人，一个能指挥我，在关键的时候常常能给我别的人所不能给的帮助；另一个舌头又能说服群众服从我。你是我碰到过的最好的党委书记，我要回厂你不跟我去不行！"

"咳！"石敢眼里闪过一丝痛苦的暗流，"我是个残废人，不会帮你的忙，只会拖你的手脚。"

"石敢，你少来点感伤情调好不好，你对我来说，重要的不是舌头，你有头脑，有经验，有魄力，还有最重要的——你我多年合作的感情。我只要你坐在办公室里动动手指，或到关键时候给我个眼神，提醒我一下，你只管坐镇就行。"

石敢还是摇头："我思想残废了，我已经消耗完了。"

"胡说！"乔光朴见好说不行，真要恼了，"你明明是个大活人，呼出碳气，吸进氧气，还在进行血液循环，怎说是消耗完了？在活人身上难道能发生精力消耗完的事吗？掉个舌头尖思想就算残废啦？"

"我指热情的细胞消耗完了。"

"嗯？"乔光朴一把将石敢从沙发上拉起来，枪口似的双眼瞄准石敢的瞳孔，"你敢再重复一遍你的话吗？当初你咬下舌头吐掉的时候，难道把党性、生命连同对事业的信心和责任感也一块吐掉了？"

石敢躲开了乔光朴的目光，他碰上了一面无情的能照见灵魂的镜子，他看见自己的灵魂变得这样卑微，感到吃惊，甚至不愿意承认。

乔光朴用嘲讽的口吻，像是自言自语地说："这真是一种讽刺，'四化'的目标中央已经确立，道路也打开了，现在就需要有人带着队伍冲上去。瞧瞧我们这些区局级、县团级干部都是什么精神状态吧，有的装聋作哑，甚至被点将点到头上，还推三阻四。我真纳闷，在我们这些级别不算低的干部身上，究竟还有没有普通党员的责任感？我不过像个战士一样，听到首长说有任务就要抢着去完成，这本来是极平常的事，现在却成了出风头的英雄。谁知道呢，也许人家还把我当成了傻瓜哩！"

石敢又一次被刺疼了，他的肩头抖动了一下。乔光朴看见了，诚恳地说："老石，你非跟我去不行，我就是用绳子拖也得把你拖去。"

"咳，大个子……"石敢叹了口气，用了他对乔光朴最亲热的称呼。这声"大个子"叫得乔光朴发冷的心突地又热起来了。石敢立刻又恢复了那种冷漠的神情："我可以答应你，只要你以后不后悔。不过丑话说在前边，咱们订个君子协定，什么时候你讨厌我了，就放我回干校。"

当他们两个回到会议室的时候，委员们也就这个问题形成了决议。霍大道对石敢说："老乔明天到任，你可以晚去几天，休息一下，身体哪儿不适到医院检查一下。"

石敢点点头走了。

霍大道对乔光朴说："刚才议论到干部安排问题，你还没有走，就有人盯上了你的位子了！"他把目光又转向委员们，"你们的口袋里是不是还装着别人写的条子，或是受了人家的托付？我看今天彻底公开一下，把别人托你们的事都摆到桌面上来，大家一块议一议。"

大家面面相觑，他们都知道霍大道的脾气，他叫你拿到桌面上来，你若不拿，往后在私下是绝不能再向他提这些事了。徐进亭先说："电机厂的冀申提出身体不好，希望能到公司里去。"接着别的委员也都说出了曾托付过自己的人。

霍大道目光像锥子一样，气色森严，语气里带着不想掩饰的愤怒："什么时候我们党的人事安排改为由个人私下活动了呢？什么时候党员的工作岗位分成了'肥缺''美缺'和'瘦缺''苦缺'了呢？毛遂自荐自古就有，乔光朴也是毛遂自荐，但和这些人的自荐是完全不同的两种性质。冀申同志在电机厂没搞好，却毫不愧疚地想到公司当经理，我不相信搞不好一个厂的人能搞好一个公司。如果把托你们的人的要求都满足，我们机电局只好安排十五个副局长，下属六个公司，每个公司也只好安排十到十五个正副经理，恐怕还不一定都满意。身体不好在基层干不了，到机关就能干好？机关是疗养院，还是说在机关干好干坏没关系？有病不能工作的可以离职养病，名号要挂在组织处，不能占着茅坑不屙屎。宁可虚位待人，不可滥任命误党误国。我欣赏光朴同志立的'军令状'，这个办法要推行，往后像我们这样的领导干部也不能干不干一个样。有功的要升、要赏，有过的要罚、要降！有人在一个单位玩不转了就托人找关系，一走了之。这就助长了干部身在曹营心在汉，骑着马找马的坏风气。难怪工人反映，厂长都不想在一个厂里干一辈子，多则定个三年计划，少则是一年规划，打一枪换一个地方，这怎么能把工厂搞好！"

徐进亭问："冀申原是电机厂一把手，老乔和石敢一去不把他调出来怎么安排？"

霍大道："当副厂长嘛。干好了可以升，干不好还降，直降到他能够胜任的职位止。当然，这是我个人的意见，大家还可以讨论。"

徐进亭悄悄对乔光朴说："这下你去了以后就更难弄了。"

乔光朴耸耸肩膀没吭声，那眼光分明在说："我根本就没想到电机厂去会有轻松的事。"

上　任

机电局党委扩大会散后，乔光朴向电器公司副经理做了交接，回到家已是晚上了。屋里有一股呛鼻的潮味，他把门窗全部打开。想沏杯茶，暖瓶是空的，就吞了几口冷开水。坐在书桌前，从一摞书的最底下拿出一本《金属学》，在书页里抽出一张照片。照片是在莫斯科的红场上照的，背景是列宁墓。前面并肩站着两个人，乔光朴穿浅色西装，健美潇洒，显得很年轻，脸上的神色却有些不安。他旁边那个妩媚秀丽的姑娘则神情快乐，正侧脸用迷人的目光望着乔光朴，甜甜地笑着。仿佛她胸中的幸福盛不下，从嘴边漫了出来。乔光朴凝视着照片，突然闭住眼，低下头，两手用力掐住太阳穴。照片从他手指间滑落到桌面上。

一九五七年，乔光朴在苏联学习的最后一年，到列宁格勒电力工厂担任助理厂长。女留学生童贞正在这个厂搞毕业设计，她很快被乔光朴吸引住了。乔光朴英风锐气，智深勇沉，精通业务，抓起生产来仿佛每个汗毛孔里都是心眼，浑身是胆。他的性格本身就和恐惧、怀疑、阿谀奉承、互相戒备这些东西时常发生冲突，童贞最讨厌的也正是这些玩意，她简直迷上这个比自己大十多岁的男人了。在异国他乡，同胞相遇分外亲热，乔光朴像对待小妹妹，甚至是像对待小孩一样关心她，保护她。她需要的却是他的另一种关怀，她嫉妒他渴念妻子时的那种神情。

乔光朴先回国，一九五八年年底童贞才毕业归来。重型电机厂刚建成，正需要工程技术人员，她又来到乔光朴的身边。一直在她家长大的外甥郗望北，是电机厂的学徒工，一次很偶然的机会，他发现了小老姨对厂长的特殊感情。这个小伙子性格倔强，有蔫主意，恨上了厂长，认为厂长骗了他老姨。他虽比老姨还小好几岁，却俨然以老姨的保护人的身份处处留心，尽量阻挡童贞和乔光朴单独会面。当时有不少人追求童贞，她一概拒之门外，矢志不嫁。这使郗望北更憎恨乔光朴，他认定乔光朴搞女人也像搞生产一样有办法，害了自己老姨的一生。

七年过去了，"文化大革命"一开始，郗望北成为一派造反组织的头头，专打乔光朴。他只给乔光朴的"走资派"帽子上面又扣上"老流氓""道德败坏分子"的帽子，但不细究，不深批，免得伤害自己的老姨。可是他的队员们对这种花花绿绿的事很感兴趣，捕风捉影，编出很多情节，反倒深深地伤害了童贞。在童贞眼里，乔光朴是搞现代化大生产难得的人才，过去一直威信很高，现在却名誉扫地。犯路线错误的人群众批而不恨，犯品质错误的人群众最厌恶。可在那种时候又怎能把真相向群众说清呢？童贞觉得这都是由于自己的缘故，使乔光朴比别的"走资派"吃了更多的苦头，她给乔光朴写了一封信，想一死了事。细心的郗望北早就留了这个心眼，没让童贞死成。这使乔光朴觉得一下子同时欠下了两个女人的债。

乔光朴的妻子在大学当宣传部长，虽然听到了关于他和童贞的议论，但丝毫也不怀疑自己的丈夫，直到一九六八年年初不清不白地死在"牛棚"里，她从未怀疑过乔光朴的忠诚。乔光朴为此悔恨不已，曾对着妻子的遗像坦白承认，他在童贞大胆的表白面前确实动摇过，心里有时也真的很喜欢她。他表示从此不再答理童贞。当最小的一个孩子考上大学离开他以后，他一个人守着几间空房子，过着苦行僧式的生活，似乎是有意折磨自己，向死去的妻子表明他对她和儿女感情的纯洁无瑕和忠贞不渝……

可是，下午在公司里交接完工作，乔光朴神差鬼使给童贞打了个电话，约她今晚到家里来。过后他很为自己的行动吃惊，责问自己：这是什么意思呢？如果自己不再回厂，事情也许永远就这样过去了。现在叫他俩该怎样相处？十年前厂子里的人给他俩的头上泼了那么多脏水啊！他这才突然发现，他认为早被他从心里挖走了的童贞，却原来还在心里占着一个位置。他没有在痛苦的思索里理出头绪，他不想再触摸这些复杂而又微妙的感情的琴弦了。得振作一下，明天回厂还有许多问题要考虑。忽然，觉得有什么东西落到头上，他抬起头，心里猛地一缩——童贞正依着他的膀子站着，泪眼模糊地望着那张照片。滴落到他头上的，无疑就是她的眼泪。他站起身抓住她的手："童贞，童贞……"

童贞身子一颤，从乔光朴发烫的大手里抽出自己的手，转过身去，擦干眼角，极力控制住自己。童贞的变化使乔光朴惊呆了。她才四十多岁，头上已有了白发；过去，她的一双亮眼燃烧着大胆而热情的光芒，敢于火辣辣地长久地盯着他，现在她的眼神是温润的、绵软的，里面透出来的愁苦多于快乐。乔光朴的心里隐隐发痛。这个在业务上很有才气的女工程师，她本来可以成为国家很缺少的机电设备专家，现在从她身上再也看不见那个充满理想、朝气蓬勃的小姑娘的影子了。使她衰老这么快的原因，难道只是岁月吗？

两人都有点不大自然，乔光朴很想说一句既得体又亲热的话来打破僵局："童贞，你为什么不结婚？"这根本不是他想要说的意思，连声音也不像他自己的。

童贞不满地反问："你说呢？"

乔光朴懊丧地一挥手，他从来不说这样没味道的话。突然把头一摆，走近童贞："我干吗要装假？童贞，我们结婚吧，明天，或者后天，怎么样？"

童贞等这句话等了快二十年了，可今天听到了这句话，却又感到慌乱和突然。她轻轻地说："你事先一点儿信也不透，为什么这么急？"

乔光朴一经捅破了这层纸，就又恢复了他那热烈而坚定的性格："我们头发都白了，你还说急？我们又不需要什么准备，请几个朋友一吃一喝一宣布就行了。"

童贞脸上泛起一阵幸福的光亮，显得年轻了，喃喃地说："我的心你是知道的，随你决定吧。"

乔光朴又抓起童贞的手，高兴地说："就这样定，明天我先回厂上任，通知亲友，后天结婚。"

童贞一惊："回厂？"

"对，今天上午局党委会决议，石敢和我一块回去，还是老搭档。"

"不，不！"童贞说不清是反对还是害怕。她早盼着乔光朴答应和她结婚，然后调到一个群众不知道他俩情况的新单位去，和所爱的人安度晚年。乔光朴突然提到要回厂，电机厂的人听到他俩结婚的消息会怎样议论？童贞一想到能强奸人的灵魂、把刀尖捅到人心里将人致死的群众舆论，简直浑身打颤。况且郗望北现在是电机厂副厂长，他和乔光朴这一对冤家怎么在一块共事？她忧心忡忡地问："你在公司不是挺好吗？为什么偏要回厂？"

乔光朴兴致勃勃地说："搞好电器公司我并不要怎么费劲，也许正因为我的劲使不出来我才感到不过瘾。我对在公司里领导大集体、小集体企业，组织中小型厂的生产兴趣不大，我不喜欢搞针头线脑。"

"怎么，你还是带着大干一番的计划，回厂收拾烂摊子吗？"

"不错，我对电机厂是有感情的。像电机厂这样的企业，如果老是一副烂摊子，国家的现代化将成为画饼。我们搞的这一行是现代化的发动机，而大型骨干企业又是国家的台柱子。搞好了有功，不比打江山的功小；搞不好有罪，也不比叛党卖国的罪小。过去打仗也好，现在搞工业也好，我都不喜欢站在旁边打边鼓，而喜欢当主角，不管我将演的是喜剧还是悲剧。趁现在精力还达得到，赶紧抓挠几年，我想叫自己的一辈子有始有终，虎头豹尾更好，至少要虎头虎尾。我们这一拨的人，虎头蛇尾的太多了。"

是惊？是喜？是不安？童贞感慨万端。以前她爱上乔光朴，正是爱他对事业的热爱，以及在工作上表现出来的才能和男子汉特有的雄伟顽强的性格。现在的乔光朴还是以前她爱的那个人，但她却希望他离开他眷恋的事业。难道她爱不上战场的英雄、离开骏马的骑手？她像是自言自语地说："没见过五十多岁的人还这么雄心勃勃。"

"雄心是不取决于年岁的，正像青春不一定就属于黑发的人，也不见得会随着白发而消失。"乔光朴从童贞的眼睛里看出她衰老的不光是外表，还有她那颗正在壮年的心苗，她也害上了正在流行的政治衰老症。看来精神上的胆怯给人造成的不幸，比估计到的还要多。这使他突然意识到自己的责任。他几乎用小伙子般的热情抱住童贞的双肩，热烈地说："喂，工程师同志，你以前在我耳边说个没完的那些计划，什么先搞六十万千瓦的，再搞一百万的、一百五十万的、制造国家第一台百万千瓦原子能发电站的设备，我们一定要揽过来，你都忘了？"

童贞心房里那颗工程师的心热起来。

乔光朴继续说："我们必须摸准世界上最先进国家机电工业发展的脉搏。在五十年代、六十年代，我们是面对世界工业的整个棋盘来走我们电机厂这颗棋子的，那时各种资料全能看得到，心里有底，知道怎样才能挤进世界先进行列。现在我心里没有数，你要帮助我。结婚后每天晚上教我一个小时的外语，怎么样？"

她勇敢地、深情地迎着他的目光点点头。在他身边她觉得可靠、安全，连自己似乎也变得坚强而充满了信心。她笑着说："真奇怪，那么多磨难，还没有把你的锐气磨掉。"

他哈哈一笑："本性难移。对于精神萎缩症或者叫政治衰老症也和生其他的病一个道理，体壮人欺病，体弱病欺人。这几年在公司里我可养胖了，精力贮存得太多了。"他狡黠地望望童贞，正利用自己特殊的地位，不放过能够给这个娇小的女人打气的机会。他说："至于说到磨难，这是我们的福气，我们恰好生活在两个时代交替的时候。历史有它的阶段，人活一辈子也有它的阶段，在人生一些重大关头，要敢于充分大胆地正视自己的心愿。俗话说，石头是刀的朋友，障碍是意志的朋友。"

他要她陪他一块到厂里去转转，童贞不大愿意。他用开玩笑的口吻说："你以前骂过我什么话？噢，对，你说我在感情上是粗线条的。现在就让我这个粗线条的人来谈谈爱情。爱情，是一种勇敢而强烈的感情。你以前既是那么大胆地追求过它，当它来了的时候就用不着怕它，更用不着隐瞒它以欺骗自己、苦恼自己。我真怕你像在政治上一样也来个爱情衰老病。趁着我还没有上任，我们还有时间谈谈情说说爱。"

她脸红了："胡说，爱情的绿苗在一个女人的心里是永远不会衰老的。"做姑娘时的勇气又回到她的身上，她热烈地吻了他一下。

在去厂的路上，她却说服他先不能结婚。她借口说这件事对于她是终身第一次，也是最后一次，而且她为这一天比别的女人付出了更多的代价，她要好好准备一下。乔光朴同意了。当然，童贞推延婚期的真正原因根本不是这些。

两个人走进电机厂，先拐进了离厂门口最近的八车间。乔光朴只想在上任前冷眼看看工厂的情况。走进了熟悉的车间，他浑身的每一个筋骨眼仿佛都往外涨劲，甚至有一股想亲手摸摸摇把的冲动。他首先想起了"十二把尖刀"。十年前他当厂长时，每一道工序都培养出一两个尖子，全厂共有十二个人，一开表彰先进的大会，这"十二把尖刀"都坐在头一排的金交椅上。童贞告诉他说："你的尖刀们都离开了生产第一线，什么轻省干什么去了。有的看仓库、守大门，有的当检验员，还有一个当了车间头头。有四把刀在批判大会上不是当面控诉你用物质刺激腐蚀他们？你真的一点儿不记仇？"

乔光朴一挥手："咳，记仇是弱者的表现。当时批判我的时候，全厂人都举过拳头，呼过口号，要记仇我还回厂干什么？如果那十二个人不行了，我必须另磨尖刀。技术上不出尖子不行，产品不搞出名牌货不行！"

乔光朴一边听童贞介绍情况，一边安然自在地在机床的森林里穿行。他在车间里这样溜达，用行家的眼光打量着这些心爱的机器设备，如果再看到生产状况良好，那对他就是最好的享受了。比任何一对情人在河边公园散步所感到的滋味还要甘美。

外行看热闹，内行看门道，乔光朴在一个青年工人的机床前停住了，那小伙子干活不管不顾，把加工好的叶片随便往地上一丢，嘴里还哼着一支流行的外国歌曲。乔光朴拾起他加工好的零件检查着，大部分都有磕碰。他盯住小伙子，压住火气说："别唱了。"

工人不认识他，流气地朝童贞挤挤眼，声音更大了："哎呀妈妈，请你不要对我生气，年轻人就是这样没出息。"

"别唱了！"乔光朴带命令的口吻，还有那威严的目光使小伙子一惊，猛然停住了歌声。

"你是车工还是捡破烂的？你学过操作规程吗？懂得什么叫磕碰吗？"

小伙子显然也不是省油的灯，可是被乔光朴行家的口吻、凛然的气派给镇住了。乔光朴找童贞要了一条白手绢，在机床上一抹，手绢立刻成黑的了。乔光朴枪口似的目光直瞄着小伙子的脑门子："你就是这样保养设备的？把这个手绢挂在你的床子上，直到下一次我来检查用白毛巾从你床子上擦不下尘土来，再把这条手绢换成白毛巾。"这时已经有一大群车工不知出了什么事围过来看热闹，乔光朴对大伙说："明天我叫设备科给每台机床上挂一条白毛巾，以后检查你们的床子保养情况如何就用白毛巾说话。"

人群里有老工人，认出了乔光朴，悄悄吐吐舌头。那个小伙子脸涨得通红，窘得一句话也没有了，慌乱地把那个黑乎乎的手绢挂在一个不常用的闸把上。这又引起了乔光朴的注意，他看到那个闸把上盖满油灰，似乎从来没有被碰过。他问那个小伙子："这个闸把是干什么用的？"

"不知道。"

"这上边不是有说明？"

"这是外文，看不懂。"

"你在这个床子上干了几年啦？"

"六年。"

"这么说，六年你没动过这个闸把？"

小伙子点点头。乔光朴左颊上的肌肉又鼓起一道道楞子，他问别的车工："你们谁能把这个闸把的用处告诉他？"

车工们不知是真的不知道，还是怕说出来使自己的同伴更难堪，因此都没吱声。

乔光朴对童贞说："工程师，请你告诉他吧。"

童贞也想缓和一下气氛，走过来给那个小伙子讲解英文说明，告诉他那个闸把是给机床打油的，每天操作前都要捺几下。

乔光朴又问："你叫什么名字？"

"杜兵。"

"杜兵，干活哼小调，六年不给机床膏油，还是鬼怪式操作法的发明者。嗯，我不会忘记你的大名的。"乔光朴的口气由挖苦突然改为严厉的命令，"告诉你们车间主任，这台床子停止使用，立即进行检修保养。我是新来的厂长。"

他俩一转身，听到背后有人小声议论："小杜，你今个算碰上辣的了，他就是咱厂过去的老厂长。"

"真是行家一伸手，便知有没有！"

乔光朴直到走出八车间，还愤愤地对童贞说："有这些大爷，就是把世界上最尖端的设备买进来也不行！"

童贞说："你以为杜兵是厂里最坏的工人吗？"

"嗯？"乔光朴看看她，"可气的是他这样干了六年竟没有人发现。可见咱们的管理到了什么水平，一粗二松三马虎。你这位主任工程师也算脸上有光啦。"

"什么？"童贞不满地说，"你们当厂长的不抓管理，倒埋怨下边。我是不在其位不谋其政。"

"在其位就谋其政吗？不见得。"

他俩一边说着话，走进七车间，一台从德国进口的二百六镗床正试车，指挥试车的是个很年轻的德国人。外国人到中国来还加夜班，这引起了乔光朴的注意。童贞告诉他，镗床的电器部分在安装中出了问题，西德的西门子电子公司派他来解决。这个小伙子叫台尔，只有二十三岁，第一次到东方来，就先飞到日本玩了几天。结果来到我们厂时晚了七天，怕我们向公司里告发他，就特别卖劲。他临来时向公司讲七到十天解决我们的问题，现在还不到三天就处理完了，只等试车了。他的特点就是专、精。下班会玩，玩起来胆子大得很；上班会干，真能干；工作态度也很好。

"二十三岁就派到国外独当一面。"乔光朴看了一会儿台尔工作，叫童贞把七车间值班主任找了来，不容对方寒暄，就直截了当布置任务："把你们车间三十岁以下的青年工人都招呼到这儿来，看看这个台尔是怎么工作的。也叫台尔讲讲他的身世，听听他二十三岁怎么就把技术学得这么精。在他临走之前，我还准备让他给全厂青年工人讲一次。"

值班主任笑笑，没有询问乔光朴以什么身份下这样的指示，就转身去执行。

乔光朴觉得身后有人窃窃私语，他转过身去，原来是八车间的工人听说刚才批评杜兵的就是老厂长，都追出来想瞧瞧他。乔光朴走过去对他们说："我有什么好值得看的，你们去看看那个二十三岁的西德电子专家，看看他是怎么干活的。"他叫一个面孔比较熟的人回八车间把青年都叫来，特别不要忘了那个鬼怪式——杜兵。

乔光朴布置完，见一个老工人拉他的衣袖，把他拉到一个清静的地方，呜噜呜噜地对他说："你想拿外国人做你的尖刀？"

天哪，这是石敢。他不知从哪儿搞来一身工作服，还戴顶旧蓝布工作帽，简直就是个极普通的老工人。乔光朴又惊又喜，石敢还是过去的石敢，别看他一开始不答应，一旦答应下来就会全力以赴。这不也是不等上任就憋不住先跑到厂里来了？

石敢的脸色是阴沉的，他心里正后悔。他的确是在厂子里转了一圈，而且凭他的半条舌头，用最节省的语言，和几个不认识他的人谈了话。人家还以为他正害着严重的牙疼病，他却摸到了乔光朴所不能摸到的情况。电机厂工人思想混乱，很大一部分人失去了过去崇拜的偶像，一下子连信仰也失去了，连民族自尊心、社会主义的自豪感都没有了，还有什么比群众在思想上一片散沙更可怕的呢？这些年，工人受了欺骗、愚弄和斥责，从肉体到灵魂都退化了。而且电机厂的干部几乎是三套班子，十年前的一批，"文化大革命"起来的一批，冀申到厂后又搞了一套自己的班子。老人心里有气，新人肚里也不平静，石敢担心这种冲突会成为党内新的斗争的震心。等着他和乔光朴的岂止是个烂摊子，还是一个政治斗争的漩涡。往后又得在一夕数惊的局面中过日子了。

石敢对自己很恼火，眼花缭乱的政治战教会了他许多东西，他很少在人前显得激动和失去控制，他对哗众取宠和慷慨激昂之类甚为反感。他曾给自己的感情涂上了一层油漆，自信能扛住一切刺激。为什么上午乔光朴一番真挚的表白就打动了自己的感情呢？岂不知陪他回厂既害自己又害他，乔光朴永远不是个政治家。这不，还没上任就先干上了！他本不想和乔光朴再说什么话，可是看见童贞站在乔光朴身边，心里一震，禁不住想提醒他的朋友。他小声说："你们两个至少半年内不许结婚。"

"为什么？"乔光朴不明白石敢为什么先提出这个问题。

石敢简单地告诉他，关于他们回厂的消息已经在电机厂传遍了，而且有人说乔光朴回厂的目的就是和童贞结婚。乔光朴暴躁地说："那好，他们越这样说，我越这样干。明天晚上在大礼堂举行婚礼，你当我们的证婚人。"

石敢扭头就走，乔光朴拉住他。他说："你叫我提醒你，我提醒你又不听。"

乔光朴咬着牙帮骨半天才说："好吧，这毕竟是私事，我可以让步。你说，上午局党委刚开完会，为什么下午厂里就知道了？"

"这有什么奇怪，小道快于大道，文件证实谣传。现在厂里正开着紧急党委会，我的这根可恶的政治神经提醒我，这个会不会和我们回厂无关。"石敢说完又有点后悔，他不该把猜测告诉乔光朴。感情真是坑害人的东西，石敢发觉他跟着乔大个子越陷越深了。

乔光朴心里一激灵，拉着石敢，又招呼了一声童贞，三个人走出七车间，来到办公楼前。一楼的会议室里灯光通明，门窗大开，一团团烟雾从窗口飘出来。有人大声发言，好像是在讨论明天电机厂就要开展一场大会战。这可叫乔光朴着急了，他叫石敢和童贞等一会儿，自己跑到门口传达室给霍大道打了个电话。回来后拉着石敢和童贞走进了会议室。

电机厂的头头们很感意外，冀申尖锐的目光盯住童贞，童贞赶紧扭开头，真想退出去。冀申佯装什么也不知道似的说："什么风把你们二位吹来了？"

乔光朴大声说："到厂子来看看，听说你们正开会研究生产就进来想听听。"

"好，太好了。"冀申瘦骨嶙峋的面孔富于感情，却又像一张复杂的地形图那样变化万端，令人很难捉摸透。他向两个不速之客解释："今天的党委会讨论两项内容：一项是根据群众一再要求，副厂长郗望北同志从明天起停职清理；第二项是研究明天的大会战。这一段时间我抓运动多了点，生产有点顾不过来，但是我们党委的同志有信心，会战一打响，被动局面就会扭转。大家还可以再谈具体一点。老乔、老石是电机厂的老领导，一定会帮着我们出些好主意。"

冀申风度老练，从容不迫，他就是要叫乔光朴、石敢看看他主持党委会的水平。下午，当他在电话里听到局党委会决议的时候，猛然醒悟当初他主动要到电机厂来是失算了。

这个人确实像他常跟群众表白的那样，受"四人帮"迫害十年之久，但十年间他并没有在市委干校劳动，而是当副校长。早在干校作为新生事物刚筹建的时候，冀申作为市"文革"接待站的联络员就看出了台风的中心是平静的。别看干校里集中了各种不吃香的老干部，反而是最安全的，也是最有发展的，在干校是可以卧薪尝胆的。他利用自己副校长的地位，和许多身份重要的人拉上了关系。这些市委的重要干部以前也许是很难接近的，现在却变成了他的学员。他只要在吃住上、劳动上、请销假上稍微多给点方便，老头子们就很感激他了。加上他很善于处理人事关系，博得了很多人的好感。现在这些人大多已官复原职，因而他也就四面八方都有关系，在全市是个有特殊神通的人物。

两年前，冀申又看准了机电局在国家现代化中所占的重要地位。他一直是搞组织的，缺乏搞工业的经验，就要求先到电机厂干两年。一方面摸点经验，另外"大厂厂长"这块牌子在国家工作重点转移到经济建设上来以后一定是非常用得着的。而后再到公司、到局，到局里就有出国的机会，一出国那天地就宽了。这两年在电机厂，他也不是不卖力气。但他在政治上太精通、太敏感了，反而妨碍了行动。他每天翻着报刊、文件提口号，搞中心，开展运动，领导生产。并且有一种特殊的猜谜的嗜好，能从报刊文件的字里行间念出另外的意思。

他对中央文件又信又不全信，再根据谣言、猜测、小道消息和自己的丰富想象，审时度势，决定自己的工作态度。这必然在行动上迟缓，遇到棘手的问题就采取虚伪的态度。诡谲多诈，处理一切事情都把个人的安全、自己的利益放在第一位。工厂是很实际的，矛盾都很具体，他怎么能抓出成效？在别的单位也许还能对付一气，在机电局，在霍大道眼皮底下却混不过去了。

但是，他相信生活不是凭命运，也不是赶机会，而是需要智慧和斗争的无情逻辑！因此，他要采取大会战孤注一掷。大会战一搞起来热热闹闹，总会见点效果，生产一回升，他借台阶就可以离开电机厂。同时在他交印之前把郗望北拿下去，在郗望北和乔光朴这一对老冤家、新仇人之间埋下一根引信，将来他不愁没有戏看。如果乔光朴也没有把电机厂搞好，就证明冀申并不是没有本事。然而，他摆的阵势，石敢从政治上嗅出来了，乔光朴用企业家的眼光从管理的角度也看出了问题。

电机厂的头头们心里都在猜测乔光朴和石敢深夜进厂的来意，没有人再关心本来就不太感兴趣的大会战了。冀申见势不妙，想赶紧结束会议，造成既定事实。他清清嗓子，想拍板定案。局长霍大道又一步走了进来。会场上又是一阵惊奇的唏嘘声。

霍大道没有客套话，简单地问了几句党委会所讨论的内容，就单刀直入地宣布了局党委的决议。最后还补充了一项任命："鉴于你们厂林总工程师长期病休不能上班，任命童贞同志为电机厂副总工程师。同时提请局党委批准，童贞同志为电机厂党委常委。"

童贞完全没有想到对她的这项任命，心里很不安。她不明白乔光朴为什么一点儿信也没透。

冀申不管多么善于应付，这个打击也来得太快了。霍大道简直是霹雳闪电，连对手考虑退却的时间都不给。他极力克制着，并且在脸上堆着笑说："服从局党委的决定，乔、石二位同志是工业战线上的大将，这回真是百闻不如一见。好了，明天我向二位交接工作，对今天大家讨论的两项决定，你二位有什么意见？"

石敢不仅不说话，连眼也眯了起来，因为眼睛也是泄露思想上机密的窗口。

乔光朴却不客气地说："关于郗望北同志停职清理，我不了解情况。"他不禁扫了一眼坐在屋角上的郗望北，意外地碰上了对方挑战的目光。他不容自己分心，赶紧说完他认为必须表态的问题："至于要搞大会战，老冀，听说你有冠心病，你能不能用短跑的速度从办公大楼的一楼跑到七楼，上下跑五个来回？"

冀申不知他是什么意思，漠然一笑没有作答。

乔光朴接着说："我们厂就像一个患高血压冠心病的病人，搞那种跳楼梯式的大会战是会送命的。我不是反对真正必要的大会战。而我们厂现在根本不具备搞大会战的条件，在技术上、管理上、物质上、思想上都没有做好准备，盲目搞会战，只好拼设备，拼材料，拼人力，最后拼出一堆不合格的产品。完不成任务，靠月月搞会战突击，从来就不是搞工业的办法。"

他的话引起了委员们的共鸣，他们也正在猜谜，不明白冀申明知要来新厂长，为什么反而突然热心地要搞大会战。可是冀申嘴边挂着冷笑，正冲着他点火抽烟，似乎有话要说。

本来只想表个态就算的乔光朴，见冀申的神色，把话锋一转，尖锐地说："这几年，我没有看过真正的好戏，不知道我们国家在文艺界是不是出了伟大的导演；但在工业界，我知道是出现了一批政治导演。哪一个单位都有这样的导演，一有运动，工作一碰到难题，就召集群众大会，做报告，来一阵动员，然后游行，呼口号，搞声讨，搞突击，一会儿这，一会儿那，把工厂当舞台，把工人当演员，任意调度。这些同志充其量不过是个吃党饭的平庸的政工干部，而不是真正热心搞社会主义现代化的企业家。用这种导演的办法抓生产最容易，最省力，但贻害无穷。这样的导演，我们一个星期，甚至一个早上就可以培养出几十个，要培养一个真正的厂长、车间主任、工段长却要好几年时间。靠大轰大嗡搞一通政治动员，靠热热闹闹搞几场大会战，是搞不好现代化的。我们搞政治运动有很多专家，口号具体，计划详尽，措施有力。但搞经济建设、管理工厂却只会笼统布置，拿不出具体有效的办法……"

乔光朴正说在兴头上，突然感到旁边似有一道弧光在他脸上一烁一闪，他稍一偏头，猛然醒悟了，这是石敢提醒他住嘴的目光。他赶紧止住话头，改口说："话扯远了，就此打住。最后顺便告诉大伙一声，我和童贞已经结婚了，两个多小时以前刚举行完婚礼，老石是我们的证婚人。因为都是老头子、老婆子了，也没有惊动大伙，喜酒后补。"

今天电机厂这个党委会可真是又"惊"又"喜"，惊和喜又全在意料之外，还没宣布散会，委员们就不住地向乔光朴和童贞开玩笑。

童贞、石敢和郗望北这三个不同身份的人，却都被乔光朴这最后几句话气炸了。童贞气呼呼第一个走出会议室，对乔光朴连看都不看一眼，照直奔厂大门口。

唯有霍大道，似乎早料到了乔光朴会有这一手，并且看出了童贞脸色的变化，趁着刚散会的乱劲，捅捅乔光朴，示意他去追童贞。乔光朴一出门，霍大道笑着向大家摆摆手，拦住了要出门去逗新娘的人，大声说："老乔耍滑头，喜酒没有后补的道理，我们今天晚上就去喝两杯怎么样……"

乔光朴追上来拉住童贞。童贞气得浑身打颤，声音都变了："你都胡说些什么？你知道明天厂里的人会说我们什么闲话？"

乔光朴说："我要的正是这个效果。就是要造成既定事实，一下子把脸皮撕破，你可以免除后顾之忧，扑下身子抓工作。不然，你老是嘀嘀咕咕，怕人说这，怕人说那。跟我在一块走，人家看你一眼，你也会多心，你越疑神疑鬼，鬼越缠你，闲话就永远没个完，我们俩老是谣言家们的新闻人物。一个是厂长，一个是副总工程师，弄成这种关系还怎么相互合作？现在光明正大地告诉大伙，我们就是夫妻。如果有谁愿意说闲话，叫他说上三个月，往后连他们自己也觉得没味了。这是我在会上临时决定的，没法跟你商量。"

灯光映照着童贞晶亮的眼睛，在她眼睛的深处似乎正有一道火光在缓缓燃烧。她已经没有多大气了。不管是作为副总工程师的童贞，还是作为女人的童贞，今天都是她生命沸腾的时刻，是她产生力量的时刻。

刚才还是怒气冲冲的石敢也跟着霍大道追上来了，他抢先一步握住童贞的手，冲着她点点头。似乎是以证婚人的身份祝愿她幸福。

童贞被感动了。

霍大道身后跟着两个电机厂党委的女委员。他对她们说："你们二位坐我的车先陪他俩办个登记手续，然后再陪新娘到她娘家，收拾一下东西，换换衣服，然后送她到自己的新家。我们在新郎家里等你们。"

女委员问："你们还要闹洞房？"

霍大道说："也可能要闹一闹，反正喜糖少不了要吃几块的。"

大家笑了。

乔光朴和童贞感激地望着霍局长，也情不自禁地笑了。

主　角

你设想吧，当舞台的大幕一拉开，紧锣密鼓，音乐骤起，主角威风凛凛地走出台来，却一声不吭，既不说，也不唱，剧场里会是一种什么局面呢？

现在重型电机厂就是这种状况。乔光朴上任半个月了，什么令也没下，什么事也没干，既没召开各种应该召开的会议，也没有认真在办公室坐一坐。这是怎么回事？他以前当厂长可不是这种作风，乔光朴也不是这种脾气。

他整天在下边转，你要找他找不到；你不找他，他也许突然在你眼前冒了出来。按照生产流程一道工序一道工序地摸，正着摸完，倒着摸。谁也猜不透他的心气。更奇怪的是他对厂长的领导权完全放弃了，几十个职能科室完全放任自流，对各车间的领导也不管不问。谁爱怎么干就怎么干，电机厂简直成了没头的苍蝇，生产直线跌下来。

机电局调度处的人饿不住劲了，几次三番催促霍大道赶紧到电机厂去坐镇。谁知霍大道无动于衷，催急了，他反而批评说："你们咋呼什么，老虎往后坐屁股，是为了向前猛扑，连这个道理都不懂？"

本来被乔光朴留在上边坐镇的石敢，终于也坐不住了。他把乔光朴找来，问："怎么样？有眉目没有？"

"有了！"乔光朴胸有成竹地说，"咱们厂像个得了多种疾病的病人，你下这味药，对这一种病有利，对那一种病就有害。不抓准了病情，真不敢动大手术。"

石敢警惕地看看乔光朴，从他的神色上看出来这家伙的确是下了决心啦。石敢对电机厂的现状很担心，可是对乔光朴下狠心给电机厂做大手术，也不放心。

乔光朴却颇有点得意地说："我这半个月撂挑子下去，还有一个很重要的收获：咱们厂的干部队伍和工人队伍并不像你估计的那样。忧国忧民之士不少，有人找到我提建议，有人还跟我吵架，说我辜负了他们的希望。乱世出英雄，不这么乱一下，真摸不出头绪，也分不出好坏人。我已经选好了几个人。"说着，眯起了双眼，他仿佛已经看见电机厂明天就要大翻个儿。

石敢突然问起了一个和工厂完全不相干的问题："今天是你的生日？"

"生日？什么生日？"乔光朴脑子一时没转过来，他翻翻办公桌上的台历，忽然记起来了，"对，今天是我的生日。你怎么记得？"

"有人向我打听。你是不是要请客收礼？"

"扯淡。你要去当然会管你酒喝。"

石敢摇摇头。

乔光朴回到家，童贞已经把饭做好，酒瓶、酒杯也都在桌子上摆好了。女人毕竟是女人，虽然刚结婚不久，童贞却记住了乔光朴的生日。乔光朴很高兴，坐下就要吃，童贞笑着拦住了他的筷子："我通知了望北，等他来了咱们就吃。"

"你没通知别人吧？"

"没有。"童贞是想借这个机会使乔光朴和郗望北坐在一块，缓和两人之间的关系。

乔光朴理解童贞的苦心，但对这种做法大不以为然，他认为在酒席筵上建立不了真正的信任和友谊。他心里也根本没有把对方整过自己的事看得太重，倒是觉得，郗望北对过去那些事的记忆比他反倒更深刻。

郗望北还没有来，却来了几个厂里的老中层干部。乔光朴和童贞一面往屋里让客，一面感到很意外。这几个人都是十几年前在科室、车间当头头的，现在有的还是，有的已经不是了。

他们一进门就嬉笑着说："老厂长，给你拜寿来了。"

乔光朴说："别搞这一套，你们想喝酒我有，什么拜寿不拜寿。这是谁告诉你们的？"

其中一个秃头顶的人，过去是行政科长，弦外有音地说："老厂长，别看你把我们忘了，我们可没忘了你。"

"谁说我把你们忘了？"

"还说没忘，从你回厂那一天起我们就盼着，盼了半个月啦，什么也没盼到。你看锅炉厂的刘厂长，回厂的当天晚上，就把老中层干部们全请到楼上，又吃又喝，不在喝多少酒、吃多少饭，而是出出心里的这口闷气。第二天全部恢复原职。这厂长才叫真够意思，也算对得起老部下。"

乔光朴心里烦了，但这是在自己家里，他尽力克制着，反问："'四人帮'打倒快两年多了，你们的气还没出来？"

他们说："'四人帮'倒了，还有'帮四人'呢。说停职，还没停一个月又要复职……"

不早不晚就在这时候郗望北进来了，那几个人的话头立刻打住了。郗望北听到了他们说的话，但满不在乎地和乔光朴点点头，就在那帮人的对面坐下了。这哪是来拜寿，一场辩论的架势算拉开了。童贞急忙找了一个话题，把郗望北拉到另一间屋里去。

那几个人互相使使眼色也站了起来，还是那个秃顶行政科长说："看来这满桌酒菜并不是为我们预备的，要不'火箭干部'解脱那么快，原来已经和老厂长和解了。还是多少沾点亲戚好啊！"

他们说完就要告辞。童贞怕把关系搞僵，一定留他们吃饭。乔光朴一肚子火气，并不挽留，反而冷冷地说："你们跑这一趟的目的还没有达到，就这么两手空空地回去了？"

"表示了我们的心意，目的已经达到了。"那几个人心里感到不安，秃顶人好像是他们的打头人，赶紧替那几个人解释。

"老王，你们不是想官复原职，或者最好再升一两级吗？"乔光朴盯着秃顶人，尖锐地说，"别着急，咱们厂干部不是太多，而是太少，我是指真正精明能干的干部，真正能把一个工段、一个车间搞好，能把咱们厂搞好的干部。从明天起全厂开始考核，你们既然来了，我就把一些题目向你们透一透。你们都是老同志了，也应该懂得这些，比如：什么是均衡生产？什么是有节奏的生产？为什么要搞标准化、系列化、通用化？现代化的工厂应该怎么布置？你那个车间应该怎么布置？有什么新工艺、新技术……"

那几个人真有点蒙了，有些东西他们甚至连听都没有听见过。更叫他们惊奇的是乔光朴不仅要考核工人，对干部也要进行考核。有人小声嘟囔说：

"这办法可够新鲜的。"

"这有什么新鲜的，不管工人还是干部，往后光靠混饭吃不行！"乔光朴说，"告诉你们，我也一肚子气，甚至比你们的气还大，厂子弄成这副样子能不气！但气要用在这上面。"

他说完摆摆手，送走那几个人，回到桌前坐下来，陪郗望北喝酒。喝的是闷酒，吃的是哑菜，谁的心里都不痛快。童贞干着急，也只能说几句不咸不淡的家常话。一直到酒喝完，童贞给他们盛饭的时候，乔光朴才问郗望北："让你停职并不是现在这一届党委决定的，为什么老石找你谈，宣布解脱，赶快工作，你还不干？"

郗望北说："我要求党委向全厂职工说清楚，根据什么让我停职清理？现在不是都调查完了吗，我一没搞过打砸抢，二和'四人帮'没有任何个人联系，凭什么整我？就根据我曾经当过'造反派'的头头？就根据我曾批判过'走资派'？就因为我是个所谓的新干部？就凭一些人编笆造模的议论？"

乔光朴看到郗望北挥动着筷子如此激动，嘴角闪过一丝冷笑。心想：你现在也知道这种滋味了，当初你不也是根据编笆造模的议论来整别人？

郗望北看出了乔光朴的心思，转口说："乔厂长，我要求下车间劳动。"

"嗯？"乔光朴感到意外，他认为新干部这时候都不愿意下去，怕被别人说成是由于和"四人帮"有牵连而倒台了。郗望北倒有勇气自己要求下去，不管是真是假，先试试他。就说："你有这种气魄就好，我同意。本来，作为领导和这领导的名义、权力，都不是一张任命通知书所能给予的，而是要靠自己的智慧、经验、才能和胆识到工作中去赢得。世界上有许多飞得高的东西，有的是凭自己的翅膀飞上去的，有的是被一阵风带上去的。你往后不要再指望这种风了。"

郗望北冷冷一笑："我不知道带我上来的是什么风，我只知道我若会投机的话，就不会有今天的被停职。我参加工作二十年，从学徒工当到生产组长，管过一个车间的生产，三十九岁当副厂长，一下子就成了'火箭干部'。其实火箭这个东西并不坏，要把卫星和飞船送上宇宙空间就得靠火箭一截顶替一截地燃烧。搞现代化也似乎是少不了火箭的。岂不知连外国的总统有不少也是一步登天的'火箭干部'。我现在宁愿坐火箭再下去，我不像有些人，占了个位子就想一直占到死，别人一旦顶替了他就认为别人爬得太快了，大逆不道了。官瘾大小不取决于年龄。事实是当过官的比没当过官的权力欲和官瘾也许更大些。"

这样谈话太尖锐了，简直就是吃饭前那场谈话的继续。老的埋怨乔光朴袒护新的，新的又把乔光朴当老的来攻。童贞生怕乔光朴的脾气炸了，一个劲儿地劝菜，想冲淡他们间的紧张气氛。但是乔光朴只是仔细玩味郗望北的话，并没有发火。

郗望北言犹未尽。他知道乔光朴的脾气是吃软不吃硬，但你要真是个松软货，永远也不会得到他的尊敬，他顶多是可怜你。只有硬汉子才能赢得乔光朴的信任，他想以硬碰硬碰到底，接着说："中国到什么时候才不搞形而上学？'文化大革命'把老干部一律打倒，现在一边大谈这种怀疑一切的教训，一边又想把新干部全部一勺烩了。当然，新干部中有'四人帮'分子，那能占多大比例？大多数还不是紧跟党的中心工作，这个运动跟得紧，下个运动就成了牺牲品。照这样看来还是滑头好，什么事不干最安全。运动一来，班组长以上干部都受审批，工厂、车间、班组都搞一朝天子一朝臣，把精力都用在整人上，搞起工作来相互掣肘。长此以往，现代化的口号喊得再响，中央再着急，也是白搭。"

"得了，理论家，我们国家倒霉就倒在批判家多、空谈家多，而实干家和无名英雄又太少。随便什么场合也少不了夸夸其谈的评论家。"乔光朴嘴上这么说，但郗望北表现出来的这股情绪却引起了他的注意。他原以为老干部心里有些气是理所当然的，原来新干部肚里也有气。这两股气要是对干起来那就不得了。这引起了乔光朴的警惕。

第二天，乔光朴开始动手了。

他首先把九千多名职工一下子推上了大考核、大评议的比赛场。通过考核评议，不管是干部还是工人，在业务上稀松二五眼的，出工不出力、出力不出汗的，占着茅坑不屙屎的，溜奸猾蹭的，全成了编余人员。留下的都一个萝卜顶一个坑，兵是精兵，将是强将。这样，整顿一个车间就上来一个车间，电机厂劳动生产率立刻提高了一大截。群众中那种懒洋洋、好坏不分的松松垮垮劲儿，一下子变成了有对比、有竞争的热烈紧张气氛。

工人们觉得乔光朴那双很有神采的眼睛里装满了经验，现在已经习惯于服从他，甚至他一开口就服从。因为大伙相信他，他的确一次也没有辜负大伙的信任。他说一不二，敢拍板也敢负责，许了愿必还。他说扩建幼儿园，一座别致的幼儿园小楼已经竣工。他说全面完成任务就实行物质奖励，八月份电机厂工人第一次接到了奖金。黄玉辉小组提前十天完成任务，他写去一封表扬信，里面附了一百五十元钱。凡是那些技术上有一套，生产上肯卖劲，总之是正儿八经的工人，都说乔光朴是再好没有的厂长了。可是被编余的人呢，却恨死了他。因为谁也没想到，乔光朴竟想起了那么一个"绝主意"——把编余的组成了一个服务大队。

谁找道路，谁就会发现道路。乔光朴泼辣大胆，勇于实践和另辟蹊径。他把厂里从农村招用来搞基建和运输的一千多长期"临时工"全部辞掉，代之以服务大队。他派得力的财务科长李干去当大队长，从辞掉临时工省下的钱里拿出一部分作为给服务大队的奖励。编余的人在经济收入上并没有减少，可是有一些小青年却认为栽了跟头，没脸见人。特别是八车间的鬼怪式车工杜兵，被编余后女朋友跟他散了伙，他对乔光朴真有动刀子的心了。

在这条道路上乔光朴为自己树立的"仇敌"何止几个"杜兵"。

一批被群众评下来成了"编余"的中层干部恼了。他们找到厂部，要求对厂长也进行考核。由于考核评判小组组长是童贞，怕他们两口子通气，还提出立刻就考。谁知乔光朴高兴得很，当即带着几个副厂长来到了大礼堂。一听说考厂长，下班的工人都来看新鲜，把大礼堂挤满了。任何人都可以提问题，从厂长的职责到现代化工厂的管理，乔光朴滔滔不绝，始终没有被问住。倒是冀申完全被考垮了，甚至对工厂的一些基本常识都搞不清，当场就被工人们称为"编余厂长"。这下可把冀申气炸了，他虽然控制住在考场上没有发作出来，可是心里认为这一切全是乔光朴安排好了来捉弄他的。

当生产副厂长，冀申本来就不胜任，而他对这种助手的地位却又很不习惯，简直不能忍受乔光朴对他的发号施令，尤其是在车间里当着工人的面。现在，经过考核，嫉妒和怨恨使他真的站到了反对乔光朴的那些被编余的人一边，由助手变为敌手了。他那青筋暴露的前额，阴气扑人的眼睛，仿佛是厂里一切祸水的根源。生产上一出事准和他有关，但又抓不住他大的把柄。乔光朴得从四面八方防备他，还得在四面八方给他堵漏洞。这怎么受得了？

乔光朴决定不叫冀申负责生产了，调他去搞基建。搞基建的服务大队像个火药桶，冀申一去非爆炸不可。乔光朴没有从政治角度考虑，石敢替他想到了。可是，乔光朴不仅没有听从石敢的劝告，反而又出人意料地调上来郗望北顶替冀申。郗望北是憋着一股劲下到二车间的，正是这股劲头赢得了乔光朴的好感。谁干得好就让谁干，乔光朴毫无犹疑地跨过个人恩怨的障碍，使自己过去的冤家成了今天的助手。但是，正像石敢所预料的，冀申抓基建没有几天，服务大队里对乔光朴不满的那些人，开始活跃起来，甚至放出风，要把乔光朴再次打倒。

千奇百怪的矛盾，五花八门的问题，把乔光朴团团困在中间。他处理问题时拳打脚踢，这些矛盾回敬他时，也免不了会拳打脚踢。但眼下使他最焦心的并不是服务大队要把他打倒，而是明年的生产准备。明年他想把电机厂的产量数字搞到二百万千瓦，而电力部门并不欢迎他这个计划，倒满心希望能从国外多进口一些。还有燃料、材料、锻件的协作等等都不落实，因此乔光朴决定亲自出马去打一场外交战。

如果说乔光朴在自己的厂内还从来没有打过大败仗，这回出去搞外交，却是大败而归。他没有料到他的新里程上还有这么多的"雪山草地"，他不知道他的宏伟计划和现实之间还隔着一条组织混乱和作风腐败的鸿沟。厂内的"仇敌"他不在乎，可是厂外的"战友"不跟他合作却使他束手无策。他要求协作厂及早提供大的转子锻件，而且越多越好，但人家不受他指挥，不买他的账。要燃料也好，要材料也好，他不懂得这都是求人的事，协作的背后必须有心照不宣的互通有无，在计划的后面还得有暗地的交易。他这次出去总算长了一条见识：现在当一个厂长重要的不是懂不懂金属学、材料力学，而是看他是不是精通"关系学"。乔光朴恰恰这门学问成绩最差。他一向认为会处关系的人，大多成就不大。他这次出差的成果，恰好为自己的理论得了反证。

而他还不知道，当他十天后扫兴回来的时候，在他的工厂里，又有什么窝火的事在等着他呢！

乔光朴回厂先去找石敢。石敢一见是他进了门，慌忙把桌上的一堆材料塞到抽屉里。乔光朴心思全挂在厂里的生产上，没有在意。但和石敢还没有说上几句话，服务大队队长李干急匆匆推门进来，一见乔光朴，又惊又喜："哎呀，厂长，你可回来了！"

"出了什么事？"乔光朴急问。

"咱们不是要增建宿舍大楼吗，生产队不让动工。郗望北被社员围住了，很可能还要挨两下打。"

"市规划局已经批准，我们已经交完钱啦。"

"生产队提出额外再要五台拖拉机。"

"又是这一套！"乔光朴恼怒地喊起来，"我们是搞电机的，往哪儿去弄拖拉机！"

"冀副厂长以前答应的。"

"扯淡！老冀呢，找他去。"

"他调走了。把服务大队搅了个乱七八糟，拔脚就走了。"李干不满地说。

"嗯？"乔光朴看看石敢。

石敢点点头："三天前，上午和我打了个招呼，下午就到外贸局上任去了。走的上层路线，并没有征求我们党委的意见。他的人事关系、工资关系还留在我们厂里。"

"叫他把关系转走，我们厂不能白养这种不干活的人。"乔光朴朝李干一挥手，"走，咱俩去看看。"

乔光朴和李干坐车去生产队，在半路就碰上了郗望北骑着自行车正往厂里赶。李干喊住了他："望北，怎么样？"

"解决完了。"郗望北答了一声，骑上车又跑，好像有什么急事在等着他。

李干冲郗望北赞赏地点点头："真行，有一套办法。"他叫司机开车追上郗望北，脑袋探出车外喊："你跑这么急，有什么事？乔厂长回来了。"

郗望北停下自行车，向坐在吉普车里的乔光朴打了招呼，说："一车间下线出了问题。"

郡望北把自行车交给李干，跳上吉普车奔一车间。李干在后边大声喊："乔厂长，我找你还有事没说完哩。"

是啊，事儿总是不断的，快到年底了，最紧张也最容易出事。可这会儿乔光朴最担心的是一车间出问题会影响全厂的任务。

他和郡望北走进一车间下线工段，只见车间主任正跟副总工程师童贞一个劲儿讲好话。童贞以她特有的镇静和执拗摇着头。车间主任渐渐耐不住性子了。这种女人，真是从来没见过。她不喊不叫，脸上甚至还挂着甜蜜蜜的笑容，说话温柔好听，可就是在技术问题上一点儿也不让步。不管你跟她发多大火，她总是那副温柔可亲的样子，但最后你还得按她的意见办。

车间主任正在气头上，一眼看见乔光朴，以为能治住这个女人的人来了，忙迎上去，抢了个原告："乔厂长，我们计划提前八天完成全年任务，明年一开始就来个开门红。可是这个十万千瓦发电机的下部线圈击穿率只超过百分之一，童总就非叫我们返工不可。您当然知道，百分之一根本不算什么，上半年我们的线圈超过百分之二十、三十，也都走了。"

乔光朴问："击穿率超过的原因找到了吗？"

车间主任："还没有。"

童贞接过来说："不，找到了，我已经向你说过两次了，是下线时掉进灰尘，再加鞋子踩脏。叫你们搭个塑料棚，把发电机罩起来。工人下线时要换上干净衣服，在线圈上铺橡皮垫儿，脚不能直接踩线圈。可你们嫌麻烦！"

"噢。嫌麻烦。搞废品省事，可是国家就麻烦了。"乔光朴看看车间主任，嘲讽地说，"为什么要文明生产？什么是质量管理制度？你在考试的时候答得不错呀。原来说是说，做是做呀！好吧，彻底返工。扣除你和给这个电机下线的工人的奖金。"

车间主任愣了。

童贞赶紧求情："老乔，他们就是返工也能完成任务，不应该扣他们的奖金。"

"这不是你的职责！"乔光朴看也不看童贞，冷冷地说，"因返工而造成的时间和材料的损失呢？"说完他头也不回地拉着郗望北走出了车间。

车间主任苦笑着对童贞说："服务大队的人反他，我们拼命保他，你看他对我们也是这么狠。"

童贞一句话没说。对技术问题，她一丝不苟；对这种事情，她插不上手。她所能做的，只是设法宽慰车间主任的心。

童贞知道乔光朴心情不好，就买了四张《秦香莲》的京剧票，晚上拉着郗望北夫妇一块去看戏。郗望北还没有回家，他们只好把票子留下，先拉上外甥媳妇去了戏院。

三个人要进戏院门口的时候，李干不知从什么地方钻出来。乔光朴一见他那样子，知道有事，便叫童贞她们先进场，自己跟着李干来到戏院后面一个清静的地方。站定以后，乔光朴问："什么事？"

他态度沉着，眼睛里似有一种因挫折而激出来的威光。李干见厂长这副样子，像吞了定心丸，紧张的情绪也缓和下来了，说："服务大队有人要闹事。"

"谁？"

"杜兵挑头，行政科刷下来的王秃子在后边使劲，他们叫嚷冀申也支持他们。杜兵三天没上班，和市里那批静坐示威的人可能挂上钩了。今天下午，他回厂和几个人嘀咕了一阵子，写了几张大字报，说是要贴到市委去，还要到市委门口去绝食。"

乔光朴看看精明能干的李干，问："你有点害怕了？"

李干说："我不怕他们。他们的矛头主要是朝你来的。"

乔光朴笑了："那些你别管，你就严格按制度办事。无故不上班的按旷工论处。不愿干的、想退职的悉听尊便。"

一个领导，要比被他领导的人坚强。乔光朴的态度鼓舞了李干，他也笑了："你散戏回家的道上要留神。我走了。"

乔光朴回到剧场刚坐下，催促观众安静的铃声就响了。像踩着铃声一样，又进来几个很有身份的人，坐在他们前一排的正中间座位上，冀申竟也在其中。他那灵活锐利的目光，显然在刚进场的时候就已经看见这几个人了。他回过头来，先冲童贞点点头，然后亲热地向乔光朴伸出手说："你回来啦？收获怎么样？你这常胜将军亲自出马，必定会马到成功。"

乔光朴讨厌在公共场合故意旁若无人地高声谈笑，只是摇摇头没吭声。

冀申带着一副俯就的样子，望着乔光朴说："以后有事到外贸局，一定去找我，千万不要客气。"

乔光朴觉得嗓子眼里像吞了只苍蝇。在人类感情方面，最叫人受不了的就是得意之色。而乔光朴现在从冀申脸上看到的正是这种神色。他怎么也想不通冀申这种得意之情是从哪儿来的。是无缘无故的高升，还是讥笑他乔光朴的吃力不讨好？

冀申的确感到了自己现在比乔光朴地位优越，正像几个月前他感到乔光朴比自己地位优越一样。他曾对乔光朴是那样地嫉妒过，但是如果今天让他和乔光朴调换一下，让他付出乔光朴那样的代价去换取电机厂生产面貌的改观，他是不干的。他认为一个人把身家性命押在一场运动上，在政治上是犯忌的，一旦中央政策有变，自己就会成为牺牲品。搞现代化也是一场运动，乔光朴把命都放在这上面了，等于把自己推到了危险的悬崖上，随时都有再被摔下去的可能。电机厂反他的火药似乎已经点着了。冀申选这个时候离开电机厂，很为自己在政治上的远见卓识得意。今晚在这个场合看见了乔光朴，使他十分得意的心情上又加了十分。他悠然自得地看着戏，间或向身边的人发上几句议论。

可是坐在他后边的乔光朴，却无论怎样强制自己集中精神，也看不明白台上在演什么。他正琢磨找个什么借口离开这儿，又不至于伤那两个女人的心。郗望北在服务员手电光的引导下坐在了乔光朴的身边。童贞小声问他为什么来晚了，他的妻子问他吃晚饭没有，他哼哼叽叽只点点头。他坐了一会儿，斜眼瞄瞄乔光朴，轻声说："厂长，您还坐得下去吗？咱们别在这儿受罪了！"

乔光朴一摆脑袋，两个人离开了座位。他们来到剧场前厅，童贞追了出来。郗望北赶忙解释："我来找乔厂长谈出差的事。乔厂长到机械部获得了我们厂可能得到的最大的支持，又到电力部揽了不少大机组。下面就是材料、燃料和各关系户的协作问题。这些问题光靠写在纸面上的合同、部里的文件和乔厂长的果断都是不能解决的。解决这些是副厂长的本分。"

乔光朴没有料到郗望北会自愿请行，自己出去都没办来，不好叫副手再出去。而且，他能办来吗？郗望北显然是看出了乔光朴的难处和疑虑。这一点使他心里很不舒服。

童贞问："这么仓促？明天就走吗？"

"刚才征得党委书记同意，已经叫人去买车票了，也许连夜出发呢。"郗望北望着童贞，实际是说给乔光朴听。他知道乔光朴对他出去并不抱信心，又说："乔厂长作为领导大型企业的厂长，眼下有一个致命的弱点，不了解人的关系的变化。现在人与人之间的关系不同于战争年代，不同于一九五八年，也不同于'文化大革命'刚开始的那两年。历史在变，人也在变。连外国资本家都懂得人事关系的复杂难处，工业发展到一定程度，就大量搞自动化，使用机器人。机器人有个最大的优点，就是没有血肉，没有感情，但有铁的纪律、铁的原则。人的优点和缺点全在于有思想感情。有好的思想感情，也有坏的，比如偷懒耍滑、投机取巧、走后门等等。掌握人的思想感情是世界上最复杂的一门科学。"他突然把目光转向乔光朴，"您精通现代化企业的管理，把您的铁腕、精力要用在厂内。有重大问题要到局里、部里去，您可以亲自出马，您的牌子硬，说话比我们顶用。和兄弟厂、区社队、街道这些关系户打交道，应交给副厂长和科长们。这也可以留有余地，即便下边人捅了娄子，您还可以出来收场。什么事都亲自出头，厂长在外边顶了牛叫下边人怎么办？霍局长不是三令五申，提倡重大任务要敢立军令状嘛，我这次出去也可以立军令状。但有一条，我反正要达到咱们的目的，不违犯国家法律，至于用什么办法，您最好别干涉。"

乔光朴左颊上的肉棱子跳动起来，用讥讽的目光瞧着郗望北，没有说话。

这下把郗望北激恼了。"如果有一天社会风气改变了，您可以为我现在办的事狠狠处罚我，我非常乐于接受。但是社会风气一天不改，您就没有权利嘲笑我的理论和实践。因为这一套现在能解决问题。"

"你可以去试一试。"乔光朴说，"但不许你再鼓吹那一套，而且每干一件事总要先发表一通理论。我生平最讨厌编造真理的人。"他要童贞继续陪外甥媳妇看戏，自己去找石敢了。

童贞同情地望着丈夫的背影，乔光朴不失常态，脚步坚定有力。她知道他时常把自己的痛苦和弱点掩藏起来，一个人悄悄地治疗，甚至在她面前也不表示沮丧和无能。有人坚强是因为被自尊心所强制，乔光朴却是被肩上的担子所强制的。电机厂好不容易搞成这个样子，如果他一退坡，立刻就会垮下来，他没有权利在这种时候表示软弱和胆怯。

郗望北却望着乔光朴的背影笑了。

童贞忧虑地说："我一听到你们俩谈话就担心，生怕你们会吵起来。"

"不会的。"郗望北亲热地扶住童贞的胳膊说，"老姨，我说点使您高兴的话吧，乔厂长是目前咱们国家里不可多得的好厂长。您不见咱们厂好多干部都在学他的样子，学他的铁腕，甚至学他说话的腔调。在这样的厂长手下是会干出成绩来的。我不能说喜欢他，可是他整顿厂子的魄力使我折服。他这套作风，在五八年以前的厂长们身上并不稀少，现在却非常珍贵了。他对我也有一股强大的吸引力，不过我在拼命抵抗，不想完全向他投降。他瞧不起窝囊废。"

他看看手表："哎呀，我得赶紧走了。说实话，给他这样的厂长当副手，也是真辛苦。"说完匆匆走了。

石敢在灯下仔细地研究着一封封匿名信，这些信有的是直接写给厂党委的，有的是从市委和中央转来的。他的心情是复杂的，有恼怒，有惊怕，也有愧疚。控告信告的全是乔光朴，不仅没有一句控告他这个党委书记的话，甚至把他当作了乔光朴大搞夫妻店，破坏民主，独断专行的一个牺牲品。说乔光朴把他当成了聋子耳朵——摆设，在政治上把他搞成了活哑巴。这本来是他平时惯于装聋作哑的成绩，他应该庆幸自己在政治上的老谋深算。但现在他却异常憎恨自己，他开脱了自己却加重了老乔的罪过，这是他没有料到的。他算一个什么人呢？况且这几个月他的心叫乔光朴撩得已经活泛了。他的感情和理智一直在进行斗争，而且是感情占上风的时候多，在几个重要问题上他不仅是默许，甚至是暗地支持了乔光朴。他想如果干部都像老乔，而不像他石敢，如果工厂都像现在电机厂这么搞，国家也许能很快搞成个样子；党也许能返老还童，机体很快康复起来。可是这些控告信又像一顿冰雹似的劈头盖脸砸下来，可能将要被砸死的是乔光朴，但是却首先狠狠地砸伤了石敢那颗已经创伤累累的心。他真不知道怎样对付这些控告信，他生怕杜兵这些人和社会上那些正在闹事的人串联起来，酿成乱子。

石敢注意力全集中在控告信上，听见外面有人喊他，开开门见是霍大道，赶紧让进屋。

霍大道看看屋子："老乔没在你这儿？"

"他没来。"

"嗯？"霍大道端起石敢给他沏的茶喝了一口，"我听说他回来了，吃过饭就去看他，碰了锁，我估计他会到你这儿来。"

"他们两口子看戏去了。"石敢说。

"噢，那我就在这儿等吧，今天晚上不管有多好的戏，他也不会看下去。可惜童贞的一片苦心。"霍大道轻轻笑了。

石敢表示怀疑地说："他可是戏迷。"

"你要不信，咱俩打赌。"霍大道今晚上的情绪非常好，好像根本没注意石敢那愁眉苦脸的样子，又自言自语地说，"他真正迷的是他的专业、他的工厂。"

霍大道扫了一眼石敢桌上的那一堆控告信，好像不经意似的随便问道："他都知道了吗？"

石敢摇摇头。

"出差的收获怎么样，心情还可以吗？"

石敢又摇摇头。刚想说什么，门忽然开了，乔光朴走进来。

霍大道突然哈哈大笑，使劲拍了一下石敢的肩膀。

这下把乔光朴笑傻了。石敢赶紧收藏匿名信。这一回他的神情引起了乔光朴的注意。乔光朴走过去抓起一张纸看起来。

霍大道向石敢示意："都给他看看吧。"心里并不畅快的乔光朴，看完一封封匿名信，暴怒地把桌子一拍："混蛋，流氓！"

他急促地在屋里走着，左颊上的肌肉不住地颤抖。突然，嘴里咯嘣一声，一个下槽牙碎成了两半。他没有吱声，把掉下来的半块牙齿吐掉。他走到霍大道跟前，霍大道悠闲而专心地看报，没有看他。他问石敢："你打算怎么办？"

石敢扫一眼乔光朴说："现在你可以离开这个厂了，今年的任务肯定能完成，你完全可以回局交令。我一个人留下来，风波不平我不走。"

乔光朴吼起来："你说什么？叫我溜？电机厂还要不要？"

"你这个人还要不要？你要再完蛋了，要伤一大批人的心，往后谁还干！"石敢实际也是说给霍大道听。

霍大道静静看着他们俩，就是不吭声。

乔光朴怒不可遏，在屋里来回溜达，嘴里嚷着："我不怕这一套，我当一天厂长，就得这么干！"

石敢终于忍不住走到霍大道跟前说："霍局长，你说怎么办？"

霍大道淡淡地说："几封匿名信就把你吓成这个样子？不过你还够朋友，挺讲义气，让老乔先撤，你为他两肋插刀顶上一阵子，然后两人一块上山。嗯，真不错。石敢同志大有进步了。"

石敢的脸腾一下红了。

霍大道含笑对乔光朴说："老乔，你回电机厂这半年，有一条很大的功绩，就是把一个哑巴饲养员培养成了国家的十二级干部。石敢现在变化很大了，说话多了，以前需要别人绑上拖着去上任，现在自己又想当书记又想兼厂长。老石同志，你别脸红，我说的是实话。你现在开始有点像个党委书记了。不过有件事我还得批评你，冀申调动，不符合组织手续，没有通过局党委，你为什么放他走？"

石敢脸一红一白，这么大老头子了，他还没吃过这样的批评。

霍大道站起来走到乔光朴身边，透彻肺腑的目光，久久地盯住对方："怎么把牙都咬碎了，不值得。在我们民族的老俗话中，我喜爱这一句：宁叫人打死，不叫人吓死！请问：你的精力怎么分配？"

"百分之四十用在厂内正事上，百分之五十用去应付扯皮，百分之十应付挨骂、挨批。"乔光朴不假思索地说。

"太浪费了。百分之八十要用在厂里的正事上，百分之二十用来研究世界机电工业发展状态。"霍大道突然态度异常严肃起来，"老乔，搞现代化并不单纯是个技术问题，还要得罪人。不干事才最保险，但那是真正的犯罪。什么误解呀，委屈呀，诬告呀，咒骂呀，讥笑呀，悉听尊便。我在台上，就当主角，都得听我这么干。我们要的是实现现代化的'时间和数字'，这才是人民根本的和长远的利益所在。眼下不过是开场，好戏还在后头呢！"

霍大道见两个人的脸色越来越开朗，继续说："昨天我接到部长的电话，他对你在电机厂的搞法很感兴趣，还叫我告诉你，不妨把手脚再放开一点，各种办法都可以试一试，积累点经验，存点问题，明年春天我们到国外去转一圈。中国现代化这个题目还得我们中国人自己做文章，但考察一下先进国家的做法还是有好处的……"

三个人渐渐由站着到坐下，一边喝着茶，一边像知己朋友聊天一样从国内到国外、从机电到钢铁，天南海北地谈起来，越谈兴致越高，一两个小时很快就过去了。霍大道站起来对乔光朴说："听说你学黑头学得不错，来两口叫咱们听听。"

"行。"乔光朴毫不客气，喝了一口水，站起身把脸稍微一侧，用很有点裘派的味道唱起来：

包龙图，打坐在开封府！

……

1979 年 7 月

一个工厂秘书的日记

1979 年 3 月 4 日

今天，我提前一个小时来到厂里。王厂长要调走。我猜度像他那样的人，是不会等到职工们都上班来再走的。一定是趁着群众还没有上班，一个人悄悄离开工厂。

王厂长是自己向公司打报告，要求调走的。我心里最明白，他是无法在这个厂里再待下去，是被骆副厂长挤走的。也许全厂的职工心里都明白，只是窗户纸不点破，特别是不当着王厂长的面点破，彼此心照不宣。这就更叫人难受。

我当了四年秘书，送走了两个厂长。王厂长这已经是第三个了。

轰轰烈烈地上任，灰溜溜地交班。权力的追求者们在权力上做了多少游戏；权力也用游戏的办法报复那些权力的追求者。

改选调动，走马换将，是解决问题最简便的办法。大概古今中外都是如此。

但每一次和被撵走的厂长告别，都是一次心灵剖露。我的情绪需要一周的时间才能平静。这次，我决心破例使用一下秘书的权力，把厂里唯一的那辆吉普车派给王厂长，把他送到新单位去。

传达室的人却告诉我："王厂长走了有半小时了。"

"就他一个人？"

"刘书记替他扛着行李卷儿。"

"咱厂的吉普车呢？"

"昨天晚上，就叫骆副厂长派出去了。"

我心里翻起一阵内疚，我只想提前一个小时上班帮他点忙。可是想捉弄他的人，提前一天就打好了主意。

我突然对刘书记也产生了一股怨恨气：你这个老实而又窝囊的一把手！你们山东自古以来就是出英雄好汉的地方，你为什么就没有一点儿英雄气？一把手送二把手，竟然自己扛着行李卷去挤公共汽车！

我正站在厂门口愣神儿，有辆吉普车带着一阵轻风开进厂门口，骆副厂长从车里跳下来，满面春风。脸上浅浅的白麻点里盛满笑意。

一见我就打着哈哈说："老魏，今天来得这么早？是不是给王厂长送行？走了没有？"

"走了。"我不愿意多说话，特别是在情绪不好的时候。言多必失，万一超出了小秘书的身份，白惹出许多不必要的麻烦。

骆副厂长从口袋里摸出几个"二踢脚"，递给我两个："给你，放两个。"

我没有接："我不敢放这玩意。"

骆副厂长哈哈一笑："亏你还是个男子汉。"

我问："你口袋里还常带着这玩意？"

骆副厂长："春节剩下的，今天都放了它，驱驱晦气！"

"噔——嘎！"

"哈哈哈哈！"

一股冷气从我的耳朵里钻进去，透过脊椎，冷到脚跟。幸亏王厂长走得早，他若听见这"二踢脚"声该会怎么样？

厂长——这个职位竟有这么大的邪劲！为了取得它而摘掉这个"副"字的帽子，已经挤走了三个人，而公司两次又派来了新厂长。这次公司还会派人来顶替王厂长吗，还是隧了骆副厂长的心愿，在厂长前边去掉那个讨厌的"副"字？

若果真如此，我也应该想想自己的退路，离开厂长办公室，还是到生产科去当我的统计员。

1979 年 3 月 11 日

"魏秘书，听说骆副厂长升厂长了？"这几天向我提出这个问题的工人更多了。

我一律回答："不知道。"

跟着就会听到一句："别来这个了，你还能不知道！"

我的这些可怜的同胞们，也真是……什么事情也主不了，还挺好奇，什么消息都打听。谁当厂长你不也得干活，关你什么事？

这几天楼道里经常响起这样的喊声："骆厂长，电话！"

有的车间打报告，抬头也是"骆厂长"。

真的把个"副"字省掉了。这些心眼灵活、见风使舵的干部，比工人更可怜。

"老魏，你看出来没有？骆厂长这些天紧抓挠，什么事都管，一天到晚全厂飞。说话嗓门也高了，脸色也好看了。"

"没看出来。"这不是没有的事吗，你上班是干活来的，看人家脸色干什么！我也许是当秘书当的，神经老是处于麻木或半麻木状态。什么话都得听，什么脸色都得看，但又能做到听而不闻，视而不见，无动于衷。苦啊！我要是有德将来也能当个厂长，一定不叫活人受这份罪。买个机器人当秘书，它没心没肺，没嘴没耳，脸色永远是铁板一块，感情可能随自然气候变化，而不会随着政治气候变化。

我知道现在也有人很注意我的脸色，听我的话音。我在称呼骆明同志职务的时候，绝不嫌麻烦，一定用全称："骆副厂长"。

需要厂长批办的文件，没有厂长时我按规定一律请示党支部书记老刘，他说请谁处理我再把文件转给谁。决不妄自尊大地给骆明同志提职。骆副厂长可能有觉察。没有办法，我还没有接到上级的任免通知。

我不反对骆明当厂长，因为我没有这个权力。如果上级领导征求我这个小秘书的意见，我就会说：别看骆明是我们厂的老人，熟悉情况，下边也有一帮人捧他，但他当不好这个厂长。他关心的是厂长的权力，不是厂长的责任。他缺乏一个好厂长应有的政治品质和才能。

1979 年 3 月 12 日

真是怪事，今天骆副厂长的女儿骆晶玉，坐在办公室里缠了我半天。

两年前她就从农村办回城里来，但一直没有分配工作，因为她的条件太高。集体所有制的单位不去，工作不隧心不去，离家太远不去。她很少到厂里来，我真猜不透她坐在我对面东拉西扯不肯走，到底想干什么。

扯来扯去，扯到工作上了。她才说明来意："我想到你们厂来。"

我不相信："你别开玩笑了，我们厂虽然是国营企业，但是个二百来人的小厂，你怎么会看得上。再说我们是化工厂，没有你愿意干的好工种。"

她说了实话："好单位进不去，已经等了两年了。今年都二十六啦，不能老是这么等下去。再说你们化工厂也有个好处，成本低，赚钱多，工人的奖金发得多。"

"这倒也是。那就跟你爸爸说一声呗。"

"他怎么好意思办这件事。老魏，你给办办吧。"

对一个秘书来说，讨好上司向上爬的机会来了。当厂长心里有想办的事，自己又不好出头的时候，秘书就应该把事情揽过来。上蹿下跳，根据需要打出各种不同的旗号，把厂长的事情办成。

可是四年前，我拧不过党支部的调令，硬着头皮上来当秘书的时候，就给自己定了一条规矩：和任何一个领导，都只保持工作联系，不拉拢私人关系。对谁都一律公事公办，不公事私办，更不私事公办。

我回答她："等我请示了党支部再说。"

骆晶玉对我的回答很感意外。她选择这个时候到厂里来，显然是以正厂长的女儿这种新的身份找我。按现在新的社会等级观念，厂长的女儿应该比厂长的秘书身份高；厂长的秘书也应该是厂长女儿的秘书。无奈我不愿意领这个新头衔。骆晶玉大为不满，带着和她父亲发怒时一样的冷笑，摔门走了。

1979 年 3 月 15 日

刘书记高兴地小声通知我："新厂长快来了。"

这个老实人，简直像个孩子。已经这样高高兴兴地迎接过三次，也忧心忡忡地亲自扛着行李卷送走过三次。一听说要来新厂长兴致还是这么高。

我的高兴和失望的神经可都麻木了。

1979 年 3 月 18 日

"丁零零、丁零零……"

离办公室还老远，我就听见了电话铃响。人们挖苦掐着钟点上班的人是踩着电铃进厂门。我却是十天有八天是踩着电话铃进办公室。

这个钟点的电话，多数都是找厂长们的。在刚上班前后的这个时间，最容易把厂长们堵住。上班半小时以后再找厂长们就困难了。连我也不知道他们都干什么去了，更不知他们忙的是公事还是私事。

"丁零零……"秘书的耳膜是最厚的，不管电话铃叫得多么急，我照旧不慌不忙地开了门，挂好书包，拿出大饼油条先咬了一口，然后才去接电话。

"喂，喂，是魏秘书吗？老魏，求你点事。我父亲昨天过去了，今个要火化。你跟厂长说说，能不能把厂里汽车给我用一下，帮帮忙，帮帮忙……"

我心里一惊："你是谁？"

"我是大庞，庞万成。多麻烦你。"

我埋怨他："你怎么不早打个招呼？"

"我也没想到他会死这么快呀！"

我作难了："你也知道咱们厂就是一辆吉普，一辆'解放'，昨天都到外县搞原料去了，一两天回不来，怎么办？"

大庞是个老实巴交的起重工，不到万不得已他是不会向厂里张口的，就是有点死心眼。我把实情都告诉他了，他还举着电话不放，苦苦求我："老魏，我跟骆厂长说不上话。不管怎么说你也是给厂长当了这么多年秘书，门路比我广。我现在没有别的路了，好不容易托人定好了火化时间，亲戚都来了，要是找不着车，去不了火葬场，叫我怎么办？魏秘书，我只好抱着你这个坟头哭了……"

他死了老子拿我当坟头，我又到哪儿去找坟头呢？在一般老百姓的眼里，我这个当秘书的似乎权力很大，岂不知我只给厂长们跑腿学舌。但在这种时候，这些话是不能成为推托大庞的理由的。看来他除了认识我这个"头面人物"外，真的是一点儿没有别的门路了。

我举着电话正犯愁，一个敦敦实实的矮胖子，从我身后绕到我的对面（他什么时候进办公室来的我竟一点儿不知道），笑嘻嘻地冲着我说："来，我跟他说几句。"

我有点纳闷，问他："你……有什么事？"

矮胖子长着一张发面饼似的圆脸，极其和善可亲，一对鼓眼泡，一双又大又亮的金鱼眼，像碰见老熟人一样满含着笑意。

我似乎明白了他的身份，他很可能是哪个厂的供销员，到我们厂来联系业务。我用手指指左面，对他说："左边第三个门是生产科。"

矮胖子摇摇头："我叫金凤池，是化工局党委派我到东方化工厂来工作的。"

我一惊：他是新来的厂长？

我心里暗骂自己，当秘书最忌势利眼，我为什么今天竟以貌取人呢！

我把话筒递给金凤池，他举起话筒，语气变得严肃而又亲切："大庞同志，别着急，告诉我你几点钟用车？"

他从口袋里掏出一支圆珠笔，我递给他一张纸。他一边重复着大庞的话，一边在纸上记着：

"10点钟用车，好。你的家在哪儿？锦州道五条八号，好。你叫什么名字？庞万成，好。喂，我说万成，10点钟的时候，你在家门口等着，汽车一定准时开到你家门口。别客气，用不着说这种话。你还有什么事需要我办的吗？你就别管我是谁了，反正能解决你的问题。我倒还要劝你一句，老人去世是喜丧，你不要太难过，注意身体，多休息几天……"

金凤池把话筒倒到左手，又拨通了一个号码："化工机械修配厂吗？你是谁？老杜哇！知道我是谁吗？哈哈哈……上任啦，不来没有办法，真舍不得离开你们，舍不得离开咱们厂。喂，我有个事得用一下咱们的大轿车，可以吗？好！10点钟，叫小孙把车开到锦州道五条八号，找一个叫庞万成的人。麻烦你了，有什么事需要我办的，就打电话来。"

他放下听筒，转头问我："咱们几部电话？"

我答："咱们厂小，只有三部电话，这儿一部，生产科一部，传达室一部。"

他拉个凳子坐下来，掏出烟盒，硬塞给我一支，自己也点着了一支。一双鼓眼睛笑模悠悠地望着我，缓缓地说："甬问，你就是咱们厂上下一把抓的魏秘书了！"

"我叫魏吉祥。是赶鸭子上架，将就材料。"我的语气告诉他，我对当这份秘书差事丝毫不感兴趣。

金厂长客气地说："我刚来，情况不熟，还得请你多帮助。"

我连忙摆手，表示消受不起。

金厂长脸一绷，神情格外认真，说："我说的是大实话。群众是干部的先生，秘书是厂长的老师。不管开什么大会，做什么报告，还不是秘书在下边写好，厂长到台上去念。秘书的水平高，厂长的水平就高；秘书的水平低，厂长的水平也高不了。所有的文件，你都得先看，然后再分给各个主管厂长。厂长杂七杂八的事务，也得由你统着。你是厂长们的班长。厂长领导工厂，秘书领导厂长。"

我坐不住了，听着他的话，心里一会儿觉得很舒坦，一会儿又觉得很不自在，脸一阵阵发烧。听不出他是恭维我，还是挖苦我。在厂里我也算是个半路出家的知识分子了，今天竟叫新来的厂长给说得蒙头转向，连好坏话都分不出来了。

我还说不准对新来的厂长有什么印象，这个人至少是不窝囊。

中午，庞万成火化了老人，顾不得脱去孝服，从火化场直接来到厂里。一定要叫我带他去见新来的金厂长。

金厂长正由刘书记陪着在车间里熟悉情况。工人们一见我领着满身重孝的庞万成到处找新来的厂长，不知出了什么事，从后边围上了一大帮人。

大庞一见金厂长，扑上去，按天津卫的旧礼，跪在地上咕咚磕了个响头。"孝子头，遍地流"，竟流到工厂里来了。大庞这一手大出我意料。

金厂长也没有提防，慌忙扶他起来："大庞同志，你这是干什么！真是，唉！"

大庞一肚子感激话，再加上见了新厂长有点激动，就结结巴巴地说："金厂长，太谢谢你老啦，要不是你老派车去，我爸爸还不知要在家里停几天哪！停一天就多花几十块钱，弄不好人也得臭了。我爸爸在地下也得感谢你老，太谢谢啦……"

金厂长想拍拍大庞的肩膀，安慰他几句。可是矮墩墩的金厂长，够不着傻大粗黑的庞万成的肩膀头，只好使劲地抓住了他的胳膊，真诚地说："大庞，快别这么说。现在是有门路的走门路，有权力的使权力，剩下既没有门路，又没有权力的工人怎么办？我就认为，一不能怪工人们和领导有对立情绪；二不能怪群众不像1958年以前那样积极了，埋怨他们尽想自己的事，私心太重。眼看着他们有事没人管嘛。

自己要再不管还怎么活？"我感到惊奇，金厂长倒真敢说话！他初来乍到，在这个群众场合，好像是随随便便地同工人们说点大实话，而且是用一种替群众抱不平的口吻。

他这几句话果然说到了工人的心里，从他们敬佩的眼神里，从他们交头接耳的啧啧声里，金厂长收到了比召开一个群众大会、发表一阵"就职演说"还要好的效果。

刘书记看到工人们这样欢迎新到来的厂长，很高兴，实实在在地说："老金，你看咱厂的工人不错吧？都很欢迎你。"

金厂长又对大庞说："万成，人死了是不能再活了，你要想得开，把后事料理完在家多休息几天，千万把身体养好。"

他早晨在电话里已经嘱咐过了，当着大家的面又重复一遍。

庞万成被感动得不知说什么好了，脸红脖子粗地说："不，我不歇了，我就是来上班的。"

说完脱掉孝服，换上工作服。金厂长叫他多歇几天，他不仅没有多歇，三天的丧假只歇了一天半。

老刘陪着金厂长到别的车间去了。我转身回办公室，突然看见骆副厂长在人群后边站着。他眼睛望着刘书记和金厂长远去的背影，使劲吸着香烟。脸上的白色麻点一个个非常鲜明。麻子是他情绪变化的指示灯。在他心情愉快、气色好看的时候，浅浅的白麻子似乎也隐去了。当他发脾气、冒肝火的时候，脸红麻子白，非常突出。

他走到大庞跟前，笑着说："庞万成，想不到你愣大的个子，腿倒挺软，借给你辆汽车就给人下跪！"

庞万成一怔，结结巴巴地说："骆厂长，你这是……"

骆明是个狗脾气，说翻脸就翻脸，你无缘无故也许就被他咬上一口。我装作没看见他，扭头回办公室。

56

他却从后面跟上来，并肩和我走着。

"老魏，咱们这个新来的头儿，挺会收买人心哪！"

我没有答腔。厂长之间勾心斗角的事，我从来不参与，不向这一个，也不偏那一个。

不过，我们这个小化工厂，又要进入多事之秋了。

1979 年 3 月 23 日

"金厂长上任第一件事，就是从外单位给本厂一个最老实的工人借调汽车。"

这件事在全厂传遍了，而且添枝补花，加上了许多传奇色彩。

我们的群众多么容易满足和被感动呀！

1979 年 4 月 2 日

我和金厂长到公司汇报工作。坐进吉普车，好一会儿谁也没有说话。

他突然向我提出了一个我无论如何也想不到的问题："'强龙不压地头蛇'，这是哪个戏里的一句词儿？"

我看看他："《沙家浜》。"

谁也不再说话了。但是他的意思我完全明白了。

直到下了车，踏进公司的办公大楼，金厂长又对我说："我们要争取头一个讲。开头大家总有点客气，你推我让。有身份的人不想开头一炮，都愿意先听听别人怎么讲。我们这样的小厂，正好可以挤上去。再说会议刚开始，领导们精神集中，听得仔细。到后边老头们都累了，抽烟喝水上厕所，谁还认真听你的发言。"

我佩服他的分析，但也替他担心。他来厂还不到一个月，能讲些什么呢?

公司通知是厂长来开会。任何会都有个灵活机动,憨厚的刘书记害怕金厂长来的时间太短,情况掌握得不多,提出叫骆副厂长来参加。我知道骆副厂长也最愿意干这种出头开会的事。可是金厂长笑笑说:"我还是去吧。"

非常微妙。是他不愿意给骆明这个以厂长身份出头露脸的机会呢,还是自己不愿意放弃这个在公司领导面前表示新身份的机会呢?

会议开始以后,他果真头一个发言,讲得很生动,举出了庞万成三天丧假只歇一天半的例子。他表扬的是工人,没有表白自己。给人的感觉却是领导很高明。

公司领导表扬了我们厂。我们这个不起眼的小厂受到表扬,太稀罕了。

我越发感觉到,金厂长这个人不那么简单。

第二个发言刚开始,金厂长就悄悄地对我说:"老魏,你好好记一下,特别是外单位好的经验和公司领导的指示。我出去一会儿。"

他这一去就是好几个小时,到快散会的时候才回来。真是怪事。

1979 年 4 月 25 日

怪事一件接着一件,这两天我发现骆副厂长脸上的麻点不那么明显了。这场新的权力角逐的暴风雨,难道这样快就过去了?

骆明这个人不会轻易服输的。难道是他对金厂长服气了?他似乎也不是那种肯服气的人。

中午,我从食堂回到办公室,金厂长正在我的屋里打电话,骆副厂长以少有的媚脸在旁边陪着。

"……叫骆晶玉,骆驼的骆,晶体管的晶,林黛玉的玉。她是我的亲戚,你办也得办,不办也得办。一个星期内我听你的信儿!好,就这样定了。"

我心里有点开窍。我不赞成金厂长老来这一套,可是佩服他的心计和手段。骆明是个不好对付、不好配合的副手。但他熟悉这个厂的生产情况,下边也有一帮子人,如果把他治服了,金厂长的脚跟就算站稳了。

我却没有想到金厂长会用这种办法:小人喻于利。难怪有工人背地议论金厂长够滑的。

1979 年 5 月 10 日

我和金厂长到局里开会。坐了一会儿,他又悄悄地对我说:"老魏,你好好记一记,我出去一会子。"

一到公司和局里来开会,他就来这一手。他出去干什么?哪来的这么多事?

等了一会儿,我也走出会场。我想看看他到底去干什么。天气已经转暖,许多办公室都开着门。金厂长是在化工局大楼里,挨个屋子"拜年"。从一楼到四楼,一个处一个处地转。每到一个处,就像进了老朋友的家一样。从处长到每一个干部,都亲热地一一打招呼,又说又笑。他兜里装的都是好烟,大大方方地给每一个会抽烟的人撒一根。谁的茶杯里有刚沏好的茶水,端起来就喝。当然,他也不是光掏自己的烟,别人给他烟的时候也很多。他和每个处的人都很熟悉,又抽又喝。有时谈几句正经事,有时纯粹是扯闲篇、开玩笑,嘻嘻哈哈,非常开心。一晃几个小时就过去了。

在化工局里,我们厂是排不上号的一个小单位。这样一个小厂的厂长,在局办公大楼竟这样自由自在,到处都有熟人,到哪里都可以谈笑风生，而且认识许多职位比他高得多的干部，我不能不说这是一种本事。

散会以后，在回厂的路上，我问金厂长："听说你在局里和公司里有很多熟人？"

"今天下午你不都看到了！"他冲着我笑了。

我无法掩饰自己的尴尬。

他很开心地说："魏秘书，这些日子我看出来，你是个好同志。钢笔字写得又快又漂亮，成天忙得四脚朝天，比哪一个厂长都忙。就是有点书呆子气，办事死心眼儿。老魏，我告诉你一种我发明的学问。在资本主义社会，能够打开一切大门的钥匙——是金钱。在我们国家，能够打开一切大门的钥匙——是搞好关系。今后三五年内这种风气变不了。我们是小厂子、小干部，要地位没地位，要权势没权势，再不吃透社会学、关系学就寸步难行。"

惊人的理论！我说不清心里是敬佩他，还是厌恶他。

1979 年 5 月 12 日

骆副厂长脸上的笑纹几乎把所有的麻点全遮住了，他兴冲冲地对我说："老魏，交给你个任务，今天晚上你陪着金厂长到我家里去吃饭。我怕老金不去，你一定得作陪，无论如何要把他拉去！"

我心里说："浅薄的人。给你闺女找个工作就值得这样！"

转念又想，一个五级看泵工，由于某种机缘入了党，当上了副厂长，你又能要求他怎么样呢？我是决不能到他家里吃这顿饭。以前我遇到这种拉拉扯扯的事就往老婆孩子身上推，不是借口老婆病了，就是推说孩子发烧。反正是老婆孩子跟着我倒霉！

今天说轻了推不掉，我狠了狠心就对骆副厂长说："哎呀，不凑巧，我那个小不点得了肺炎，下班后我得赶紧回家送他上医院。"

骆副厂长的脸像外国鸡，立刻变了："我就知道我老骆的脸小，请不动你这位大秘书。这样办吧，下班前，你把老金送到我家门口，然后，就请你自便。"

我没有办法，谁叫我是秘书呢！只好冲着骆副厂长的背影又骂自己的儿子："我的儿子将来要再给人家当秘书，我就把他的手指剁掉！"

临下班的时候，我去请金厂长。金厂长答应得很痛快，而且约我一块去。我把瞎话又说了一遍。金厂长那对突出的金鱼眼眯成了一道缝儿，笑了："老魏，你不会编瞎话，往后就别编了，瞧你那脸色，红了又白，白了又红。"

"金厂长，这是真的……"我急忙遮掩。

他笑得更凶了："得了，你的瞎话千篇一律，连个花样也不会变。你就不拿耳朵摸摸，全厂谁不知道魏秘书有一手绝活，一旦人家有事求他，他不愿意给办的时候，就往老婆孩子身上推。老魏呀，你那么大学问编什么瞎话不行，干吗非给老婆孩子招灾！"

我只好苦笑着摇摇头。

他拍拍我的肩膀："你真是个书呆子，副厂长请客，不吃白不吃。他要是拿出两块钱以下的酒，咱都不喝！你就跟着我去，进门不用你说话，只管低头吃你的饭。这样的美事还不干！"

我最终也没有去。但我知道了骆明请客的原因，他的女儿今天到国营无线电十厂去报到了。金厂长的道行真大，这一手就可以把骆明给降住了。

当党性、纪律和法制对某些人不起作用的时候，也可以用义气和恩惠试一试。

不知为什么，金厂长这一手却怎么也引不起我的敬佩。相反，他在上任第一天留给我的那个朴实可亲的印象，已经被后来的这些事给冲淡了。

（1979 年 6 月至 9 月的日记略）

1979 年 10 月 9 日

上行下效。领导干部之间关系有多复杂，社会上就有多复杂，群众的思想就有多复杂。

骆明和金厂长摽成把了，刘书记和金厂长的关系却越来越紧张。今天在讨论奖金问题的支部会上，书记和厂长之间的紧张关系公开化了。

9 月份，上级发下来一个文件，工厂可以从利润里按比例提取奖金。我们厂原是搞综合利用起家的，大部分原料是捡别的厂甩出来的废物，花钱不多，一本万利。发奖给钱的事，厂子越小、工人越少，就越好办。9 月底一结算，每个工人可以拿到五十元奖金。就连科室的干部，也可以分到四十多元。大部分工人等于一个月拿双份的工资。

刘书记这个实实在在的山东汉子，一听这个数目字吃了一惊。虽然他的生活条件在厂级干部里最差，每月多收入四十多元还是很需要的，但他一摆脑袋，表示反对："不行，发这么多的奖金，这可了不得！"

"有什么了不得？"他的意见遭到了不少人在心里反对，从表情上可以看得出来。钱不是坏东西，给多少也不烫手，每月多进个四五十元，谁还不高兴？但是，委员们嘴里，谁也不说赞成，谁也不说反对。都拿眼瞅着厂长和书记，等着一、二把手定板，谁都想多领钱，少担责任。

金厂长对骆明说："老骆，说说你的意见。"

骆副厂长很干脆："应该发给工人，照文件办事。"

刘书记说："文件是指一般情况说的，我们有我们厂的特殊情况，不能钻这个空子。我们要全面领会文件精神。上级要知道我们发这么多奖金，也不见得就会同意。"

骆明："这笔钱不发给工人怎么处理？难道白白地上交？"

刘书记："存在银行，将来搞点集体福利设施。"

金厂长只顾抽烟，一言不发。谁也猜不透他的态度。他是个会处关系、善于权衡得失的人，绝不会为了多给工人发几十块钱的奖金而让自己担风险。万一为了这件事和局、公司的领导把关系搞僵了怎么办？损害了国家利益，使工厂和国家的关系搞坏了怎么办？哪头重，哪头轻，他不会不知道，他不会因小失大。更何况党支部书记已经表态，像他这样的人难道愿意站到书记的对立面去吗？

连我都觉得，金厂长一定不会同意多发奖金。

金厂长开始表态，一张嘴果然不出我所料。他说："老刘说得对，奖金数目是大了一点……"

骆副厂长脸突然涨红了："你——"

金厂长冲他摆摆手，他们两个似乎是私下已经碰过头了。我心里一动，金厂长既然收服了骆明，就一定会利用这个"贼大胆"。今天说不定也是拿他当一杆枪，先试试刘书记的火力。

金厂长接着说："我们是东方化工厂的领导，我们用不着替国家操心，我们要操心的是东方化工厂的群众，得罪了他们，我们就要倒霉了。文件向群众传达了，如果奖金不照数给，我们就失了信，国家也失了信。我们挨骂还不说，群众的心气一散，生产就会掉下来。所以，我主张五十元的奖金一分不剩全发下去。公司里要问，我们有词儿：按上级文件办事。兄弟厂要反映，咬扯我们，我们更有理：这是多劳多得，我们厂搞得好，给国家赚钱多，奖金自然就发得多。大伙说怎么样？"

委员们大多数都同意金厂长的意见，就算通过了。刘书记心里感到发这么多奖金不合适，嘴上却又讲不出更多的道理。虽然在会上按少数服从多数通过了金厂长的意见，可是散了会，老刘把金厂长留住了。他就是这么个爱钻牛角尖的人，骆副厂长背后就骂他是"犟死亲爹不戴孝帽子"。

我要给公司赶写个材料，下班后也没有走。我把通刘书记房子的上亮门打开，一边写着材料，一边支起耳朵听着隔壁房间里的谈话声。我担心刘书记的脾气，他也太认死理，老实得过分了。以前正副厂长不和，他成天焦心。调走的王厂长最对他的脾气，作风正派，对上对下一是一、二是二，从不弄虚作假。就是心胸太窄，爱生闷气，不到一年就被骆明气跑了。现在来了个金厂长精明能干，上上下下关系都处得挺好，连骆明都服气了，正副厂长配合得挺好。按理说老刘这个党支部书记不该省心了吗？他却偏要没事找事。过去他和王厂长两个人还对付不了一个骆明，现在他一个人又怎么能对付得了金厂长和骆明两个人！心实的斗不过心虚的，搞事业的斗不过搞权术的。我真替他、替我们厂担心。

隔壁房间里老刘的声音越来越高："……当个领导最主要的是思想要端正，不能迎合一部分人的口味，八面讨好。更不能拿着国家的东西送人情。老金，有人确实向我反映这个问题，你不能不注意点。"

这话说得太刺人了，一把手对二把手哪能这样说话！我赶紧把写好的材料送过去，冲淡他们的紧张气氛。

金厂长真有两下子，什么话都听得进去，脸上一点儿不挂相，冲我一笑，说："老魏，你来得正好，咱们一块扯扯。咱们这位刘书记真够饿，难怪以前咱厂的班子都尿不到一个壶里，他这个一把手不是给下边擦屁股，下边得给他擦屁股。我问你，你说我思想不端正有什么事实？你说我拿国家的东西讨好群众，我执行的是不是上级的文件？"

"唉！"老刘一摆手，"给钱的事越多越不嫌多，一降下来群众就有意见。但是，我们做领导的应该为群众的长远利益考虑，要教育引导群众，文件上不也说可以抽出一部分奖金搞些集体福利事业吗？"

"你扣住这五十元不给，那群众就会骂我们。再说你把这钱扣下干什么用？"

"留点后路，长流水不断线，万一哪个月出点事，没有完成任务，仍然可以发奖。再说钱存多了还可以给群众盖点宿舍。"

"得了，刘书记，你吃亏吃得还不够！"金厂长转头对我说，"你当秘书最清楚，咱们国家的事就是有权力不用过期作废。现在叫你发奖，你就发；如果不发下去，精神一变，剩下的钱你就没有权力支配了，你还想盖房子？咱们这个小厂，好不容易盖几十间房，土建部门要几间，管电的要几间，给水的要几间，煤店、副食店再要走几间，层层扒皮，我们还能剩几间？花了钱，受了累，还得惹气挨骂，本厂工人落不着实惠。把钱往大伙手里一分，又稳当又实惠。"

刘书记并不认可，但他也不吭声了。

金厂长掏出烟盒，每人给一支烟。老刘没接，掏出自己的烟吸着。金厂长也不在意，把给老刘的那支烟叼在自己嘴上，点着火深深地吸了一口，又说："老刘，你那一套1958年以前行得通，现在不行。对上级文件既不能不办，又不能完全照文件的精神办，这里边学问可大啦。就说你老刘吧，在这方面坐了多少蜡！'文化大革命'中遭送的可以回城安排工作，你没有快抓快办，现在又冻结了，叫就地安排。这一件事你挨了多少骂？退赔，办得快了钱就拿到手了，办得慢了就没拿到。这种事多了。谁死板谁就吃亏。"

金厂长说得很诚恳，他是真心想劝刘书记灵活点。我却觉得老刘听了这番理论，对他的反感更深了。

1979 年 10 月 10 日

得便宜卖乖。奖金发下去了，全厂上下议论纷纷。可气的是，群众对昨天党支部会上讨论奖金问题的争论都知道了，而且知道得比我的记录还详细。刘书记挨了大骂，金厂长成了"青天大老爷"。

我感到不公，替老刘抱不平。

金厂长提出要借发奖金这个东风，把群众情绪鼓起来。召开了全厂职工大会，金厂长在会上做了个简短而又深得人心的报告，没有叫我给起草，那是真正代表厂长的水平。

他说："……这个月的奖金一分不少，全发给大伙了。有人接到这一包子钱，吓了一跳。只要大家干得好，我们厂的利润再提高一块，下个月奖金还会多。你们放心，只要是通过我的手发给大伙的钱，我是一分不扣，一分钟不停，全发给大伙！……"

1979 年 11 月 2 日

这个星期天最丧气了，从早晨 4 点多钟起来钓鱼，到下午 3 点钟，才钓到三四条小鲫鱼。在回家的路上遇见了金厂长。他钓了满满一篓子，我问他在哪儿钓的，他笑而不答。我猜他一定是和哪个看养鱼池的人有关系，从养鱼池里钓的。他不顾我的拒绝，硬是把鱼分了一半给我。路过他的家门口时，还要拉我上楼坐一会儿。我不好拒绝，也想看看他的家里是个什么样子。我猜想，像他这样神通广大的人，家里一定搞得很富丽堂皇。

我走进去一看才知他的家里非常简朴，简朴得使我不敢相信这是金厂长的家。

他的女儿正在家写功课，他叫女儿给炒个菜，要和我喝二两。他女儿瞪他一眼，拿起书包到奶奶屋里去了。

金厂长还有个老娘，他只好又去求老娘。老奶奶虽然答应给他炒菜下酒，但是嘴里也不停地埋怨儿子。很快我就从老太太的嘴里明白是怎么回事了。

金厂长每月工资七十多元，只给家里一小部分，剩下的抽好烟，喝好酒。每天晚上在饭馆里喝完酒，回到家里随便吃两口饭就行。老娘和两个孩子主要靠他爱人的工资养活。

他在家里的地位，远不如在工厂里。

我万万没有想到他会是这样一种人。这倒使我对他产生了一种好感：是同情他的家庭，还是欣赏他把神通都用到工厂里，并没有往自己家里搂东西？连我自己也说不清楚，真是莫名其妙。

1979 年 12 月 31 日

下班铃早响过了，干部们一个也没有走。金厂长从银行打来电话不让干部走。从早晨一上班他就带着财务科长到银行去了。我们厂在年底每人要发一百元的奖金，银行不同意。厂长亲自拿着文件去交涉。他在银行蹲了一天，连中午吃饭都没回来。不知他把干部们留住是什么意思。

又等了一会儿，厂长回来了。他满脸喜色，对干部们说："大家都动手，今天无论如何要把钱分出来，发下去。"

干部们一个个都很高兴，在财务科长的指挥下开始数钱，数到一百元就装进一个红信封。

刘书记把金厂长叫到我的屋里，动感情了，说："老金，不能这样干，这叫滥发奖金！文件里没有叫你年终发这么一大笔钱吧？"

金厂长忙了一天，也没有好气地说："文件里也没有说不让发这笔钱。"

"老金，这样要犯错误！是不是发完这笔钱，过了年，我们厂就关门？"

"你这人，真是！"金厂长强压住火气，"我跟你说过多少回了，有多少发多少，而且必须在今天发下去。要不还用得着我亲自到银行里去泡蘑菇！上边的精神没有准，一会儿一变，明年还不知道是嘛章程，要是来个新文件，奖金冻结，你想发也发不了，到那时我们就挨大骂啦！"

"你怕挨骂我顶着！"

"这是支部会上定的，你一个人不能推翻。发！"金厂长推门走了，我这是第一次看见他发火。

1980 年 1 月 3 日

今天一上班我就收到了好几个文件，其中有一个文件就是通知1979 年的奖金暂时冻结。

我把文件拿给金厂长，他哈哈一笑："我早就猜到会有这一手！"

一公布，全厂上下对金厂长的欢呼声更高了。干部们也都议论这件事：这一百元拿得太巧了，晚一天就飞了。金厂长既有远见卓识，又敢作敢为。

下午，选人民代表。区里只给我们厂一个名额。今年的选举是真正的民主，上边连候选人都不提，完全由群众民主选举产生。四个车间分成三个选区，全体干部编为一个选区。车间的三个选区投票结果，金厂长以绝对压倒的优势当选。在干部这个选区里，金厂长只差三票就是满票。这个结果是谁都料得到的。可是也有一点没有料到，在车间的选区里有一张票上写了这样一句话："金凤池是个大滑头！"

由于监票、唱票的那几个工人嘴不严，这句话给传出去了，这对金厂长是个打击。

看来不管多滑的人，也很难滑过群众的眼。但是，让群众看出是滑头的人，还能算滑吗？世界上有没有一种真正的、让人并不觉得滑的滑头呢？

下班后，金厂长提着多半瓶"芦台春"来到我的办公室："老魏，先别走，可怜可怜我这个无家可归的人，陪我先喝二两。"

说完从口袋里掏出两包花生米。

"您怎么不回家？"我问。

"昨天和老婆吵架了，今天不能回去，一回去还得吵。"他把酒斟到茶杯里，一仰脖就灌了一大口。

我劝他："金厂长，您这样不顾家可不行。从下个月起，我把您的工资扣出一大半，送给您的家里。"

他笑了："来来，喝酒！清官难断家务事，我老婆和我打了二十年，都没有管住我。你能管得了？来，喝！"

他真是个喝酒的能手，光喝酒不吃菜。喝两口酒，才吃一个花生米。越喝口越大，不一会儿，那对突出的金鱼眼就有点发红了。

他突然盯住我的眼睛说："老魏，现在的群众真难伺候！五股八流，什么人都有，不管你怎么干，也不会让他们都满意。"

我明白他是指什么说的，还不好答腔。他喝了一口酒又说："我是为了群众，得罪了头头。反过来说，让头头满意，一定又会得罪群众。你知道今天干部投票时反对我的这三票都是谁吗？"

我心里一惊，不明白这是什么意思。他怎么会知道谁投了反对票呢？他一定是疑心刘书记，但刘书记是个光明正大的汉子，他不会投金厂长的赞成票，这是明摆着的事。

我只好回答说："不知道。"

金厂长嘴角一咧："有一票是老骆投的，没错，准是他！"

我实在是没想到，也不大相信："他对您不是很敬佩，很好吗？"

他笑了："那是因为我给他办过事，他那两下子也玩不过我。但是这个人比较毒，忌妒心太强。不过今天他不赞成我当人民代表是对的。"

我又问："那一票是谁的呢？"

他用食指点点自己的鼻子尖："我自己！"

他不是醉了，就是成心拿我耍笑着玩。

"我说的是实话。"他又灌了一口酒，果真是带着几分醉意了，"我知道，连你也瞧不起我，一定认为我是个大滑头、社会油子。我不是天生就这么滑的。是在这个社会上越混，身上的润滑剂就涂得越厚。泥鳅所以滑，是为了好往泥里钻，不被人抓住。人经过磕磕碰碰，也会学滑。社会越复杂，人就越滑头。刘书记是大好人，可他的选票还没有我的多，这叫好人怎么干？我要是按他的办法规规矩矩办工厂，工厂搞不好，得罪了群众，交不出利润，国家对你也不满意，领导也不高兴。你别以为我的票数最多就高兴，正相反，心里老觉着不是滋味。所以我明知老刘不投我的票，我却投了他一票……"

"金厂长，你喝多了。"我扶他在值班员睡的床上躺下来，"您先躺一会儿，我回家给您拿点饭来。"

我真后悔下午投了他一票。他虽然精明能干，而且票数多，可是他这个人和"人民代表"这种荣誉总不大协调。难道金凤池是当今这个时代最合格的"人民代表"的候选人吗？我在心中连连暗自摇头。但转而又想，他刚才那一番心里话也不是没有一点儿道理，时代是按照自己的需要改变人的灵魂，"人民"这两个字的概念就不能随着时代的变化而改变吗？群众既然拥护金凤池，为什么不能说他是人民的代表呢？

1980 年 6 月

赤橙黄绿青蓝紫

一

世界之大，无奇不有。没有各式各样的新奇事，还算是一个纷纭复杂的世界吗？

请看，在这八十年代第一个春天的早晨，第五钢铁厂门前的景象吧！

这座五十年代建成的现代化的十里钢城，现在被一片农村经济繁荣的产物——自由市场包围着。它的正面围墙下稀稀拉拉摆着许多挑担的、推车的摊贩，小米、绿豆、萝卜、青菜，各种农副产品花样齐全。叫卖声此起彼落，唤醒了沉睡的钢城，盖住了厂内钢铁的轰鸣。住在钢城宿舍区里的职工，再也用不着给钟表上闹铃了，小贩的叫卖声就是报时钟，按这种吆喝声起床，就是上早班也绝不会迟到。主妇们也不愁买不到好菜和早点，鲜鱼活虾，任挑任选。只要口袋里有钱，就请来吧，想吃什么有什么。围墙里高炉吃不饱，生产萧条；围墙外叫嚷喧天，一片繁荣。叫卖农副产品的小商贩们包围着生产钢铁的国营企业。其实他们卖一天海蟹所赚的钱，够钢厂工人干一个星期的。钢厂职工把钱送到商贩手里还满心乐意，虽然花钱多一点，好歹吃菜方便了，总比有钱买不上东西强。钢厂的生产任务也许不够充足，可是工人们手里的钱并不少，我们的人民不知不觉地、实实在在地富裕起来了。经济规律像个幽默多智的魔术师，这些年开了我们一个实在不算小的玩笑，我们不得不承认它的存在了。

雄伟壮观的钢厂大门楼下，是这个特殊的自由集市的中心，熙熙攘攘，热闹非常。不但有卖青菜的，还有许多卖熟食的：大饼，麻花，炒花生，煮蚕豆。早晨，钢厂工人上班的这段时间人最多，叫卖声最热闹，买卖也最好。门前有一块广场，钢厂保卫处有规定，商贩不得堵住大门口，必须给进出工厂的汽车留出通道。大家为了抢买卖、揽生意，都尽量往前站，这就使通道越来越窄。这个市场上的商品和价格变化无穷，谁能驾驭它，谁就可以发财。

今天，买卖几乎全被一个高身材的小伙子抢去了。他不像农村来的小贩，满身尘土，脏里脏气；也不像城里推车卖食品的小商，一身油垢，邋里邋遢。他手脸干净，两眼有神，嘴上捂着大口罩，胳膊上套着雪白的套袖，身上系着崭新的白围裙，头上戴一顶白布工作帽，就像是刚从大饭店里出来的一级厨师。潇洒俊逸，风度翩翩。单凭这身打扮，往市场上一站就格外引人注意。他有一个和自己年纪差不多的助手，这助手和他可大不一样，身材壮实，大手大脚，一张轴瓦般又瘦又长的脸总算被鼻梁上架着一个特大号的太阳镜补平了一些。两个耳朵眼里一边钻出一撮黑毛，刚好又被从鬓角拖下来的长发遮住，一脸七个不在乎、八个不含糊的神气。上身是米色的大疙瘩毛衣，下身是黄色长筒子裤。他晃着膀子在市场上转了一圈，看中了靠近门口一块十分显眼的地方，有个五十多岁的老乡在这儿卖鸡蛋，他恶声恶气地问：“鸡蛋多少钱一斤？”

老乡抬起眼，见这份长相、这身打扮，先自怵了三分，开市碰上这块料，自认晦气。但又惹不起他，只好多加小心，赔着笑脸说：“您买点鸡蛋吗？一块三毛钱一斤。”

“这么贵！”轴瓦脸伸出两只手，每只手里抓起两个大鸡蛋，像老年人在掌心里玩核桃一样在手里捻着：“新鲜吗？你别弄些臭鸡蛋到这儿来糊弄人！”嘴里说着鸡蛋，眼睛却瞅着老乡，趁老乡转脸照应别的买主的时候，两只手里的鸡蛋揣进了两边的裤口袋里。嘴里吹起了口哨，每只手又拿起两个鸡蛋，继续捻着，端详着。

卖鸡蛋的老乡没有看到，一个想买鸡蛋的中年妇女，在他身后看清了他的全部动作，吃了一惊，想张嘴，一看轴瓦脸这副不好惹的样子，就把到嘴边的话又咽下去了。多一事不如少一事，大清早的别找不自在。

可是偷鸡蛋的轴瓦脸青年倒不放过卖鸡蛋的老乡，他那像枪托般朝外翘起一块的大下巴使劲一努：“哎，你没看见我们厂保卫处的布告，不许堵住门口影响交通，快挪挪地方！”

老乡的媚笑变成了苦笑，赶忙点头：“我这不是离门口还老远的，不影响过车过人。”

“不行，快挪走……”

戴着白口罩、白围裙的青年人过来拦住了自己的助手：“何顺，叫他在这儿正好，我们在他旁边卖。如果有人想吃鸡蛋煎饼，从他那儿买鸡蛋，从我们这儿买煎饼，一举两得，对两家买卖都有好处。”一身白的小伙子说完就在鸡蛋摊的旁边支起自行车，车子两边竖起两根木棍，木棍上面架好一块木板。把摊煎饼用的火炉、饼锅、小米面、铲子、刷子全都摆好。“煎饼油条铺”就算开张了。

何顺撑开一个巨大的白布伞，这是交通警察在夏天里用的。现在还是春寒料峭，太阳还没有出来，他们支起大白伞一是为了遮挡雾气尘埃，更主要的是为了壮壮门面，招徕顾客。他还把一根一丈二尺长的竹竿绑在自行车把上，竿头挑着一块木牌，木牌上写着两个大字：清真。

何顺用他那惯于吵架骂街的异常粗嘎的嗓门吆喝起来："哎——快来买，快来尝，滚热的、烫嘴的、喷喷香的煎饼果子。质量高，价钱低，别处一套一角二，咱这儿只收一角钱。不为了赚钱，只为了方便本厂的职工。哎，谁不信就来尝一尝，吃上一回就保你还想吃第二回……"

"何顺，别嚷了，快来收钱。戴上你的口罩和帽子，把眼镜摘掉，规规矩矩的，别摆出打架的样子。"一身白的小伙子从篮子里取出一台四个喇叭的立体声收录两用机，放在脚边的一个凳子上按了一下电键，立刻从里面飞出了雄浑而美妙的乐曲声。嘈杂的自由市场一下子显得安静了，买的和卖的都抬起头朝这边张望，有的循着声音走了过来。

何顺也十分惊喜："哈，你把这玩意也带来了。要是我单为了听段音乐，也得在这儿站一会儿，买你一套煎饼。"他翻看着磁带，很有点惋惜地说："哎呀，你怎么光带乐曲，拿点邓丽君、李谷一唱的流行歌曲多来劲，叫他们开开洋荤，买卖保管兴隆。"

"去，你懂什么，快干你的活去！"白衣小伙子说话声不高，气很冲，对瘪脸何顺颇有权威性。

"好的。"何顺非常顺从，嘻嘻哈哈地从口袋里掏出四个鸡蛋，"思佳，先给我摊上四张带鸡蛋的煎饼，我喂饱了肚子才能干活。"

大白伞底下很快就聚集了一群人，有买的，有看的，还有听的，因为有何顺这样一个人物管收钱，买煎饼的人都规规矩矩地排队，谁也不敢起哄。一见围上了这么多人，何顺也更长了精神，摇头晃脑叫喊得更热闹了。煎饼的味道的确不错，价钱也真的比别处便宜二分。摊煎饼的小伙子，干净利索，动作潇洒，他的生意惹得全市场上的人都眼馋了。钢厂的职工都来买他的煎饼，花上一角钱还能看个热闹，瞧个新鲜。因为他俩就是钢厂运输队的汽车司机，一个叫刘思佳，一个叫何顺，又拿国家的工资，又做小买卖，看厂里怎么办吧！别的职工也有做小买卖的，那都是偷偷摸摸，不敢让厂里知道。这两个小子胆大包天，竟在工厂的大门口，扯旗放炮地干起来了。人们一边买煎饼，一边和他们两个搭讪。刘思佳不怎么说话，何顺手里数着钱，嘴里还不闲着。

"你们俩倒不错，这一早晨得赚个十块八块的吧？"

"厂里不发奖金了，就得靠自己捞点外快。"何顺振振有词。

"你们这样干厂里同意吗？"

"不同意又怎么样？现在谁还管谁！就得靠钱书记做动员，蒋（奖）厂长做报告，不赚白不赚，不捞白不捞，谁挣钱多谁是好样的。"

"你们摆摊卖煎饼得有照啊？"

"当然有，我爸爸的执照，真正的'西域回回'。"

"你们上班拿工资，业余时间干小买卖，这不是一个人吃两面吗？"

"谁有能耐谁就干，八仙过海，各显其能，撑死胆大的，饿死胆小的。你有本事吃八面也没有关系。在美国大学生还可以到饭馆洗碟子刷碗哪，当车工的下了班还可以开出租汽车。咱们的农民兄弟可以进城做小买卖，贩卖土特产，我们这工人大哥就该饿死？就不可以卖点洋手艺？"

"都这样干不乱套了？！"

"去你妈的，不这样干就不乱套了？你不愿意买滚开，别在这儿碍事！"何顺一见歪理讲不通就露出了本相。

"你做买卖怎么骂人？"

"我骂你个王八蛋了，合适吗？"何顺站起来想动手，刘思佳头也不抬，轻轻喝了一声：

"何顺，你还想干吗？"

何顺立刻老实了，他在别人面前像个暴徒，在刘思佳跟前却像个奴才。这真是一对奇怪的朋友。

"啪！"录音机的磁带放完了，自动停住。刘思佳又换上了一盘西班牙乐曲《小船漂呀漂》，伴着轻柔舒展的乐声，刘思佳用小铲敲了几下锅沿，低着头一边忙着摊煎饼，一边高声说："煎饼果子，热的，烫嘴又烫心。比一比再买，想一想再吃，吃了我的煎饼，不仅能填饱肚子，还能长智慧，锻炼思考力……"

他不像叫卖，倒像自言自语。

人们里三层外三层，围住了"大白伞煎饼摊"，群众都爱凑个热闹，在马路上骑自行车摔跟头还一围一大帮哩，何况这儿有奇怪的买卖、奇怪的人、奇怪的音乐。人群把通向厂门口的唯一的一条通道堵住了，步行上班的职工走到这儿停住了脚步，骑自行车的到这儿也要下车看上一眼。"刘思佳卖煎饼"震惊了自由市场。又由看到或吃到他的煎饼的人把这一新闻带进厂门口，带到各个车间、科、室，于是这件事又轰动了第五钢铁厂。工人们不管它合法不合法，谁的煎饼好，价钱又便宜，就买谁的。但是，干部们就多了个心眼，只远远地看上一眼，有的连看也不敢看，心里倒说："这小子，又要找倒霉了！"

也有相当多的人见到刘思佳卖煎饼，心里很不是滋味。但又说不出他是对，还是错。就连政治部、保卫处的干部们，站在旁边也干生气却不敢管，更不敢砸他的煎饼摊，没收他的钱。他们不怕何顺会动手打架，而是自己心里没有底。在感情上觉得是错误的东西，在道理上却说不出个所以然。更主要的是对这类事情应该怎么办上头没有文件，领导没有明确表态，现在经济政策很灵活，谁知怎样算对，怎样算错？国家的政策是一个，对农民是合法的，难道对工人就成了非法的？钢厂的许多干部，习惯于老老实实地按上头精神办事，习惯于服从，而不习惯负责，一旦没有了上头精神，便感到六神无主，无所适从了。下边千变万化，上边死死板板，这可叫两个小青年钻了空子。

上正常班的工人陆陆续续地来了，刘思佳的煎饼摊更火爆了，买煎饼的人越围越多，特别是和他要好的那些青年男女，一买就是四五套，有的甚至买十套、二十套，留着中午当饭吃。这好像也是一种义气，替他的生意捧场。

一阵急促的自行车转铃的声音从老远就响起，一直响到刘思佳的煎饼摊跟前，一辆鲜红的"凤凰"牌轻便坤车险些撞倒了煎饼摊。何顺站起来刚要骂街，一抬眼看见骑车人屁股还不离车座，只用一只脚蹬地，稳住了自行车。何顺脸上紧绷绷的肌肉，忽然松弛开来，堆出了满脸笑纹，讨好地说："叶芳，吃煎饼吗？我请客，管你够。"

叶芳没有理他，却怒气冲冲地盯着刘思佳。

刘思佳没有抬头，轻声地、像个生意人一样很有礼貌地说："叶芳，躲开一点，别影响我们卖煎饼。"

叶芳只从鼻子里"哼"了一声。这是一个非常俊俏的姑娘，只是娇艳得稍有一点儿过分了，乌亮的秀发没有烫成波浪状，不知用什么办法，更不知要花费多长时间，别出心裁地在脑后梳了个盘龙髻，髻上别着一个黄灿灿像是用赤金做成的发卡，两耳挂着翠绿色的耳坠，穿一身淡蓝色西装，衣服非常合体，显出了她身材优美的曲线。她的眼睛里有一种落拓不羁的神采，身上飘出一股淡淡的奇香。她拉了一下刘思佳的袄袖："你怎么干上了这个？真不嫌丢人！"

刘思佳还是那副文静而客气的腔调："不偷不抢，不犯法，丢的什么人？"

"算啦！你就短这几个钱花？"

"不为赚钱，只为了方便本厂职工。"

"别来这一套，赶快把摊子给我收了，这一天赚多少钱找我要，我全包了！"

刘思佳突然转过脸，颧骨上的肌肉跳动着，一双细长的眼睛像剪刀一样迅速地胶了一下叶芳，带着一种恶意压低声音说："一天十块，一个月三百块，一年三千六百块，你包得起吗？赶快离开这儿，别找不自在！"

叶芳想盯住刘思佳的眼，不让他撒半点谎，可是刘思佳说完就转过头去摊煎饼不再理她，把她淡在了一边，任她怎么说，甚至是小声哀求他，求他收起摊子，别现这个眼，可他一概装做没听见，不看她也不理她，这可比呲哒她、嘲笑她更叫她难受，更使她感到委屈。她什么时候被人拿话呲哒过？她什么时候哀求过人？她对谁也没有服过软。她像一匹野马，可就是被刘思佳镇住了。为了他，她什么都可以拿出来，什么气都可以受，什么亏都可以吃，只求能换得他的心。可他对她老是一会儿冷，一会儿热，不动真心。他连同何顺卖煎饼这样的大事，事先都不同她说一声，这说明他的心里根本没装着她。她感到生气，也觉着尴尬，下不来台，便一赌气推起自行车走了。

远处又响起了汽车喇叭声，一辆黑色的轿车被挡在煎饼摊外面进不了厂门口，司机生气地按着汽车喇叭。车里坐的是钢厂党委书记祝同康，他看看手表，离上班只有十分钟了，便皱起了眉头："厂部三令五申叫保卫处发通告，摊贩不许堵住厂门口，为什么就是不听！"

司机没好气地说："这不是农村来的摊贩，是我们本厂的职工在摊煎饼卖。"

"谁？"

"刘思佳和何顺。"

"啊！有人买吗？"

"买的人很多。"

何顺手里举着一套煎饼果子，成心似的朝着祝同康的小汽车这边叫喊："热煎饼，一角钱一套，物美价廉，一套便宜二分钱，喷香可口啊！……"

祝同康烦躁地一挥手："倒回去，从后门进厂。"

二

上班不大一会儿，祝同康就接到好几个电话，全是车间的支部书记们询问党委对刘思佳卖煎饼的态度，报告职工对这件事的反应。刘思佳呀刘思佳，他又一次搅动了整个钢厂……

多年做政治思想工作，一向是善于知人的祝同康，越来越感到难以适应自己的工作了，人的思想开始变得不可捉摸和难以驾驭了。职工的阶级成分比过去简单得多了，纯洁得多了，可是思想却十倍、百倍地复杂了，甚至可以说复杂到混乱的地步。他拼命想去了解，想摸索出一条新的规律，可是办不到。职工长了工资、发了奖金理应能够减轻思想政治工作的负担，谁知反而加大了思想政治工作的难度和重量。他做工厂的党委书记快二十年了，像一位把教科书完全吞到肚里的老教员，这一职务对他来说应该是轻车熟路了，现在他背上没有剑，头上没有鞭子，地位也巩固了。可是只有他自己的心里才知道，他工作得非常艰难，并不能胜任所担当的职务。像刘思佳这样一些毫不起眼的小青年，几乎成了他不可逾越的障碍……

刘思佳真的就是为了多捞几个钱？难道他还会缺钱花吗？谁不知道两年前他就成了钢厂的第一个"七机部长"（家有电视机、录音机、电唱机、照相机、洗衣机、袖珍计算机、电冰箱）；他第一个戴起了太阳镜，当有第二个人戴上这种眼镜的时候，他就不再戴了；他第一个穿起了喇叭裤，当穿喇叭裤成风以后，他就决不再穿这种裤子了，有时穿一身中山服，有时穿一身西装，打上领带，一派学者风度。现在他又多像个开煎饼铺的小掌柜。这家伙装什么像什么，是个使祝同康感到头痛的怪物。钢厂的小青年们，尤其是爱漂亮、赶时髦的青年男女，对刘思佳佩服得简直到了崇拜的地步。他在青年中说一句话，比团委书记的话还顶用，可他从来不说给团委书记撑台的话，倒阴阳怪气地尽说一些拆台的话。但他不犯大错误，更不触犯法律，专会在制度上、政策上钻空子，要想整他很难下手。保卫处就曾怀疑他是一个流氓盗窃集团的头子，不然他这个三级工，怎么会有钱置办"七机"？而且像何顺那种把打架当成家常便饭的人，保卫处、派出所管不了他，却甘心情愿受刘思佳的整治，刘思佳如果不是个手段高强的大流氓，怎么会治得了何顺这样的小流氓？而且刘思佳又比何顺阴险狡猾许多倍，以前何顺经常因打架被派出所拘留，自从他跟上了刘思佳，流氓习性未见改变，可是公安部门再没有找过他的麻烦，这说明他学灵了。这是变好了一点呢，还是变得更坏了呢？使他发生这种变化的刘思佳是阴险狡猾呢，还是另有值得肯定和赞扬的因素？保卫处顺理成章地都往坏处去想了，但是从旁边对刘思佳调查了个底儿掉，没有找出任何破绽，他和哪一个流氓盗窃集团都没有关系。从哪个方面看，他都不像是一个正经的好人，可是又抓不住他办坏事的把柄，他在钢厂的领导者眼里变得无法理解了。在一个完全不了解的对手面前，祝同康显得软弱和无能为力。

一个普普通通的年轻工人，竟会成为党委书记的对手。这个事实本身就使祝同康觉得很不光彩，无论是级别、地位、权力、经验、年龄，从哪一方面讲刘思佳都不应该是祝同康的对手，可偏偏是这两个表面看来悬殊的人，构成了一对几乎是实力相当的矛盾。刘思佳卖煎饼震动了全厂，祝同康的哪一次讲话，哪一个决定会引起如此的轰动呢？而且刘思佳这一手足可以使祝同康陷入十分尴尬的境地。他早就听说工人中有偷偷摸摸做生意的，有的人是利用业余时间干，也有的人请事假、泡病假，甚至不惜旷工去干，因为倒买倒卖总比在钢厂上班挣钱快。旷工一个星期，少拿六天的工资，赚的钱却比两个月的工资还要多，这笔账谁都算得过来。这是犯法的吗？在过去当然是毫无疑问的。可是现在，领导们实在不愿管这种事，老实说也管不过来，整个工厂的饭碗还不知到什么地方去讨呢！如果有一笔大买卖，每月可以赚五十万元够给全厂职工开工资的，他党委书记说不定也去干哩。经济规律不可抗拒地支配着人们的思想和行动，祝同康一时还不适应这种灵活多变的经济形式，对在不公不法中讨便宜的人采取睁一眼闭一眼的态度，民不举，官不究。思想上的软弱和怯懦是一个领导干部致命的弱点，它会使自己处于无权无勇的地位，处处陷入被动。今天刘思佳这一手使祝同康再也不能打马虎眼了，刘思佳在全厂职工的眼皮底下，打着白伞，播放着乐曲，开起了煎饼铺。祝同康觉得刘思佳这是在向自己挑战，向党委挑战，一股恼怒的感情在心里膨胀起来，但是他又倾尽全力压抑着、克制着这股心灵深处即将掀起的风暴。因为刘思佳不怕他发脾气，甚至还想逗起他的火气——小青年挑逗老头子，取笑干部，这在当前是常有的。刘思佳知道单就卖煎饼这件事祝同康并不敢处分他，他有的是道理，甚至可以咬扯上很多人，或许其中还有厂部的领导干部，使祝同康骑虎难下，进不得也退不得，现在的青年人是什么事都干得出来的——祝同康该怎么办？不管吧，等于承认刘思佳卖煎饼是合法的，倘若别人也学起他的样子，那岂不真是乱套了。更重要的是在全厂职工面前党委书记又输了一招，等于公开承认党委的束手无策。不能再这样下去了，一定要管，可是怎样管呢？

祝同康拿起电话拨通了正门传达室：

"你是谁？老张三吗？你到门外看看，汽车队刘思佳卖煎饼收摊了吗？"

"收摊了，打上班铃的时候他们正好走进厂门口。"

工作时间做生意，那性质就不一样了，刘思佳是不会把这个把柄送给祝同康的。这个家伙又精又滑，善讲歪理，祝同康在心里对这样的青年人是有点发怵的，但他自己不愿意承认这一点。有一次他到汽车运输队去，何顺刚从外单位调来不久，不认识自己的党委书记，反而把祝同康当成了蹬三轮车的老大爷，拿他取笑着玩："老大爷，你那三个轱辘的还想跟我们四个轱辘的抢买卖！"

运输队队长田国福在旁边看见自己的司机取笑党委书记，这简直是给自己惹祸，脸立刻变了颜色："何顺，你别嬉皮笑脸，没大没小的，这是祝书记！"

祝同康心里也觉得不是滋味。

刘思佳走过来，脸上笑模悠悠，话一出嘴更是蔫坏损："老田，何顺把老祝当成蹬三轮的，是对党委书记最好的表扬，说明他像老工人一样朴实和平易近人。老祝同志，我的话有道理吧？"

祝同康还能说什么呢？只好点点头。他是个严肃而正派的人，不习惯于油腔滑调，更不习惯一个工人用这种腔调同他说话。别人可以指责他窝囊，缺少勇武果断的领导者气魄，前些年以软、散、懒区分干部的时候，他是被划在第一类的。但是上下都不能不承认他是个好人，这许多年变化无常的政治风云并未扭曲他做人的正直形象，他多年掌管权力也并未被权力毒化了灵魂，对职工有长者的风度。也许正因为如此，刘思佳才敢这样随便地和他讲话，这使祝同康感到不舒服。在现在的年轻人眼里，把各种各样的人一律都看成是相同的人，至于人身上的那些附加物，诸如金钱、地位、权力等等，全不放在他们眼里，跟任何人说话都是一样的无拘无束，随随便便。祝同康不能容忍这一点，尽管他也不主张把人分成等级。然而，当他听到，刘思佳像对待一个工友那样称他为"老祝"，而不是"祝书记"时，他无论如何不能高兴，但他能够隐忍着不表露出来。更有甚者是刘思佳对他的队长田国福的态度。

刘思佳转过身，一只胳膊亲热地勾住田国福的肩膀头，这个二十几岁的司机拍着他五十岁的领导的肩膀说："老田，你今天扮的这个角色可不够露脸，平时你跟司机们称兄道弟，吃吃喝喝，什么事也不管，由着大家的性子干。在领导跟前你翻脸不认人，装模作样，这多恶心。祝头是个正统的老干部，不会吃你这一套……"

他装得像说悄悄话的样子，可是调门很高，祝同康全听到了，也许刘思佳成心让他听到。田国福气得脸都白了，哆哆嗦嗦，光是"你，你……"的说不出话来。祝同康为了不使自己的部下更难堪，只好装做没听见。

刘思佳凭什么竟敢居高临下地取笑领导，而领导为什么不敢居高临下地管教他呢？

祝同康又抄起电话拨通了汽车队，半天没有人接电话，他不得不叫秘书立刻把汽车队的领导找来。

秘书问他："叫队长来，还是叫副队长来？"

队长田国福不大管事，刘思佳也不服他，叫他来没有什么用。副队长解净是个女孩子，刚去车队时间不长，她就能管得了刘思佳吗？祝同康犹犹豫豫地说："叫解净来一趟吧。"

秘书知道祝同康心里为什么犯难，这位书记脾气很好，没有架子，工作人员喜欢向他反映情况，给他进言："祝书记，听说小解也跟刘思佳那一伙司机关系不正常。"

祝同康心里一激灵："嗯？怎么个不正常？"

"她刚一去的时候，他们整她，现在她也跟他们要好了，抽烟喝酒，穿衣打扮也都在学他们那一套。"

"什么？小解学会了抽烟喝酒？不，这不可能，叫她立刻上我这儿来！"祝同康扫一眼办公桌上的一大沓文件，他没有心思看，也没有心思批，一屁股坐到沙发上。两只耳朵又痒起来了，他一着急生气，两个耳朵就奇痒难挨，西医说是神经的毛病，中医说是上火，气生火，火蹿到耳朵上。当领导不可能不生气，看来他这个耳痒的毛病得一直带到退休的那一天了。他掏出火柴棍挖着，挖完了这边挖那边。

如果真像秘书说的解净也变了，这对祝同康的打击比刘思佳卖煎饼还要严重。刘思佳无论出什么问题只能使他恼火，而不会伤心，他同这个青年人在私人感情上没有任何联系。解净就不一样了，如果她出了问题，他会非常难过，感到无限惋惜。解净是他发现的，并经他一手提拔培养起来的，她难道会和刘思佳站到一起？

祝同康把头靠在沙发背上，稀疏而雪白的头发垂下来，露出了光滑而柔嫩的头顶。他吸着烟，眯起眼，烟雾围绕着他雪峰般的头颅盘绕。就是在这张沙发上，他和解净谈过多少次心。作为一个老年人，一个多年做党的工作的干部，和这样的女孩子谈心，真是一种快乐，一种享受，一种对自己心灵的净化。她思想纯洁到不能再纯洁了，就像一个透明的物体，从里到外一切活动都看得清清楚楚。她能够把自己一切最隐秘的思想活动和盘托出，在当今复杂的社会环境下要做到这一点多么可贵。她可以每天向党组织交一份思想汇报，而且那不是为了献媚讨好，不是单纯向组织表示靠拢的形式。她的每一份思想汇报都是真诚的思想检查。在她的眼里，党委书记就是党，就是给了她政治生命的父亲。她觉得政治生命比自己的肉体更重要。那天她宣誓入党回来，哭了，哭得非常真诚，有感激，有惭愧。党在她的心里是那样崇高，那样伟大，她没有想到自己会这么容易地就成为党的队伍中的一员。她这样两手空空地走进来，好像对不起党，亵渎了党的尊严。他摸着她的头，眼睛发潮，他对党也有过这种感情。她单纯得令人感动，令人起敬，任何人和她在一起，都会从她身上照出自己心里的肮脏，看见自己身上的市侩习气，不自觉地想变得好一点。祝同康不止一次地感叹过，如果人人都像她这样，世界就有救了。可是他又担心，过分的单纯会使她吃亏，甚至是吃大亏。他愿意她永远保持一个纯洁的灵魂，但从爱护她的角度出发，他又希望她快点复杂起来，快点认识这个世界和人生，因为太单纯的灵魂只对别人有好处，对自己却有害无益。他的身份又妨碍他能如实地把世界真正的面目告诉她。再说他也不愿意伤害她心灵里对党怀有的那种美好的感情。她也曾向他提过一个问题：什么是成熟，什么是圆滑？人变得成熟了，是不是就意味着又圆又滑了？他的解答连自己都不满意。他终于长时间地在她面前扮演了党的化身的形象，像个真正的父亲一样处处保护着她，把她由秘书提拔成了宣传科副科长，始终没有让她离开自己的身边。在他眼里，解净是个德才兼备，最标准、最理想的好姑娘。"四人帮"倒台以后，他是老干部，地位和威望越来越高。解净是"文革牌"的新干部，而且是摇笔杆搞宣传的，由接班人的地位一下子降到处处吃白眼。她脸上那种纯真可爱的笑容消失了，永远消失了，她突然长大了十岁，一下子成熟了。她主动要求下车间去当工人。祝同康一再安慰她，说她不是"双突"干部，和"四人帮"也没有联系，决不会撤掉她的职务。她以前单纯得厉害，现在又固执得可怕。祝同康怕她神经上出毛病，最后答应了。但考虑到她对车间的生产不大熟悉，到基层去也会受罪，就把她派到汽车运输队，反正就是管五十多辆汽车，装货卸货呗。祝同康原想叫她当副支书，她死活不当政工干部。小小年纪，本来是吃政治饭的，一下子反而对搞政治伤透心了，汽车队的队长田国福又不大得力，祝同康就同意派解净去当了副队长。现在看这一招是对呢，还是错？祝同康有些懊悔了，一个女孩子怎么改造得了汽车队，把她派到那样一个嘎碴子、琉璃球聚集的地方，岂不是把她毁了吗？

三

上班的时间快到了，解净开着"解放"卡车下了郊区公路，从后门进厂，回到汽车运输队。司机们还没有来，她太累了，反正离上班的时间还早，她趴在方向盘上想休息一会儿。别说还是一个姑娘，就是一个棒小伙子也经不起这样折腾。快一年了，几乎每天早晨不到6点钟就进厂来练车，练到8点钟上班，把车交给司机。下午5点钟，别人都下班走了，她接过汽车再练习到8点钟。每天工作十五六个小时，怎么吃得消呢！

可她硬是顶下来了。不学不行啊，凡事都怕逼呀！她身为运输队的副队长，可是对汽车一窍不通，人家拿她耍笑着玩，像捉弄小孩子一样任意欺侮她。

她永远也不会忘记第一天来到汽车队所发生的事情。那是两年前了，祝书记亲自打电话把运输队队长田国福叫到党委。解净对田国福印象很好，虽然有人背后说他气魄小，能力差，什么事都一推六二五不拿主意，生产处的调度员们都喊他"田大娘"，他也高高兴兴地答应。这个人没脾气，是个老中层干部，不笑不说话，对新干部也一样，从来不歧视，青年干部都说他好话。解净能跟这样的老同志搭班子，当然很高兴，也暗暗感激祝书记的精心安排与照顾。

田国福听完党委的任命，满脸堆笑，亲热地握住了解净的手："太好了，我正求之不得。你这一去咱们车队肯定会改变面貌，欢迎，太欢迎了。"

解净满脸绯红，十分不好意思，诚恳地说："田队长，我什么也不懂，往后全靠您多帮助，您就收我当个徒弟吧。"

"哎，你这说到哪儿去了！我也是个外行，不会开汽车，会开车的反而在车队待不住。你年轻有为，脑子又好使，往后就多靠你了……"

祝同康也交代了几句，田国福一一点头，都答应了。然后客客气气地领着解净来到了运输队。

当时正值春末夏初，那一年气温热得早，那一天尤其热得反常，是一种奇特的燥热。阳光并不强烈，天空昏黄，预示着很快要变天，不是起大风，就是下暴雨。在运输队车库前面的空场边上有一棵大杨树，树荫下站着十来个年轻的男女司机，他们用一种奇怪的神情望着解净，他们认识这位宣传科的副科长，但都不说话，也不同她打招呼，气氛尴尬，解净窘得连头也不敢抬，红云从脸上爬到了耳朵根。

田国福那张像发面饼一般和气可亲的脸，忽然绷紧了，他异乎寻常的严肃劲很有点做作，像在舞台上念戏词儿一样对司机们说："各位师傅，这是党委给我们新派来的副队长，大名鼎鼎，是全厂最年轻的中层干部，不用介绍名字大家也都知道了……"

司机们"哄"的一声全笑了，解净更窘得难受了。

田国福不知是真的还是假的，他那副装模作样的正经劲实在逗人发笑，他自己却不笑，继续说："这一笑就全有了，说明大家是热烈欢迎的，我就用不着多说了。往后大家要多服从解副队长的领导，让我们运输队好上加好。"

又是一阵哄笑。

有人叫了一声："田头儿，你可真逗乐儿呀！"

田国福意味深长地向司机们挤挤眼，他和群众的关系似乎很好，随随便便地从一个司机口袋里抽出一支烟叼在自己嘴上，司机还为他打着了火。解净在心里暗暗羡慕老田和工人这种亲亲热热的样子。司机们开始议论她，有的小声，有的大声，好像全不避讳她：

"她在上边挺美的，跑到下边来干什么？"

"别听那个，一定是在上边混不下去了才下来的。这道号的全是搞运动整人的，顺着'四人帮'的竿爬上来的，现在不吃香了，只好到下边来避避风……"说话的是个瘪脸司机。

兜头一盆冷水，解净的脸变得惨白，她的头垂得更低了。她以为离开了办公大楼，离开了政工部门，就是离开了政治，就听不到那些闲言碎语了。谁知是离开了咸菜缸又跳进了萝卜窖。楼上的干部们说闲话大多是在背后议论，还拐弯抹角绕点圈子，不使人太难堪，因为他们都了解内情，彼此差不多。可是这些工人，嘴上太缺德了，这样直截了当，又说得这样刻薄、这样刺耳。解净原来还以为到汽车队以后大家会举行个欢迎仪式，至少也会鼓两下掌，按一般的礼貌也应该有一点儿欢迎的表示。说不定还会请她讲几句话，新官上任表示一下决心和态度嘛，这是老套子了，她在心里还真是准备了几句话。想不到这一切全省去了，司机们并不欢迎她，用恶意的眼光看着她，用各种不堪入耳的话嘲笑她。

"她到这儿来会干什么呢？我看给咱们斟茶倒水、打火点烟倒挺合适。"

司机们又嘻嘻哈哈地笑了起来。

"别看人家什么也不会干，上边可有戳儿。是祝头的红人，当过祝头的贴身秘书。"

"以前她在上边清闲自在，咱们在下边受大累，现在她跑到下边来仍然管着咱，咱们还是受大累，这他妈的往哪儿说理去！"说话最难听的还是那个瘪脸司机。

有个四十多岁的老司机一直蹲在人群外边，低头抽烟，一声不吭。他头顶上的头发全脱光了，光光的大脑壳像寿星佬的头一样，可是黑森森异常茂密的胡子楂，从两鬓一直长到脖子上，手里托着一个自己用枣木疙瘩雕成的大烟斗，大小不亚于一个手榴弹。他实在听不下去了，"腾"一下从人群后面站起来，闷声闷气地插话了，嘴还稍有一点儿结巴："哥几个，得了吧，杀人不过头点地，人家新来乍……到，欺侮人家姑娘干吗！"

瘪脸司机立刻朝他来了："孙大头，你可真会拍马屁，副队长刚一来你就拍上了。"

"何顺，你小子别找不自……自在！"孙大头要揪瘪脸司机，大家哈哈大笑，有的拦住了他，有的在一旁起哄："孙师傅，手里不是有手榴弹吗，给何顺脑袋来一下。"

司机们叽叽嘎嘎地又大笑起来。

解净气得浑身打颤，全力控制着自己的眼泪不让它掉下来。

奇怪的是队长田国福，他和几个司机在旁边说说笑笑，好像没有听见大家的议论，一看要打架了，这才走过来对司机们说："别闹了，开玩笑要有个分寸，副队长刚来，叫人家看看这像什么话。快干活去吧，再跑一趟就该下班了。"

孙大头和几个上年纪的司机开车走了，何顺几个坏小子却不动窝，拿队长的话当耳旁风，还在嘻嘻哈哈地胡打胡闹。

田国福小声对解净说："司机都是这玩意，心直口快，脏嘴不脏心，你别往心里去。时间一长和他们混熟就好了。"

这说明刚才司机们的话他还是听到了，听到了装没听到，不拦不劝，装傻充愣，这使解净心里更不好受，她低着头一句话不说。田国福瞅个机会，借口要去办点事，叫解净多和工人聊一聊，他抽身走了，把解净扔在了空场上。

队长走了，老实巴交的司机都去干活了，剩下的几个全是歪毛淘气、嘎碴子琉璃球，他们围住了解净，问这问那，有捧的有骂的，有软的有硬的，有唱红脸的有唱白脸的，简直要把解净给吞下去了。他们的目的就是想给副队长来个下马威，一下子就把她气跑了，第二天即便打死她，她也不敢再到汽车队来了。汽车队是他们的天下，平时由他们说了算，队长田国福是个大外行，不敢得罪他们，他们落得个自由自在，热热闹闹。如今党委书记把自己手下的小干将派到这儿来，肯定是往汽车队揳钉子，想整顿这个"三不管单位"。往后汽车队有个屁大的事，解净就会把小报告直接打到党委书记那儿，那还了得！决不能让她站稳脚跟！

这场戏的总指挥是司机刘思佳，他本人却远远地躲在一辆卡车的驾驶楼子里，冷眼看着小哥儿们拿新来的女队长开心。他脸上一副若有所思的神情，令人难以捉摸。他的人比他的表情更难琢磨，汽车队里的好事也有他，坏事也少不了他，他一方面是十万公里无事故的好司机，同时也是一个坏小子，而且是坏小子的头。他设计这场戏是想看看解净这个时代的幸运儿、全厂青年人的尖子今天是怎样丢丑的。可是当他看到解净丢了丑，简直是狼狈透了，他却并不感到快活，甚至对这场恶作剧感到厌烦了，认为这一切都是这样地无聊和卑下。

解净活这么大，可是头一回经受这样的阵势，她的脸红了又白，白了又红，她感到自己是这样地软弱无力，孤立无援，不能辩白，不能发作，甚至不能哭。这算什么工人阶级，简直是一群流氓。她怎么会来到这样一个流氓窝里，怎么能在这儿长期待下去？可怜这个争强好胜的小姑娘，从里到外都是干干净净的，突然摔进垃圾坑，她感到难受，而且恶心。进工厂六年多了，却没有真正了解工厂。

"缺德鬼们，别光欺侮老实人！"女司机叶芳看不下去了，手里架着香烟走过来，用右手勾住解净的脖子，仗义地安慰她："别怕，对这帮臭狗屎就不能讲客气。"

她从口袋里掏出一支带过滤嘴的香烟，递给解净："会抽烟吗？"

解净不好意思地摇摇头，她带着几分好奇抬起眼睛打量这位敢冲进坏小子群里为她解围的姑娘。她可真漂亮，秀发像翘起的凤尾，椭圆脸似粉妆玉刻，绣花绸衫，西服短裙，赤脚穿一双白色高跟牛皮凉鞋，难怪姑娘们半褒半贬地称她为"时装模特"，这身打扮的确帅气。别人这样打扮也许也会觉得不自在，刺别人眼睛，但配上叶芳这匀称而窈窕的身材和她那落落大方的神情，就显得自然谐和，更衬得她明媚照人。她好像天生就该穿时髦的衣服，就该打扮得与众不同。像解净这样有头脑、有发展，在政治上追求进步的正派姑娘，平时对叶芳是不屑一顾的。今天，解净站在叶芳跟前，却觉得自己是这样地土气和猥琐，对方倒是挺拔而俊美，尤其是叶芳那在众人面前敢于嬉笑怒骂、挥洒自如的性格，更叫她羡慕。

叶芳抱住她的肩膀咮咮笑着，把嘴凑到她耳边小声说："到这儿来可同在大楼当干部不一样，头一条要先学会打架骂街，文攻武卫全能来一套，护着自己不吃亏。"

"行了，别这样甜蜜啰嗦的。"男司机们挤眉弄眼地把取笑的矛头对准了叶芳，"小叶，你巴结副队长是不是想入党，也想混个小官当一当？"

叶芳把下巴颏一扬，从嘴里吐出一团烟圈，用一种气人的、洋洋得意的腔调说："我就是巴结副队长，就是想入党，就是想捞个官当，好狠狠管管你们这帮臭狗食！"

"哈哈哈……"司机们挨了骂却发出一阵畅快的笑声，好像被漂亮姑娘骂一顿是一种很好的享受。

"真是贱骨肉，人家越不会抽烟越往人家眼前送，拍马屁拍到了马蹄上。"何顺嬉皮笑脸地向叶芳伸出手，"你有那么好的烟也给咱来一根儿。"

叶芳转过脸去，不搭理他。何顺可不是薄皮嫩肉的小白脸，你不搭理他，他搭理你。他又凑过来要抓叶芳的胳膊，想动手抢烟，他的手还没有碰到叶芳，手臂上却重重地挨了对方一巴掌。他装腔作势地叫起来："哎哟，好痛，你可真狠呀！"

叶芳从口袋里掏出多半盒带嘴的恒大牌香烟，高傲地把它丢到地上：“不要脸的，都拿去吧，呛死你们。”

“打是疼，骂是爱，急了拿脚踹。”司机们高高兴兴地分抢着香烟。

叶芳也扑哧一声笑了，冲着解净说：“对这帮下三烂能有什么办法。”

她自己又点上一支烟，也诚心诚意地再一次让解净：“你抽一支尝尝吧，不要紧的……”

解净羞得满脸通红，连忙摆手：“不行，我可不敢抽这玩意！”

叶芳撇撇嘴：“瞧你这个文静样儿，干我们这一行不会抽烟喝酒可不行。你呀，是个单颜色的大姑娘。”

“单颜色？”解净不明白。

叶芳嘎嘎地笑了：“就是红色啊！你不是搞政治的吗？光会搞政工的人就像你身上穿的衣服一样单调、别扭。草活一秋，人活一世，凡是人应该享受的都要尝一尝。”

解净不敢赞成这种人活一世、吃喝玩乐的理论，可是她也不能反驳，必须先藏住自己的锋芒，叶芳的前半句话倒引起她心里的共鸣。她也是个姑娘，她也有爱美之心，她也喜欢把自己打扮得漂亮一点，可是她不敢，怕别人说闲话，为这些小事引起群众议论，影响自己的进步多不值得。她有时甚至眼馋叶芳那种毫无顾忌、我行我素的劲头。可她不能，她是有很多顾虑的。

叶芳拉着解净要回女司机的更衣室，坐在卡车里的刘思佳突然把汽车开过来，在她们跟前停住了，他打开车门探出身子，正儿八经地说：“解副科长，您恐怕还没有坐过卡车吧？可是您既然想到运输队来工作，就得对运输工作做点调查研究，来吧，坐上来，我带着您兜一圈儿。”

叶芳脸色突然一沉，跳上踏板，把脸凑到刘思佳跟前，盯着他的眼睛小声问:"思佳,你打的什么主意?头一天见面就想跟她兜风?"

刘思佳阴沉着脸说:"你操心得太多了吧?"

"他就是刘思佳?"解净抬起头,碰上了刘思佳冷峻的怀有敌意的目光。刘思佳气宇轩昂,相貌清秀,双唇和嘴角流露出刚毅果断、坚韧不拔的神色。他有意拿腔捏调地称她为副科长,而不称呼她的新职务,这表明他不承认她是自己的副队长。她什么地方疼,就专朝那个地方戳。解净以前没有见过刘思佳,眼前的这个汽车司机和她想象中的"七机部长"完全不一样,他没有蓄长发留胡子,也没有穿奇装异服,看外表并不轻浮,也没有流气,面皮白净,神色镇定,倒像个有主见、有坚强性格的人。

刘思佳又做了一次邀请:"怎么,不敢上车?解净同志,你连卡车都不敢坐,还想来当汽车队的副队长?是不是怕出车祸?不会的,我的命也不是轻于鸿毛,我不会拿它当儿戏。"

解净猜不透刘思佳这一手是什么意思,以前他们没有打过交道,更不会有什么隔阂,看上去他又跟何顺那种人不一样,不会是为了起哄看热闹而跟她过不去。不管怎样不上车是不行了,她跳上了卡车。

"我也跟你们去!"叶芳刚要上车,被何顺拉住了。何顺嘴里叼着一根香烟,左右两个耳朵上一边还夹着一根,冲着叶芳挤挤眼:

"八字还没一撇儿哪,醋劲就这么大,我替你去管着他。"

"呸,臭狗食!你最好屁股里也夹上一根!"叶芳骂完,自己又噗嗤一声笑了。卡车卷起一股烟尘,从她旁边开走了。

卡车开出厂门口,飞快地向郊外驶去。天色接近傍晚,果然刮起了西北风,风势一起就很猛,天空一片混沌,这是北方下沙子的天气。汽车顺着风头跑,耳边呼呼山响。解净坐在刘思佳和何顺的中间,刘思佳抱着方向盘,屁股像钉在了座位上。何顺拼命往里挤,整个身子都压在了解净的身上，解净要躲他，身子就得向左边歪，使自己的身子又靠在了刘思佳的肩膀上。何顺身上的汗臭、烟味以及无法忍受的男人的气息，钻进她的鼻孔里，她被呛得难受，尽力闭住嘴，不说话。她还从来没有这样肉挨肉地和小伙子挤在一堆过，她厌恶，她紧张，但又不能表露出来，用力镇定住自己。大风一阵阵吹进司机楼子，可是解净的脸上和身上却流满了汗水。

何顺开腔了："咳，这是何苦呢？像你这样细皮嫩肉的姑娘，在大楼里当个干部，办公室一坐，茶水喝着，电扇吹着，多美呀！有多少人想红了眼还捞不着呢，你倒偏往下边跑。你看上运输队哪一点了？"

刘思佳却把话接过来说："你不懂，这就叫有头脑，有上进心。前些年政治吃香的时候，人家搞政工；现在业务吃香了，又下来搞业务。好事全叫她们占了，这个世界简直就是为她们设计的。我们永远是他妈的受苦累的！"

解净不搭腔，假装听不出他们话里的刺儿。叫她说什么呢？难道能向这两个人谈心，把自己的思想解释清楚吗？别看她当了几年小干部，由于生性羞怯，并没有把嘴练出来。恬静的长圆脸，只是一阵阵发烫。她心里感到委屈极了，她刚一进工厂分配她到平炉车间学化验，她本来可以成为一个正儿八经的化验工，可是车间领导老叫她写材料，搞批判，以后党委书记到平炉车间蹲点又看中了她，把她调到厂部当了秘书，这能怪她吗？哪一次调动不是领导决定，工作需要？现在她感到自己心里的长城一下子垮掉了，过去她视为很崇高、很重要的工作，原来并没有什么实际价值，甚至有许多是空对空，是糊弄人的，对群众不仅无益反而有害。她觉得心里空落落的，什么也不懂，什么也不会，这些年白耽误了，她要到基层来好好锻炼，学点扎扎实实的本事，这有什么错呢？为什么要受到这种待遇？运输队的人不理解，还以为她犯了什么错误从上边被赶下来了，这是从哪儿说起！真正有问题的人哪一个愿意下来。这些年，大家对"四人帮"那一套有一股子气，对政工干部有意见，但为什么要把这股气撒在她的身上。她难道不是受害者！她甚至比别人更倒霉，她浪费了青春，浪费了生命，到现在一无所长，赶上精简机构她只能去守大门，扫马路。更可怕的是精神受到了捉弄，心灵遭到了蹂躏，她还只有二十多岁，她必须要重新建立新的生活的信念，一切从头学起，掌握一门实实在在的本领，这难道错了吗？解净倾尽全力压制在心里已经翻起来的后悔的情绪，这样匆忙地要求下来至少是太幼稚了，缺乏慎重考虑。

风越刮越烈，天地已经灰沉沉很难分开了，砂砾打得车篷啪啪作响。卡车开进了远郊的白灰场。白灰场已经笼罩在白蒙蒙的灰粉之中，工人们放下挡灰帽，把脸捂得严严实实。刘思佳把汽车停在下风头，汽车立刻被白粉吞没了。何顺没有下车，伸出一只胳膊把取货单递给白灰场的工人。灰场的工人看着他们有点奇怪，心想，这个开车的八成是神经病，不然怎么会在这种天气来拉白灰？

他使劲敲敲汽车玻璃，对着驾驶楼子大声喊："喂，这么大的风天，装一车白灰，拉到你们厂连半车也剩不下，全扬场了！"

何顺在车里怪模怪样地大声回答："这有什么办法，咱是磨房的驴——听喝，头儿叫拉什么咱就来取这个受大累的。"

"你们头儿没长眼，天上下沙子看不见？"

"对喽，头头长眼的少。我们运输队的头头闹红眼病，天上下刀子也看不见，反正受累的是我们。"何顺把双腿一收，对解净说，"副队长，你别光在车上坐着看热闹，新官上任三把火，你得下去指挥着装车，今天风大，别让他们偷工减料少装了白灰。或者乱装乱扔，把车楼子弄脏了。"

解净知道这是成心捉弄她，可是她要不下去，他们一定会瞧不起她，说她怕苦怕脏。她什么苦都能吃，就是闲气受不了。她没有吭声，咬住下唇倔强地跳下了汽车。由于风太大，她的脚一下没有站稳，险些被大风刮倒。她听到司机楼子里传出了刘思佳和何顺的笑声，她扶住车头顽强地迎着狂风挺住了身子。大风搅着白灰粉末立刻朝她身上扑过来，眼睛被烧得生疼，嘴里、鼻孔里被灌得喘不上气来，嗓子被白灰烫得火辣辣发痒。她赶紧闭上眼，闭住嘴。一会儿工夫，她的头上身上就蒙上了一层厚厚的白灰粉，耳朵眼里、鼻子眼里也叫白粉塞满了。她变成了一个分不出男女的石灰人。一个装白灰的工人发现了她，扶她来到背风的地方，替她扑打掉身上的白灰，看见她是个姑娘，十分惊奇：

"你是钢厂新来的女司机？"

解净只好点点头。

"何顺这小子真不地道，自己坐在车里，倒叫徒弟下来检查装车。"

"其实你也不用下来，我们不会给你瞎装的。"这是几句极普通的话，可是解净感动得眼睛发潮了。这位热心的灰场工人，继续为不该他管的事发着牢骚："你们钢厂的头头也真是瞎胡闹，风这么大，在半路上就把白灰都刮跑了，白浪费钱，污染空气，还叫路上的行人骂你们！"

解净想了想，说："那你们就别装了。"

"已经装上这么多了。"

"都卸下来吧，为嘛叫大风白白地把它吹跑了呢。几位师傅多受累，谢谢你们。"

"我们倒没说的，你们空车回去头头会答应吗？"

"没关系，由我跟头头去讲。"

"那好，你这个小师傅倒挺通情达理。你上车，叫何顺起翻斗，我们在后边帮着一扒拉就行了。"白灰场的工人把提货单又退给了解净。

解净上了汽车，怎么跟刘思佳和何顺说呢？名义上她是他们的副队长，实际上连个小徒弟都不如，他们不会听她的。她心里发怵，可是，又不能不说，就鼓起勇气，客客气气地说："刘师傅，请你起翻斗，把白灰卸掉。"

"嗯？"刘思佳惊奇地盯住她，"不装了？"

"风太大，就是装满了，到半路上也得被大风吹走，白糟蹋东西，行人还得骂我们。"

"这是副队长的指示吗？"

解净脸红了，硬着头皮说："我这不是在和你们两位师傅商量吗？"

"要是影响了生产，厂部怪罪下来怎么办？"

"当然是由我去跟厂部讲。"解净的声音纤细而柔和，但带着一种特有的执着。

刘思佳没有猜到解净还会有这一手，陡直的下颌摆动了一下，脸上突然出现了一种不是他常有的表情。何顺看不出眉眼高低，冲着解净嚷起来："你算老几？刚来就想端起副队长的架子下命令，装！"

刘思佳没有看他，坚决地启动了卡车的翻斗，车厢立刻竖起来，把已经装上去的白灰又全部倒进灰池子里。何顺看看自己的同伴，他有点发愣。这个有胆量，但没有德性的小伙子，猜错了同伴的心思，他以为刘思佳是被解净的副队长的头衔镇住了。一向桀骜不驯的刘思佳竟被一个刚来的小姑娘管得服服帖帖，太窝囊了，他要替同伴出这口气。何顺站起身，还想让解净坐到中间去。

"我身上有白灰，就坐在外边吧。"解净在靠近车门的一边勉强挤着坐下了。

"你坐在外边不行，汽车拐弯的时候要是把你甩下去谁负责？"

解净不搭理他，眼睛看着车窗外面。汽车开出了白灰场，何顺没话找话地说："小解，你要真想在运输队待下去，就得学会开汽车。"

这倒是句好话，解净看看他："你看我行吗？"

"我教你，认我做师傅就行。"

解净怀有戒心，不说行，也不说不行，绕着弯子说："反正我得从头学起，你们都是我师傅。"

见解净已经上套，何顺得意起来："学开车有一套规矩，你知道吗？第一，先要学会给师傅点烟。师傅把着方向盘，想抽烟点不着火，徒弟就得划着火柴给师傅把烟点着。就像这个样子……"他从口袋里掏出一根烟捅到刘思佳的嘴里，并且探过身子划着火柴替刘思佳把烟点着。然后自己嘴里也叼上一支烟，对解净说："你先学着点个试试，我看你当徒弟够格不够格。"

解净生气地把脸又扭开了。

"快点呀，是不好意思还是放不下架子？"何顺的身子一个劲儿挤她，她已经没处躲了，再躲就要掉下去了。她索性挺直了身子，对着何顺的脸说：

"你规矩一点！"

"规矩？哈哈哈……"何顺自己点着了烟，吸了一口把烟全喷到解净的脸上，"你别装假正经，干咱们这一行是没有规矩的。车船店脚牙，无罪也该杀，开车的是头一号。老实告诉你，给师傅点烟这是最简单的，后边还有更复杂的。一个姑娘想学会开车，不动点真格的还行！”

何顺说着话把一条胳膊搭在了解净的肩上，解净猛地站起来，几乎是带着哭音似的喊了一声："停车！"

刘思佳没有看她，反而加大了油门。解净打开车门："你不停下，我就跳车了！"

刘思佳一惊，一踩急刹车，卡车停住了。解净纵身跳了下去，连看也不看他们一眼，顶着大风向前走去，刘思佳愣住了。何顺恶声恶气地说："不管她，咱们走！"

卡车贴着解净的身边飞过去了，她再也控制不住自己，在心里憋了多半天的眼泪倾泻而下。风声把她的呜咽声吞没了，她没有擦眼泪，让满肚子的委屈痛痛快快地顺着泪水流出来吧。她一边哭，一边在大风中艰难地挪动着脚步。

按气象的规律，日出的时候起风，到日落时就会渐渐停息。傍晚起风则要刮一夜，到第二天出太阳风才会停歇。天渐渐黑下来，风越刮越烈。郊外的公路上没有一个行人，解净心里一阵阵发紧，头皮发麻。不知道这儿离厂里有多远，到什么时候才能走回去……

四

"小解，醒醒，祝书记叫你马上去一趟。"田国福手里提着皮包，使劲敲着卡车的玻璃窗。

"什么事？"解净从方向盘上抬起头，揉揉眼睛，看见田国福脸上那种捉摸不定的微笑。

"刚才我走到厂门口，看见厂部的秘书正往这边来，他叫你快去，祝书记有急事。"

解净看看表，8：20，甫问，队长是刚来，手里还提着包嘛，又迟到了。

田国福明白自己副手的眼光，用自言自语的口气解释说："今天不知怎么啦，保健站里看病的人特别多，我等了二十多分钟才挨上号。小解，你快点去吧。"他转身进了办公室。

解净坐在车上没有马上动身，她到运输队快两年了，没有紧急事情，从来不到厂部的办公大楼里去。这一方面是为了避嫌，免得司机们又怀疑她去向祝同康打小报告。尤其是队长老田，他知道解净和祝同康过去关系不错，心里老是嘀咕，生怕解净到党委书记那儿说他的坏话。说老实话，田国福可真不愿意自己的身边放上这么一个党委书记的小红人。解净下来以后才知道，她和党委书记的关系竟给她造成了如此沉重的包袱，她处处躲避着祝同康。另一方面，从她的心眼里也实在不想上楼，甚至不愿意看见那所大楼，不想看见那些和自己经历差不多，至今还留在楼上的小干部们。当然她更害怕碰上祝同康，他过去曾关心和爱护过她，对这种关心和爱护，她也曾表示过感激。可是现在她很难再说出类似感激的话了，她在生活中已经为党委书记对她的保护付出了沉重的代价。这难道能怪祝同康吗？最好的办法就是避免碰面。今天，党委书记点名叫她去，有什么事情呢？田国福一定知道是什么事，但是他不会告诉她。

解净拔下汽车的钥匙，跳下车去找叶芳，今天早晨她是驾着叶芳的车练习的。推开更衣室的门，见叶芳坐在凳子上闷头抽烟，这个无忧无虑的姑娘今天是怎么啦？她从叶芳手上夺过香烟，扔到地上踩灭，用一种对知心的朋友才有的口气说："小叶，抽烟太多，嘴唇会变黑，脸皮会发黄，你怎么老记不住。嗯？今儿个为什么不高兴？"

叶芳没头没脑地问："小解，思佳卖煎饼你知道吗？"

"卖煎饼？"解净吃了一惊。

"咳，他跟何顺在大门口摆了个煎饼摊，把人都丢尽了！"叶芳见解净也不知道，心里的火气反而倒消了一点，她真怕刘思佳事先把卖煎饼的事告诉解净而不告诉她。

"已经上班了，他还在卖吗？"

"上班前就收摊了，正在数钱，赚的钱思佳一分不要，全给了何顺，你说他图个什么？"

"噢……"解净心里一动，感到这件事不那么简单，绝不仅仅是做小买卖的事。

外面有人喊："小解，祝书记来电话催你快去！"

"知道了。"她走出更衣室，明白党委书记为什么要找她了，这种事应该叫老田去，他是运输队的一把手。既然上边点了名，她不能不去，好在知道了祝书记找她不是关心她的前途，谈她如何进步的事，她心里反倒坦然多了。现在的谜是刘思佳，他做买卖可又不要赚来的钱，这出于什么动机呢？她应该先去问问他，然后再去见祝同康。她立刻想到这时候从他的嘴里什么也不会问出来，只好先去见书记，有什么问题以后再说。叶芳为什么生那么大的气呢？她爱刘思佳，这全队的人都知道，而且在任何场合她都敢于表示这种爱。这一次刘思佳显然是伤了她的心，这个只有小学文化程度的俏姑娘，爱打扮，说话喜欢带脏字，因此被许多人误解了。解净就曾经那样厌恶过她，瞧不起她，在最困难的时候却正是她帮助了自己。她喜欢叶芳的爽快和侠烈，她们成了好朋友。她甚至希望叶芳和刘思佳能够真的成为一对很好的恋人，她愿意促成这件事，可摸不准刘思佳的态度，他不拒绝，也没有接受，谁也不知道他打的什么主意。

那天晚上，解净在风沙中没有挣扎多久，身上的力气就使完了。

前不着村，后不靠店，呼天不应，叫地不灵，风沙抽得脸生疼，她又渴又饿，脚步越来越慢，要不是一种莫名其妙的恐惧逼着她，她真想在道边上躺下来。就在这个时候，前面射来一道昏黄的汽车灯光，解净心里懊恼，这汽车要是从后面开来的该多好，她可以搭车进城，她心里这样想着，对面的汽车开到她跟前果然停住了，叶芳打开车门跳下来："小解，快上车！"

她扶着解净坐进驾驶楼子，把汽车掉转了头。再看解净，已经变成了土人，叶芳那颗姑娘的心软了，真心实意地可怜起这个倒霉的刚上任的副队长来了："这俩挨千刀的，瞧他们办的这号缺德事。回去我跟他们算账！对，今天晚上他们在黄桥饭店打赌，我们去，叫何顺那小子请客。"

叶芳关了驾驶楼的灯，给油挂挡，汽车开动了。解净靠在座位上，歇息了一会儿，情绪渐渐稳定了，只是口干舌燥，身上痒得难受。她怎么也没有想到叶芳会开车来接她，这倒是一个善良的、热心热肠的姑娘。她爱刘思佳，可是刘思佳欺侮了人，她也敢于站出来抱打不平；她曾嫉妒刘思佳和解净接触，可是知道刘思佳把解净扔在了荒郊野外，她不是幸灾乐祸，而是来帮她脱离危难。解净心里热起来，刚才她和风沙搏斗的时候，几乎已经打定了主意，明天一早就去找党委，决不在运输队待下去。可是现在她又横下了一条心，坚决在运输队待下去，这里有好人，被人称作"时装模特"的姑娘都这样乐于慷慨助人，更不用说像孙大头那样一些老司机了，解净忽然觉得自己并不孤单。

她用感激的目光望着叶芳，对叶芳熟练的驾驶技术发生了兴趣，她是怎么学会开车的呢？她当初学开车的时候也吃过亏，受过"师傅"的侮辱吗？

解净问："叶师傅，你是跟谁学会开车的？"

"哟，你可别叫我师傅，叫小叶就行。我的师傅是孙大头。"

"他名字也叫孙大头？"

"不，大名叫孙学武。"

"你学开车也受过师傅的气吗？"

"没有，孙大头样子长得凶，人可好极了。脾气沾火就着，两句好话就消火，他从不欺侮徒弟。就是同行的这帮坏小子们，总想找姑娘的便宜，得防着一点。"

"师傅开车的时候你也得给他点烟？"

叶芳笑了："点烟算什么。"

"你是什么时候学会抽烟的？"

"就从打当司机才抽上这玩意儿，这是职业病。干这一行到哪儿都是烟，成天在烟里熏着，自己要不会抽可别扭啦。"

"你现在想抽吗？我给你点一支。"

解净给叶芳点上一支烟，女司机高兴了。她趁机提出一个百思不得其解的问题："小叶，我又没有得罪过运输队的人，何顺、刘思佳他们为什么这样恨我？"

叶芳对这类问题从来不动脑子多想，用她想当然的解释回答解净："你别小心眼，他们与你没冤没仇，恨你干什么。还不是看你混得好比我们都得意，也许有人生气。要不就是男人的毛病，见了姑娘就想捞点便宜。"

"噢……"解净不完全相信叶芳的解释，前边的那半句话倒值得琢磨。两个人说着话，汽车已经驶进了市区。叶芳没有驾着汽车奔回钢厂，却向西绕了个弯，来到离钢厂不远的黄桥饭店门前停住了。叶芳朝解净努努嘴："快看，这几个小子吃得多美。"

饭店里灯光通明，隔着宽大的玻璃窗，解净看见刘思佳、何顺和另外两个年轻的司机独占着临窗的一张大餐桌，那两个司机一人揪住何顺的一只耳朵，高声喊叫着："认输不认输？快说！"

他们的吵闹声一直传到了大街上。

叶芳急不可耐了，拉着解净就要下车："快，咱们也去凑凑热闹，吃他点。"

解净最厌恶甚至害怕这种场合，正经的姑娘哪能和这些流里流气的小伙子坐在馆子里吃饭，要是传出去那还得了！她对叶芳说："你去吧，我在车里等你。"

"这怎么行，既然走到这儿赶上了，要不进去吃他一顿，岂不太便宜他们了！过后他们还会得便宜卖乖。"

"不行，我一滴酒不会喝。"

"那就光吃菜。"

"你瞧我这一身灰土，怎么能进饭馆。"

"要的就是这个劲，叫何顺看看，罚他请客！"

"不行不行，我可不去……"

叶芳的脸立刻拉下来了："你是怕丢了党员的身份，对吧？哼，我告诉你，在汽车队里你要是老端着这个酸架子可吃不开，到时候别怪我不捧场！"她说完自己转身进饭店去了。

解净坐在车上心里很不是滋味，等在这儿很尴尬，自己偷偷走开也不像话。她看见叶芳大大方方地走进餐厅，坐在刘思佳身边，先端起刘思佳的酒杯喝了一大口，何顺讨好地拿筷子把菜递到她面前，她毫不扭捏，一口吞下去了。她显然是没有吃晚饭就去接解净，肚子饿了，坐下去很不客气地一顿狼吞虎咽。解净看得眼馋起来，她饥肠辘辘，也真想下去吃点东西，哪怕喝上一口水解解渴也好，可是她又缺乏这种勇气。这才叫脸皮厚吃个够，脸皮薄摸不着。叶芳往餐桌前一坐，整个餐厅都以她为中心，同桌的小伙子们明显地巴结她，为她斟酒，给她夹菜。外桌的顾客也都用各种各样的目光看着她。叶芳全不在乎，旁若无人，和小伙子们又吃又喝，有说有笑。她的肚里有了底儿以后，何顺把一支烟递到她嘴里，还为她点着火，她深深地吸了一口，扬起头朝窗外的卡车翘了翘下巴，大概是讲起了解净的事。解净赶紧掉开脸，不再看他们。

"党员同志，敢不敢喝一杯二流子的酒解解渴？"解净一惊，转过脸来看见刘思佳站在车门口，手里端着一杯啤酒直举到她面前。她猜不透刘思佳这样干是什么意思，但是如果不喝下这杯酒，就等于不懂礼貌，给他一个难堪。这种人顾脸面，讲义气，驳了他的面子就肯定会惹恼他。解净犹豫了一下，接过了酒杯，试着喝了一小口。过去不论什么酒她都没有沾过唇，今天实在渴坏了，觉得凉丝丝的啤酒喝下去非常舒服。她一仰头把一杯酒全喝下去了，胃里感到很舒服，头却有点晕。

"再来一杯？"

解净摇摇头："谢谢你。"

"嗯，还不错，要想来指挥别人，首先能够指挥自己。"

解净不解地看看这个阴阳怪气的青年人，她没有听懂他的话。

"做人的尊严、当领导的资格不能仰仗别人施舍，更不是党委所能任命的。有人耍政治手腕也许是科班出身，可是现在靠政治手腕再也得不到政治信任了。在社会上混，除了手腕还要有坚强的中枢神经。副队长，你的神经不脆弱吧？"刘思佳嘴里的酒气伴着他的话扑到解净的脸上。

"我的神经不用你担心，可也没耍什么手腕。你这人说话怎么这样刻薄！"

刘思佳冷冷一笑："这不叫刻薄，你是搞政治的还不懂这个？做人的力量就在说话里边，要是不说话岂不和畜牲差不多了！"

解净觉得和他说话十分困难，老是处于劣势，神经紧张。此时她的头也晕得更厉害了，便转过脸去不再搭理刘思佳。他仍旧在用一种男子所特有的眼光望着解净。她没有看他，可是感觉到了。

叶芳从餐厅里走出来，不高兴地对刘思佳说："你这送酒的搭讪起来没完了，你们说什么了？"

刘思佳没有解释，却抬腿蹬上了踏板，然后才回头说："你们先吃吧，我把车送到厂里再回来。"

"你送她？"叶芳突然恶狠狠地揪住刘思佳的衣襟，"你可真是反复无常，刚才还那么恨她，把白酒掺到啤酒里，将她灌醉了，现在又要亲自送她回去，你打的是什么主意？"

解净虽然头晕，但心里明白，她吓了一跳，打起精神想下车。刘思佳推开了叶芳，坐到汽车里面。叶芳绕过去从另一个车门也爬进了汽车，坐在了刘思佳和解净的中间。刘思佳没有理她，发动着了汽车，卡车也像一个喝多了酒的醉汉，顶着大风向前冲去。

叶芳压不住火气，突然用拳头发疯似的捶打着刘思佳的肩膀头，然后又把脸趴在他的肩上哭了起来。

刘思佳身子挺直，眼睛盯住前面，把住方向盘的手纹丝不动："你别抽风好不好，你也应该学学人家副队长，搞政治的人都是恒温，不管遇到什么事，不动感情，不动声色。哪像你这么忽冷忽热。"

"你说，你打的是什么主意？为什么你要送她回去？"

"往啤酒里掺白酒是何顺干的，你又不是没看见。我所以要送她，是看你喝酒太多了，要开车出了事怎么办？"

叶芳突然凑过脸去，朝着刘思佳的头吻起来，也顾不得坐在旁边的解净看见看不见。心想叫她看看倒也好，让她知道她对思佳有多好，她是多么爱他，省得以后她再打他的主意。

可惜解净没有看见，她因为抗不过酒力，再加上今天也实在疲乏，靠在座位上轻轻地睡着了。

五

解净踏上了办公大楼的楼梯，忽然对这幢自己非常熟悉的楼房产生了一种异样的陌生的感觉。什么地方变了呢？她认真地打量着，单号房间还是行政办公部门，二〇一是厂长办公室，二〇三是会议室，往下数就是厂长们的房间、生产处、供销处等等；双号房间是政工系统，二〇二是党委办公室，二〇四是组织科，往下数是武装部、保卫科、宣传科，二一二是党委书记祝同康的办公室。没有变，连牌子也没换，还是原来的油漆已经发黄了的木牌牌，木牌上各个部门的名称还是她写的哪，这是她第一次公开显露自己在书法上的特长。就连楼道里的痰盂也还是放在老地方。物没有变，人变了，两年前她离开这座大楼的时候，心里空虚惶惑，没着没落；现在她学会了开汽车，是汽车运输队名副其实的副队长，心里踏实，脚下有根，走在楼板上连自己都觉得步子坚实有力。奇怪，以前她在大楼里办公，觉得自己并不是大楼的主人；现在离开了大楼，反而觉得有资格当大楼的主人。

当她推开党委书记办公室的门，心里已经有些激动了，只看到了一个露在沙发背外面的老人的头顶，几绺稀疏的、像婴儿的头发一般柔软的白发垂下来，已经遮不住光滑的头顶，连绷得很紧的血管都看得清清楚楚。一种复杂的感情在解净的心里翻上来，这里面搅和着有尊敬、感激，还有一些说不清楚的埋怨。她轻轻地叫了一声：

"祝书记，是您找我吗？"

"呵，小解，快坐下。"刚才显然是正在走神的祝同康连忙招呼解净坐下，他心里的不平静不亚于对方。他对这个女孩子怀有一种特殊的感情，除去上级对下级的关怀和照顾之外，还有一种近似父爱的东西。尤其是当他对自己的两个不争气的孩子彻底失望之后，对解净这个他以为最理想的青年人的感情就更强烈了。他高兴地抬起头，想仔仔细细地端详一下解净，看她在下边待了这么长时间有什么变化。这一端详不要紧，他的心立刻收紧了，脸也沉了下来，脸上亲切的笑纹像一片云似的倏地消失了，恢复了党委书记应有的威严和公事公办的神情。

祝同康神情的变化令解净惊奇莫名，她低头瞧瞧自己的身上，哎呀，糟糕！怎么穿着这身衣服就来了。

上个月，有一天下班后叶芳没有事情陪着解净练车，练完车换衣服的时候，解净不知怎么回事脑子里突然冒出一个念头，想穿上叶芳那身西装试试好看不好看，穿好后到镜子跟前一照，连她都不认识自己了，人配衣服马配鞍，一点儿不假，她想不到自己还能这么漂亮，觉得不好意思，心里又暗暗高兴。叶芳撺掇她去做一身，她嘴上说不做，心里也犹豫，可最后还是做了这身银灰色的西装。开始不敢穿着这套衣服到厂里来，只在下班后回到家里穿一小会儿。越来胆子越大，敢穿着它上下班了。又怕别人说闲话，上下班不坐公共汽车，改成骑自行车。她对这套衣服渐渐地习惯了。今天起得晚了一点，没有来得及换衣服就去练车，刚才被催得急，匆匆忙忙就跑来了，把上班就应该换成工作服的老规矩给忘了。一个共产党员、中层干部，工作时间穿着一身干干净净的西装，别人会怎么说？解净的脸微微泛红，心里有点不自在，但是这种事不能描，越描越黑。穿着这样一身衣服重登办公大楼会引起什么影响，她是清楚的。已经走到了这一步也用不着后悔，穿西装并不违反纪律，她镇定住自己，嘴边那块浅浅的小痣有点发红，透出一种自信和执拗。她也摆出了一副办公事的严肃态度，尽量不给党委书记以机会让他问及自己的情况，她现在极不情愿和过去自己十分尊敬的老领导谈论自己的事情，就以攻为守地问："祝书记，您找我有什么事情？"

祝同康淡淡地、好像心不在焉地问："这两年你在下边干得怎么样？"

解净心里涌起反感，要谈刘思佳卖煎饼的问题就直截了当，干吗又把我拉扯进来，您一见我这身打扮就皱起眉头，闭住眼睛，一脸反感，难道真有必要再来一番关心、爱护、惋惜之类的大道理吗？但她决不能让自己的不耐烦表现出来，神色只是变得冷漠了，用一种坦然的平等的口吻说："您问哪一方面呢？"

是啊，问她什么呢？一切不都摆在了你的面前，还用问吗？祝同康心里发冷，他意识到了自己的严重失职，他在党委分工是管干部的，可是解净下去以后他就没有认真管过她。虽然听到过不少关于她的议论，什么每天不务正业光是一门心思学开汽车，什么大楼召开的会议她不来参加，等等，但他袒护她，一直也没有找她来谈一谈，现在却变成了这个样子，一个多么好的年轻干部，本来是很有希望的，这究竟怪谁呢？是他党委书记的影响力太弱，还是刘思佳这伙青年人的腐蚀力太强？现在的青年人一个个简直都是无法猜透的谜，自己的儿子是谜，刘思佳是谜，现在解净也成了谜。

他给自己点上一支烟，突然又抽出一支递向解净："你也抽一支吧。"

"谢谢，我不抽。"

"听说你也学会了？"他不敢看她，更不满意自己怎么会问出这样的话。

"是的，我学会了。"

解净突然起身，大大方方地从书记的烟盒里抽出一支烟，点着吸了一口。她学会了抽烟，但是没有瘾，甚至还厌恶姑娘们吸烟，她自己平时是决不吸烟的。这一刻连她自己也说不清是出于一种什么心理，故意要在书记面前吸上一支烟，叫他看看，听他怎么说。

现在感到不好意思的不是解净，倒是祝同康，他不敢看、不忍看解净叼着烟卷的那个样子，他一肚子火气，可又发作不出来。

解净内心里也非常紧张，她甚至后悔不该吸这支烟，嗓子眼辣得难受，直想喝水。但她故意装得态度自然，说话也显得理智、客气而且很有分寸。

祝同康心里感到压抑，他受不了解净这种和他以平等的身份抽烟和说话的劲头，可是他又发作不起来。他很想和她好好谈一谈，以前她心里有什么事情不等他问就主动地全告诉他，现在却不行了，他们表面上的上下级关系还没有变，可是双方的精神力量发生了根本的变化。他在她的眼里不再是党的化身，也不是父亲式的人物了。她的眼光，她的气质，她还带有姑娘的羞涩的冷峻和探究的神色，以及她身上的每一个变化，都标志着她已经成熟了。以前他曾经希望她快点成熟起来，现在她真的成熟了，他却本能地感到一种恐惧和威胁——他们之间已经疏远了，不可能再像过去那样推心置腹了。他希望快点结束这场谈话：

"你们队里的刘思佳、何顺在厂门口摆了个煎饼摊，你知道吗？"

"刚才听人讲了。"

"拿着国家工资的职工，是不允许再做小买卖的，你们要严肃处理这件事，影响太坏了！"

"您说应该怎么处理？"

"你们先拿出个意见来再说。"

"依据是什么？关于怎样处理这种事情国家有文件吗？"

"哦……问问保卫处。"

"刚才我经过保卫处的时候问过了，国家对怎样处理这种事情没有明确规定。倘若我们处理了刘思佳，他要不服怎么办？"

"那就做工作。"

"做不通呢？"

"叫你这么说就没有办法了？"

"有办法，这个办法要党委出，得党委拿出决议。咱厂今年的任务到底有多少？有多少人没活干？工资够发几个月的？奖金到底还给不给？这种局面要延续多长时间？工人可不可以自找门路，有类似自找门路的事情发生后怎么办？领导心里应该有数，要向群众交底。上面一摊糊涂糨子，下面人心惶惶，光抓一个刘思佳卖煎饼顶什么用！"

祝同康语塞，被捅到了痛处，他心里对这些问题也没有底数。

"按劳动条例，职工旷工半年就应开除厂籍，二车间有个工人旷工一年去搞贩运，党委毫无办法，一不敢治罪，二不敢开除。您叫我们怎么处理刘思佳？再说咱厂的食堂，早晨只有馒头咸菜，大街上的烧饼油条都是冷的，落满尘土，工人还说刘思佳办了一件好事呢。"

"你还替他说好话？"

"我向领导反映实际情况。"

"小解，别忘了你是什么身份，他是什么人……"

不能这样一句对一句地叮当下去了，祝同康先自软了下来，叹了一口气。青年不好管，向青年干部布置工作也不是愉快的事，他们有自己的主见，或者不如说是偏见，又不管你是什么领导，什么上级，只管唇枪舌剑乱放一阵。老年人，脑子稍微迟钝一点就招架不了。他后悔，不该找解净来，如果是叫田国福来事情就好商量了。他回去以后也许什么事都不办，但当面决不给领导难堪，好好是是，点头哈腰，满口答应，对书记恭恭敬敬。自己最信得过的人，现在却拨拉不动。

解净事先也万万没有料到，她竟用这种态度同祝同康讲话，伤害了自己尊敬的党委书记，她心里也感到别扭，甚至替对方难过。但她不知为什么就是控制不住自己的情绪。两年来她在下边受了一些委屈，其中有一部分是因给祝同康当秘书背的黑锅。今天好像是情不自禁地用这种异乎寻常的方式，对过去因爱护她反而耽误了她的人诉说委屈，进行报复。对真心实意为她好的祝同康来说，这难道是公平的吗？

僵住以后，老同志主动求和，自己找台阶下来，这是当今这个时代从社会到家庭的普遍现象。祝同康转换话题，尽量表现得亲切一些，可是像过去那种领导和长辈兼而有之的真挚感情已不复存在了。

"小解，听说你每天都醉心于练习开汽车？"

"练习一年多了，除去大客车，其余的汽车全都能够驾驶，明后天再进行一次路考，全部项目都考完了，我就可以取得正式的驾驶执照。"

"这是不务正业，你是干部，不是司机。"

"在运输队当个不会开车的干部，就像个瞎子、聋子！"

"你若是感到在运输队工作吃力，党委可以考虑把你调出来，楼上的科室里也很需要人。"他真愿意趁此机会挽救这个姑娘。她离开了运输队，来到自己的眼皮底下还会变过来的。

"不，不，不！"解净一连说了三个"不"，她决不离开运输队，不能半途而废，一定要把白本子（汽车司机的练习执照是白色的）换成红本子（正式的汽车司机驾驶证是红色的）。她惊奇党委书记怎么会说出这样的话。他难道真的不理解她为什么非要学会开汽车，他甚至不想打听这两年她在下面是怎样过来的，今天她能抬着头重进办公楼，是付出了怎样的心血啊！她现在有信心、有力量安排自己生活的道路，不再盲目顺从别人的意志，不轻信没有经过她亲身实践检验的信条。生活修正了她全部的人生计划……

钢厂有一条制度，每天夜里各单位都要有一名领导干部值班。自从解净来到运输队，田国福不是身体不舒服，就是家里经常有事情，夜间值班的事几乎全落在了她的身上。她上任后的第三天夜里，两点钟的时候，电话铃声把她叫醒了，一车间急需泡花碱，值班厂长叫她立刻派汽车去运。

解净打开司机的花名册，查找家离钢厂最近的司机。冤家路窄，又是何顺。有什么办法呢！解净骑上值班用的自行车出了厂门口，夜深人静，她的头皮一阵阵发紧。不知从什么地方钻出一条狗，追着她的自行车轱辘咬，她的头发一根根仿佛都要立起来了，把自行车蹬得飞快，好不容易找到何顺的家，硬着头皮喊了好半天才叫开门。何顺赤条条只穿件短裤走出来，睡眼惺忪地盯着解净，先伸了个懒腰，打了一通哈欠，故意装成迷迷瞪瞪的样子说：

"哎呀——嘿，这热被窝真舒服，半夜三更的你不睡觉还不让别人睡觉，把我喊起来干什么？"

"何师傅，一车间停工待料了，厂长叫我们立刻去运泡花碱，你辛苦一趟吧。"

"停工待料有我什么事？这是你们干部的事情，与我无关。"

"这的确是生产处的干部计划不周，但现在火烧眉毛，不能眼看车间停产，请你给救救急吧。"

"救急？谁救我的急？"

"半夜出车给你发加班费，你如果愿意倒休也可以。"

"我不要钱，也不要倒休。"

"你要什么？"

"我要个大姑娘跟我睡一觉。"

解净二话不说，转身骑上车就跑。身后传来何顺哈哈的笑声："你快跑吧，跑回去好挨厂长的骂。"

解净心里装满了气，不觉得怕了。她回到运输队，老远就听到值班室的电话在响，在这静静的深夜里，电话铃声格外尖厉刺耳，令人毛骨悚然。她不敢接，又不能不接。心里战战兢兢地拿起了听筒，值班厂长果然发火了："为什么汽车还不来？嗯！你是谁？你既然主不了事，为什么要值班？影响了全厂的生产你负得了责吗？立刻去把田国福给我找来！"

解净小声地说："汽车一会儿就到。"

她知道这时候去叫田国福比叫司机还难。她又来到何顺的家，何顺刚睡着又被喊了起来，他不再嘻嘻哈哈，而是一肚子火气：

"你又回来干什么？"

"你说哪？"解净豁出去了，反而显得镇定了，理直气壮地说，"如果你根本不知道一车间急等用车的事，天塌了也没有你的责任。可是我既然找你，把事情的严重性都告诉了你，我尽到了责任，再不去就是你的事了。我回去如实向厂长汇报，使一车间停产，影响这

116

个月全厂完成任务，缴不了利润，发不了奖金，全得由你负责！"

"哈哈，你还猪八戒耍把式——倒打一耙，我不吃这一套，你唬不住我！"何顺嘴上这么说，心里也有点毛了，经过较量，这个女队长是手心里的面团，怎么忽然硬起来了？他欺侮她不过是为了找乐儿，他可不愿意为这种事被扣工资，扣奖金，闹得厂部都知道了，说不定还会挨个处分。他从门洞的黑影里走出来，一步步逼到解净的跟前。

解净在心里给自己壮胆：你可千万不能退，要挺住，看他怎么办。

"我压根就没说不去，但是你得答应我的条件。"

"你的条件我全部答应，而且还要把你对我提的条件向厂部汇报，让全厂的人都知道，我吃亏要吃在明处。"

"哎呀，你可别拿这个吓唬我，我这个人胆子可小。"

"我为什么要吓唬你，我知道你胆子大得很，天不怕，地不怕。"解净没有退，反而往何顺的院里走，声音也提高了，"有胆量把你的父亲、母亲、姐姐、妹妹全喊起来，让他们听听你的条件，看着我怎么答应你的条件，日后有人调查也好做个证明！"

"天哪，姑奶奶，你打住吧。"何顺怯阵了，一把拉住了解净，"你先走，我穿上衣服随后就到。"

"我等你一块走。"解净生怕他再要什么花招。

何顺没有再说废话，跟着解净来到厂里，乖乖地开车去拉泡花碱。

解净回到值班室里，一点儿睡意也没有了。今天夜里用这种"拉泼头"的办法应付过去了，幸亏是在夜里看不清脸色，若是在大白天她无论如何也放不下这个脸，刚才她真是被逼得走投无路了。往后不能总是这个样子呀！夜里由干部值班，可是干部都不会开车，有了紧急事情还得到家里去请司机，多耽误事，应该让司机轮流上夜班。但她说话不算数，谁会愿意上夜班呢？她想到了孙大头，他也许愿意带个头。这几天，孙大头他们几个上了年纪的司机倒对她很客气，越是跟她年纪差不多的司机，越不买她的账。运输队的司机大部分是青年人，乱子也多数出在他们身上。她来到运输队才几天的工夫，耳朵里装满了，眼睛看够了，这个地方，人不多问题不少，有油水可捞的任务，大伙都抢着去；没有油水的活，特别是又苦又累的活，如拉白灰、运水泥，谁也不愿意去。全队五十部卡车，最严重的时候只能开动四部车，其余的全趴蛋了，掉个螺丝也说要大修。有什么办法，领导是外行，明知受骗也只好认头。对下管不了，对上还得把司机用来骗自己的话再拿去骗厂部领导，小官僚糊弄大官僚，假话当真话说。有时碰上懂行的厂长，挨一顿骂，上下不落好，两头受气。运输队还不是管理不善，简直是没有管理，司机们吃请，受贿，什么稀奇古怪的事情都有。

解净实实在在地感到发愁，自己什么也不懂，光看到一堆问题，却拿不出一个解决的办法。她安慰自己，人家队长都不着急，你发的什么愁？不，队长工资不少了，年龄不小了，过两年孩子一顶替就退休回家了。你呢？要求下来不就是想好好干一干吗？进厂后的头一步没有迈好，第二步不能再错了，学会一技之长，掌握真实的而不是虚假的本事，在运输队这个生活的新教室里，不断学习新东西，年年升级，甚至为了赶上别人，补回丢掉的那五年时间还得跳级。倘若被生活淘汰，在人生的路途上当个留级生太不光彩，她还年轻，她的性格也不允许自己在同辈人中老坐红椅子。解净忽然发现在值班室的窗台上放着半盒劣等香烟，就抽出一支叼在嘴上，划着火柴试着轻轻地吸了一口，一股苦涩和辛辣的味道立刻钻进嗓子眼里，她赶紧扔掉香烟，立刻用白水漱口，漱了好几次，嗓子眼里那股臭烘烘的烟味仍然漱不掉，只好用牙刷放上牙膏漱嘴，漱完嘴又赶紧吃糖，好半天才把嘴里的烟味赶走。抽烟真是比吃汤药还难受，这明明是活受罪，可是解净突然想通过这件事锻炼自己的毅力和决心，连抽烟都学不会，还怎么在这个汽车队干下去。她皱着眉头又抽了一口，然后赶紧再漱嘴。就这样抽一口烟，漱一阵嘴，一直坚持练习到司机们上班来。她手指上夹着一支烟，故意拿着架势去找叶芳。叶芳一看她这个样子，抱住她咯咯地笑了：

"一看你这架势就是个老外，瞧你那两个手指头翘得那个高，好像夹着的不是烟卷儿是毒药。"

"小叶，从今天起我要拜你做师傅。"

"学抽烟？"

"不，学开车。"

"开车？"

"你不教？"

"……行，我教。"

"一言为定？"

"一言为定！"

六

这是会议吗？是，又不是。

说它是，这的确是一种特殊的会议。地点：男更衣室；时间：刚一上班；主持人：未经上级任命，也不是群众选举产生，无名然而有实的汽车运输队地下队长刘思佳；参加人：没有限制，自由参加，何顺等几个青年司机必不可少。

说它不是，这也的确不像个开会的样子。没有事先通知，也不用临时召集，没有中心议题，也没有发言的次序，连坐在这儿的人也不认为自己是在开会。

但是，任何不愿意参加正式的会议、学习、讨论的人，却愿意参加这种特殊的会议，竞相发言，各抒己见，气氛认真而热烈，有时山南海北，社会新闻，小道广播，冤假奇案，胡聊一顿；有时围绕着一个问题争论不休，甚至大骂出口，大打出手，最后以刘思佳的话为结论。

今天讨论的议题也是卖煎饼：

"这一手真不错，谁结婚钱不够不用发愁了，人家成立了婚姻介绍所，我们成立一个'结婚资金筹备委员会'，让思佳当主任，大家排排队挨个轮，轮上谁就给思佳打下手卖煎饼。何顺是头一个。"

"他的对象老岳母还没给他生下来呢，得往后排，思佳是头一个。"

"思佳一分钱不要！"

何顺正为这件事心里犯嘀咕，刚才数完钱，今天早晨净赚二十七元四角，刘思佳一分不要，全让他一个人装起来，他又惊又喜，又有点不大自在。钱是好东西，他多捞一点当然是美事一桩，可力气全是刘思佳出的，刘思佳又是他的好朋友，自己这样独吞太不仗义了，别人也会说闲话。他又从口袋里把那二十七元四角掏出来了，放在板凳上："思佳，这样做不行，你不要我也不要。你讲义气，我也不能当小人，要不咱就公事公办，二一添作五。"

刘思佳不说话，他蹲在地上，聚精会神地盯着电炉子上的钢精锅，锅里沸水煮着山芋，山芋被切成了大小相等、形状各异的小块，随着水花上下翻腾。刘思佳用筷子夹了一块放到嘴里一尝，满意地咂着嘴，从一个塑料袋里抓出一把玉米面撒在锅里，一边撒一边用筷子搅着。他做这一切都非常熟练，悠然自得，可见他是经常干这一手活。不稀不稠的玉米面山芋粥熬好了，嘴馋的人自己伸过勺来舀两口。城市人根本不把这玩意儿当做好东西，只是刘思佳端着大盆吃得那样香甜，让人看着眼馋。他在青年群里是个能"洋"出花样来的人，别的不用说，单说吃，他下过天津市的大馆子，吃过各式各样的西餐。但是真正使他留恋的，几天不吃就淌口水的，却是这从小吃惯了的家乡饭——山芋粥。每天早晨他不吃油条，不吃烧饼，就喝上一大盆稠稠糊糊的玉米面山芋粥。

喝完粥，他擦了擦嘴，这才扫一眼小板凳上的二十七元四角，问何顺："你真不要？"

"不要。"何顺舌头有点打弯，已经不像刚才那么仗义，那么气冲了，可是自己刚说出去的话，也不能马上就再喝进去。

"好，你不要也好。"刘思佳的眼睛逼住何顺，不让他把自己说出的话再收回去，"但是对外人你得讲卖煎饼赚的钱全归你，因为咱们用的是你爸爸做小买卖的执照，党委追查也好，或者到法院打官司也好，咱们都占理，就说你父亲身体不好，家庭生活困难，儿子利用业余时间帮着父亲干点活。至于我，那是对摊煎饼有兴趣，出于哥们义气自愿帮你点忙。"

何顺被说得大脑袋像捣蒜一样直点头，更衣室的人都咂嘴称是："对，思佳想得周到。"

何顺关心的是这钱到底归谁："那……这钱哪？"

"放心，这钱我也不要，别处有点急用。孙大头的老婆从农村来治病，一住就是半年，已经确诊是胃癌，没有几天熬头了。大头为给老婆治病拉了一屁股账，老家还有四个孩子，我们和他共事一场，不能见死不救……"

何顺跳起来，将板凳上的钱一把抓起来装进自己的口袋："干什么，你想给他？哪有这么美的事，就是把钱扔了也不给这个乡下佬！"

刘思佳的脸色立刻变了，但并不喊叫："我也是乡下佬，我们都是猴子变的，你这个天津卫洋佬的祖宗也是在农村里刀耕火种过日子。你要是不愿意帮他，这钱就归你，我们几个再重新凑钱也得让孙大头过去这一关。"

更衣室的司机们都敬佩地点点头。

到手的钱又要飞了，何顺一百个不情愿："他有困难可以写申请，叫厂里给他补助。"

"你又不是不知道，上个月写了申请，请求补助二十元，一级一级地审批，最后只给了十五元，这个月再写申请还能补给他吗？厂里连买手套、买肥皂的钱都没有了，这个月的工资到现在还没有着落呢，靠厂子靠得住吗？厂长们还顾得过来他来？他老婆是农村户口，药费只能报销一半，另一半得自己担负。他在车队混了二十多年，老实巴交，到了这关口我们一点儿不伸手，心里过得去吗？我要是张嘴向大伙敛钱，谁也不会驳面子，全都给。现在不像前几个月，一分钱奖金不发，再叫大家从工资里往外掏不合适，我才想了个卖煎饼的法子，厂里要是不找我还好，要是找我，我有好多话等着哪。何顺，咱说痛快的吧，我用的你父亲的执照，你又帮了忙，理应给你钱。若是你父亲自己卖，一早晨最多能赚五块，你就把那七块四的零头留下来，剩下的二十给孙大头，怎么样？你只当给我。"

"既然你把话说到了这个份儿上，我也不能办不够朋友的事。"何顺咬着后槽牙又把钱全掏出来，往板凳上一摔，"我一分钱不留，全交给大头。"

"好，够意思。不过你还是把钱装起来，一会儿你出车的时候绕点弯把钱给他送到医院去。"

"我不去，我的钱还得我给他送到手里，我也太下三烂了，他的谱儿也太大了，爹娘我也没有这样侍候过。"

"何顺，你真是外行！"刘思佳笑着解释，"这是让你做个人情，这是落好人的美差。平时你总欺侮人家孙大头，他正在受憋的时候你给他送钱去，他说不定会感激得给你磕个头，这样的好事谁都愿意干。"

何顺笑了，又把钱装起来。

"可有一条，你给他钱的时候不能告诉他这是卖煎饼赚的，他胆小怕事，知道真情就不敢要了。就说是你找大伙给他凑的，把好事你一个人全兜起来，我绝不会亏待你，如果头头下令不让卖了，那就拉倒。头头要是不管，我打算卖上一个月，当然以后每天不会赚这么多，不管赚多少，一半给你，一半给大头，我一个子儿不要。"

刘思佳这番话把别人的心都说热了，有人说："思佳，你要留神，刚才党委来电话把解净叫走了，八成是为你卖煎饼的事。"

"没关系，我盼着祝头亲自找我谈话，若是别的人找我，我还一概不搭理。"刘思佳转头对管考勤的司机说，"老五，你画考勤的时候可不能给孙大头画事假，再把他的工资扣掉就更倒霉了，就给他画出勤。"

老五有点犯难："不行啊，现在不同去年了，解净学会了开车，她对咱们队里的事摸得清、吃得透，什么事也瞒不了她，她又卡得挺紧，万一知道了我可吃不消。"

"要不你把考勤表交给我，出了事我担着。"

"哎，这倒行。不过你也要小心，解净手里有一张'八卦图'，按照那张'八卦图'管理咱们运输队真是滴水不漏，你可别让她抓着。"

刘思佳没有说话，解净手里那张"八卦图"的内容他知道，使他惊讶的是，解净在运输队的威信越来越高，竟然有人怕她了，而且以为他也怕她，他也得受她管。他是司机，她是副队长，他本来就在她的领导之下，他对她的态度一直是矛盾的，有时给她出难题，有时又为她的气质所倾倒，帮她的忙。她现在管理汽车队的办法，有些就采用了他出的主意，想不到这些主意倒变成卡他的法宝了……

到此为止，今天早晨这场不是会议的会议就算结束了。刘思佳的厉害就在这儿，坏小子们害怕他，正派的老实人器重他，他这种脾气在工人群里还是很得人心的。他又讲理又不讲理，好起来比谁都好，坏起来比谁都坏，专好与大头头相颉颃，谁越厉害越跟谁过不去，对老实窝囊的人决不欺侮，有时还非常慷慨仗义。对从农村来的人，刘思佳有一种特殊的感情，因为他自己就是在农村长起来的孩子。

上小学四年级的时候才从沧县的乡下来到天津，他的功课在班里最好，却受同学们的气，取笑他穿的衣服，模仿他侉声侉调的说话，向他起哄，叫他"老赶""小侉子"。老师看他学习好叫他当班长，每当上课的时候，老师一走进教室，他就喊一声"起立"，全班同学都站起来表示对老师的尊敬，这声带着浓重沧县味的"起立"，就成了同学们取笑他的话把儿，根据他喊"起立"的谐音给他起了个外号叫"知了"。不管是在学校的操场上，还是在校外的大街上，只要一碰上本班的同学就"知了，知了"地喊个没完。可把他臊坏了，臊得他不敢说话，除去上课的时候躲不开，下课后不和同学们一块玩，总是一个人孤孤单单地找个清静地方待着，在校外一见了本校的同学老远就躲开。这个在家乡的小学里聪明活泼、处处领先的好学生，爷爷奶奶看他是块材料，将来可以上大学做大事，害怕耽误他的前程，才把他送回天津父母的身边。想不到乡村小学里的尖子，来到天津卫成了受气包。他的脾气变得孤僻了，小小的心灵里就产生了一种自卑感。谁知他越躲就越受气，城市的孩子欺软怕硬，见他害怕了，服软了，对他就欺侮得更厉害。有一天放学后他刚走出学校大门口，一个父亲在部队当营长的同学，从后面狠狠地踢了他一脚，他穿着单裤单褂，这一脚正踢到尾巴骨上，疼得他在地上打滚，同学们喊着他的外号一哄而散了。他怕被更多的人看见嘲笑他，就忍着疼爬起来，一拐一瘸地走到胡同口的自来水龙头跟前洗了一把脸，不让别人看出他哭过。从这一天起，他打定主意还是回老家的学校去上学，但是不能这样走，要报仇。他从小就听爷爷讲沧县是个出英雄好汉的地方，家家都有刀枪棍棒，一到冬天秋后爷爷就带着小伙子们练把式，怎么就出了他这样一个窝囊废物？他的父亲，解放后离开家乡到天津学徒当电工，以后成了技师，当了劳模，搞了一个在北京上过大学的女技术员当媳妇，以后生了他。老家的人一提起他父亲、母亲的能耐都挑大拇哥，怎么就生了他这样一个不争气的儿子？第二天放学以后，他用同样的办法报复了那个营长的儿子，而且多加了三脚又捎带磕掉了人家一颗门牙。人家打他，他不愿告状，老师不知道，他打了人家，营长太太找到学校不依不饶，他也不申辩，结果是写检查，撤掉班长的职务。

他变了，用一种儿童的仇视的眼光看待老师，看待同学。功课上要拔尖，不叫老师抓住一点儿小辫儿，在课下决不再吃一点儿亏，同学用天津话骂他是"小侉子"，他就用沧县话又狠又凶地回骂对方，一出校门口就用拳头解决。他有力气，身体灵巧，而且有一股强烈的复仇的情绪，打起架来不喊不叫不哭，蔫打，没完没了地打，而且一打上手眼睛发红，一副不要命的样子。天津卫的孩子大多是嘴上的功夫，被他打过几回就都怕了。那个营长的儿子简直被他打服了，他怎么捏就怎么转，而且不管吃多大亏也不敢向家长和老师告状。刘思佳对欺侮过他的人一个一个打，一个一个收服，他在同学当中成了一个比老师说话还管用的"伢霸王"。回到家里拼命向妈妈学习普通话，他厌恶天津话，也觉得自己的沧县话不大顺耳，就想掌握一种更高级、更文明，像广播员说话一样好听的语言。等到他上中学的时候，已经是说一口好听的北京话，穿的衣服干净而漂亮，比天津卫的同学更"洋气"，同学们叫他"小北京"。等到一开始"停课闹革命"，他理所当然地被推选当了头头。为了应付武斗，他甚至跑回老家，编了许多瞎话，让非常疼爱他的爷爷教了他三个月的武术。后来父母知道了这件事，怕他闯祸，就把他关在家里，教给他电工技术。好在那时候工厂里也是"抓革命，促生产"，父亲每天早晨到厂里露一面，就回家来教给思佳怎样做录音机、电视机等等。他渐渐对电工技术发生了兴趣，每天去跑电料行，买处理价格的电器零件，回到家自己鼓捣电冰箱、电唱机，拆了装，装了拆，到委托店买别人不要的旧机器，回到家自己改装，有用的取下来，没有用的扔掉。只要是搞电的玩意儿，花多少钱父母都支持。当时大学都停办了，他们希望自己儿子将来能当个好电工，走自己的道路。谁知1972年思佳中学毕业以后分配到第五钢铁厂当了汽车司机，他每月的工资大部分也都花在了电气爱好上。他那"七机"基本上都是买处理零件自己做的，而且外壳搞得极其新颖别致，比国家的产品还要漂亮，把"沧州"两个字翻译成拉丁文，用不锈钢伪造成世界名牌产品的商标，其实他的"七机"全是"沧州牌"。这一点除去他的父母，谁也不知道，他也决不告诉任何人，闭口不谈自己"七机"的牌号，不谈来源，这下可真把那些不懂拉丁文的人唬住了！

　　他就是这样一个怪人，表面上看他同何顺是好朋友，何顺也确实把他当成了好朋友，可是他在内心深处却瞧不起何顺，有时甚至要笑一下这个天津坏小子寻点开心。他喜欢叶芳的俊俏、真挚、泼辣，可又讨厌她是个天津姑娘，嫌她浅薄、粗野，没有女人的秀气。他喜欢解净的文静、深沉、内刚外柔，外加写一手好字；可又嫉妒她，什么也不会却坐在了管人的位子上，对她有一种本能的反感，瞧不起她给祝同康当秘书的那段历史。他有时对自己也非常瞧不起，由于阴错阳差，上不了大学，干不了电工，这一辈子就只能玩轮子了，非常泄气，就去和何顺他们吃吃喝喝，胡打胡闹。可有的时候又觉得自己比那些当干部的强得多，他看出了好多问题，他肚子里有许多道道，但无处施展，他不愿意毛遂自荐，更不愿向干部低三下四地去汇报思想。队长老奸巨猾，保命、保官、保权，成事不足，败事有余。他除去一身官场习气，别无所长。党委书记呢，谁也不能说他是坏人，可他好在什么地方别人也说不清楚。他管着一个大工厂到底是了解人，还是了解工厂？他脑子里究竟有多少企业管理的知识？解净又懂什么，就是叫孙大头当队长也比她强，可命运安排的偏偏是她，而不是别人，小的管大的，不懂行的管懂行的。幸好，这个小干部有心计，不愧是搞政工的出身。这些年反复无常的政治风尘污染了社会，毒化了人们的思想，离间了群众和干部的关系，造成信仰的混乱，使工人一下子觉得刘思佳这一套是重感情、讲义气，压强扶弱，济国救危。不靠"阶级斗争"了，也不靠"最高指示"了，靠起哥们义气来了。刘思佳聪明的地方是在工作上不让人抓住一点儿差错，使老工人对他也很赏识，造成了他在运输队的特殊地位：不是干部的干部，不是队长的队长。

七

"解净回来了。"运输队的司机们又像两年前欢迎她上任一样聚集在车库前的广场上,大家都知道今天有好戏看。谁都知道党委书记把她找去是谈刘思佳卖煎饼的事,看她回来怎么处理这件事,可真够她崴的。不管吧,无法向党委交账;管吧,刘思佳同何顺都不是省油的灯,能服她管吗?闹不好今天有一通大吵,有人为她担心,有人替刘思佳担心,有人等着看一场热闹。

解净回来一看这阵势心里就明白了,她装得像个没事人似的扫了司机们一眼,等着看热闹的就是这几个爱闹事的人。老司机们全出车了,刘思佳也不在,他可能也出车了,解净暗暗高兴,这样做才符合他的为人,该怎么干还是怎么干,不让人抓住把柄,既不摆开吵架的样子,也不表现出惶恐不安。她故意问了一句:"刘思佳呢?"

"她果然一回来就找刘思佳!"司机们围过来,有人答了一声:"刘思佳出车了。"

"那你们几位为什么不出车呢?"

司机们被问住了,无言以对。

解净有点奇怪,这么多人不出车老田怎么不管呢?8点多钟的时候她明明看见他上班来了,莫非又走了?

叶芳走过来说:"小解,刚才老田觉着心脏不得劲儿,回去了,叫我告诉你一声。"

司机群里有人小声议论:

"姜还是老的辣,一看事不好就脚底板抹香油——溜了!"

叶芳心情郁闷地走到解净身边,为刘思佳卖煎饼的事生气,也为他担心，她虽然性格泼辣，但毕竟是个姑娘，心眼小，没有经过什么大事，很想知道党委对刘思佳的态度，当着这么多人又不好问。司机们虽然被副队长问得张口结舌，仍然不想马上出车，还等着看个究竟，可是谁也不愿意把话挑明，都盯着解净，看她怎么办。

最不长眼，又脑袋发昏的就数何顺了，他今天早晨卖煎饼起得早了一点，这工夫依在车库的大墙根底下睡着了。

解净的气不打一处来，看来今天不剃这个脑袋，他的哥们弟兄们是不会出车了。她拉着叶芳走到何顺跟前，叫了一声："何顺！"

何顺睡得正香没有听见。叶芳用脚踢了他一下，他揉揉眼站起来："什么事？"

解净不着急，也不喊叫，不提卖煎饼的事，却冷冷地责问他："你为什么不出车？"

"他们都去拉油，为什么派我先去拉两趟白灰？"何顺倒还有一脑门官司，这回真有好戏看了。

"第一，拉白灰也是任务，也得有人去，派你去是应该的，为什么不可以？第二，你昨天去拉油，在油库吸烟，险些造成大的事故，油库正在扩建，现场很乱，一点儿火星都可能引起一场大火。油库已经将你的车号报告了交通队，交通队通知了我，你必须写一份往后一进油库就不再抽烟的保证书，否则以后不派你去拉油。像拉白灰、拉水泥、拉泡花碱这样的活全由你一个人包了。"

"你说什么？这些又脏又费事的活全让我一个人包了，太欺侮人了，我不干。"

"那好，把汽车的钥匙交出来，我去拉。等我拉完白灰回来，你再告诉我，你这样干是算旷工还是算罢工。"

解净伸出手，何顺有点往后缩，不敢把自己的钥匙交出来。解净文文静静，又逼上一步："现在厂部正愁人多活少，连工资都快发不出来了，要是有人主动不想要工资，还能吓住人嘛！"

副队长不软不硬，把何顺堵得一句话说不出来。把这口气咽下去吧，当着这么多人，这个跟头栽得太大了；不咽这口气吧，闹翻了也不是好玩的，解净现在会开车了，根子也扎牢了，他再甩把子不干拿不住她了。再说还有卖煎饼的事，他希望解净不提这件事，刘思佳说了，今天头头不干涉，明天就照样卖，再赚的钱就是他的了。吭哧了好半天，何顺才给自己把这口气顺下去，长长的轴瓦脸裂开了一道缝儿，故意装出一种大大咧咧的笑容，给自己打圆场说："说下大天来，胳膊也拧不过大腿，你是当官的我是玩轮子（指方向盘）的，不听你的不行，自己认倒霉吧！"

何顺这个浑小子就这样老老实实地被治住了？想看热闹的人感到惊奇，觉得不过瘾，看打架的嫌架小，看着火的嫌火小。他们也不明白，副队长为什么不向何顺提卖煎饼的事。

解净又喊住了何顺："等等，拉完白灰写份保证书，下午跟车队去拉油。"

这真是得寸进尺，何顺摇摇头，咂咂嘴："我成了墙倒众人推，破鼓乱人捶了，我的好处你们当头的就一点看不到？你在队里打听打听，过去我何顺三天不打一伙架，浑身憋得难受，打架对于我来说，就跟过年吃饺子一样美。可现在怎么样，你看我还惹事吗？我自己觉着都快够入党的条件了。"

今天何顺这种三孙子般的样子引起了叶芳的厌恶，她骂了一句："你入国民党早就够条件了！"

司机们没乐强乐地笑了，何顺也趁机自我解嘲般地嘻嘻哈哈开着车走了。司机们一见何顺都出车了，二话不敢说，纷纷要上车，解净反倒喊住了大家：

"大伙等一等，反正已经耽误了这么长时间啦，有些事情索性跟大伙说明白了好……"

司机们心里惊奇，又都回过头来盯住了解净。

"这两个月大家有点懈怠，可能是认为我们厂是被调整的单位，任务吃不饱，奖金不发了，工资也有些悬乎，松松垮垮恢复到1960年度荒的样子。告诉大家，不管发生什么情况，工资一定照发，一分钱也不会拖欠。我们运输队不但不下马，还要上马，厂部希望我们承担外单位的运输任务，在这个调整时期多为厂子赚点钱，厂部还指望我们给厂子挑重担。因此，我们队的管理不能放松，还要加强，各项规章制度都要严格贯彻执行，从这个月恢复奖金制度。"

司机们你看我，我看你，这可是件大好事，恢复奖金制度谁不高兴？工人嘛，谁也不希望自己的单位下马，有活干，有钱赚就行。使他们吃惊的是这个小姑娘队长一板一眼，来头不小。正队长一看事情不好躲走了，她不等不靠，自己扛起大头干上了。往后得小心点，多拿几块钱奖金是美事，家里大人孩子全乐意，就怕这钱不是那么好拿，真得卖膀子力气。这位副队长不着急，不上火，稳稳当当，可是不好斗，茶壶煮饺子——心里有数。

解净从口袋里掏出一张纸，两只手把纸展开，举起来说："还是好几个月以前了，我在办公室的地上捡到了一个废纸团，打开来就是这张图，这几个月我对照咱们队的情况反复研究这张图，越研究越觉得这张图画得妙、画得很有道理。今天我把它放大贴出来，让全队的人讨论、修改、补充，往后就按照这张图来考核我们的管理水平。但是有一条，我目前还不知这张图是谁画的。"

司机们凑上来看，都不知道是谁画的，有人甚至还看不明白。

解净说："我已经向总工程师做了汇报，他决定从技术改造措施费里拿出五十元钱，奖励给这张图的作者。请大家帮助我打听一下，叫这个作者来领奖。"

这下可真看上了热闹，司机们愕然、哗然，而后是热烈地猜测起来。

解净收起图："大家出车吧，中午休息的时候再看。"

司机们都上车走了，解净搂住了叶芳的肩膀："你今天的精神不好，我上你的车，由我开车，你好好休息一下。"

叶芳很高兴，她也正有话要跟解净讲。

解净起动了马达问叶芳："你知道那张图是谁画的吗？"

叶芳摇摇头。

解净看看她，突然心里替叶芳感到难过，可怜的姑娘，连自己所爱的人的笔迹都不认识，不认识笔迹也应该了解他这个人，你了解他些什么呢？这个队里除去他谁还能画出这样的图呢？你爱他，可是不了解他，你爱他什么呢？难道爱他的"七机"吗？

八

解净没有猜错，刘思佳没有因为厂部要给五十元奖金就承认那张图是他画的，仍然像没事人一样保持着沉默。他早晨在更衣室的布置，解净全知道了。他的哥们弟兄中早就有人向组织靠拢，什么事都跟解净汇报。解净不打算先找他，要让他主动找自己就好谈了。

中午，解净根据总工程师和厂长的意见，又改进了自己的想法，对那张"八卦图"进行了修改和补充，画在一张大牌子上，用她那一手好看的毛笔字注上说明，用魏碑体的大字在牌子上方给"八卦图"

正式题名为："运输队经营管理考核标准"。这件事轰动了整个运输队，受到震动最大的却还是刘思佳。最初他是怀着得意的心情挤在人群里看着自己的"八卦图"怎样被解净放大、正正规规地画在大牌子上，听听大伙的赞扬。当他认真地看了两眼之后，感到十分惊奇，这已经不是他的"八卦图"了，这是一张真正的服务质量和经营管理的考核标准图，十分严密，非常具体，不仅有项目，而且有考核办法。这张图只不过是受了他那张"八卦图"的启发，这已经是另外一张水平更高级、更精细的科学管理图表了。如果要发奖也应该发给这张图，而不应该发给他的"八卦图"，这是为什么？是赞赏他，还是寒碜他？刘思佳简直有点迷惑了：解净到底是个什么人？她不但敢改我画的图，而且改得如此之妙！

当初，他看到解净又学开车，又抓管理，他摸不清她是为了做样子还是真想在运输队待下去，有一次利用开会的时间画了这张"八卦图"，散会时故意丢在办公室的地上，看解净识货不识货。这张图提出了运输队经营管理的大致轮廓，她要真想抓管理，这张图可以引她入门。她要是只为在下面避风、镀金，以便取得新的资本重返大楼，她就会把这张图当废纸扔了。想不到解净接受了他的指点，沿着他的指点又超过了他。对她绝不可像对一般的姑娘那样等闲视之。

下午出车的时候，刘思佳看到解净要上何顺的车，她对何顺去总油库拉油是很不放心的，下午没有别的活，何顺又写了拉油决不吸烟的保证，没有理由不让他去，副队长想必是要亲自跟着他，管紧一点。但是刘思佳还是忍不住心里翻起一股莫名其妙的醋意，解净和别人都是有说有笑的，唯独对他十分疏远，好像井水不犯河水，彼此都心照不宣。他甚至都嫉妒起何顺来了，自己在她的眼里难道还不如个混蛋？他终于忍不住喊了一声："小解。"

"哎。"解净走过来，心里说："他到底沉不住气了。"

刘思佳是卖豆腐干的掉在河里——人死架子不倒，阴沉着脸说："你这个副队长帮这个，帮那个，为什么不帮帮我？"

"你是信得过的司机，还需要助手吗？"

"是对我信得过，还是信不过？"

解净迎住了他的目光："好吧，今天跟你这个十万公里无事故的人学学手艺。"

她坐进了刘思佳的汽车。叶芳拿着一张纸跑过来，对她说："小解，交通队来电话叫你明天去路考。"

解净很高兴，她就要成为正式的汽车驾驶员了："明天你跟我一块去。"

刘思佳冷冷地一笑："好啊，你拿到了正式的本子，我们这些人怎么办呢？当你手中的小菜，由你任意吃，任意扔？"

解净头一歪，反问："你是不是认为我应该当你们手里的小菜？"

刘思佳被噎住了，他脸上忽然呈现出一种奇怪的又似抑郁又像赞赏的神气，他打着了火，让自己的车跟在何顺汽车的后面缓缓向前开去。

解净不看他，说："你什么时候去领奖？"

刘思佳装傻："什么奖？"

解净笑了："画'八卦图'的奖。你不是已经知道了嘛！"

"不是我画的。"刘思佳已决心不承认了，承认那张图是他画的，就等于承认他比解净水平低，他早知有今天，当初好好下点功夫，想周全，把图画得更好一点。现在凭这样一张被人家修改得面目全非的图受奖，别人也许以为是露脸的事，他却认为是丢丑，宁肯不要那五十块钱，也不栽这个跟头。

解净故作惊讶："哎呀，这可怎么办？我看那图上的字是你的笔迹，就以为是你画的，上午到厂部去顺便把钱领回来了。"

"可能是孙大头画的。"

"谁都知道孙师傅画不出来，如果真是他画的他就会当面交给我，而不会扔到地上。要知道他也是我的师傅，白天小叶教我驾驶技术，晚上他值班的时候教我汽车的构造和修理，我了解他。再说他也不会接受你用这种办法给他的经济援助。连上午何顺去医院送钱说漏了嘴，孙师傅知道了钱的来源也坚决拒绝了。何顺没跟你说？"

刘思佳一点儿也不知道这回事，解净什么都知道了，副队长知道的事情他反而不知道，他的哥们卖了他。何顺这个混蛋为什么也瞒着他？想私自把钱扣下？一道阴影在他脸上掠过，极力想装得不动声色，抑制自己的情绪，这反而使他脸上的肌肉发生了短促的痉挛。

"你似乎把个人的力量，把哥们义气看得过分强大了，把组织的力量、集体的力量看得太软弱了。不管厂子目前的处境有多困难，咱们毕竟是社会主义国营企业，有一万多名职工，党委还在，运输队的支部还在，你能济困扶危，我们就全都见死不救？当然有些头头是有问题，比如厂工会主席不了解情况，任何困难补助的申请到他那儿一律砍一刀，也怪咱们田队长没有说清。孙师傅的爱人治病住院的费用全部由厂里负担，你不用在考勤上作弊，他本人算事假，但情况特殊，工资照发。"

刘思佳一声不吭，他把解净这些软中有硬的话全都吞下去了。往常他听到这样的话也许会跳起来，会用更尖刻的话回击对方，可是今天，他却一句话也说不出来。他在别人面前，感到力量和智慧都有富余；可是在这个姑娘跟前，觉得力量和智慧都不够用了，他必须精神高度集中才能打个平手。他后悔不该把解净拉到自己车上来。

卡车出了厂门口就像箭一样奔向市里的总油库。汽车也是有性格的，车随人，司机是什么性情，汽车就是什么性情，百人开百样车。何顺开车快而凶猛，一只手扶着驾驶盘，另一只手点烟喝水，全不耽误。一边开车，一边嘻嘻哈哈，说笑打逗，全不在意。坐他的车总是把心揪到嗓子眼，有一种玩命的感觉。刘思佳开车就不一样了，快而稳，他不说话，阴沉着脸，眼睛盯住车前方，双手牢牢地把住了方向盘，一副专注而自信的神情。坐他的车有一种安全感，可以放心大胆地闭眼睡觉。解净佩服他的驾驶技术，欣赏他的"驾车如驾虎"的座右铭。

两个人一路上没有说话，双方都感到关系不自然。要是何顺和叶芳这两个人有一个在场就好了，就不会出现这种尴尬的局面。解净漫不经心地望着窗外，马路两旁的杨树已经泛绿，一幢幢水泥板大楼已经竣工，有不少人正往新楼里搬家，有结婚的车队，也有开往火化场的丧车。春天，这是新陈代谢最繁忙的季节。学校、商店、小摊、小铺，都在车窗前闪过。汽车离开环城公路，进入市区，立刻显得马路狭窄，车辆拥挤，行人很多，刘思佳把车速减慢了。他仍然不看解净，但终于提出了那个他十分关心的问题：

"祝同康不是叫你对我进行处理吗，你怎么不向我打问卖煎饼的事？"

解净瞟他一眼。对他这样的人，也是什么事情都瞒不住的，说："我不想问。"

"为什么？"

"这有什么好问的，你一不是为了自己捞钱，二不是想出自己的洋相，而是为朋友两肋插刀，这样侠肝义胆的壮举，表扬还来不及哩，谁还敢处理。"

解净话里有刺儿，可是刘思佳嘴角闪过一丝不易觉察的笑纹，她到底还是被自己瞒住了。

"我想把你办的这件好事写成稿子，让厂报登，广播站念，好好替你吹一吹，怎么样？"

"你心里当然明白，我最厌恶那一套。"

"是呀，我心里明白。每个人都有自己的个性，你是能够驾驭自己的性格的，用不着别人替你操心。"

"你的个性是什么？"

"向把人推向消极、庸俗、自私、冷漠的势力拼命抗争，做一个自己认为是有价值的人，一个为社会所需要的人。"

"收起你这一套'自我价值'论吧。人是一切恶的中心，也是善的渊薮；人既是可怕的东西，又是可怜的东西；人对于社会的混乱，对于人生的命运之谜，永远是束手无策的。"

"你好像说了一点儿心里话，这才像你真实的思想。我观察你两年了，你太骄傲，太孤僻，别看你经常跟何顺、叶芳他们下馆子，吃吃喝喝，打打闹闹，你心里是孤独的，是非常寂寞的，不过是寻找一点儿表面的刺激罢了。你卖煎饼也是出于这种动机，早晨你向你的哥们说的那些话，有真的，但也不全是那回事，你帮助孙大头完全可以采取别的办法。你是看不惯，你心里有气，就故意制造事端，轰动全厂。而且你是在法律允许的范围内搅扰领导，给他们出难题，叫他们束手无策，看他们的笑话，你从中得到安慰，得到满足。但是你错了，你每寻找一次这样的刺激，你自己的痛苦就增加一分。因为你是个大活人，你有感情，有头脑，你还不想毁灭自己……"

"别说了！"刘思佳突然踩了急刹车，卡车"吱吱"地叫了一声停住了，他把头趴在方向盘上，肩膀抽动。

解净吓了一跳，她听了别人汇报的一些情况，但更多的是根据自己平时的观察和猜测，不相信刘思佳的内心也和他的外表一样阴冷、镇定和麻木。就试着想说几句能刺痛他、能打动他的话。没想到还真被她刺中了。

"思佳……"解净第一次用这么亲热的称呼叫他，话一出口她自己也突然脸红了，心里咚咚跳，勉强镇定住自己，轻声说，"你怎么啦？"

刘思佳没有搭腔，没有抬头。他里里外外全叫解净看透了。他的自尊心，他的故作镇静和玩世不恭，在解净的眼里全成了笑柄。平时他的那些哥们弟兄、酒肉朋友们全都恭维他，服从他，但都不了解他。他在心里也瞧不起他们。因为他们没有思想，和没有思想的蠢人是很难真心相处的，包括叶芳在内。她是全厂公认的美人，可就是肤浅得像一杯白开水，毫无味道；像一株塑料花，没有魅力。而现在坐在他身边的这位从哪方面来说都很不起眼的副队长，和他认识最浅，接触最少，两个人又经常闹别扭，却是真正能够了解他，能够看透他的知心朋友，和这样的人才可以痛痛快快地倾吐胸臆。但是，他的自尊心妨碍他这样做。他抬起头来，脸上出现了一种奇怪的不是他常有的表情，他变得这样驯服，同时又充满着内在的力量。他不敢看解净，可是她的身上又仿佛有一股强大的吸引力，使他情不自禁地想靠近她，了解她，这股吸引力对他有很大的威胁。如果他屈服于这股吸引力，被她吸引过去，他的清高、他的孤傲就全垮了，他在哥们兄弟中的威望、脸面也就都丢尽了。因此，他拼命抵抗着解净的吸引力，甚至有意对解净装腔作势，说些冷嘲热讽的话，以掩饰自己内心的慌乱。

刚才，解净只几句话，就捅到了他的痛处，好像把他的衣服扒个精光，他什么也瞒不住了，甚至丧失了他特有的镇定，他心理的防线完全崩溃了。

解净叫他坐到助手的位子上去，由她来开车。刘思佳顺从地让出了方向盘。

卡车继续前进，解净开车的姿势以及脸上的神采非常动人，嘴角荡漾着一种飘渺的、梦幻般的微笑。她不及叶芳漂亮，可她的美是深沉的、安静的，是富于幻想型的，就像一首诗、一幅画。她是这样醉心于开汽车，一把住方向盘就有一股不可抑制的兴奋和冲动表露出来。刘思佳望着她，眼光中怀有炽情和热力，他的全身都在轻轻地战栗。这感情爆发得太奇特、太强烈了，他无法抗拒，甚至也掌握不住自己的理智了。这个一向冷漠、孤傲的小伙子，两年来一直有意培养对解净厌恶的感情，现在才发现自己是这样强烈地喜欢她，想对她哭，对她笑，对她说出自己心里的全部痛苦。有本书上说，不管多狂妄的人，一旦他恋爱上一个人，就会把自己的骄傲藏到口袋里，真是一点儿不假。但他爱她吗？有来得这样突然和奇特的爱情吗？叶芳追他，求他，爱他，他有时也确实喜欢叶芳，可是他对她从来没有产生过现在他对解净的感情。可是他还猜不透解净是怎样看待自己的，对他持什么态度。他不敢贸然讲出自己的心里话，不能让她瞧不起。

解净通过车头的镜子，把刘思佳的表情全看在眼里了，就说："我和你一样，也遭受过任何一代人都没有经历过的精神崩溃和精神折磨，经过痛苦的思想裂变之后，多少领悟了一点儿人生的真谛，想走一条新路，重建人生的信念。有人想毁掉我们，我们更没有权力自暴自弃。"她知道他要说什么，要表示什么，但是决不能让他有那种念头，更不给他表达的机会。像他这种自尊心极强的人，一旦坦白了自己的感情而又遭到拒绝，后果不堪收拾。她想法把他的思想引开。

"你的信念是什么呢？学会开车，当个懂行的运输队长，你的政治资本是不愁的，再有了业务资本，你的这条新路就更宽了，说不定它还可以通到厂长的职位上去……"刘思佳突然刹住了话头，他对自己的话感到吃惊，心里明明对解净充满好感，可是说出来的话还是这样连讽带刺儿。他恼恨自己，自己这张嘴大概说不出好话来了，多好的话从自己的嘴里说出来就变了味。他不愿意伤害解净，可是话已经开了头，就只好说下去：

"没有一个明确的前途，谈什么重建人生的信念。你是工厂的明星，你前面的路是很宽的，没有什么可愁的。可是我哪？我上小学、上初中的时候，每回考试总是班里的第一名，这说明我并不比别人差。一场噩梦醒来却感到走投无路。往上爬，我不会，而且瞧不起那种伎俩。考大学，补功课来不及，年龄已过。有人叫我自学，上夜校，学外语，我学了这些对我又有什么用？我的父母教了我十年电工学，我若是干电工自信绝不会低于五级工的水平，可是我干的是开汽车。我吃亏就在心高命薄，自己本是个平庸的家伙，却又不甘平庸……"

解净扫他一眼，知道他说的这些全是真心话，但现在还不是安慰他的时候，像他这种人需要的是激励，而不是同情。就仍然用一种带刺激味的口吻说："你不要太谦虚，也不要说反话，你一点儿也不平庸，是第五钢铁厂的风云人物。"

"你说得对，我是想出领导的洋相，他们不是叫喊任务不足，到处都缺钱，发不了奖金吗？我就想大把大把地捞钱，叫厂里头看看，气一气他们。我们不是穷，而是笨，到处都有漏洞，我要是个资本家不出三年就可以发财。可惜我不想当官，也不想发财，只想当个地地道道的人。这是我的优势，因此我比你们这些有官有职的人都

140

自在。"

"你不是没有官，也不是没有职，在运输队里，崇拜你的人就比支持我的人还要多，这是你值得骄傲的，也是我真心羡慕你的地方。你所以取得这样的优势，就因为你瞧不起有些所谓有官有职的人——我没说你是嫉妒——你认为自己比他们强，这也是事实，比如在领导能力、组织能力、精通业务上比我就强好多。"解净的话很诚恳，不带一点儿刺儿。

刘思佳反而如坐针毡。

解净眼睛看着前面，继续说："但不要让自己的特质影响了判断力，气大伤身，把气压成凝固而冷酷的炸弹，首先会毁掉自己，感情太偏则会影响清醒的理智。当前像我们这种年纪的人，很有一批喜欢出口伤人，满不在乎，似乎这是一种很时髦的性格。为了表示自己的与众不同，甚至对于他们并不了解的事情也偏要挖苦，自命不凡，嘲笑一切人，这是很可怜的。受到侮辱的不是被他们嘲笑的人，而是他们自己。他们是用玩世不恭掩饰自己的智短才疏和浅薄空虚。"

解净已经摸准了刘思佳的脉，他表面上是个吃软不吃硬的角色，内里却是个吃硬不吃软的人，就决心再往深处刺一刺，只有让他出血，才会感到痛，才能判断他内里到底是个什么样的人。

刘思佳被深深地伤害了，他的脊背感到发冷，庆幸自己刚才没有对解净做出失态的表示，他在她的眼里原来是和何顺差不多的，是个浅薄的、喜欢惹是生非的小青年。她刚才这一番话，把她两年来所受的委屈全撑过去了。她彻底报仇了，真是骂人不吐核，不带一个脏字，却又损，又阴，又刻毒。她太有理智，太清醒了，没有一般人的感情。她今天纯粹是拿他耍着玩，和这样的人打交道是永远得不到好处的。他想夺过方向盘，把这个得意洋洋的副队长赶下车去。当他的右手去抓方向盘，无意中碰上了解净的手。他的手就像触电般猛地弹了回来，脸也"腾"的一下涨红了，立刻转过头去。

解净没有看他，牢牢地把住了方向盘，离油库不远了，马路上拉油的汽车来往不断，她非常小心地驾驶着卡车。接近了油库的大门口，突然从油库里面慌慌张张跑出来几个人，扬着手大叫："停车！快停车！"

解净急忙刹住汽车，刘思佳打开车门问："出了什么事？"

"油库失火了！"

"啊！"解净和刘思佳跳下汽车，向油库跑去。

九

油库的大院里翻滚着黑烟，着火的是一辆装着十几个汽油桶的卡车。噼啪乱响，烈焰腾空。油库里装油卸油都是自动化，因而职工很少，几个女工被烈火吓傻了，连消防栓都打不开。有人往火上泼水，越泼火越旺。开始是一个油桶着火，很快十几个油桶全被引着了，油桶变形，漏油，汽油洒在车厢板上，整个汽车都燃烧起来！眼看大火就要把油库点着，隔着一道板墙，油库的扩建工程正在施工，木材、氧气瓶、电石罐、几十根石油管道，离着不远就是九个巨型的储油罐。如果大火蔓延开来，后果不可收拾，会引起一系列大火，造成一场可怕的连锁大爆炸。附近的商店、建筑物顷刻间将化为瓦砾，变成火海，附近的群众也很难逃生。严重的灾难似乎已不可避免了。人们纷纷地向油库外面跑，也有几个人站在门口急得直跺脚。

解净、刘思佳、何顺跑过来。解净着急地说："大家别愣着，快救火呀！"

刘思佳喊了一声："救火来不及了，快把车开走！"

谁敢开呀？汽车是大火的中心，驾驶楼子上的油漆被烧得嘎嘎乱迸，长长的火舌舔着车头，谁能靠得上去！再说不知什么时候汽油桶就会爆炸，有一个爆炸就能引起连锁反应，十几个油桶一起爆炸，就会把汽车炸上天，司机坐在里面还不得被炸成肉酱，然后再烧成灰？谁愿意拿命去冒这份险！

刘思佳又喊了一声："这是谁的车？"

"我的。"旁边一个中年人应了一声，这个人长着一张忠厚的脸，但被惊吓扭歪了，浑身哆哆嗦嗦。

刘思佳冷冷一笑，突然抡起巴掌朝着中年司机的脸上猛地抽了一掌，他眼珠子红了，这一掌打得太重，那个司机身子趔趄了一下摔倒在地上，没有一个人看他。刘思佳转身要往火里冲，何顺拉住他的胳膊："你干什么？这是玩命的事，又不是咱们闯的祸，别管这闲事！"

刘思佳一怔，也对，出这个风头干什么，把脚步又收住了。他想看看解净是什么态度，她是副队长、共产党员，平时小嘴叭叭的，这时候该怎么办？但解净已不在身边。这时有人惊叫一声，他一回头，吓呆了，一个娇小的身影向起火的卡车扑去，正是解净。她往前扑了一下，没有冲上去，又被大火推了回来。她飞快地撕下上衣，抽打着车头上的火焰，跳上踏板钻进驾驶楼子。

刘思佳在这一刹那间别提有多后悔了，他咒骂自己是混蛋，千不该万不该，有这么多大小伙子，不该让解净去开车，她是二把刀，说不定把命搭上还得误了大事！

不知是由于惊吓，还是紧张，何顺抓着刘思佳胳膊的手一直没有松开，刘思佳猛一使劲推开了何顺。

"思佳，你……"

刘思佳恶狠狠地骂他一句："你是个真正的混蛋！"

然后迎着汽车跑过去。

解净已启动了马达，刘思佳发疯似的大叫："慢点，慢点！千万别开快车，一颠就爆炸！"

汽车已经开动了。他纵身跳上了踏板，伸进一只手把住了舵轮，嘴里还喊着："别慌，沉住气，越稳越好，千万不能颠，哎——对！稳，稳，往右打舵轮，再打一点，出了大门口就好办了，往回打一点……"

解净开着燃烧的汽车徐徐地离开了油库大院，人们发出了一阵阵惊呼，可是她什么也没有听到。刘思佳的后背起火了，他自己也不知道，甚至不感到疼。他一边看着前面，不断提醒着解净，一边用右手协助解净掌握着方向盘。像一座火焰山一样喷吐着烈焰的汽车，缓缓地开出了油库的大门口。刘思佳知道油库爆炸的危险减少一点了，可是汽车爆炸的危险性增大了，车一上公路就应该加大油门快跑，开到了清静地方就快下车。他忽然觉得后背火辣辣地疼，一回头才发现自己的身后背着一团火，他脱下衣服扔掉，对解净说：

"把轮子让给我，你快下车！"

"别管我，你快跳下去！"

灼热的跳动的烈焰把解净的脸映得通红，显得分外秀丽而豪迈，令人神往。刘思佳只扫了一眼，就永远不会再忘记解净这时候的神色了，他真不愿意把眼睛从这张脸上移开，他感到自己了解她了，这是个思想丰富，性格坚强，有智慧又有胆气的姑娘。可是他粗鲁地挤进驾驶楼子，从解净手里夺过方向盘。

"快下车，我要加速了！"

"你下去，我来开。"

"这不是你的事，何必再饶上一个！"

刘思佳从座位上弓起腰，用凶猛得出奇的力气踹开了另一个车门，腾出一只手硬把解净推到门边，喊了一声："快往下跳！"用力一推，解净"哎呀"一声摔到路边上。

听到解净摔到车下的叫声，刘思佳心里一紧，不知为什么他的眼泪突然涌出来了，他不知道有多少年没有流过这种咸水了，好在这个时候没有人看得见，痛痛快快地哭一场吧！她真是一个好姑娘，太好了！可惜自己不配，她也看不上自己。刘思佳发狠般地一踏油门加快了车速。

驾驶楼子变成了一个火罐，身后的铁板被烈火烧红了，后窗上的玻璃烧碎了。毕毕剥剥——油漆迸裂的声音越来越响。火舌从两边的窗口爬了进来，快烧上刘思佳的脸了。情况更危急了，也许一分钟之后，也许几秒钟之后汽车就要爆炸。

路边有人大喊："危险！司机快跳车，快跳车！"

他想回头看看离开油库多远了，汽油桶爆炸对油库还有没有威胁，但是身后拖着一个大火球，挡住了视线。

停车吧。不行，左边是小学，孩子们正上课，要烧着了教室，一个也跑不了！真混蛋，怎么把学校盖在了油库旁边！再往前走一点……

在这儿停车吧。不行。右边是百货商店……

哎呀，这儿是五金电料行……

嘿，这儿的大板楼刚盖好，门洞上还贴着个大喜字……

"他妈的，今儿个算叫我赶上了！"刘思佳汗流不止，两眼圆睁。他一踩油门加快车速，把喇叭按得像救火笛，汽车如同载着一座喷浆的火山，轰轰隆隆，呼啸向前，他放弃了沿途停车的可能，前面不远向左拐弯有个水坑，到那儿再说吧。

"司机，快下来，快下来！"路边的好心人还在大声叫嚷。

一百米，二百米，三百米，他不减速就拐了一个九十度的死弯，看见水坑了，他想减速，可是车的制动软管被烧断，刹车失灵。这可糟了，但绝不能再错过这个水坑，过去水坑前面就是大片的居民区。刘思佳打开车门，站在踏板上，身上立刻被烈火包围了，他右手猛地向外一打舵轮，飞身跳下了汽车。他带着一身火焰摔到马路上，立刻在路面上滚了几下，身上的火被压灭了。

失去控制的汽车摇摇晃晃，一头扎进水坑里。

"轰！"一只汽油桶带着一团烈火飞起了三十多米高，然后又掉在了水坑里。

"轰！轰轰！"汽油桶一个接一个地爆炸了。汽油浮在水面上，水面上着起了大火。方圆一百多米宽的大水坑，立刻变成了一片火海，烈火熊熊，黑烟滚滚。

刘思佳躺在马路上，看到这场面吸了一口冷气："嘿，多亏了这个大水坑！"

他突然想起了解净，不知她摔得怎么样，就翻身站起来，腿有点痛，一下子没有站稳，差点又要摔倒。可他心里有数，骨头没有摔断，就一瘸一拐地往回跑。他心里焦急，自己是个小伙子，有准备地跳车还摔成这样，解净是个姑娘还不知摔得怎么样呢！

刘思佳往回跑了没多远，迎面来了一群人，有油库的领导，学校、商店里负责搞宣传的干部，也许还有大板楼居民委员会主任和热心的观众，立刻热情地把刘思佳围住了，他们由衷地敬佩他，感激他，要不是他挺身而出，真不可想象会发生什么样的灾祸。他们向刘思佳提出了一个又一个的问题，像冰雹一样倾泻到他的头上：

"同志，你是哪个单位的？叫什么名字？"

"我们要好好感谢你，要到你们单位去，找你们领导，好好表扬你。"

"我们要给你发奖金！"

"你真是活雷锋，你平时一定也是先进工作者。"

"刚才你是怎么想的？"

这些问题一下子把刘思佳打蒙了，他沉思了一会儿，突然暴怒了："玩去，玩去！都给我躲开！"

他用手扒开人群冲出去，向前跑了几步又停住脚，回过头来大声说："你们呀，嘿！咱们倒霉就倒在你们这些人身上了，冲你们这样，以后也不能办好事！"

他说完头也不回，一瘸一拐地向前跑去。

这群好心的同志被他骂怔了，猜不透他是怎么一回事，也许是刚才受惊吓神经不正常了。

马路上不断地有人向刘思佳打招呼，向他投来钦佩的眼光。他谁也不搭理，拼命地往前跑。看热闹的人不知出了什么事，也跟在他后面跑，想看个究竟。他的同胞中闲人很多，爱看热闹的也不少，一会儿工夫在他身后又跟了一大帮人。

解净也惦记他，正瘸着腿艰难地往这边走。刘思佳迎上去："解净，你怎么样？"

解净脸色煞白，额头挂满汗珠，淡淡一笑："我不要紧，你哪？"

"没事！快走，后边有一群'白吃饱'，被他们缠住就坏了。"刘思佳向解净投去忧郁而炽热的一瞥，向自己的汽车跑去。

十

在这个世界上还有能够叫何顺害怕的人吗？他还会有害羞和不好

意思的时候吗?

好像是有的。

这是一个多么好的出风头的机会,出了一场惊心动魄的大事故,油库差点玩完。而这场事故又不是他惹起来的,跟他这个出名的"祸头"毫无关系,他这才叫抱着不哭的孩子,站在干岸上看鱼跳。刚才的大火他看了个满眼,知道事故的全过程。现在看热闹的行人越聚越多,东猜一句,西问一句,也打听不出个眉目,他正可以站出来,添油加醋,弄点玄虚,大讲一通,保管在他身边一会儿就可以聚起一大群人,瞪起眼睛望着他,敛气凝神听他白活,羡慕他有这种好眼福看见了险象丛生的救火场面,他足可以美美过一下说话的瘾,享受一下在大庭广众面前出头露面的滋味。刘思佳救完火以后开着车跑了,油库的领导、热心的群众正为找不到救火英雄而焦急,正四处打听。他正可以向油库领导好好宣扬一番,讲讲刘思佳是怎样一个人,他和刘思佳是怎样一对好朋友,甚至还可以讲一阵被刘思佳从车上推下来的女司机是个什么人。保管有爆炸性效果,可以出尽风头,大家都会另眼看待他何顺,绝不会像在汽车运输队里一样,只把他看做一个二小。

若是往日,何顺会毫不犹豫,不加任何考虑就这么干,他怎么能错过这种机会?!

可是今天,他没有这种情绪,而且害怕会有人认出他是谁。两个救火英雄,一个是他的好朋友,一个是他的副队长,这本来是他的骄傲,可是现在反倒造成了他的耻辱,给他的心灵上形成了一股无形的、巨大的压力。在这种场合他绝不敢承认自己认识刘思佳和解净。

解净一瘸一拐地走过来了,何顺慌了,他扭头跳上自己的汽车,赶紧去装油。对了,这一瞬间他心里弄明白了,今天使他精神反常

148

的，最叫他感到害怕的，就是这个解净。以前她也批评过他，挖苦过他，今天早晨还又把他整治了一顿，他并不怕她，甚至根本不当一回事，也不把她放在眼里，嘻嘻哈哈一应付就过去了。眼下，他却是从心灵深处感到害怕她，怵她。他怕的不是她的职务，而是她的人格、她的灵魂。她的全部人品虽像一支火把一样，照得他像个无赖、像个流氓，使他看清了自己原来是个灵魂卑微的小人，正像刘思佳骂他的一样，他是个真正的混蛋！他惧怕这支火把，不自觉地在躲避它。

何顺协助油库的女工接好输油管，打开闸阀，原油咕嘟咕嘟流进他的汽车油箱。他偷眼瞄了一下解净，她被许多入围住了。刚才他要命也想不到，是她——一个姑娘，正儿八经的干部，还没有取得正式驾驶证的二把刀司机，竟去钻进烈火开走那辆倒霉的汽车！她难道是听见了他对刘思佳说的话，一生气才冲上去的？不，不可能，她不可能听见他的话，他说话的时候她早已经冲上去啦。何顺呀何顺，你自己不去也就完了，何必要说那么一句话，其实当时要一咬牙冲上去这工夫就抖起来了，死不了人，也受不了重伤，顶多磕破点皮肉，多神气。要是这种好事轮上他，他才不跑不躲呢，该露脸的事为什么不露脸？咳，想这个有啥用，自己不仅没有露脸，反而现了大眼！……有什么现眼的，刚才又不是就我一个人不上前，有那么多人围着看热闹，敢救火的不就是他们两个吗？我不过是随大溜，连那个着了火的汽车的司机都不敢开自己的车，我不去有什么可丢人的？为什么现在没脸见她？

何顺一会儿后悔，一会儿替自己解释，但是丝毫不能安慰自己，更不能解脱他心灵上的不安。他越在心里替自己解释，就越加看不起自己。

糟糕，解净好像朝这边来了，她是跟刘思佳的车来的，刘思佳已经走了，她是不是想跟他的车回厂？何顺紧张了，他不管油箱灌满没灌满，关掉闸阀，盘起油管，像做贼一样跳上车开跑了。

解净见何顺把她甩下，自己开车走了，一下子泄气了，感到浑身疼痛，身上没有力气，就在门口的台阶上坐下来，只好等待自己车队里再来拉油的车才能搭车回去。油库的干部们立刻又把她围上了，还是那些已经表达了许多遍的大同小异的感激话、赞扬话，要送她去医院检查，请她先到办公室里休息。她低着头，一声不吭，不领受，也不拒绝，坐在台阶上一动不动。身上疼得难受，心里厌烦得要命，这些人是干什么呢？他们刚才失火的时候干什么去了呢？刚才救火倒很简单，现在应付这些人倒很麻烦，还是刘思佳聪明，她佩服他的机警和果断，也只有他才会办出这种事，扔下助手连油也不装就一个人跑了。围住她的这些人都报过自己的头衔了，有油库的主任、书记、政工组长、宣传科长，商店的书记，街道主任，等等，解净想如果自己还是宣传科副科长，碰上这种事也会扮这么个角色吗？

她实在忍不住了，大声说："我说过多少遍了，不是我开的车，是第五钢铁厂的司机刘思佳。我是个见习司机，没有那么大的本事。不过刘思佳是个最讨厌捧场的人，他不会接受你们的感谢，也许还会控告你们。"

众人一惊："控告？控告什么？"

解净感到失口了，非常懊恼，她刚才实在是被惹烦了，顺嘴说出了这么一句，怎么能用控告这个词儿呢？这种场合哪能胡说八道。话已经说出来就收不回去，她通过今天这场事故对油库的工作确实也看出很多漏洞，就顺坡下驴地说："对今天这场大火，你们油库领导要负法律责任，这样大的一个油库，你们是怎么管理的？根本没有严格的防范措施，一出事故就抓瞎了。而且就是门口挂着的那几条防火措施，也没有认真执行。所以你们用不着感谢，还是好好检查一下自己的工作吧。"

解净感到莫名其妙，一声"控告"的威胁没有摆脱这些人的纠缠，反而招来更多的感激、更大的麻烦。油库领导一见这个女司机出语不凡，心里不光是对她感谢，而且有点慌了。救火英雄要是一控告那是重磅炮弹，就不得了啦！为了软化女司机，油库领导们声调更细，言词更恳切了。出乎意外，解净正不知如何能脱身，救兵来了，叶芳拨开人群，像多年不见似的抱住她："小解，你怎么样？伤得重不重？"

"不要紧，快扶我上车，咱们回厂。"

油库的领导用非常婉转的殷勤的口气挽留她，要送她去医院检查伤势，给她治病。正在这时，刘思佳突然来了，他跳下车，接好管道灌上油，没事人一样走来。但他已经不是刚才救火时的装束，穿一身咖啡色的西装，系着黑地白点的领带，脚穿黄色牛皮鞋，眼睛上架着大号的光学玻璃片墨镜，风流，潇洒，很"洋气"，"洋气"得出了圈儿，完全不像一般的"土玩闹"。如果走在大街上，人们会以为他是刚从国外考察回来的专家。可是现在从卡车上跳下来，就显得不伦不类了。叶芳想要叫他，解净使劲拧了她胳膊一下，把她的话拦回去了。

刘思佳却用惯常那种嘲弄人的口气对解净说："怎么样？救火勇士，这当英雄的滋味挺好受吧？"

"你……"解净本来想问你怎么又回来了，却改口说，"你也来拉油？"

"嘿，这话问得多新鲜，你给我们定的定额我不完成怎么行！多少年来，我没有一天不完成定额的，今天为什么要破这个例。我不像你，当了救火英雄，被一群喝彩者包围着，当然可以不完成定额了。"

解净冲着刘思佳笑了，笑得很甜、很知心。他们两个像说暗语，连叶芳都没有听懂，可是解净听懂了，刘思佳并不是挖苦她，而是告诉她他要不换装就没有办法来拉油，来了就会被包围住，还怎么完成定额。换身衣服再回来，做一次试验，开个玩笑，看看我们的同胞是不是只认衣服不认人。

人们果然注意了这个打扮洋里洋气的司机，但大多是用一种厌恶的、睥睨不屑的眼光打量他。有个人疑疑惑惑地小声嘟囔了一句："他倒有点像刚才救火的刘思佳。"

油库的领导干部们从鼻子里"哼"了一声。这一声"哼"的含义是十分明显的：他这道号的怎么能跟刘思佳比，你瞧他那份德性，中国人外国派，跟队长说话还戴着个墨镜，吊儿郎当，流里流气，他这一辈子是当不了英雄啦，想当英雄下一辈子再说。

大家又把注意力都集中到解净的身上，这才真是盛情难却。没有人再搭理刘思佳。

刘思佳十分开心地笑起来，大声对解净说："我今天算明白了，英雄好当，捧场难搪。为什么有些劳动模范一旦成名之后就变质，这不能怪他们，成天有一群苍蝇跟在后面叮着他，多好的东西也得变臭。副队长，你要小心了，哈哈哈……"

太放肆了，他的话引起了众怒。多亏看泵的女工解了他的围："师傅，油装满了。"

"来了。"刘思佳不慌不忙地向自己的汽车走去，嘴里还哼出几句小调：

赤橙黄绿青蓝紫，

生活好比万花筒；

为人应该怎么办？

主意就在我心中。

他收起输油管，跳上自己的汽车，按响了喇叭，一起车就给快挡，卡车卷起了一股尘土，冲出了大门口。人们急忙向后躲，心里诅咒着这个缺德的司机。解净趁机叫叶芳扶着她也钻进了汽车，叶芳打着火，在一片不知是赞赏还是惋惜的啧啧声里，两个人离开了油库。

叶芳把卡车开得很稳，她满腹心事。刚才解净和思佳一块救火的事她全知道了，她已觉察出来思佳离她越来越远，渐渐地向解净身边靠。她不是抓住了什么把柄，而是凭一颗姑娘的心感觉到了。全队的人谁敢惹思佳，敢挖苦他？解净就敢，而且她说什么话，思佳都能吞下去。这不是反常吗？就像她自己一样，对任何人都敢打敢骂，唯独对思佳硬不起来，百依百顺，越是这样他反而越疏远她。这又是为什么呢？思佳平时总是冷冷的，可他有时候偷着打量解净，眼光中却带着一股火。叶芳真嫉妒呀，他什么时候用这种眼光打量过自己！

去年他们在黄桥饭店吃饭，何顺从旁边起哄，让她和思佳划拳，如果她赢了，思佳就钻桌子被罚酒；倘若是思佳赢了，她就得让他吻一下，就算当场订婚。她是故意输给了思佳，一切也都照办了。以后她把那天的事就当做真的了，可是思佳好像并没有什么约束，有一次他半开玩笑地说："爱情难道能靠划拳打赌做决定吗？实在不行我把嘴唇割下来向你赔罪。"

莫非他并不爱自己，从来没爱过，过去的一切不过是寻找刺激和逢场作戏罢了？今天下午一出车思佳主动叫解净给他当助手，她高高兴兴地答应了，偏偏又赶上油库出事故，双双救火，你推我让，患难中见真情，生死之际建立起来的感情终生不忘，连老天也成全他们。

叶芳的心里已经在哭了。不论多么粗野的姑娘，在这种事情上也是很敏感、很细心的。爱情成功感到的幸福，或爱情失败感到的痛苦，同文雅多情的姑娘是一样的。

解净闭着眼靠在座位上。

叶芳轻轻地说："小解，睡着了？"

"没有。"

"还痛吗？"

"好一点了。"

"摔在哪儿了？"

"大腿和腰。"

"伤着骨头没有？"

"没有。"

解净不愿意说话，一直也没有睁开眼。叶芳的心里却是千回百转，她对解净不错，解净却挖了她的墙脚；她自知不是解净的对手，却也不能这么悄没声地吞下这口气，她要大闹一场，也得先摸清解净对思佳的态度。她哪里会忍得住呢？问：

"小解，你凭心说，我待你不错吧？"

"这还用说嘛，我难道以怨报德了吗？"

"你跟我说实话，你喜欢思佳吗？"尽管她的声音不高，可是紧张得嗓子都发颤了。

解净睁开眼，从座位上抬起身子，转过头盯住叶芳，她全明白了，知道自己的回答对这个姑娘意味着什么啦！她用一只手压在叶芳扶方向盘的手上，像对最好的朋友那样真诚地说：

"小叶，你是发神经病，还是爱他爱得太厉害，疑神疑鬼？没人抢你的刘思佳，我已经有朋友了。"

154

"你有朋友？！"叶芳一阵狂喜，不好意思地看了解净一眼。

解净也笑了，用食指在她头上点了一下。

"你那位是哪儿的？"

"现在别谈我那位，还是先谈谈你这位吧。"解净忽然严肃起来，"小叶，你很爱刘思佳，是吗？"

叶芳点点头。

"他也爱你吗？"

叶芳难以回答，说他不爱自己这太难堪了，说他爱自己又确实没有把握。而且在解净跟前也撒不得半点谎，能瞒得住她吗？

"没有多大把握，是吧？"解净忍不住笑了，竟有这样的姑娘，爱上了人家，还不知道人家爱不爱自己。她说："依我看，他以前爱过你，将来会更爱你。"

"那现在呢？"

"现在嘛，你有的地方还叫他爱，有的地方他不爱。"

叶芳半信半疑："你简直成了算命先生，你说我哪些地方不叫他爱？"

解净知道，自己先声明已经有了男朋友，就去了叶芳心里一块大病，现在任凭怎样数落她，话说得再难听，她也听得进去了。她就用诚挚的口气，但又十分不客气地数说着叶芳的毛病："……你还记得以前说过我的话吗？你说我身上只有一种红色，别的色全没有，是个单颜色的人。这话很对，人应该是全颜色的，单色不好。就像穿衣服一样，太单调不好，大红大绿太侉也不好。什么是全颜色呢？难道抽烟、喝酒、下馆子、玩玩闹闹、打架骂街、出风头、发牢骚就是全颜色吗？不对，这正是单调无聊、庸俗浅薄的表示。人的全颜色应该是德、才、学、识、情、貌、体魄、喜怒哀乐、琴棋书画等等。你只要留神就看得出来，刘思佳只有在消极苦闷的时候，才会跟何顺去瞎胡闹。在他苦闷的时候，你如果能使他清醒，给他温暖，他能不爱你吗？当他苦闷的时候，你灌他酒喝，带着酒劲你们可能做出种种相亲相爱的举动，酒劲一醒过来他就会感到厌烦……"

叶芳心里服气了，难怪解净整治思佳，思佳反而主动向她靠近，自己处处依着他，他反而瞧不起自己。可是自己能管得了思佳吗？

解净仿佛看出了她的心思："我不是叫你专和他作对，两个人成天闹别扭还叫爱人吗！你生活太单调了，四个字就可以概括：吃、抽、玩、闹。单调就乏味，一个大活人成天就是这一套有什么意思？不能像动物似的只求活着，人应该生活。我们这一代人本来就学得最少，懂得最少，普遍的毛病是肤浅。人生的头一课没有上好，现在新的学期开始了，再不能不及格了，生活中最复杂、最困难，肯定也是最美好的东西还在前面。"

叶芳有的听懂了，有的没有听懂，但她开始思索这些问题了，因为这些问题关系着她的幸福、她今后的全部生活。已经活了二十五年了，可到底应该怎样活还没搞清楚；有些方面成熟得令人惊讶，有些方面又愚蠢得使人可怕。想不到解净这个和叶芳同时代的姑娘，悄悄地在影响着她周围的人，这一点也许连她自己也不知道。她心里也并不都是晴朗的，她劝说着叶芳，真心希望她变得更好，获得她应该得到的爱情。可是她的心里又有一种不可名状的凄怆的感觉，今天她刚刚意识到自己似乎得到了一点儿什么，可是立刻又失掉了。但她相信失掉它比得到它更好。

十一

快下班的时候，刘思佳接到党委办公室的通知，祝同康陪着市总油库的两位领导同志要到运输队来看望他和解净，给他们送感谢信、奖状和奖金。刘思佳一开始是感到厌烦、无聊，油库的领导如果把这些精力放在油库的管理上，也不至于出今天的事故。党委书记为了这件事也肯劳己大驾到车队来看他，一会儿把他当成坏典型，要处理；一会儿又把他当成好典型，要表扬。他们当领导的自己要笑自己，没事找事。其实他既不像党委书记认为的那么坏，也不像油库领导看的那么好，他就是他，有好有坏，不好不坏，食人间烟火，受人间的局限。他想一走了之，躲开他们，给他个不理不睬。可是转而又想，这本来是好事，为什么要给自己找别扭，惹气生呢？解净不是也说气大伤身嘛！现在时髦的生活哲学是叫别人生气，自己不生气。对，何不逢场作戏，利用他们找上门来的好机会，轻轻取笑一下这些绝不是坏人，但也不是很好的领导同志。他决定把煎饼摊再摆出去，让领导们到自由市场去找他吧，如果他们给他送感谢信，送奖状和奖金，他全部收下，这场戏才微妙哩，有乐子可看。

刘思佳高高兴兴地找到何顺，何顺今天下午有点打蔫儿，自打出车回来就耷拉着脑袋，不说话，也不往人堆里凑。刘思佳以为是私自闷下了早晨的那二十多块钱，不好意思见他。他可不在乎那二十多块钱，而且他根本也没有把何顺看得太好，就装做什么也不知道，用乐呵呵的，但是带有权威性的命令口气说："快点准备，下班后咱们再卖它一个小时。"

"卖什么？"

"卖煎饼呀！"

"还卖？"何顺从口袋里掏出那二十七元四角钱，递给刘思佳，"孙大头不要，你看怎么办吧？"

"归你吧。"

"我不要。要不咱一人一半。往后咱就别卖了。"

"你怎么啦？"刘思佳有点发火了，眼睛眯起来，目光像钉子一样扎在何顺的脸上。

何顺确实怕他，憋了半天才吞吞吐吐地说："今儿个我肚子疼。"

刘思佳二话没说，转身出来了，这时候没有工夫收拾他，明天再跟他讲。还找谁呢？卖煎饼不能一个人，有个帮手总是威风些，他想到了叶芳，便回身敲敲女司机休息间的房门，叶芳开了门，屋里就她一个人。叶芳见到刘思佳非常高兴："思佳，我正要去告诉你，下班后我等你一起走，你和头们谈完话到这儿来找我。"

"小叶，你能帮我个忙吗？"

叶芳对他这么客气的腔调不高兴："你叫我干的事，我什么时候驳过面儿？"

这是实情，刘思佳笑了："下班后你帮我卖一会儿煎饼行吗？"

"什么，你还要卖煎饼？"叶芳一惊，坚决地摇摇头，"不，我不跟你卖，也不让你再卖那玩意儿！"

刘思佳感到奇怪了，何顺是这副腔调，叶芳也是这个调子，他们听到了什么话，还是解净私下做了工作？不对，他们不是解净所能随便拉得过去的人。

"这么说你是不肯帮我的忙了？"

"为了你我什么都肯干，可卖煎饼不是为你好，而是毁了你！"叶芳脸上出现了一种过去从没有过的自信和执拗。

刘思佳感到惊奇了。

"思佳，你不用拿这种眼光看我，我从来不跟你顶嘴，往后也不想跟你顶，可是我不会再拿别人的脑袋代替自己的思考了。你的气出得还不够吗？思佳，今天是好日子，对你是好日子，对我也是好日子，我们应该借这个台阶，往后过另外一种生活。"

这不是叶芳说的话，她怎么能有这样的思想、这样的见解？刘思佳呆住了："你说，今天怎么是我的好日子？"

"到底让大伙看清了你真实的面目，连我都替你骄傲，替你高兴。"

"你今天是什么好日子呢？"

叶芳沉了一会儿，声音变细了："小解亲口告诉我，她已经有男朋友了，她真心希望我们两个……"叶芳望着刘思佳，忽然眼泪簌簌地落下来了。

刘思佳难得发热的心被叶芳的真挚打动了，他的胸中似乎隐含着一种熊熊燃烧的、像火山熔岩般的感情，他抓住自己的头发说："小叶，你对我这样好，我不能不对你说实话。小解就是没有男朋友，她也不会爱我，我也不会找她，我不配，我这个人很坏，你还不了解我，何顺是表面坏，我是心里坏，谁要是被我完全看透了，我对他就没有兴趣了。像我这样的人，不能爱，也不配得到爱。我担心你跟着我，将来不会得到幸福。"

叶芳又气又恨，突然一头扎到他的怀里，一边哭，一边用拳头捶打着刘思佳的肩膀头。

刘思佳像个木头人一样一动不动。

门开了，解净走进来，见到这种场面她停住了，把脸扭向一边说："刘思佳，我写了一份对油库领导的起诉书，你看一看，如果同意就签个名，算咱们两个救火者联名指控他们。如果你不同意，那只好我一个人干了。"

"起诉书？"刘思佳推开叶芳，从解净手里接过起诉书，飞快地看了一遍。然后抬起头盯着解净，她这一手比自己卖煎饼棋高一招，她跟自己想法一致，但采取的手段却是严肃的，这不仅会使油库领导更难堪，而且使他们动心，法律和舆论逼着他们非改不可。他毫不犹豫地签上了自己的名字，说："我同意，我原来也想取笑他们一下。"

"这种事情是不应该取笑的。生活不是儿戏，不能老是用儿戏的办法对待生活。"解净从刘思佳手里拿过起诉书又交给了叶芳，让她也看一看，这个小动作是说明解净看得起她，征求她的意见，叶芳虽然什么意见也没说，可心里十分感动。

"那我们就这样办，等一会儿他们来了就把起诉书先给他们看看，这也用不着瞒他们。等完事儿了，该给我们的表扬，该给我们的奖励，我们全都接受，实事求是，不该推辞的就不推辞。你说呢？"

"好，我听你的。"刘思佳说，"我卖煎饼的确是憋着一肚子气，想惹恼领导，让他们主动找我谈话，我就拉他们逛自由市场，好好教教他们怎样做买卖。咱们头头的脑瓜太死了，老实是好的，呆笨就管不好工厂。上个月钢锭三百七十五元一吨，咱厂不卖，这个月下降到三百五十元一吨，不卖不行了。库里存着两千多吨钢材，却去借款发工资，我们是搞运输的，这些事还能瞒我们？不会抓行情，不会把死物变成活钱，不了解市场，不懂得物能生钱，钱还能再生钱，加强周转，把棋下活了……"

解净一点就透，她非常惊奇，这个刘思佳真是厂里的宝贝，他通过运输了解了全厂经营销售上的情况，看出了其中的弊病。她光顾抓本队的管理，还没有来得及通过运输队了解全厂哪！她说："你有这么多意见为什么早不向书记、厂长讲？"

"我可不像你们党员积极分子，经常向领导汇报思想，又提意见还又落个靠拢组织。我们这种人有我们提意见的方式。"

"那好，等会我把祝书记留下，你跟他好好谈一谈。"

"我不是这个意思。"

160

外面有人喊："解队长，刘思佳……"

解净说："我们去吧，他们来了。"

叶芳忽然拉住刘思佳，替他脱下西装的上衣，解下领带，嘱咐说："换衣服来不及了，就穿衬衣去吧，墨镜不许戴了。"

刘思佳突然笑了，跟着解净走出休息间，嘴里又哼起了那个小调儿：

赤橙黄绿青蓝紫，

生活好比万花筒；

为人应该怎么办？

主意就在我心中。

1981 年 5 月 18 日二稿

拜　年

一

　　"阳历年"——那算什么年？不管你给它起多好听的名儿叫什么"元旦"，可中国人从来不把它当"年"看待。录音机、电视机可以进口，没听说"年"还能进口！中国人真正的年，是春节！农历正月初一，这才叫新年新岁，万象更新哪！

　　初一饺子，初二面，初三合子往家转……转眼到了大年初五。俗称"破五儿"，又是吃饺子的日子。好吃的东西反正就是那几样，每样吃了一圈儿，轮回去再从头吃起。人嘛，平时抠抠搜搜，一过年就放开了手脚，好像有今天没明天了，不把腰里那点钱折腾光了，心里就不舒服。吃喝玩乐，日子过得就是快。酒喝足了，钱花光了，今儿个——到了工厂上班的日子啦。

　　冷占国比往常上班提前二十分钟出了家门，他历来讨厌"以厂为家"，早来晚走和加班加点那一套。只有废物蛋才耍这种花架子，顶多可以赚顶先进生产者的帽子。但管理工厂那都是下策。可以说冷占国是吃铁末子长大的，从懂事那天起，就在三条石的各个小铁工厂里串来串去捡煤核，个子刚长到和大锤把儿一般高，就进厂当了小学徒。工厂里那点玩意全在他肚里装着，不管哪个部位发生了什么问题，能瞒哄别人，却瞒不了他。他认为每个人只要干足了八小时，工厂就不是现在的样子。八小时工作制顶多使了四个小时的劲，何苦在八小时以外又装腔作势！他一年到头不早来晚走，也不早走晚来，规规矩矩，按制度办事。但一年中有四天是例外，阳历1月2日、5月2日、10月3日、农历大年初五。赶上这四个日子，每天都提前二十分钟上班。为什么？他一不害怕节日，二不反对放假，但目前有些人这种干着玩、玩着干的脾气可叫他受不了。节前五天就松了劲，你把嗓子喊破也吆喝不起来；节后五天还缓不上劲来，你把眼珠子瞪圆也没人理你的茬儿了！里外里加在一块儿，元旦放一天假，等于放十一天；春节放四天假就等于放了半个月，还受得了吗？他也愿意一年到头光放假，可往哪儿拿钱去？所以每逢放假后的头一天上班，他都提前二十分钟往总调度室一坐。他手下的调度员们也都知道主任的脾气，这一天全部提前上班，每人抓住一部电话机。8点钟——上班的铃声刚响，每个调度员同时都拨通了各个车间办公室的电话。要是有哪个车间的主任没有上班来；或者哪个车间的机器没有转，还没有开工生产，这个车间的头头就算倒霉了！

总调度室主任——这职务比厂长小半级，比车间领导高半级。要命的还不在冷占国比车间的头头们高出这半级，关键是冷占国这个人。他一进工厂的门，除去生产，别的全不认识，六亲不认，男女不分，老中青不辨，似乎连七情六欲也没有，老是板着一副冷冰的铁面孔，一说话就把人往墙角上逼，谁受得了！

今天是"破五儿"，他还没有进厂门，火气似乎已经顶到脑门了。往年的春节都赶在二月份，今年却赶在了一月份。一个月赶上俩节日，掐头去尾，一个月连半个月的活也干不了，这个月的生产计划怎么保？年前，厂长硬掐着他的脖子，逼他寅吃卯粮，东挪西凑，虚虚实实提前报产，多报产值，把应该在第一季度里分三个月下发的奖金，全部提出来，春节前一次发给了职工。凡是机械厂的人，摸摸头囟儿就有一份。说是一年到头了，大家辛辛苦苦干了十二个月，痛痛快快过个肥年吧！冷占国虽然有坚强的个性，但胳膊再粗也拧不过大腿，只好咬着牙干。他心里虽说不痛快，可自己也分了一份，并且也没有旗帜鲜明地把自己那一份退回去，真是打断了胳膊往袄袖里藏！年是过了，够痛快，也够肥，今后怎么办？谁来坐这根大蜡？还是他——冷占国！

马路上还很清静，车辆和行人都不算多。往常这个钟点，车水马龙，已经挤成一个蛋了。今天是怎么啦？有人还想再歇一天？年还没有过够？便道上尽是白花花的炮仗纸，看见这些像铺了一层地毡似的炮仗纸，就使人还可以闻出一种喜气洋洋的过年的味道。今年放鞭炮的人特别多，大年三十的晚上从12点一直响到初一上午9点。解放天津那一年真枪真炮也没有这样响！他就奇怪，人们哪来的这么多钱呢？瞒别人还能瞒得了他吗？工厂里的钱越来越紧，生产不是看涨，而是看落，大伙口袋里为什么还都那么肥呢？莫非也是来路不正？其实就是那么点钱，不过市场活跃，周转加快，从你的口袋装进我的口袋，又从我的口袋转到他的口袋，钱不值钱，人人都能摸得上，热热闹闹，大家高兴。但是冷占国决不花那种冤枉钱，过年他连一个炮仗也没买。一是他没有小孩，冷冷清清，挺大的一个人举着一挂鞭自己点火自己放，有什么意思！二是老婆有病，他没有那份兴致。

"哎呀！"他急忙扭车把，差点和前面一辆拐弯的自行车撞上。

工厂快到了，今儿个头一天上班不顺气，骑在自行车上老走神儿。他提一提精神抬起了头，以前很吃香，现在最不景气的重机厂，在城市里鹤立鸡群，像一片小山头似的横在前面：办公大楼、设计大楼、试验大楼，两万平米的总装车间、像前门楼子一样突出的煤气站、有双层天车的热处理车间，高高低低，参差不齐，方圆十五公里，是个用钢铁堆起来的城堡。不，是用钱堆起来的！而且有许多钱扔在了地底下，这些埋在地下的各种基础是再也收不起来了。光说调整，调整不好就下马，能这么轻巧吗？工业的脊梁骨弯了，光靠农民做小买卖赚的那点钱顶个屁用！这么大一个机器厂，还没有真正为国效过几年力哪，一讲调整就丢掉不要了？上上下下一推六二五全不管了？过去，一提重机厂人们都另眼看待，姑娘小伙子们找对象都比别的单位容易，看看这一大片厂房就叫人眼馋。想不到现在成了人们嘲笑的对象，还不如做皮鞋卖百货赚的钱多！

冷占国越想越气，猛地又低下了头。

二

重型机械厂的大门敞开着，时间还早，上班的人稀稀拉拉，职工们年后第一次碰面，抱拳拱手，相互问候，倒也热闹。有一个身材不高的人抱着大竹扫帚从厂内中央大道一直扫过来，扫净了门里，又扫门外。冷占国从早晨出了家门，这是碰到的第一件叫他高兴的事，好兆头，开市大吉，刘瘸子这一回算办了件人事。他一年到头在传达室里坐着还嫌累，轻易不开大门，职工上下班全走旁边的小门，汽车走后门。冷占国老为这件事骂街："就凭这一条，机械厂也搞不好，不走大门，净走旁门左道！"今儿个刚过完年，刘瘸子长了一岁，也长了点出息，又扫马路，又开正门，这个年不白过，今年的生产说不定还沾他点光。

他翻身下了自行车，破例想和刘瘸子打声招呼，认真一打量，嘿！扫大门口的不是刘瘸子。一个矮墩墩的矬胖子，一张毫无特色的脸，原来是他的副手、总调度室副主任——老实木讷的胡万通。冷占国心里刚冒出来的那点高兴劲又飞了，一个总调度室的副主任，不干点正事却来扫大门口，不光是失身份，而且是失职。仿佛胡万通不仅丢了自己的脸，也丢了他冷占国的脸。论职务，冷占国压胡万通一头，若是排辈儿，胡万通却是冷占国的师兄，他比冷占国早学半年徒。只因掌柜的看他脑瓜儿不伶俐，手脚更笨得出奇，天生不是个打铁的材料，就叫他拉风箱烧火，让冷占国学拿钳子打铁。也正是从冷占国拜师兄的那一天起，他就指挥和领导胡万通。胡万通对这种被领导的地位一点儿也不在意，他和冷占国正相反，几十年如一日地早来晚走，以厂为家。你早来也不要紧，可别扫马路呀，到车间转转不还可以掌握点生产情况嘛！

胡万通却决不认为扫马路就是丢人，他是故意选了这个春节后第一天上班的早晨来扫大门口，可以向全厂每一个职工都拜一拜年。所谓拜年，还不就是问声好、打个招呼，你主动给别人拜年也比人家矮不了一截，可对方心里会很舒坦。现在当个干部不能拿架子，板着面孔打官腔吃不开了，要想办成点事就得靠人缘儿、靠面子。

"王科长，过年好！初二我到你家去了，你不在……"

"老几位，过年没得空给你们去拜年，今儿个给几位拜个晚年！"

胡万通像所有自知能耐不大的人一样，说话随便，待人亲热而坦率。他似乎永远都是这副快活诚实的样子，不分干部和工人，向每一个来上班的人都拜上一个年。

"老师傅，头一天上班就来得这么早，我在这儿等着给你拜年哪！"

"哎呀，这不是胡主任嘛，您过年好！干部在大年初五扫马路，这可是多少年没有的新鲜事啦！"

不少工人为胡万通扫街而感动，他不仅没有失身份，在群众中反倒长了身价。新年新岁，喜气洋洋，大家都高兴，更容易联络感情，增加对他的好感。何况在这个世界上你到底做了些什么是无关紧要的，重要的是你如何让人们相信你的确做了不少工作。至于成效多少是不大被人注意的，谁能无止境地吃苦耐劳、忍辱负重，谁就是当今的天才！

精工车间的副主任施明带着本车间的一群小青年，骑着飞车冲过来。

"小施，你们过年好！"他见了现在的青年人就像见了女人一样，宽厚阔大的嘴唇咧开了，那样子就好像随时都禁不住要笑似的。

"哟，胡头儿，初三我到你家给你拜年，你躲了，把好酒也都藏起来，这可不对呀！"

"胡头儿，你大年初五扫马路，真是活雷锋！"

青年人跳下自行车，亲热地围住了胡万通。

"胡头儿，听说你要升副厂长了……你别装傻，年前厂长到我们车间征求意见了。"

"叫胡头儿请客！"

一个青年工人搂住了胡万通的肩膀头，伸手到他口袋里去掏烟。

"别抢，别抢，我给你们拿。"

哪容他往外拿，青年人早从他的上衣口袋里把一盒还没有开封的恒大牌香烟掏走了，这样的香烟过春节每户才供应十盒。青年人把烟一分，有人三根，有人五根，最后还剩下两个人没有分到烟。这两个人当然不能吃这个亏，继续找胡万通要烟。施明知道他的秘密，大声叫着："他褂子口袋的烟是次货，专门准备给外人抽的，他裤口袋里还有好烟，那才是留给自己抽的，要不怎么外号叫烟神！"

胡万通嘿儿嘿儿笑了："过年卖给的好烟我一根也没捞着抽，这是最后一盒了。不信你们看……"他从裤口袋里掏出自己抽的烟——塑料袋里装着大烟叶和一沓白纸条。

抢烟的几个坏小子见到这副情景心里一动："这个老实人，把好烟整盒整盒地送人，自己过年抽烟叶。他大概除去老婆不送人，别的什么都可以给人。话又说回来，吃亏人常在，他也正是靠这些东西买了个傻人缘儿。"不过，坏小子的心里仅仅是有那么一点点感动，绝不会再把香烟还给胡万通。他们的哲学是：见了老实人不欺负也是傻瓜。他们叼上恒大烟，骑上自行车，一哄而散。这还不算完，回头又饶了两句：

"胡头儿，当干部的要都像你有多好！"

"胡头儿，选厂长我一定投你一票！"

胡万通憨厚地摇摇脑袋，继续扫地，仍然不忘同每个进厂的人打招呼。

站在一旁的冷占国可给气坏了，连他的脸都感到替胡万通臊得慌。人家把他当傻小子耍，寻开心找便宜，他就愣觉不出来，还乐呵呵感到怪不错哪！当然，胡万通这样干还使冷占国的心里有那么一种不舒服，上班来的职工几乎都和胡万通打招呼，有说有笑，却很少有人搭理他。甚至人们根本看不见他，上班来的人全把注意力集中到胡万通的身上。胡万通本事不大，反倒能跟周围的人保持一种良好的关系。尽管大家都瞧不起他，可又都喜欢他，把他当成天生的挚友。冷占国从来没有想到自己还会嫉妒没有本事的胡万通。

他走过胡万通的身边时，低声然而威严地说："万通，别扫了，赶快回办公室。"

"呵，占国，你来了。好，我马上就完！"胡万通三下五除二把大门口外面的小马路扫完，将扫把丢在传达室，紧跑几步跟上了冷占国，用充满焦虑的口气说："占国，这两天弟妹（北方话：兄弟媳妇的昵称）怎么样？初二我去的时候见她的气色可不大好。过年劳累，睡觉又少，再加上小孩们爱在窗户根底下放鞭炮，一惊一乍，你可多留神，千万别让她犯病……"

冷占国阴沉着脸没有吭声，他最不愿意别人提他老婆的病，尤其是在工厂里。当然，胡万通例外，他们是多年的师兄弟，两家的事谁也不瞒谁。虽然现在他心里还闷着胡万通的气，不愿搭理他，可是讲私人交情，讲为人处世，他还是觉得胡万通这个人安全可靠。胡万通确实是这样一种人，别人一见面就可以信任他，都愿意把隐私告诉他，有火气可以朝他身上撒，有牢骚也可以冲着他发，一切苦恼、隐痛、忧虑都可以向他倒出来。他可以心甘情愿地代人受过，自己有天大的委屈也可以忍气吞声，而且毫不吝啬对别人的同情和安慰，使对方在精神上得到解脱。更重要的是他不出卖朋友，不传老婆舌头，他不说任何人的坏话。他的立场永远是缓和矛盾、平息争端，决不站在一方指责另一方，也不挑唆别人相互怨恨。他越是这样，就越是掌握了许多别人的秘密，一条秘密就是一条小辫子。他不使用这些秘密，不抓别人小辫子，不等于他没有力量，反而证明他的忠厚善良。因而使他在工厂成了个特殊的人物，绵里藏针，软中有硬，以弱胜强。没有人比他更窝囊了，谁都可以欺侮他，可他又是个强者，是个胜利者。就像冷占国这种脾气古怪的汉子，在工作上可以把他拨拉得团团转，训斥他，嘲笑他。但是冷占国的老婆犯病还得靠他帮着送医院，然后又把孤单执拗的冷占国拉到家里，像对待亲兄弟一样照应他。冷占国在胡万通手里也不是没有短儿，所以别人都怕他，而胡万通只是顺从他，并不怕他。当调度员们每人守着一部电话机进入一级战备状态的时候，他却向冷占国提出了另外的主张——

三

"占国，别叫大伙光抱着电话要数字了，今天刚过完年，什么数字也要不上来。倒不如你领着我们大伙挨个车间转一转……""干什么？""给车间的头头和工人们拜年哪！""什么什么？拜年？我还去作揖磕头哪！这是领导生产，不是老娘儿们串亲戚。你们从初一拜到初四，还拜不够？还要跑到工厂里来拜年，刚才你在大门口演的那一出儿，像武大郎开店似的，还不够叫人恶心的！"

"你看你，说着说着就着急，你听我慢慢儿跟你讲。"胡万通嘿儿嘿儿一笑，别人说他什么话，他也不会着急上火。而且每逢和别人办事谈话的气氛要紧张的时候，他就主动敬烟，紧张的气氛立刻就会缓和。伸手不打笑面人嘛，哪有一点儿人情味儿都不讲的家伙。可是那盒救急的好烟被施明那帮坏小子抢走了，他只好掏出了大烟叶："你卷根儿这个尝尝？比恒大有劲！"

冷占国不耐烦地摆摆手，往自己的茶杯里放上一撮茶叶，一摸暖瓶是空的，生气地把冰冷的水壶推到了一边儿。自从胡万通从车间提升到总调度室两年多以来，总调度室二十一个干部，别人没有再打过开水，全是胡万通一个人的事儿。每天早晨，调度员们上班来，各个暖瓶都是满满的。时间一长，这好像也形成一种制度了，开水就应该副主任去打，别人没有这个习惯了。今天虽然出了例外，但冷占国也

170

只是把暖瓶推开，并没有想到自己要去打开水，心里反而埋怨胡万通光顾扫马路，忘了打开水。

胡万通笑着解释："我去过了，锅炉房还锁着门哪，今儿个头一天上班，不到 10 点甭想喝上开水。"

"为什么不让锅炉工上早班，今天正式开工，没水喝怎么行！"

"那就是行政科的事儿了，咱们管不了。这和你领导全厂生产是一个理儿，不能像过去一样总靠公事公办，拿出上级领导下级的劲头，用组织手段和规章制度卡下边是不行的。现在没有人听你那一套，人家嘴上怕你，说不过你，但是私下可以和你拧着劲，不听你的，你有什么招儿？所以还得和下边搞好关系，建立感情，拿人情面子拘着大伙干活。"胡万通想借过年的喜庆劲劝劝师弟。

"得了得了，这是工厂，不是幼儿园，我不会哄小孩子！"

"不论工厂还是幼儿园，理儿是一个。咱们干调度的，上边通厂长，下边靠工人，管事多，接触人多，因此得罪人也就多。一年到头了，你领着大伙到下边一拜年，过去有点疙疙瘩瘩的事也就过去了。你不也羡慕外国的生产管理办法吗？到了年节，人家老板也对下边人说：'承蒙多关照'，'感谢您捧场'！把公事当成私事办就好多了。大伙心里不痛快，不想干这活，冲着你这个当头的人缘儿不错，碍着你的面子也得干。"

"那还要计划干什么？规章制度还有什么用？！"冷占国又喊了起来。他热爱工厂，办事利落，从前他把组织生产当做一种享受，就像一个有才气的导演排练一出好戏一样，沉醉在创造的乐趣之中。可是一年一年干下来，越干不是越熟练、越顺手，而是越干越艰难、越不适应。挫折和困难使他对现状越来越不满，态度变得严谨而刻板，好像车间的人一年到头老欠着他一笔还不清的账。

外间屋的调度员们听到主任又冲着副主任嚷叫起来，放下电话悄悄地走到门口偷听。他们钦佩主任的精明和能干，可是又惧怕他。在他手下当兵很难，老是神经紧张，在生产的组织和调度上稍有一点儿失误，就甭想瞒过主任的眼睛。冷占国嘴又刻薄，常常让不如他的人下不了台。而副主任胡万通却具有一种使周围的人心情舒畅的魅力，大家在心里都赞成他的办法，到下边转悠一圈儿，说说笑笑，抽烟喝茶，事情也办了，还落个轻松愉快。谁愿意像个旧社会的工头似的，大年初五一上班就逼着下边干活。

胡万通抽了一支喇叭烟，看看冷占国刚才冒起的那股邪火已经熄下去了，就笑模悠悠地说："走吧，快到点了。"

冷占国抬起头扫了自己的副手一眼，天哪，这算个什么人呢？老牛筋，母猪肉，蒸不熟，煮不烂，没囊没气，软磨硬泡。他没当干部的时候对冷占国是百依百顺，现在怎么变成了这个样子？难道他到下边推动工作也是这个办法？调度工作需要精明练达，快刀斩乱麻，真不明白这一年多他是怎么胡噜自己那一摊儿的！冷占国瞧不起胡万通，对胡万通的工作却不能轻易下断语，他管的炼、铸、锻等热线那一摊儿，虽没有突出的成绩，也没有出大的娄子，不管什么情况总能凑合过去。现在的事情真是难说，智勇不足，靠甜嘴蜜舌也能干工作。冷占国叹了一口气："要去你去，我是不去。"

"我算什么，说老实话，我不光春节给大伙拜年，一年到头我老给下边拜年。我的经验是：给下边布置工作说软话比说硬话更容易成功。"

"那是你乐意，窝囊人办窝囊事。"

"窝囊也好，不窝囊也好，你的目的不是要把事情办成吗？他骂你也好，唾你也好，只要能替你办事不就得啦。快走吧，大家看的是你，意见多也是对你……"胡万通险些违背了几十年做人的宗旨，把他听到的群众对冷占国的意见说出来。其实也可惜那些好话对冷占国说，句句就像子弹打在坦克上，弹回来反伤了自己。

"谁爱有意见就有吧！"冷占国不想打听别人对他有什么意见，心里有数，早就采取了"四不"方针：不怕、不问、不听、不放！现在人们的嘴比鸭子屁股还臭，你做得再好，要想贬你也可以把你说成一堆狗屎。你本是一堆狗屎，要想抬举你，也可以把你说成一朵鲜花。他也不想再跟胡万通费唾沫了，站起身一把推开了通向外面大屋的门，挤在门口偷听的调度员们，慌忙回到原座位，拿起了电话听筒。

冷占国的火气更不打一处来，他从一个调度员手里夺过电话，自己拨通了精工车间的号码。可是对方没有人接电话，只听见铃声嘟嘟响。他捺了一下电话的托簧，又拨通了总装车间的号码，同样也没有人接电话。还真叫胡万通猜对了？他强压住性子，决心举着听筒一直等下去，看看对方到底什么时候才接电话。他的眼睛盯住了手腕子上电子表的指针，一分、两分……到六分钟的时候对方有人拾起了电话，还没答腔儿，嘴里就先骂骂咧咧的："这是谁呀，这么早就来电话，八成是年货吃得太多，肚子撑得不好受！喂，你要哪里……"

"你们车间主任在吗？"

"不在。"

"副主任哪？"

"也不在。"

"你们那儿有头没有？"

"没有！"

"你们的头哪？"

"死啦！啊，不，他们到班组给工人拜年去了。"

"嗯？也在拜年！还要工资吗？"

"一个钢镚儿也不少给，拜年发财嘛！"

"你是谁？"

"你是谁？"

"我是冷占国。"

"我一听就是你，这种日子只有你这个不长眼眉的才来抓产，你是大伯子背兄弟媳妇过河——专干受累不讨好的事！"

"你是谁？"

"我是你大爷！"对方砰的一声把电话撂了。

四

冷占国举着听筒的手瑟瑟发抖，像铁板一样冷峻的双颊上，看得见血液在搏动，两只眼睛则像是烧热的炭块，熠熠闪光。为了工作也会得罪人，这到哪儿说理去！生活和无数事实总是对他的计划和雄心进行修正，多亏他有坚强不变的个性，能够在重重打击面前不为外物所移，也不为个人的恩怨所颠倒，他强迫自己冷静沉着，慢慢放好听筒，目光转向他的下属。

调度员们有的往车间打通了电话，有的还没有打通，总之收获很小，紧张地看着自己的上级。

"你们立即到自己所管的那些车间里去，不是去给他们拜年，而是督促他们赶快投入生产。如果哪一个车间今天上午不能恢复生产，就按制度办事，扣罚……"冷占国讲到这儿，突然想到三个月的奖金已经预支，早就发下去了，还扣什么呢？他改口说："你们要盯的重点是：炼钢车间，六十万千瓦汽轮机中压转子的大钢锭；铸造车间，三五〇工程的主机机体；锻压车间，六十万千瓦汽轮机的高压转子；精工车间，二千八百变断面铝板机、六千吨涨力矫直机、一千二百立方米高炉……这些产品必须在这个月底交货！"

忽然，楼道里笑语喧哗，热闹异常。总调度室的门被推开了，厂长、党委书记带领着厂部的几个头头给总调度室的干部拜年来了。厂长满脸喜色，高声道喜："冷主任，老胡，同志们，你们春节过得好哇！你们总调度室的人平时最辛苦了，过年搞团拜是咱们的老传统，我们厂部的几个同志给大家拜年，先到你们总调度室来。"

"不胜荣幸。可是占工作时间拜年，考勤怎么画？算出勤，还是算缺勤？大家客客气气地拜一天年，这一天的产值找谁去要？工资找谁去要？"冷占国说完连看也不看厂部的领导，也不让厂长们进门，又把目光转向他的部下，"我刚才说的听明白了吗？"

调度员们像战士回答首长的问话一样，大声说："听明白了！"

来拜年的厂部头头们被干晾在门口，进也不好，走也不好。好在他们被冷占国顶撞也不是一回两回了，并不太在意。只是当着这么多的一般干部，面子上太尴尬了。厂长刚五十多岁，是个"年轻的老干部"，修养极好，哈哈一笑："对，冷主任说得对，大家快一点，别占太多的工作时间。好，你们忙吧，我们再到别的科室去看看。"

厂部领导给自己铺个台阶走了。

冷占国向部下一挥手："听明白了就赶快行动！"

胡万通抢先一步出了门："负责热线的跟我走。占国，你代表咱们总调度室到各个科室转转，车间你就别管了。"

"他倒指挥起我来了！"冷占国心里烦躁，嘴里没有吭声。

但是，他不去给别人拜年，自己也无法工作。人事科、保卫科、宣传科、组织科……几十个科室的干部陆陆续续都来敲总调度室的门，他们相互拜年，有的是团拜，有的是私人串联，拜谁，不拜谁，这里面很有讲究。有的是拜好朋友；有的专门拜和自己有矛盾的人，借机调和；有的借机感谢曾经帮助过自己的人；也有的趁拜年发展新的关系。一拨儿又一拨儿地来到了总调度室。冷占国恼也不是，笑也不是，他可以冲着厂长甩冷腔，却不能嘲骂来给他拜年的普通干部。一气之下他也走出了办公室，干脆躲开吧！他最不放心精工车间，这个月全厂产值的重点恰恰又压在这个车间，他要亲自到那里看看。

楼道里闹闹嚷嚷，你到我屋来，我到你屋去，作揖拱手，嘻嘻哈哈，冷占国厌恶地快步走出办公大楼。他刚一踏上厂区的中央大道，立刻感到更不对头，听不见从车间里发出的机器声，没有正常的生产秩序。整个厂区就像庙会的会场，班组与班组之间相互拜年，车间与车间之间相互拜年，一群群，一伙伙，你来我往。看这劲头，今儿个这一天真要泡汤了！可是厂房折旧费、设备折旧费、工资劳保等等，生产不生产，每天要开销十一万元，拜年能拜来这十一万吗？不赚光赔，往后的日子怎么过？还嚷什么"恭喜发财"，这不是叫屁憋的吗？冷占国可受不了啦。

他反身跑回办公大楼，让厂长办公室的秘书立刻通知各车间主任，赶紧到总调度室开紧急生产调度会议。

秘书朝他挤挤眼："你总是用骑兵急袭式的作风工作，要知道现在不是正面发起进攻的年头，而是迂回调整的时期。"

"少说废话，你赶紧下通知！"

"十几个车间，还有好几个有关科室，我挨个通知到了也就该吃饭了，你想上午开会是无论如何办不到了。"

"他娘的，"冷占国从牙缝间喷出一股怒气，"调度会就定在下午一上班，你通知厂长，我请求他必须参加！"

五

"咱们开会啦——"

会议开始之前,气氛总是十分活跃的:寒暄的,开玩笑的,低声交谈小道消息、内部情况的,递烟送茶的……冷占国沉默寡言,谁也不理,谁也不看,连对坐在他身边的厂长也不瞄一眼,一个人昂头抽烟,眼睛盯住窗外设计大楼的楼角。即便别人对他说露骨的恭维话,他也毫无反应。有人心虚,不知在什么事情上被他抓住了小辫子,想巴结他,冲他开一个亲热而讨好的玩笑,他也不动声色。软硬不吃,不进油盐。他不向厂长请示,也不跟副手商量,连一句人们习惯说的客气话、表示和同事亲热和谐的客套话也不说。比如:"厂长,你先给大伙儿讲几句呀?""万通,你看是不是开始呀?"一切人情世故到他这儿就全免了,擅自宣布了开会。好像总调度室主任,理所当然就是调度会的主席,不管来参加会的是些什么人,也得一律听他指挥。

他身躯高瘦,有魁伟的骨架,却缺少肥肌重肉,因而坐在那里像一块巨大的山石——威势逼人。当他说完了那句开场白,才把目光收回来,放肆地打量着车间主任们:"春节过去了,大家拜年也拜得差不多了吧?如果还没拜够,我再给你们大伙拜,磕响头也行!但是要有一个条件,得完成这个月的任务。这个月全厂的计划:产值九百万元,利润十七万元。截至今天早晨,全厂共完成六百二十万元,还差二百八十万元,时间就只有两天半。你们就亮底吧,咱们都是干这个的,谁也不用瞒谁,我要具体的措施,实实在在的数字。今天上午完成多少,下午完成多少,夜班完成多少?明天、后天一共还有六个班次,每班各完成多少?如果你那个车间完不成计划,理由是什么?"

他稍停一下，又说："今天看见诸位拜年的劲头都很大，想必是胸有成竹，我谢天谢地。哪个车间能确保完成计划，我当场给他磕头拜大年！开始——"

他的冷峻的挖苦比他的吼叫更叫人受不了，他的客气中包含着阴冷和露骨的轻视，大家听了更增加对他的反感。他对这些人并无仇恨，他只是恨工作不该这样干。他自信自己那套办法是卓有成效的，过去曾被无数事实证明过。可是现在这些办法只增加了他和周围的人在感情上的裂痕，对工作似乎并无多大好处。因此他也增加了对自己的怀疑和不满，他的坏脾气又使他把对自己的不满发泄到别人身上，这就越发遭到别人的怨恨。说穿了现在谁怕谁呀！别说他是个总调度室主任，就是厂长又怕他何来？人家不过是表面怕他，心里恨他。只避免当面和他发生冲突，对付他的办法有的是，不说完得成，也不说完不成，各个车间都差不多，到时候大家都完不成，法不责众，看你冷占国有什么咒儿念？现在各个单位的困难都是一堆堆的，随便摆出几堆就够说上半个小时；每个人肚里的牢骚也有好几串，拉出几串就够应付冷占国的。他有牢骚，别人的牢骚比他还多。尽管他精通生产，有敏锐的智力，即使在他的坏脾气中也时常显现出智慧的异彩，但是他的坏脾气毁了他的智慧，人们只知道他脾气坏，不承认他有智慧。他不能控制全厂的生产局面，也控制不了这个集中了全厂能人神仙的调度会了。表面上冷占国是会议的中心，实际上每个人都以自己为中心，各想各的事，各打各的算盘，哪个人都有一套对自己有利的神算妙计。

也许，能叫与会者从始至终思想不开小差的会议是没有的，更不要说把挖苦嘲笑当作打嚏喷，把拍桌子争吵视作家常便饭的生产调度会了。

178

瞧吧，这些车间科室的头头们济济一堂，有的把这半天调度会当作了享受，有的当成罪受，有的借机来休息半天，有的来开心取乐儿，发发牢骚，不解决问题还图个心里痛快。这一切内心活动都可以从他们那丰富多彩、迥然不同的表情上看得清清楚楚：有人端端正正、严肃认真；有人怒目圆睁、慷慨陈词；有人幽默多智、谈笑风生；有人冷静观战、超尘绝俗；有人尖酸刻薄、嘴上无德；有人满腹委屈、哭诉无门；有人闭目养神、昏昏欲睡；有人神情木然、神不守舍。这一切又好像只是方式不同，大家早有默契，联合起来，对付冷占国。会议室里烟雾缭绕，真比庙堂里十八个罗汉的形象还要多姿多彩，生动而又不雷同。施明正悄悄地、专心致志地往坐在前面的胡万通的后背上挂纸王八。墙角一个负责做记录的年轻调度员，正怀着强烈的创作冲动在"工作手册"上画人物素描，这里有天才的模特儿，有丰富的材料。

精明练达的厂长，一副城府很深的样子，表面上不露声色，慢慢地吸着烟，心里却已经打定主意，干脆就在这个会议上宣布自己调走的消息和部党组对胡万通的提升。一个月前，工厂党委讨论副厂长的人选，有人提出了冷占国，但是大多数委员不同意，却选择了胡万通。现在看，这个决定是对的。没有人不承认冷占国有高超的工作能力，他似乎是个天生当厂长的材料。也许正因为他是天才，才为凡人所不理解，所不容。现在当个干部首要的一条就是有活动能力，会疏通关系和善于办事，冷占国缺少的正是这些。他当调度主任，惹出麻烦，厂长还可以为他擦屁股，他若当了厂长，难道还叫市工业部的领导来给他擦屁股？他的屁股擦也擦不完！

厂长又把目光转向了胡万通。胡万通认真地听着每一个人发言，不停地在小本子上做记录。他脸上的表情也随着发言者的态度和内容而变化无常，他对于任何喜欢演说的人都是最热心的听众，他的脸仿佛不是自己的，倒像有一个适应外界变化的开关。这是一个从相貌到为人都很平常的人，但他的生命很结实，他的机遇很惊人。在平凡的时代里，只有最平凡的人才有好运。他给人的印象是一个老实本分的人，与世无争，从不谈论权力、职务、地位，似乎决不贪图这些东西，实际上在通往厂长的道路上，他却是个幸运儿。胡万通知道时势造英雄的真理，懂得和周围的人保持良好的关系有多么重要，谁也没有看出在他老成豁达的性格中深含着一种老于世态的灵通。别人都把他当成了一个窝囊废，在社会上他却是个玲珑剔透的水晶球。当个领导首先要具备演员的才能，现在只有傻瓜还不懂得这一点。使用胡万通这样的干部完全放心，他绝不会给上级惹什么麻烦，用起来顺手。

想到这儿，厂长微微笑了。不论是冷占国还是胡万通，都没能瞒过他的眼睛，他到部里以后再指挥起这个厂来，仍然会得心应手。

往胡万通后背挂王八的施明，终于完成了这桩壮举，一根曲别针，下面钩着一个用香烟盒撕成的乌龟，上面牢牢地钩在胡万通的衣领上，引得他身后的人发出一阵轻轻的嬉笑声。他得意地往沙发背上一靠，端详着自己的杰作，随后又点着了一支烟，把烟雾不断地喷到那只乌龟上。但是，这只纸乌龟的刺激性毕竟是有限的，他很快又感到腻烦了，把一双像张开的剪子尖儿一样又小又锋利的眼睛盯住对面的一个女人。这是调度会上唯一的一个女同志，工艺科的副科长李瑞，于是施明又想入非非了……

"精工车间，精工……施明！"

施明一激灵，抬起头，看见冷占国那对热煤球一样的大眼珠子正凝然不动地盯着自己，慌忙说："没问题。"

"没有什么问题？"

"什么问题也没有！"

"计划能完成？"

"能完成！"

"要是完不成哪？"

"你砍掉我的脑袋！"施明的装傻充愣，引得人们哄堂大笑。居然能把冷占国要笑了一下，施明更加得意地说："只要你现在给我磕个响头，三天后你砍掉我脑袋也值得。"

冷占国厌恶地皱皱眉头，仿佛有一只癞蛤蟆爬到他的脚面上："你那个脑袋一分钱不值，也配拿到调度会上来打赌儿！"

去年分房子的时候，施明得到六楼阴面上的一间小屋子，闹了一肚子气；到增加工资的时候，和他同时进厂的中层干部都长了一级，就是甩掉了他，他找到党委把党委书记和厂长的祖宗八代全骂了。从那时起就破罐子破摔，对谁都敢要穷横。穷横、穷横，人穷了就横。眼下还在乎一个冷占国？他把瘦脸一吊，愤愤地说："你那脑袋值钱，完不成计划拿它顶账行吗？你对我们像对小孩子一样连唬带吓，这一套吃不开！咱们厂连续两年没完成任务了，再说国家根本就没有什么任务可让你干，不也没把谁怎么样？！今年不就是那点活吗？你干吗逼命？让大伙悠达着劲干呗。"

有施明这种想法的人恐怕还不是一两个，冷占国只好耐着性子解释说："春节前厂长下令拿出五十万元给职工发了奖金，知道这钱是哪儿来的吗？是从生产的钱里提出来的，所以这个月不同往常，如果完不成九百万元的产值，光是银行就会把我们卡死，下个月周转资金一分钱没有，连煤、水、电、气都没有钱买，生产就得停，工资福利发不出去，群众就会乱！今年的生产任务不足是真的，可是只有把一月份这几项产品干得漂亮，人家才会找我们订货。如果一月份的计划落空，拖欠人家合同，用户就会撤销合同，要求我们赔偿损失，甚至罚款。到那时候就是把我们大伙连同厂房设备一块卖了，也还不完人家的账！插个草棍儿就当头，你是副主任连这个道理还不明白？"

"我比你明白得还多，现在的事是走一步算一步，孩子不哭娘不哄，车到山前必有路。别以为就是你一个人关心工厂的命运，别人都是白吃饭！……"施明荤的素的一块上，逗得大家又笑了。

冷占国就是再厉害，对这样的人又有什么办法？他怒冲冲地说："你要是什么也不懂，连人话也不会说，就回去，换你们的主任来！"

"谢谢，我从此不参加调度会！再要开会你们直接到医院去通知主任。"施明真的起身往外走，胡万通赶紧转身把他拉住。胡万通这一转身不要紧，把后背上的纸王八暴露给大家，屋里"哄"的一声都笑了，施明笑得最响。胡万通被大家笑傻了，人们还不告诉他。厂长站起身，把他背上的纸王八撕了下来。

厂长办公室的秘书走进来，神情张皇地对冷占国说："街道上来电话，有个小孩放二踢脚把你家窗户上的玻璃打坏了，你老伴一生气又犯病了，几个老太太捺不住她，叫你快回去。"

冷占国脸色铁青，没说话，也没动。调度会开成这个样子，计划一点儿没落实，在这种时候他因私事离开，别人的闲话就会更多，往后叫他还怎么工作？

厂长却发话了："占国同志，赶紧回去，厂里事就别管了。秘书，给叫辆汽车。"

冷占国还是没有动。施明又坐到自己的位子上，说："冷主任快走吧，这不厂长都说话了，不会算你早退，也不会扣你的工资。"

胡万通站起来："占国，我跟你一块回去。"

冷占国"腾"地站起来:"你回去干什么,快主持开会!"他摔门走了出去。

会议无法进行下去了,大家都松了一口气,会议中心由讨论生产改为议论冷占国的很不幸福的家庭生活。但不是幸灾乐祸,人们的脸上都充满同情,虽然有的是真,有的是假。胡万通还没有主持过调度会,冷占国不在,他就没有主心骨,不知道该怎样收拾眼前这个局面,只好求救地看看厂长。

厂长清清嗓子,对大家说:"调度会我看也开得差不多了,冷主任的意见很对,这个月还有两天半,大家必须抓紧,回去立刻就动,今天夜里要留个干部值班,组织好夜班工人的生产。我趁这个机会公布一件事,部党组的文件已经来了,我很快要调到市政府工业部去工作,王副厂长升任代理厂长,胡万通同志提升为副厂长。大家对我这几年在厂里的工作有什么意见,趁我没走快提出来,这是对我的帮助。以后同志们到部里去办事还可以找我。"

尽管早就有人在下边传说这件事,但是相信的人不多,以为这不过是取笑胡万通。现在一旦变成了事实,大家感到突然,感到惊奇,一时竟没有人说话了。现在人们的心气就是这么怪,很难伺候,软了不行,硬了也不行,刚才是那样讨厌冷占国,喜欢胡万通,当真要胡万通当副厂长了,大家的心里又不约而同地升起一个问号:他行吗?

胡万通显得比别人更慌乱,春节前党委书记找他谈话,高高兴兴地提到了这件事,名义上是征求他的意见,实际上是给他报喜,书记愿意找个老实人搭班子。他这个老实人吭哧半天最后拒绝了。怎么今天还是照原样宣布?这个消息一传开,冷占国那样的脾气受得了吗?他会怎么想?说不定两个人几十年的交情一下子就掰了!胡万通怎么能领导得了冷占国?他一想到今后要以副厂长的身份指挥冷占国这个总调度室主任，就感到六神无主。他真诚地说："厂长，还是把我换成占国吧，他比我强多了！"

厂长笑着摇摇头："万通同志，这还能换吗！实话说我也舍不得离开工厂到部里去，现在的生活里天天充满戏剧性，社会叫我们扮演什么角色，大伙喜欢什么角色，我们就得扮演这个角色，即使自己感到痛苦，感到力不胜任也得演，为了工作嘛！我相信你会干得很好的，因为你有个最有利的条件，就是群众基础好，厂党委是征求了群众意见之后才报部党组批准的。"

有几个车间主任响应厂长的话："对，万通，你就干吧。"

从来没有愁事的胡万通这回却是真正犯愁了，头脸也涨得通红："这种事不能起哄，我实在不行，碰到事没有主意，也没有水平……"

厂长没有料到公布了命令还会出现这种局面，他在心里也暗骂胡万通是个废物蛋，老实过头了，就严肃地劝导说："万通同志，你没有主意不要紧，甚至没有权威也不是坏事，大家吃专横霸道的亏太多了，反过来就拥护老实人，投老实人的票……"

"那是大家起哄开玩笑，你不信正式投票选举试一试！"半天没说话的施明突然打断了厂长的话，"厂长，你看到重机厂这个烂摊子前途不妙，再待下去没有你的好了，想拔腿走人，我们也不留你。但是，你别给自己再找一个听话的傀儡强加在我们头上。你要真走了，我们还真得把厂子好好搞一搞哩！"

厂长讥笑地说："施副主任，冷占国你不满意，胡万通你也不满意，你到底满意谁？莫非你想毛遂自荐？"

施明动了肝火："你别戗火，我毛遂自荐也不见得会比万通差。万通，你别往心里去，我这不是和你过不去！"胡万通冲着他苦脸一笑。有能耐的人斗法，叫他这没能耐的人在中间受罪！

施明又对厂长说:"你要问我真正的意见,我还是选冷占国,别看我骂他,气他,但我心里服他。他要早几年当厂长,我们厂也许不会这样!"

厂长毕竟是宰相肚里能撑船,哈哈一笑,对大家说:"好吧,以后有时间再谈。今天是大年初五,每个人家里还有好多事情要干,早点散会。万通同志,就开到这儿吧。"

胡万通胡乱点了一下头。一散会,有两个人抓住了胡万通,非叫他请客。胡万通官大脾气长,挣脱了他们的手,掏出钱包甩给他们:"这里有十块钱,你们愿意吃什么就买什么,我得去看看占国。"

"万通,等一等,我跟你一块去!"施明喊了一声,也匆匆追过来,路过厂长身边的时候递给他一个纸条:"厂长,你要高升了,我对你没有什么意见,送给你一副对联吧。"

"噢?!"厂长一惊,不知这个惹不起的神又想出了什么新花样,他打开了纸条:

曲率半径处处相等,

摩擦系数点点为零,

——又圆又滑

尽管厂长胸怀博大,脸色也突然变了。

1982 年 3 月

净　火

　　城市在倾斜。如同混浊而沉重的夕阳把苍白无力的天空压扁了一样。人流从四面八方挤来，似暴发的山洪，向倾斜的低处倾泻！摩托车变成疯狂的飘带，风驰电掣产生的浮力让它的主人和主人的女人享受到一种飞升的强烈如玩儿命的快感。真望它能飞飘起来，从灰压压密匝匝慢腾腾游动的脑袋上掠过去，从像蛆一样蠕动的汽车顶子上轧过去，在马路的半空中行走，那该多么惬意！要变红灯，快减速……不，冲过去！晚了，这一犹豫就坏了事。刹车也踩了，还是冲出了白线，险些撞上警察。好狗还不挡道哩，他为什么要站在马路中央？他还嫌马路不够拥挤吗？像航道中心突然冒出一块礁石，像嗓子眼儿卡了根鱼刺。哪儿有警察，哪儿准有交通阻塞。

　　"过来，怎么回事？本子哪？"警察的瘦额头皱成了一团棉纱，满脑门子的官司。

　　他假装疯魔地摸摸口袋，掏出了钱夹："哟，忘带了。"

　　"那就把车留下！"警察扫了他的女朋友一眼，撩人的鲜亮的衣饰。

"谢谢！"他一派绅士风度，拉着妻子昂首挺胸地钻进人流。就凭她打扮得这么倾国倾城，什么东西都敢往脸上涂，警察还能不找麻烦？警察要取乐儿，就喜欢在马路上刁难身上有戏的让男人看不够又敢看敢说敢指指戳戳的女人。他今天还算认便宜。唯一不够味的是不该刹车，撞上那小子，把车一扔扬长而去。老子不要了，正想换辆新的玩。

城市跟着坠落的太阳一块儿膨胀。

这里是让城市失重的根源。北边多半个城市突然安静下来，如同实行宵禁或灯火管制。全城的噪音却集中在这个靠近南头的露天体育场里，像得了偏头疼。

这里人挤人。呼号，脏话，汗臭，烟气，唾沫，邪气，汽水，冰糕，混合成一种莫名其妙的气味。是人的气味，弥漫着生命的气氛。大家都变得缺乏耐性了，都想从前面的人头上踏过去。人人都表现出一股歇斯底里的勇毅，带着一肚子邪火。

他则有着可怕的理智和冷静，突然命令自己的妻子："你这个旗袍不能再把缝开大一点？应该把大腿露到你父母允许的最大高度！"

"我光着行吗？"

"也可以。"他们打情骂俏的时候喜欢用幽默或粗话把激情挑起来。丈夫从口袋里掏出一大沓十元一张的人民币，塞给妻子，"这至少有两千，你自个儿找个喜欢的地方去玩吧。实在太腻味就拉个男人睡一觉。反正今天晚上别缠着我。"

愤怒把她浑身上下都包围了，这是陷入绝境的愤怒：在这里还不能爆发，发脾气对他不管用，只证明自己素质卑贱。她在盛怒中仍透出安静，安静中藏着绝望，摆出一副很有吸引力的满不在乎的劲头："王八头！我去勾引别的男人你不吃醋？"

她扇动纸币把手掌抽得叭叭山响。丈夫却不再看她，那股冷冰冰的邪气侵入的气质把她强作出来的媚态立刻冻住了。她决心要找个更强大的男人，气气这个狂妄无情的小子。不然他还以为自己离了他就活不成。

"要球票吗？"一张粗俗冷峻的脸像蛇一样一声不响地凑到他们跟前。

"多少钱一张？"

"三十。"

"什么？一张球票要三十块……"她的话未说完，丈夫已经把钱点过去，接过票向体育场的门口冲去。

卖黑票的翻着黑污污的鼻孔，却露出很诱人的笑容："姐姐，我这里还有一张，你要不要？"

"不要！"

"姐姐，别跟足球争男人，再有能耐的美人也争不过球。"

他不会踢球，以前也没见他对哪个体育运动有特殊的兴趣。至今电视里转播足球赛他也很少能从头至尾地看完。坐在球场的看台上又有什么美呢？花一晚上的时间，也许还要耽误几笔好买卖，值得？足球比金钱和女人更有诱惑力？莫非球场里真有她所不知道的奥秘……

"嗷——嗷——咳！"

场内的喊叫声一阵接一阵，似龙卷风催动海啸，从她头顶上压过去。今天晚上南半城就只有这一种声音了。球赛已经开始老半天了，不再有人入场。可聚集在体育场外面的人却越来越多，他们看不见足球怎样飞，怎样滚动，不知道谁输谁赢。似乎也无需知道比赛的具体进展情况，只满足于倾听从几万人的嘴里发出的惊天动地的起伏不定的狂吼乱叫！蹲在边道上，靠在电线杆上，坐着自己的自行车大梁，原本就是打算来听球的有准备地带来了板凳、躺椅、行军床。她愈发感到疑惑：这球场里的叫喊声到底有什么名堂？

她请教身边的一个老头："大爷，您喜欢球？"

老头晃晃脑袋。

"您爱看球赛？"

老头继续晃动白花花的脑袋。

"您就爱蹲在外边听球？又省钱又挤不着！"

老头看看她："对象在里边了？"

她点点头。

"别担心，这是好地方，男人来一回，保准半个月之内会跟你好好过日子，不发邪性，脾气顺顺溜溜。"

"这是什么地方？不是体育场吗？"

"你看，里边亮着白灯，这叫白灯区。国外有红灯区，不如我们这白灯区干净。这年头，喝凉水都塞牙，谁肚子里没有火气？到这儿来喊两嗓子心里就舒服了！你站在外边听听都觉得有劲儿、有味儿。是不是？"

她心里真的涌起一股莫名的冲动。

卖黑票的家伙又转悠过来了。她喊住他："还有票吗？"

"只剩下最后一张了。"

"贱一点儿卖给我。"

"三十块，少一分也不行！"

"球赛都过去一半儿了……"

"高潮还没来哪，越到后边越值钱。我不找你多要就算够意思！"

他铁了心是要赚她这三十块钱。坚实有劲的白板牙对着她的喉管，眼睛却不怀好意地盯着她的胸部："姐姐，你要不想出钱也好商量……"

她甩给他三十元钱，堵住那张臭嘴，换回一张粉红色的纸片。好不容易穿透一层层人墙，挤到体育场的门口，守门的打量了她半天，又把球票反复看了几遍才放她进去。是嫌她来得太晚了，还是对她这个女球迷格外感到新鲜？

体育场内热力逼人。每个角上都矗立着一根高大的灯杆；杆头挂着一堆白光炙人的太阳灯，像挑着一嘟噜葡萄。球场上狼烟四起，红绿翻滚。至于红队是谁，绿队是谁，她就不知道了。只见运动员在光线中游动，像一片片会移动的色块。看台则属于不同的光域，灰暗、沉重。她艰难地找到了自己的位子，后边的男人抽抽鼻子，好像是吸她身上的香气。不是偷吸，还敢出声："嘿，真好闻，这两块钱没白花！"

她可不是吃亏的人，这回却忍住了没有还嘴。后面已经有人喊叫着让她快点坐下！这里是男人的世界，只当是误入了男厕所，她把嘴唇绷得紧紧的，如同自己那漂亮的鞋后跟儿。

球场上一团糨糊，黏糊糊的激昂，令她眼花缭乱却看不明白。自己与看台上的气氛也格格不入，真是花钱买罪受！

周围的热气厚得像一堵墙，包围着她，带着一股酸臭味道。有人从嘴里吐出酒气，大概男人们看球赛不喝烈酒是不行的，如同晚上要伺候自己的老婆一样。有人喷吐着发黏的烟火味道。有人打嗝，有人放屁，有人答腔："呵，庙不大还有卖笛子的。"

"大热的天，你光顾自己痛快了，就不想想别人受得了吗？"

敢放响屁者，自然不在乎别人的闲话："好好闭住你们的嘴！我花钱看球还受管制？"

死皮赖脸的、张狂可笑的、单纯可爱的、邪恶卑俗的统统都流露出一种恶意的快感。所有的人彼此都十分相似，机械地兴奋，机械地喊叫。一坐到看台上就是见面熟，不认识没关系，也不必打问名姓，一起大吵大骂，大说大笑，散场就完了，谁也不认识谁。大家奇怪地沟通了，激烈的吵骂也不会产生仇恨，反而产生了快感。她趁机问身边的人："今天是谁跟谁踢？"

"嘿，你干什么来的？哭了半天还不知是谁死啦！"

"你当我真不知道！"她突然提高了嗓门，把自己吓了一跳，她已经被周围人的情绪所感染，也像魔鬼附体，头脑晕晕乎乎。管它谁输谁赢，只管跟着瞎起哄就行了。这里的气味像酒精，能让人醉，让人疯。她似乎也闻到了自己的气味……

"嗷！"一声惊呼，山崩地裂，看台一阵抖动。跺脚的，骂街的，有许多人站起来呼喊：

"点呀，腿肚子转筋了还是怎么的？整个是他妈的一群大肉蛆！"

"这帮混蛋，永远立于不胜之地，无往而不败。"叫喊声给整个球场泼下一阵酸雨。

"诈唬嘛？你小子就会在女的跟前耍贱，把耗子说成大象。你看客队那份儿德性，还能进球？"

她恶狠狠地转过头去，一个丑陋犷悍的头颅正对着她，眼睛里蒙着一层凶暴的阴翳，嘴里咬着半截烟卷，猛吸狠吐，给自己找气，给自己顺气。她可一点儿都不在乎他，她见过各种世面，对男人的进攻她应付得了。她体验着内心的激动，喉头发紧，手指发麻，脊背痒酥酥的。到这儿来的人哪有没有火气的，她冲口回敬那个混蛋：

"你看不出场上的形势？眼睛丢在你老婆的裤裆里了！"

"嗷嗷！哑巴吃山芋——闷口啦！"

她喊出了第一声粗话，就变成一个地道的足球观众了。浑身热乎乎的，十分惬意，毫无顾忌地发泄，真是兴味无穷，她感到自由舒适。尽管座位很挤，坐下后就无法再活动，手脚一动就会碰上前后左右发热发黏的男人的身体。她的自由不是表面的，是内心的。脸上恢复了精神的生气，眸光狂野而又惶惑，像夜鸟的眼一样一动不动地盯着半死不活的草地。

球与人迸飞，光与影绞缠。力的流动，力的燃烧。局势大起大落，胜败出乎意料。体育场里凝聚着血红的紧张气氛。足球是个鬼魂，追逐着每个人，不把这些人逼疯不会结束。

"你看教练那个德性，活像我们家的那个老头子。手里存着一万五，给我办喜事只肯拿出六千，像打发要饭的！"

"你告诉他，存着钱不花，过两年就成废纸了。"

"我他妈的今天也不顺气，替国家办事倒挨了一顿狗屁呲。银行借贷员是个刚上班的丫头片子，就盛气凌人得像找了个外国人做干老。管调节税那小子更厉害，不送东西就不给你办事。"

"现在走对了门是爷爷，走错了门就是孙子！"

"今天晚上咱们都是爷爷，球场上那帮小子才是孙子。哎，孙伙计们，踢好点，让爷爷乐和乐和！"

有人心不在球上，只要这气氛，自享其趣，自得其乐，陶醉其中。不强求别人搭腔，以自言自语、自喊自笑为最大满足。骂老婆，骂孩子，骂当官的，骂老百姓，骂政治，骂市场，骂天骂地骂自己。体育场变成一个巨大的拔火罐，圆形看台是它的筒壁，被人们心里的火烧红了。人人都有一种燃烧欲，要把自己和这看台一块烧光！

她体内郁结的晦气也开始向外扩散，布满全身，如雨伞大开。眼下除去糟践钱，就数精神失常最时髦了——时髦的疯狂。只有在这个看台上，才有可能给自己单调的生命增加色彩。球场乾坤大，有万千心态。看台是社会的制高点，喝着汽水，抽着烟，看着红尘，一场多么丰富激烈的人生！平时的泥人眼下变成了活人，脸生动起来，富于表现力，身上有了棱角，烧着一股生命之火。她也不应该就这么在生活里失掉自己。除去不能出国，她拥有现代人所羡慕的一切，有个能挣大钱的丈夫，有自由——最高级的宾馆、饭店、剧院、舞厅，她可以任意去住、去吃、去玩、去乐。她还有时间，一天什么事都可以不干，像电影、小说里所描写的旧社会的阔太太一样。然而阔太太的生活没有让她快乐，没多少日子就对自己感到腻味了。她们这些经济造反派的夫人可不像旧社会的阔太太那样受人尊敬，受人羡慕，有牢靠高等的社会地位，有高尚的社交圈子和精神生活。她愿意坐在丈夫的摩托车后面兜风，如果在一瞬间双双摔死，她一点儿都不遗憾。她恨丈夫，恨他那对金钱永无止境的渴望，恨他对自己的妻子没有任何要求，恨围在他身边的和那些任他招之即来的妙龄女郎……

有毒药流进了她的血液，嘴里干得难受，仿佛含着一个炸热的辣椒，烧灼着刺激着她的舌头。体育场是一座有着强大生命力的活火山，随时都可能会爆发。看台上笼罩着黑色的浓烟，冒着火药般焦煳的气味。场地上力的旋舞变成力的恐怖，凶险惊骇，本市足球队的大门频频告急。对方的球员却满场雄风获得满台盛赞。她不再是自己，变成一个无意识无面貌的愤怒的感受体。她不再犹豫，大声地跟着男人们一样呼叫，她的声音更尖更细更刺耳。这喊叫能唤回人性的尊严，证明她有独立的人格和魅力。

"咳！"

"吁！"

"混蛋！"

到底叫人家攻进去了。绝望的怒火在球场上空升腾，驱动着数万个肉体在扭动，狂叫扭歪了所有人的脸。从看客身上散发出来的怒气像海涛把体育场淹没了。

她也跟着大家一块大声咒骂，只有她自己心里明白是骂谁。在喊叫中痛快，在痛快中痛苦。她以前还真不知道自己的内心深处藏着这么多深刻的反抗，包括丈夫和自己。体内烧起一股浓烈的大火，这强烈的愤怒却给她带来一种潮涌般的快感。今天谁也没有赢，真正赢的只能是她。她的意识突然膨胀，自己变得无边无际，一霎时超然于时间和空间之外。别的都不重要，重要的是她不再是那个常常感到无聊的无聊人。她成了一种主宰。主宰自己，自己的存在，这存在有强大的力量。清醒的发疯才是最完美的幸福。

火山喷发完了，岩浆、灰烬向四面八方流去。火光渐渐熄灭，岩浆也冷却了。城市归于平静，显得疲劳而又满足。足球场是当代社会最好的精神病院。

1985 年 6 月

阴阳交接

兔子乱蹦乱跳，胡跑瞎窜，折腾得地动山摇，洪水泛滥，流沙漫溢。龙性难改，腾云驾雾，呼风唤雨，致使飞机打滚儿轮船沉底儿火车亲嘴儿。毒蛇更要不得，忽爬忽飞忽缠忽咬，搅着腥风，带着危险。人们怕了烦了厌了木了。人心思马，大家盼马。马多么可爱多么重要。中国字典里许多好词儿都跟马有关：开张天岸马天马行空龙马精神（可惜，应该少跟龙牵扯到一块）马到成功一马争先万马奔腾战马嘶鸣老马伏枥扶上马送一程厉兵秣马好马不吃回头草大家马大家骑肥马好画瘦马难描打马骒子惊马架子大了值钱人架子大了不值钱驴骑前马骑后骆驼骑它中间肉马换炮两公道马后炮赶不到马路如虎口中间不能走马上不知马下苦马屎面上一层光马无夜草不肥马尾穿豆腐提不起来塞翁失马指鹿为马驴唇不对马嘴马主任……

马主任姓马不属马。他非但对马没有感情，而且是骂马很激烈的一个，正月初一也就是马年的第一个早晨，他睁开眼突见窗外大雪飘飘，少见的大雪花格外饱满，一层层一团团兜天盖地铺压下来，世界成了它怀中包裹，肮脏的城市变得白茫茫晶莹洁净。他一阵惊喜一阵冲动，突然活得有了生命，大叫一声（他难得高声说话，把家里人都吓醒了）："下雪了！太好啦！瑞雪兆丰年，马年的开头真不错！"

身为地道的见过大冻大雪的北方人突然有好多年见不着雪花了。这种久违了的对雪花的亲近感是合乎情理的。他急急忙忙穿好衣服，还把上中学的小儿子也喊了起来，要到雪地里去走一走，玩一玩，好好呼吸几口清凉纯净的空气，跟儿子打打雪仗，堆个雪人……这个年开头真不错，他感到自己有了生气，变成了孩子。穿戴整齐，外边再罩上一件风雪衣，头戴不怕湿的皮帽子，脚穿北极熊牌雪地鞋，双手武装了羊皮手套，拿上煤铲刚要出门，电话铃响了。这准是通过电话向他拜年的。这两年人们都学灵了，一般的朋友都通过这个现代化的通信工具进行传统的礼节活动。高速度，高效率，自己方便，对方也省事。听听，今年是谁第一个向他拜年的。等会儿跟大雪亲近一番回来自己也要打一系列的电话拜年。

"喂，"他拿起听筒，有哭声送来，不吉利，不顺气，"喂，我是马骏，什么……好吧，我一会儿就到。"桂副局长死了，严格地说是前副局长桂祖荣。他已经退休好几个月了。他可真会选日子。马主任玩雪仗、堆雪人的情致一下子消失得无影无踪。他并不难过，更谈不上悲痛。全局在马上的马下的、活得有劲的没劲的加在一块儿有四十多个享受局级干部待遇的人（并不像祖祖辈辈没有出过当官的对权力结构一无所知的善良百姓们所看到的那样，一个局不就是一个局长几个副局长再加上两三个正副书记嘛！不，还有调研员，巡视员，宣布了调走对方不要的自己不走的，离职了退休了还享受局级待遇的，处长太老太大了提不起来赶不出去的也给个副局级待遇吧），这些人自己出了问题、儿女出了问题、老婆出了问题、房子出了问题、外出用车的问题、病和死的问题……想不到的问题数不清的问题问题的问题全找办公室。他马主任不过是全局的大管家。他是孝子，很愿意孝敬父母。但用在父母身上的心思比起应付这些局级头头所花费的精力简直少得太不足道了。相比之下，孝敬父母可说是一种享受。伺候这些头头本应公事公办，实际公事难办，又不能不办，不能完全公事私办。违纪的事不能办，不违反制度有些事也办不成。又违反又不违反，尽量打发头头满意又不能为了他们让自己落下一身毛病。有我的什么？别说死一个，就是死上十个八个又与我何干？对工作对局里也不会有丝毫影响。尽管事实如此，他却并不痛快，也没有幸灾乐祸的感觉，更不会恶毒到为了自己工作轻松希望那些难伺候的头头多死几个。相反地，他感到不吉利，感到恶心。马年欺骗了他，洁白的大雪欺骗了他，这个春节肯定过不成了。他有一种不安、一种预感，自己的麻烦来了。这麻烦是什么呢？局长书记肯定要把他推上治丧第一线。这是他的职责，无可抱怨。问题是桂副局长的夫人田希春会顺顺当当地同意把老头送走吗？他的责任是顺顺当当地把死者烧了。桂祖荣一天不火化，他就一天没完成任务。桂祖荣又不是他爹，他管得着这么多吗？这是谁立下的规矩，人死了要由单位负责到底？他又不是工伤，不是死在岗位上，更不是烈士！他代表组织又不是组织，被夹在组织和死者家属之间，受死人威胁。死人不烧就是鬼。这个鬼只冲着他来……

别看他心里乌烟瘴气，脸上却平平静静。这可是多少年修炼出来的。年年月月火攻心，身上照样长肉，脸上一团福气。他把煤铲交给小儿子："你自己去玩吧，待会儿你妈妈起来，吃过饺子都去你爷爷家，别忘了给爷爷奶奶拜年。你告诉爷爷奶奶，我到局里值班，晚上直接到爷爷家去。"

他不愿意谈死人的事，免得给家里人带来晦气。儿子已急不可耐地拉开了大门，小心翼翼地向雪上踏去一脚，那架势像踩一块玻璃板。白洁平整的尚未落下一点儿污染物的雪毯上留下一个深深的脚窝儿。嘿，太棒了！儿子欢呼着冲进迷漫的雪雾，放开胆子像狗熊一样在雪地上奔跑。马骏闻到一股凉浸浸的带甜味的空气。贪婪地深吸几口气，有几片雪花被吸进嘴里，清凉凉立刻融化了。如果谁能把这时候的空气压缩储存起来，准能发财。大雪把年味赶跑了，把年给盖住了。以往从大年三十的晚上到正月初二的晚上，空气中弥漫着硝烟火药，家家门口堆着厚厚的炮仗纸，纸随风动，散落得到处都是。今年三十晚上的鞭炮放得也不多，12点一到顶多响了十几分钟。他吃完饺子，叫儿子给他磕完头，躺到床上还不到12点半，城市已经安静下来。桂副局长挑选这么一个日子走真是不一般，全城的人为他放炮送行，同时他还能狠狠地报复一下活人。

雪花稠密，飞得又急又猛。打在他脸上却有一种温柔的暖意，十分舒服。大街上积雪半尺多厚，自行车是不能骑了，冬天骨头脆，摔断了胳膊该有多倒霉。以步代车吧，又赏雪景又锻炼身体。慢一点没有关系，自得其乐。大街上人不多，拜年的队伍还没有出来。大年初一的早晨如此安静，还真是少有。周围只有雪花飘落的飒飒的声音。儿子抢着煤铲又跑又跳，专朝没人走过的地方踩。大雪的凛冽和清香驱散了他胸中的晦气。身上鼓起了一种久违了的痛快和昂扬。迈开大步，禁不住也专挑没人走过的地方踩，践踏干净的雪有一种开辟的占先的满足感。他步伐均匀，愈走愈带劲。在大雪里散步真是一种享受。他嘲笑在公共汽车站弓腰缩头排着长队的人们，马路上没有车辙，远处没有车影儿，人们挨着死冻还是傻等。这种等待已经成了一种社会习惯，一种生活惰性。他马主任可是生活中的智者，善于抓住分分秒秒享受生活中的忙碌、辛苦、麻烦、欢乐甚至是灾难和不幸。

到桂副局长的家更近些，理应先去安慰死者家属。不，局里大头头不发话他不能去蹚地雷。惹出麻烦算谁的？连走带玩儿将近一个小时才赶到局里，他向所有遇到的人通告了桂祖荣死亡的消息。叫值班司机用最快的速度把办公室的王秘书和干部处刘处长接来，起草桂副局长的悼词，提出治丧委员会的组成人员名单。司机说这么大雪开车快不了。马主任不再搭理他。反正我叫你快一点，到底多快多慢那是你的事，你自己看着办。马骏挨个给局里头头打电话，通报桂副局长不幸逝世的消息。声音低沉，心里却有一种说出让对方意想不到的话的快感。开头都是这样："×局长（或书记），我是马骏，不能去给您拜年了。桂祖荣前副局长今天早晨3点钟去世了。家属给我打电话叫咱们局去人，您看怎么办……"

他怀着一丝侥幸，真希望有个局里头头陪他一块去看桂祖荣的家属。他又最清楚这是不可能的。谁不愿意待在家里享受春节的快乐而去自找丧气？这个年过不成的只能是他、司机、王秘书再搭上干部处的一两个人。副局长们听局长的，在人的问题上这种倒霉的棘手的有关死人的问题上局长也许还要往书记身上推。书记说出了全体局领导的心里话：

"老马，你是咱们局的老人，又是处理婚丧嫁娶的专家。你代表我们先去看看，劝老桂的家人要节哀顺变。听听他们有什么要求，然后再商量。"

这些话简直就是马骏为党委书记起草的，现在书记用来对付他。完全在他的意料之中。在意料之中也需要，有了书记的话他再去桂家就是官的。先哲们早就总结过，谁也不可能成为天地间唯一最大的人物或唯一最小的人物。总是大人物上边还有大人物，小人物下边还有小人物。他永远在中间，很适宜，很满足。习惯于接受领导的指示和制约，这才有安全感，才能淋漓尽致地发挥他的才能，有限制才能显出他的能力和风格。有人领导他，他的办法往往就能高于领导。因此他很畅销，从外表看来也许是全局最忙最少不得的人物。每天脚不拾闲，嘴不拾闲。他的能量刚散发了一点点，才几个小时的工夫，还是在放大假的日子里，就让全局上下该知道桂头已死的人都知道了这个事实。桂头死了。知道吗桂头死了！够快的……说完就完了……连空气和雪花都能传播。治丧委员会（也许应该叫治丧小组，叫委员会太隆重，规格太高，以后死了人家属都要求这种待遇怎么办？提出来让领导拿主意吧）的名单已拟好，只等头头审核了。花圈买来了，一共四个：以全局职工的名义送一个，党委、办公室、干部处各送一个。幸好卖花圈的个体户积德，大年关里还没关门。也许是缺德。花圈放在有十二个座位的中级旅行轿车里，马骏自己坐进丰田轿车，郑重其事地开始对桂祖荣的家属的抚慰工作。

雪还在下。但雪花细碎得多了，给逐渐进入高潮的几百万人的大拜年增添了一种喜庆气氛。推车的提盒的，拉手抱肩的，流动着红红绿绿千姿百态的生动的人。大人喊孩子叫，在雪上摔倒，在雪上打滚儿，在雪上嬉笑追逐。大街小巷都是人，你给我作揖，我向他拱手。人流交汇，向哪个方向游动的都有。马骏的汽车开得很慢。他在打腹稿，见了桂头的夫人该怎么说。

司机向他抱怨："这种日子不去给老丈母娘拜年，去给别人家送花圈，多不吉利！"

马骏不屑于接司机的话茬儿，自管想自己的任务。倒是马路两旁的各等各色的女人以及她们的服饰和化妆常常分他的心。真有漂亮的，也真有妖冶的，新潮的敢露不怕冻的什么都敢穿什么都敢往脸上涂的。中国的女人什么时候变得娇艳可人了，有时看得他怦然心动，在他内心深处滋生出一种愚蠢的舒服的男性反应。汽车再慢他也嫌快，不得不把头扭来扭去。这比看任何游行和时装表演更过瘾。因为这大街上的女人更真实，更丰富多样，离他更近。司机不甘寂寞，手里把着轮子又不敢尽情欣赏大街上的女人，就老想说话。过年嘛，又发生了这么多可谈论的事，怎么能憋得住？

"马主任，我今天顶的是早班，咱们必须在两点钟以前赶回来。老丈母娘叫我去打麻将。"马骏仍旧不搭理，脸随着一个穿裙子的浓妆重彩的女子向车后扭去。

"马主任别看了，看进眼里可拔不出来。"

"好好开车，别尽想着打麻将。"

"放假不打麻将干什么去？"

"看前边儿。今天路滑人多，你可别再出点事。我的麻烦已经够多了……"

"马头，今儿个是大年初一，你说点吉利的好不好！我可是比谁都想活得好一点儿。不活白不活，白活谁不活。"

车队归办公室管，可马骏在司机面前摆不出一点儿架子。他是个随和的人，也是个精明的人。司机们个个都能通到局头那里，早被局里的头头们惯坏了，他只能睁一只眼闭一只眼竖起一只耳朵堵上一只耳朵。有时也能从司机们的胡说八道里了解到一些上层的和下层的情况。

爱说话的司机终于闭上了嘴，连神情也变得严肃了。马骏也从好看的女人身上收回自己的眼睛。突然间脸上仿佛生出一种庄重悲伤的气韵。桂宅门前很干净很安静，没有摆花圈，没有贴出"恕报不周"的白纸条，没有拥挤着拜年的人，也没有进进出出吊丧的人，看不出一点儿丧气或喜气的迹象。这种看上去的很正常透出一种很不正常。

莫非桂祖荣还活着？是有人跟他搞了个恶作剧，还是桂家想闹尸，秘不发丧？马主任心里猜度着各种可能性，摁响了门铃。开门的是桂祖荣的小女儿，只看他一眼没说话。他也没有说话，今天不论见了谁都应该说的也是最容易说的几句话"过年好""向你拜年""恭喜发财"等在这儿全不能说。桂家用作客厅的最大的一间屋子里所有能坐的地方都坐着人。看样子还没有外人，都是桂家族系的。因为没有人向他这位死者单位的办公室主任打招呼，让座，显然是都站在了他的对立面。外人是不会这样做的。他不在乎，站着说话方便，他并不急于说话。站着撤退也容易。桂祖荣五男二女，前妻生了四男一女，田希春生了一男一女，再加上桂头自己的兄弟姐妹，真是"三国四方"！没有过年的欢乐，也没有死人的悲伤，空气里滞留着一种灾难味道，冰冷的厌恶和愤怒挤压着他和所有的人。有的人根本不抬眼皮，有的人瞪他一眼。一位上了岁数的妇女冲他歉意地点点头，是桂头的前妻还是姐姐？她终于忍不住这沉重的尴尬到里屋拿出一把折叠椅子。他就乎着在门口坐下来。他希望那俩司机也进来，好给他站脚助威。他也知道那两个小子一准躺在有暖气的车里听相声哪……

马骏不慌也不害怕。这阵势他见过多次了，死者家属摆出这气势无非是想多要钱，丧事要办得排场大规格高，悼词中对死者评价要拔高，要房子，要给子女安排工作或调工作……还不都是有利于活人的事？跟他闹得太僵，死者家属也捞不到好处。他是代表组织来的，他的背后是党是国家，怕什么？他的怀里抱着不哭的孩子。他的责任就是冷静——用冷静的热心耐心和不太违背原则的同情心应付一切不冷静不通情达理。他的冷静无边无际无穷无尽，能平息愤恨，磨平尖刺，缓和冲突。必要时也能气死人。他从容地摘掉灰呢船帽，并不拍打帽子上和身上的雪花，让它们自由自在地融化在他身上，他仿佛舍不得把可爱的雪花抖落到地上。这沉稳的风度，这开始发胖的福态，这硕大光亮的炫耀着男性成熟神采的头颅，在什么场合都能镇唬一气。不知道他的人往往把他当成局长或比局长更大的人物。他也感觉到自己的沉着和沉默在起作用，来自四周的敌对情绪在减弱。也许他们一家子本来就是为了分桂祖荣的遗产而正在互相仇视。家有千口主事一人，他对田希春也只能对她开口了：

"希春同志，您要节哀顺变。书记、局长叫我先来向桂副局长表示哀悼，向您的全家……"

"得了，别来这一套。他们自己为什么不来？"田希春气质虚骄，脸色冷而不悲，是个坚强难缠的未亡人。

"局里已经动起来了，正在起草悼词，研究治丧小组的名单。"

"这有什么用？老桂就是叫你们给气死的！他是腊月初八的生日，按阴历算离着他退休的日子还有一个月，你们就要给他拆电话。他提出自己花钱把这个电话买下来。如果当初你们局里不给安电话，我们自己安最多花五百元就够了。你们那位常局长非要按公家安电话的价格计算叫老桂交一千七百元。你们局里穷疯了，就缺这点钱？明摆着是存心找别扭欺负人。老桂一口气憋住没出来，回到家就吐血。你们不为他的死负责谁负责？"她突然捶胸顿足号啕起来，痛哭一阵咒骂一阵愤恨一阵。呼天抢地夹着切齿咬牙还有理智陈词。她骂上边骂下边骂外头骂家里也骂已经作古的桂祖荣，骂他是熊包废物蛋，只会搞女人犯错误，该升升不上去，该拿的拿不到手，是人不是人的都敢欺侮他。自己撒手闭眼图清净去了，给老婆孩子留下一大堆难题，还要老婆孩子替他这个大小也是局级干部的人申冤出气……

马骏听出了滋味儿。田希春的哭骂很有学问。既是骂给他听的又是骂给前窝的儿女们听的，滔滔不绝的气话恨话刻薄话真话假话全都是经过精心考虑的，看来这个脑袋真的不好剃。有这一场哭闹就奠定了证明了她在桂家无可争议的主宰地位，只有她才有权利有资格代表桂祖荣和利用桂祖荣的死得到自己想要的东西。她心里无疑缩着一个毒蛇般的结子，但未必都是跟组织过不去。以前有关桂头和她早就发生龃龉的传闻看来是真的。天下什么样的夫妻都有，无论怎么凑合全能过一辈子。她骂桂祖荣就会搞女人犯错误，他们的结合也许正是这种错误的产物。这种事他马主任管不着。他不劝，不拉。绝不可碰她一指头。他只能听着她说看着她闹，由她把邪火放净了，肚里的话说尽了，力气用完了，他再开口。人还就是这两下子，没有多大意思，为了一台电话机，交五百元呢还是交一千七百元，就蹬腿了！常头也太过分了，他跟桂祖荣尿不到一个壶里全局上下都知道。逮住理让人更得理，不能把事做绝了。

田希春的气力耗得差不多了，开始平静下来。她本来就不是纯粹的悲痛和绝望，能够做到收控自如。马骏感到可以书归正传了：

"老田同志，请您千万多保重自己的身体。您的心情我理解，领导叫我来就是跟您商量怎样办好桂副局长的后事。"

"后事过了正月十五以后再说，死的去图清净了，活着的还得继续活下去。我们一家老小没黑没白在医院滚了一个多月了，一个个都快熬死了。他不叫我们过年，不叫我们活得好，我们自己就得好好过这个年！"

老头子都死了她还要好好过这个年——这个娘儿们安的什么心？一句话就把他马主任推出去半个月。殡仪馆存放一个死人每天光冷冻费十六元，三天不烧加倍变成每天三十二元，五天不烧再翻成六十四元，七天以后每天翻一番。正月十五以后再商量，商量到能火化桂祖荣的时候就得开春了。光是冷冻费没有十几万元就下不来。马骏心里算着账，脸上仍然善气迎人。他永远都是处变不惊。

"按中国的老规矩死者为大，桂副局长又是个为党为国家做出过贡献的老同志。他的不幸病逝我们都很悲痛。但把老人家放在殡仪馆的冷冻室存那么久似乎不合适。对单位和家属以及桂祖荣同志都没有好处。入土为安嘛！"

"这不是我发明的，你不见北京有的老头子死了一放好几个月嘛！"

马骏感到真是遇上对手了。但仍然满嘴婉言逊语，换个角度套出田希春的真正打算：

"希春同志，电话的事我不知道，绝不是我们局办公室干的。我会原原本本向局领导转达您的意见。你还有什么要求？"

"马主任，你是明白人，我个人没有什么要求。老桂是你们局的人，他留下的麻烦得由你们局解决；我们这个家庭的情况你也知道，他死了以后我和他前妻的儿女还能住在一起吗？一条道是你们找房子让他们走，他们想要什么样的房子你再跟他们商量。还有一条道是我们走，我的条件是，地点在市中心，房子里要有暖气、煤气、热水，面积不得少于现在的住房。再有就是把我的儿子从外地调回市内来。小女儿还在上学，这都是老桂的儿女，他好赖也算个老干部。他不在了，他的儿女就应该由国家负责。供养到小女儿大学毕业，然后在你们局的范围由她挑选自己喜欢的工作。这些要求不过分吧？没有一条是为我自己提的吧？虽然我也是老桂最亲近的人，最有权要求得到照顾。但是我不要，我自己有工作，有收入。"

田希春气色壮丽。如此周密的用心绝不是在桂祖荣死后这几个小时里想出来的。也许从老头开始生病的那一天她就开始盘算了。

应该说摸透她的想法就好办了。马骏却感到不好办了。目前他不能冒犯她，宁可哄骗她：

"您是痛快人，这样什么事都好商量了。我回去马上向领导汇报，尽快给您答复。"

"告诉你们头头，光拿好话哄我们可没有用，哪一条不变成现实我是不会放老桂走的，否则放他走了病就全落在我的身上了！"

好一副嘴荏子！她对待安慰和恭维就像对待侮辱一样。看来她只相信自己，相信事实，不相信他，更不相信任何许诺。风韵犹在的面孔贪婪地发白，眼睛像一对深深的陷阱对着他，里面甚至还有诱惑的钩子伸出来。马骏的脸像他的良心一样冒着热气。为了保持自身尊严又询问其他亲属还有什么要求。他希望桂祖荣的前窝的子女也提出自己的要求，跟田希春针锋相对，最好是争吵起来。他也许会从中找到解决问题的机会。前窝的大儿子代表他的弟弟妹妹们说：

"我爹刚死，心里很乱。还没顾得想别的。过两天等我们商量一下再跟你谈。"

这更厉害，软中有硬。马主任只好先告辞：

"就这样，什么问题都好商量好解决。其实最不幸最悲痛的还是你们全家，办丧事也很麻烦很辛苦，局里会尽量帮助你们。明天我把悼词送来请你们看看行不行？"

"用不着，那种东西一分钱不值！"

田希春的话像棍子一样把他赶了出来。

大雪又变得猛烈了。雪花飘飘扬扬如满天飞纸钱。阴风惨惨，恨雾漫漫。再也没有喜庆味道。马主任让面包车留下随时听候死者家属的差遣，有问题及时向他报告。他和司机把四个大花圈摆在桂宅的大门两边。自己坐进了丰田轿车。司机问他：

"去哪儿？"

"回局。"

"谈得怎么样？"

"不怎么样！"马骏很快就控制住了情绪，"不过田希春说点气话发点牢骚是可以理解的，能缓解痛苦，有益健康。"

"痛苦嘛呀！别演戏了。田希春从来就没有看上过桂头。"

"那为什么还要嫁给他？"

"桂头有钱有地位，还有那栋独门独院的花园洋房，住着多舒服。"

"你说她舒服吗？"

"反正比我活得舒服。"

马骏跟司机有一句没一句地搭讪着。他心里却想着另外一回事，受了她那么一顿抢白，自己为什么并不憎恶田希春？他自己感到奇怪。一个很好强的女人，要模样有模样，要脑子有脑子。也许做女人的资本太厚太好强了，总想表现出一种力量强迫别人对她起敬对她顺从。到头来她又能得到什么？到时候两眼一闭什么是属于她的？她还没有从老头子的死上得到一点儿启发。真是个不幸的女人，她的全部不幸就在她精明的舌尖上。女人的力量在于软弱，而不是强硬。强硬的女人让人感到她不需要别人的爱护和帮助。因此她什么也得不到。只能自己支撑自己，深尝孤单凉薄的滋味。他马骏见多识广，深知人生五味。甚至有一种强烈的想单独跟她谈谈心的欲望。当然那是不可能的。他知道自己是从来不冒险的。所以他的同情在田希春身上，而不是桂祖荣。一个倒运的人早一点儿尝试死亡是聪明的。人生的目的地原本就是火化场。他虽然死了，离着这目的地可还十分遥远，他的亲人把他当作人质（确切地说是鬼质）扣住了……

马主任回到局里先从各处室的值班人员那里捡了不少饺子，用滚水又狠狠烫了两遍。一边吃一边审阅王秘书起草的悼词。一边审阅一边修改。改着改着火气来了：

"哎呀，你怎么可以这样写。是不是光惦记着打麻将了脑子没带来？不能称他为'优秀的无产阶级革命战士'，给他这个头衔儿要经上级批准。可以绕一下，说他'具备无产阶级革命战士的革命情怀和思想境界'。多用空词儿虚词儿没有实际内容的好词儿。比如把'坚决有力地贯彻执行党的方针路线'，改成'积极贯彻执行党的方针路线'，他一贯跟着跑，不能说不积极，家属看了会感到跟'坚决有力'差不多。你要说他'坚决有力'局长书记会不高兴。桂祖荣都'坚决有力'还要他们干什么？还要反话正说，缺点当优点写。他是老好人，不干事，就写成平易近人，待人真诚，谦虚谨慎，择善以从。这种现成的好话不是多得很嘛！"

他叫王秘书必须在下午4点钟以前把悼词修改好，抄工整，复印十份。然后又和干部处长密商了与桂祖荣丧事有关的全部细节。做个人情让处长回家过年去了。

饺子吃完了，任务也分配完了，往沙发上一躺，风雪衣往头上一蒙，以常人无法想象的速度坠入了梦乡。这是马主任的绝技。每天吃完中午饭都必须来一觉。同室的人不论是打麻将、打扑克、下象棋，吵破了房盖儿也不妨碍他打鼾。4点钟，当王秘书走进他的办公室的时候，他也正好醒来。洗一把脸，喝一杯热茶，把复印好的悼词又从头到尾看了一遍，也痛痛快快地放王秘书回家了。他会当下级更会当上级。睡了一大觉，心情好多了，坐车直奔常局长的家。地白天黑，阴沉沉的灰色里仍旧飘着零星的雪花。常局长的楼前停着好几辆车，有轿车、面包车还有卡车。这都是来给局长拜年送东西的。原以为下大雪来的人少，按老风俗今天又是拜爹娘的日子，正是给常局长送礼的好时机。大家都这样想，所以只好在局长的门外排队了。因为来送礼的人谁也不愿意叫别人看见，只好躲在车里等先来的人走了再进去。每个车里都有人，远处楼角那儿还有两辆面包车。这大卡车想必是郊县的关系户，一定是送体积很大的东西，大米？成箱的酒？整麻袋的海味？这些东西面包车也能装得下，何必动用大卡车，又笨又招眼？也许是钢琴……算啦，又不是送给你的，就别操那份瞎心了。马骏只应该知道一件事，就是自己来得不是时候。实在是给常局长添堵。闹不好会挨狗屁呲。没办法，这是有关死人的事，局长欢迎不欢迎，他都得进去。他叮嘱自己进去以后眼睛始终盯住局长的眼睛。即便他屋里放着别人送的龙肝凤胆麒麟角夜明珠纯金做的花盆玛瑙刻成的烟灰缸也视而不见。他进了门，凡见到常家人就拱手："拜年！拜年！"

客厅里果然有客，很可能还是马骏认识的。因为常局长听到他的声音就迎了出来，很自然地堵住门口，扭头对客人说：

"以前我们局的一个副局长今天早晨死了，虽然已经退休了后事还得我们管。你们先坐一会儿，我马上就过来。"

常局长把马主任领进了自己的书房。那些龙肝凤胆他就是想看也看不到了。不等他屁股落座局长就发问了："怎么样？"

他简练而准确地把田希春及其子女们的态度和要求陈述了一遍。局长笑了："赖上了！老桂的房子那么多！他活着的时候够住的，他死了以后少了一口反而不够住的了？到底他是我们局的老同志还是他的儿女们是我们局退休的老干部？我们该照顾谁？难怪今年冬天死人特别多，原来谁的家死了人就可以狠狠地敲国家一笔大竹杠。"

马骏不接茬儿，听着局长发牢骚发宏论作指示。

"马主任，你说桂祖荣到底是党的人还是田希春的人？"

"共产党员当然首先是党的人。"

"那就我们说了算，通知家属初五就举行遗体告别，然后送进火化炉烧。"口气又狠又果断。

"他是党的人，也是田希春的丈夫。我们决定烧他——能不能烧得了还是一回事，烧以前有道手续叫家属签字。即便硬把他烧了，也有一场官司好打，我们必输无疑，人家会告我们害死了老桂，心里有鬼强行焚尸灭迹，等等。到那时家属要什么条件我们都得答应。"

"既然如此那就由家属负责。他们愿意什么时候烧就什么时候烧，与我们无关。我没有房子也没有钱。有也不能给，没有这个先例。他儿子的工作调动问题可以叫干部处派人联系一下试试。你跟党委书记讲了吗？"

"还没来得及。"这是马骏的心计。不能光顾了忙乎死人，弄坏了跟活人的关系。常局长心胸狭窄，格外注意名字座次的排列，喜欢计较谁先谁后。如果先向书记汇报后跟他讲，他嘴上不说，心里会很不痛快。党委书记是局里的老领导，出名的欢喜佛，圆熟得快成精了。你什么事情都不找他他才高兴哪。谁排前谁排后他能体谅下级的难处。

常局长把一张硬邦邦印着大号的等线体黑字的白纸板递给他：

"工委杨书记的遗体告别仪式明天早晨9点在火化场举行，你代表我去露个面儿。我明天有点别的事。"

"怎么才告别？他不是去年刚一上冻就死的吗？"

局长又笑了：

"连桂祖荣这样的退休的副局级干部的家属都能赖，更何况是正局级书记的家属了！人家又是死在会场上，也算是因公殉职，能好对付得了吗？"

是呀，杨书记是在讨论到底是以厂长为中心呢还是以党委书记为核心的会上慷慨激昂发言的时候脑出血。家属又给他吃错了药，把扩张血管的救心丹塞进去就送了他的命。精明的马主任仍是不解：

"既然已经拖了这么长时间，为什么非要赶在大年初二火化呢？"

"这就是家属成心找别扭了，让活着的头头们过不好年。大雪天，到火化场来回没有两个半小时不行。挑选这种日子给杨书记送行，你想想活着的人还会忘记他吗？家属们真是用心良苦，不知怎样折腾别人才解气解恨。"

他不愿意被折腾就找我代劳！反正杨书记也死了，没有用了。马骏感到在局长面前和在田希春面前一样做人都很难。

常局长对办现代丧事的麻烦一清二楚。为什么对桂祖荣后事的态度那么简单生硬呢？人一死所有恩怨都了结啦。何必还跟死鬼过不去！他把悼词的草稿留下请局长审定，向常家人再次拱手告辞。走到门口又被局长喊住了：

"老马，你回去想想，老桂的丧事你们办公室能不能承包下来。按规定死个干部给多少丧葬费，我加倍拨给你们。赔了，你们自己想办法，省了，你们办公室发奖。"

"什么？让我们承包烧死人！"

马主任什么都想到了就是没想到堂堂局长大人会出此蔫坏损的主意。家属大张口，办这种事只有赔没有赚。即使省下钱也不能发奖，花死鬼的钱不是缺阴德吗！传扬出去还叫人吗？他没有生气，也没有顶撞局长。

"干部都归干部处管，您还是叫他们承包吧。我们协助，一分钱好处不要。"

马主任紧赶慢赶总算在吃晚饭以前赶回了自己父母的家。父母在等他，老婆孩子在等他。他带给家人的是这一天丰富多彩的经历，这是他唯一的收获。跟家人追述这一切的时候可跟向局长、书记汇报不一样，又详细又生动。他讲得有滋味儿，家人听得有滋味儿。这是一家人交融感情增进亲密的最好方式。谈论死人的不幸、奸诈和愚蠢是自己精神生活的一种调剂，比看那庸俗无聊的电视节目强多了。这种谈论中的唯一正面主角就是他自己。有智慧，有人情味，有正义感，有办法。对上对下对世间一切事情没有他应付不了的。吃饭的时候谈帮助下饭，在陪老婆孩子回自己家的路上谈解闷儿，躺在被窝里谈几句帮助催眠或者相反地刺激性欲。借别人的故事完成自己的宣泄自然要加进去许多自己的猜测和想象……

他再次去找田希春。门虚掩着却不见一个人。田希春在里屋说："你不许进来，我没有穿衣服。"这是什么意思？他想象田希春不穿衣服的样子，有一种男性的激烈的痛楚从生命的根部漫溢出来，很快扩展到全身，烧灼着他的腰，他的小腹。为了掩饰自己的狼狈，慌忙把打印好的经局党委通过的悼词、治丧小组名单、丧事日程安排表从门缝里塞进去。田希春把他这几天的心血揉成一个纸团又抛了出来："我不需要这些没有用的破玩意儿！"如果我现在闯进去又能怎么样？

他游移着，挣扎着……

"马主任！"

他一激灵坐起来，蒙头转向一时真分不清是在自己的床上还是在田希春的家里。

"马主任！"是值早班的司机在叫。

"来了。"他穿好衣服，匆匆洗了脸，三下五除二吞下一杯热水一块蛋糕。坐进汽车还有些不情愿，"这才七点四十，跟死人告别那么积极干什么？"

"您看，这路多难走！您不是全局里时间观念最强的吗？参加追悼会迟到了不合适。"

212

司机仍旧喜欢多说少道，大概是昨天打麻将赢钱了。马主任，可一肚子不痛快，这完全是替局长受洋罪。他闭上眼睛，继续回味那奇怪的梦——这一夜就跟田希春、桂祖荣纠缠不清。没想到自己对桂头的丧事还真的动心思了……

马年够损的老天也够坏的，初一下大雪不降温反而升温，初二是雨夹雪。马路上有雪有水有冰有泥，前面的汽车轱辘卷起一阵阵黑色泥雾向四方喷射。通向火化场的路上汽车格外多，像赶洋庙会。离着火化场还有半里多地他们的汽车就不得不停下来。前面已经塞满了各式各样的汽车，火化场变成了汽车博览会。一辆跟着一辆的灵车响着刺耳的笛声强迫活着的人们给它们让路。这里够热闹的。活人过年，死鬼们好像商量好了一样也急着赶往一个什么地方去参加集会。雨夹雪也不能冲掉空气中浓重弥漫着的令人恶心的烧骨化肉的腥味。乌云布陈，如挽幛低垂，更加剧了沉重的哀怨气氛。

马骏打着伞，踩着没脚面的雪水，在汽车的缝隙里穿行到火化场的院子里。这里变成群众集合的广场，一个单位挤成一堆——其实是以某个死人为核心聚集着一群活人。这一群出来那一群进去。有的握手，寒暄，说着自己感兴趣的话题。有的则哭得死去活来，撒大泼眼看要挺过去（也许是必不可少的一种仪式和表演），旁边早就等着几个小伙子把悲号者抬起来放进汽车，每火化一个总要有一两个这种不要命的痛哭者。这才有气氛，显得死者多么重要，多么有人疼有人爱，她（或他）的死去给亲人以多大的打击。轮到烧桂祖荣的时候他家的什么人来充当这个痛哭者呢？男人不行，最好是女人。但田希春演不像。她挤不出这么多鼻涕和眼泪。也未必肯在地上打滚儿披头散发损坏自己的形象。这里很容易碰到熟人，在市里不常碰面的朋友在这里都撞上了。火化场实在也是活人拜年的好地方。他羡慕这些朋友，人家毕竟熬到火化的这一天了。他什么时候也把桂祖荣送到这里来呢？

并不连贯的陡然而起很快就落下的古老而陈旧的哭号声中托出无数张麻木冷缩的脸。什么样子的人都有，什么样的打扮都有，既有节日的鲜艳，又有办丧的灰暗。披麻戴孝的不多，因此格外突出，走到哪里都有人给让路。马主任忽然看见一个穿白孝袍的人举着一面白旗，这是火化集会上唯一的一面旗帜，它代替了过去的幡儿。他挤过去近瞧旗上的字：

西方接平安

好词儿！轮到桂祖荣火化的时候他也叫人打一面旗，上写：

阳界送顺利

已经10点了，杨书记的灵车还没有来。不知家属又出了什么花样儿，倒霉的还是准时来跟杨头告别的人。大老远好不容易赶来了，没有见杨头最后一面没有把他送上西天就回去不合适，自己的事也耽误了，该办的事也没办。就这样傻等下去吗？活人等死人阴阳不通信息，没有把握没有希望。等着火化也跟排队买东西一样，轮到他的个儿了他不烧，要到最后边重新排起。死人等得及，反正去西天的路长着哪。大年初二的活人们在雨夹雪中可等不起！对死者的尊重和客气渐渐被抱怨所代替："他活着的时候，就爱摆架子开会迟到，死了还照样迟到。阎王爷会给他点颜色看的。"

即便别人能不告而别，马主任也不能。常局长问起来他无法解释。以他的精明又绝不会让自己白吃苦而一无所获的。他通过边门走到火化场的里面。里面和外面是两个不同的世界。火炉暖融融，满地的花生壳、糖纸、瓜子皮。青年火化工们连说带笑边唱带闹，叽叽喳喳嘻嘻哈哈背面一条长长的通道连着一排火化炉——这里是人类最后的归宿。前面两个门开着，跟礼堂相通。火化工们的活动场所等于是礼堂的后台，人类在前面表演完最后一个节目——追悼会或遗体告别什么的，通过这两扇门被送进了炉膛。

礼堂里人多反而安静，只有阵阵哀乐伴着家属的哭声。一位胸戴白花的女人闯进后台小声指责火化工：

"哎，你们像话吗？人家在前边哭，你们扯着脖子笑……"

火化工们根本不搭理她，照吃照说照笑。

"你们还有没有点同情心？"

一个女火化工斜她一眼答了茬儿：

"你哭去，谁拦住你了？你哭几声就走了，我们要有同情心从早哭到晚一年三百六十五天天天哭受得了吗？"

其他火化工也七嘴八舌上了阵。笑料送上门了还能错过这开心的机会？笑骂声比刚才还高：

"再说谁知你是真哭假哭、哭死的还是哭活的、哭自己还是哭别人？这一套你瞒得了别人瞒不了我们，我们天天看这个，看够了。"

"你爹死了还有心思跑到后边来打架，就证明你在前面哭也是干号没有泪。"

"你爹才死了呢！"那女人遭此侮辱脸都气黄了。

"要不就是你丈夫死了。反正你们家死人了你才跑到这儿来闹。"

"你们神气什么，不就是个臭火化工吗！"

"你神气什么，不就是个活着的死人吗？轮到烧你的时候我一定往你身上多钩几钩子！"

火化工们齐心合力地发出一阵恶意的嘲笑。

那女人跑走了，想摔门都无门可摔。她大概不再缺少痛哭需要的情绪和眼泪了，大哭是一种很好的发泄方式。

火化工们开始用敌意的目光打量马主任。他有点慌，赶紧解释：

"诸位师傅，我家里没死人，别误会。我差不多跟你们是同行，在单位专门负责处理死人的事。我想请教一件事，如果死者家属不同意，单位把人送来你们给不给烧？"

"老兄，你别是杀了人想走我们的后门销尸灭迹吧？"

他只好拿出自己的名片。

"嚯，还是个主任哪。叫我们头跟你说吧。"

年轻的火化工对谈正事不感兴趣，怪里怪气地唱起了一首怪歌：吃饺子吃面条都是吃饭，死男的死女的都是死人……

一个三十多岁的女工对他说：

"家属不同意是不能火化的。公安局送来许多被害死的车撞死的水淹死的无名尸体，找不到亲属都不能火化。"

"这就麻烦了，家属争这个要那个条件太高，在位的头头又不想给解决，把我夹在中间。"

"咳，多余！所有爱折腾的人争名夺利搞不团结的人，到我们这儿来看一看就明白了。不论是谁有多大本事死后全一个样儿。往铁箱子里一推，小铁门一关，烧完后捡几块骨头抓一把骨灰，往塑料袋一装就完事了。简单极了。一律平等。"

马骏心中一悚，突然感到了人生的短促和严酷。活着真没有什么可闹腾的，到头来真正的唯一的胜利者是阎王爷！

"你们这工作还不错。我原以为干你们这一行会很忧郁很不痛快，没想到你们都挺乐和。"

"谁心里是什么滋味谁知道，不乐和还能去死吗？我们见的死人太多了，怎么死的都有。死个人太容易了，就像吹灭一根火柴。因此大家心里老不安稳，老担心自己家里出事，小孩掉进冰窟窿里淹死了，滑倒被汽车轧死了，老人一口气没上来憋死了……反正不想好事儿。脑子一动就是死，就跟死人有关。只好说说笑笑打打逗逗，让自己少想事少动脑子……"

"班长，"一个男火化工拿着一张纸从前台走到后面嚷嚷着，"市工委一个叫杨……什么玩意儿，这个字不认识，想加个儿，怎么办？"

"叫杨昶，是工委书记。"马主任一激灵接了嘴。

"该他9点烧他没来，现在要加个儿。当头的活着不排队死了还搞特权。"

"咳，这又不是买东西领奖金，他愿意加个儿就叫他加吧。"

班长一发话，马骏赶紧离开后台进了前场。

前台一帮人正手忙脚乱地换花圈、改横标——"追悼×××同志大会"。"追悼"和"同志大会"是永远不换的，好像已使用了好几辈子，墨迹剥落，笔画已缺胳膊短腿，只有"×××"处不断用新死的人的名字盖住上一个死人的名字。萝卜快了不洗泥，严肃悲痛的追悼会这样一图省事就显得滑稽可笑了。"×××"处像贴了千层膏药一样突出老高，白粉莲纸很薄，上边的字盖不住下面的字。前面的死者叫"王玉红"，一个慌里慌张的人站在高凳上举着两张写着"杨昶"的白纸，把"杨"字盖在"王"字的上面，"昶"字不知该贴在哪里。贴在"玉"字处，"杨昶"变成了"杨昶红"；贴在"红"字处，又变成了"杨玉昶"。

大喇叭里又传出火化工的吆喝声："杨……这是杨什么的家属，快点。快点！老几位老几位，手脚利索点。今天我们活多，后边还有好几十个哪！"

马主任不知该往哪儿站，前面矮矮的铁栏杆上挂着两个牌牌，左边的牌牌上写着"首长"，右边的牌牌上写着"来宾"。来宾不是首长，首长不是来宾，不能站错了位置。可自己算首长呢，还是算来宾？这要看以什么为标准。他是正处级干部，在科长面前算首长，在局长面前他是下级。刚才听了火化班长一番开导，火化炉内全一样。没进火化炉以前可还得论资排辈。

他知趣地站到来宾席上。

杨书记躺在小推车上被塞进了台中央那个小小的充满了污染的玻璃罩内。哀乐又响起来了，马主任沮丧地下了决心：

"我死前一定要留下遗嘱，从医院的病床上直接送进火化炉，绝对不能在众目睽睽之下钻那个肮脏的玻璃匣，死了以后还招人嘲笑，招人非议，招人咒骂……"

1990 年 6 月

树 精

毁坏一件东西总是能给人以刺激，甚至是快感。

设想一下：偌大的一片厂房，眨眼间被夷为平地——那该是多么地痛快，多么地过瘾！

轰轰隆隆……推土机、挖掘机像在交响乐的伴奏下开过玉龙河大桥。挖掘机手远远地就看见了康丰面粉厂门前的那棵大龙爪槐——那是康丰厂的标志。在"文化大革命"以前的每一个面口袋上都印着这棵龙爪槐的雄姿，有一度还作为整个城市的象征，出现在中央电视台的《天气预报》节目里。

再过一会儿，挖掘机的铁爪就要把这棵著名的大槐树放倒。那将是何等地壮观、惨烈！

龙爪槐四周聚集了几百号看热闹的人，这让高高在上的挖掘机手抑制不住地兴奋起来。他扳动把手，铁爪从老远就举起来了，直奔大槐树冲过去。人群随即像流沙一样朝两边躲闪……挖掘机的铁爪已经够得上龙爪槐了，机手刚要推动闸杆狠狠地向大槐树的根部挖下去，忽然像断了电一样，铁爪高高地停在了半空中……

就在这一刹那，挖掘机手在退走的人群后面，看见有位老人盘坐在大槐树下。上身雪白，白头发，白胡子，白色的中式对襟小褂，下身是黑色灯笼裤，脚蹬黑沙鞋，在龙爪槐下盘膝而坐，双目微闭，周围一片沉寂。挖掘机手吓出一身冷汗，挖倒大树很刺激，若是砸死了人可就不那么好玩儿了！

大槐树枝叶繁茂，干如虬龙，蓬蓬乍乍地护住了厂门口。康丰面粉厂紧挨着玉龙河河沿，别无道路可通，后面的推土机、打桩机、汽车等全都跟着停下来，塞满了桥，堵住了道。

施工队长跑到前边来，弯下腰连喊了几声"老大爷"。龙爪槐下的老人不睁眼也不吭声。施工队长伸出手到老人鼻子底下试了试，觉得还有气息，便想动手拉开老人，立即有人在旁边喝住他："你敢动老大爷！动出个好歹你负得了责任吗？"

施工队长停住手，忙问："这是怎么回事？"

旁边的人指点他说："在这儿还没有盖面粉厂的时候就有这位大爷了，这个厂是光绪三十年（1904 年）建的，你算算老人有多大岁数了？你不就是个带头干活的吗？趁早别蹚这股浑水！"

施工队长听出这里边有事，就不敢造次，派人去把开发商喊来了。

开发商一见这阵势，也怕闹出人命，赶紧又把面粉厂的厂长找来。厂长四十多岁，满面凄苦，蹲到老人跟前轻轻呼唤："唱大爷，我是小武呵，武德顺，您睁开眼看看。"

老人睁开了眼，却依旧不说话。

武厂长继续说："我知道您对厂子有感情，我也不愿意走这一步，可又不能老是这么干耗着啊！千八百号人快半年了发不出工资，您叫我这个当厂长的怎么办？能想的招儿都想了，全不灵，眼下就剩下卖

220

地皮这最后一步棋了……"

老人终于开口了："我就纳闷儿，好好的一个厂子，日本人轰炸没有炸垮它，国民党收税没有挤黄它，眼下是太平日子，出面粉的厂子怎么就混不下去了呢？难道现在的老百姓都不吃面粉了？"

厂长只有苦笑，厂子混不下去的原因岂是三言两语能说得清的？他草草地搪塞了几句就把话又转到正题上："……多亏我们厂的位置好，在市中心，又紧贴着河边，这么好的地段让我们一个亏损的厂子老占着也实在不划算，不如拆了它建个花园小区，那有多漂亮！我们也可以用卖厂的钱还账、发工资、交社会保障金。"

老人叹口气："厂子已败，我管不了，我护的是这棵树，它不是厂子的，当年是我栽的。厂子一没有了，我就只剩下这棵树了，你们卖厂不能卖树，没有资格动它！"

旁边看热闹的人也开始为唱大爷帮腔："是啊，唱大爷没儿没女没家没业，这棵龙爪槐就是大爷的命，你们拆了厂子再卖了树，叫大爷到哪儿待着去？"

开发商很不耐烦地看看手表，好像只有他的时间最金贵，轻声问厂长："这个人过去是你们的老厂长，还是老书记？"

厂长说："那倒不是，唱大爷一直都是一般工人，退休后先烧锅炉，后又看大门，由于没有成过家就一直住在传达室里。他从来没有申请过要房，厂子里也从来没有想到过要给他分房，因为厂子里有规定，不给单身职工分房子。这些天忙忙乎乎的我把这事也给忘了，把厂子一卖可叫老人到哪儿去住哇？"

开发商立即接上嘴说："可以把老头送到养老院去。"

厂长摇摇头："不行，我们试过几次了，长了一个月，短了十几天，唱大爷就不行了，看上去一点儿精神都没有了，不吃不喝，脸上挂锈，眼看就要出事！可一回到厂子，还住在这个传达室里，吃不得吃，睡不得睡，却没有几天就好起来了，人也立马就有了精神！"

这回轮上开发商摇头了："那一定是养老院的条件太差了，你们就不能找个条件好一点的？"

厂长苦笑着辩解："再差的养老院也比我们厂的这个传达室好吧？养老院里环境好，吃得好，住得好……"

开发商真的听不明白了："那这是怎么回事呢？"

旁边看热闹的人憋不住插嘴了："都到这时候了，你就实话实说呗，唱大爷离不开这棵大龙爪槐，天天跟槐树在一块，不吃不喝也精气神十足，一旦离开这棵树，人就蔫儿，时间一长就得坏！"

"还有这种事？我不信！"开发商转悠着眼珠子上下左右地打量着唱大爷……

旁边有人生气了："你信不信没有关系，这可是人命关天啊！你仔细端详唱大爷的样子，是不是跟这棵大槐树一模一样？你看唱大爷的胡子和头发的形状，是不是跟这龙爪槐的枝条一个样？唱大爷已经成精了，他老人家的精气神就全靠这棵大槐树给撑着哪。人跟树血脉相通，你砍树就等于是害人！"

开发商嘿嘿地笑了，他是干什么的，根本不信这一套，更不会因为一棵老树影响自己的工程进度。他脑子一转马上便有了主意："这样吧，麻烦厂长先给老头找个招待所住两天，等我推平旧厂房搭起工棚的时候，给老大爷留出一间。将来把小区建好了，在一楼给他一个独单元，算是我送的。这总行了吧？"

老人说："我在哪儿待着都行，关键是这棵龙爪槐，你们想拿它怎么办？"

开发商发狠地说："也给你留着。"

这样一来，连周围的人也觉说得过去了，就跟厂长一块连哄带劝地扶老人上了厂长的吉普车，离开了厂门口。

开发商向挖掘机手使个眼色，也钻进自己黑色轿车走了。

唱大爷坐在厂长的吉普车里，一路上听着厂长在跟车上的另一个人商议哪儿有招待所，这个年头只有宾馆，哪还有便宜的招待所啊！听着听着，老人突然心口一阵绞痛，嘴一张，有鲜血激射而出，直喷到前面的风挡玻璃上！

老人用一只手死命地抓住厂长的胳膊，眼睛瞪着："回去，快开回去！"

厂长恐怖，赶紧命令司机掉转车头。

待他们再赶回康丰面粉厂门口，工厂的大门已经没有了，门前那株硕大的龙爪槐也躺倒在地，身首异处，枝干支离破碎地撒得到处都是。推土机正以摧枯拉朽之势荡平其余的厂房……厂长回头看看唱大爷，早已气绝身亡。

人们一下子围住了吉普车，七嘴八舌地敦促厂长去追究开发商的责任，大家一再告诫他唱大爷就是这棵龙爪槐的精灵所变，可他就是不听，现在可不是应验了！

于是，在玉龙河沿一带很快就传出了关于树精的故事：说老的唱大爷早在许多年前就不在了，现在的唱大爷其实是这棵龙爪槐变的，或者说龙爪槐是唱大爷变的，只要这棵大槐树活着，老人也许永远都不会死……但大树一刨，老人必然即刻毙命！

1991 年 5 月

找"帽子"

　　这一下可叫金流傻眼了，他站在教育局大院中间的花坛旁边木呆呆、懵懂懂，像一棵落霜打蔫的老水仙。他本来就是立身无傲骨、遇事缺乏主见的人，这一刻他真想一头撞死在花坛的石头上。同村的"右派"分子一个个全都摘帽改正，落实政策回到城里，只剩下他没人管，没人问。今天他来到原工作单位——区教育局打问，组织科的同志一查档案，全局的"右派"分子全部改正完毕，都已落实政策回城了，可是记载"右派"名单的老册子上没有金流的名字，当初既没有给他戴上"右派"帽子，现在当然也就不存在为他落实政策的问题了。

　　"天哪，当初明明是把我打成了'右派嘛'！不然为什么要把我赶到农村去？"

　　"这我们就不知道了。当初整你的人已经不在教育局了。"

　　二十多年来，别人都把他看作是"右派"分子，他对这顶帽子既厌恶又害怕。可是如今这顶帽子对他来说，突然变得无比珍贵、无比重要了。却偏偏在这时候"右派"的帽子飞走了，没有这顶帽子，他的名誉就得不到恢复，政策就得不到落实。往哪里去找到这顶得而复失的帽子呢？传达室的老王头看他可怜，走过来拍拍金流的肩膀，真心实意地对他说：

"你去找找老隋，求他给你证明一下。"

对，金流挨整的时候老隋是区教育局的书记，他能证明自己是"右派"。金流打听了五十个人，跑了五十个地方，最后才在一家高级宾馆的小会议室里找到了老隋。没说上两句话，老隋就想起来了，眼前这个傻小子当时的确作为"右派"上报过，上面没有批。后来作为内部掌握，帽子拿在群众手里，其实是同"右派"分子一样待遇，送到农村去了。这些内情金流一概不知，二十多年来别人一直把他看做"右派"分子，他自己也从来没有对这一事实发生过怀疑。现在，老隋却不愿认这笔账，认了这笔账就等于往自己脸上抹黑，承认整错了人！于是老隋斩钉截铁地说："金流同志，当初我们并没有把你打成'右派嘛'分子，这是有档案可查的。"

金流又气又恼，还想辩解。老隋一挥手："现在我正开着重要的会议，你没有什么政策要落实的。从来没有给你戴过帽子，现在谈得上摘帽子吗？金流同志，不要看到现在'右派嘛'分子似乎又吃香了，一窝蜂地回来再找一顶帽子戴！还是回去好好安心工作。"说罢，迈着方步，走到里间去了。

金流无可奈何地离开了宾馆，嘴里还在喃喃地咕哝着："帽子，我的帽子……"

1981 年 5 月

龟　拳

中午，春阳杲杲，河东公园的小树林内却是阴凉阴凉的。在丢着果皮、纸屑和其他脏物的土地上，躺着两个年轻人，像两头受伤的野兽，闭着眼，嘴里哼着半似呻吟半似念经的小曲儿，任蚂蚁在他们身上爬来爬去。

当代喜欢看热闹却又害怕惹事的人们，远远地看他们两眼，赶紧躲开，绕道而行。

其中那个腰身强悍、脸型粗粝的家伙，陡然拧身站起，摇动肩膀，大吼一声："嗨——嘿！"脑袋朝树干上撞去，碗口粗的松树轻轻抖动一下。这个傻小子却眼冒金星，倒退好几步，用手捂住了头顶。很快，他又摆出堂吉诃德的架势，一副决不肯在松树面前认输的样子，大叫一声又低头撞去，眼看他的额头就鼓起了青包。当他晃膀子想撞第三下的时候，被伙伴一下揪住了脖领子："要武，我倒有个好主意，这回你不必为没钱买摩托车犯愁了。"

"什么主意？"要武用手胡噜着火烧火燎的脑门。

"我用根绳子把小树林圈起来，在外面挂个牌子，上写五台山大和尚的重孙子章要武，表演脑袋砍树的真功夫。看一次两毛钱，干两个月就能捞上千儿八百的……"

"玩蛋去，还拿穷哥们儿寻开心！"

"别闹了，躲在树林里愁死也没有用，不如到鸟市上去转转。"

"潘杰，你小子打什么主意？去偷？"

"触犯法律的事咱不干。"比章要武的心智略高一筹的潘杰，故意装出神秘莫测的笑容。

"去做买卖？"

"做买卖得有本钱，咱分文无有。"

"你有屁就快放！"

"去碰碰运气，也许有掉钱包的，没准儿还能捡个别的大便宜，活人还能叫尿憋死？"其实潘杰心里什么主意也没有，只不过闲得难受。他养鸽子赔了好几百，章要武做梦都想买辆日本摩托车，俩人犯一个病：罗锅上山——前（钱）短！

他俩走出小树林，顺着河沿向西一拐，眼前是另一番热闹景象：四条平行的大街两侧，一个挤一个地摆满私人售货摊，成了一个巨大的露天杂货商场。红红绿绿，扯旗挂彩，万头攒动，熙熙攘攘。牛仔裤、连衣裙、旅游鞋、遮阳帽，一律印着外文字母，香港商标，谁也不知真假。卖的人大声吆喝，买的人高声讨价还价，人声鼎沸。从前这儿叫"鸟市"，也称"鬼市"，除去死人肉没人卖，世间的东西这儿都可以买卖。买双锃光瓦亮的皮鞋穿回家就开花，原来是纸夹子做的。如今叫"小香港"，比从前的"鸟市"还要热闹几倍。

潘杰又有了感慨："这年头做买卖来钱最容易，不论什么玩意儿，有卖的就有买的。"

章要武专爱抬杠："我看不见得，卖的比买的还多，半天看不见有人买东西，一天能赚几个钱？"

他的话刚说完，就看见一溜人在一座白布棚子跟前排队，棚子上挂着个招牌："秦砖汉瓦，看一次二分钱。"

"这是一千多年前的东西，花二分钱就能看一眼，值得！"章要武凑上去。

潘杰打问刚看过的人："怎么样？"

那人撇嘴摇头，故作神秘："你自己一看就知道了。"

潘杰退到了一边儿。有这份雅兴还到博物馆去看秦朝的出土文物呢，何必挤着看这种砖头瓦块。章要武看过之后跟"秦砖汉瓦"的主人吵起来了："哥们儿，你可真会赚钱！不知从哪儿弄来这两块破砖头、烂瓦片，往上撒泡尿、倒点醋，让它长点绿毛就冒充秦砖汉瓦！"

"我请你来看的？你别找不自在！"

眼看要打起来，潘杰赶紧把章要武拉走了。他一边走一边兴冲冲地说："要武，这回我真有主意了！"

两个人重新回到河东公园，潘杰翻口袋，找出一块皱巴巴的白纸和一支圆珠笔，垫在膝盖上，想想写写——

龟拳训练班招生

五台山杰武法师亲授，健身长寿第一。

绝招。好学易练，一周出师。

报名地点：十字街七号。报名日期：4月25日至5月1日。

每期学费五元。

潘杰把这张招生广告递给章要武："你用大纸写上二十份，贴到人多热闹的地方。"

章要武瞪着大眼珠子问："杰武法师在哪儿？"

潘杰用食指点点自己的鼻尖："潘杰、章要武是也！"

"现在的人比猴子还灵，就凭这张破纸能把钱糊弄来！"

"你不懂，这就叫有学问——社会心理学。"潘杰摇头晃脑，一副当军师的鬼相，"你说，当人们心满意足，不愁吃穿，也不再担心搞阶级斗争的时候，心里想什么？"

"你说想什么？"

"想多活几年，想长生不老。所以每天早晨天津卫有一小半人跑步、打拳、练气功，还不就是怕死？我们投其所好，大功必成！"

"你说的比唱的还好听！"

"现在就是撑死胆大的，饿死胆小的。你小子干小事胆大，干大事胆小。要不咱打赌，赚了钱你一分别要。"

"要赚不了钱呢？"

"我请你吃'狗不理'！"

"一言为定。"

十天以后，这两个年轻人招收学员七十人，净得三百五十元。5月2日的早晨，"龟拳训练班"在河东公园小树林里正式开课了。七十名学员规规矩矩站在教练的跟前，论性别有男有女，讲年龄老中青齐全，神经正常，智力健全。潘杰的脑袋剃得精光，一身练武打扮，一本正经地开始讲课：

"我先给大家讲解一下龟拳的来历和要领。三年前我得了一种治不好的病，进火葬场还有一口气，进医院大夫不收，只好躺在家里等死。以后被亲戚带上五台山，老法师教我龟拳，一年后大病不治自愈。大家看，我现在还像有病的样子吗？龟拳已传到欧洲和美洲，越是在经济发达、生活富裕的国家，龟拳就越盛行……”

学员们感到振奋，看来这五块钱不白花。现在五块钱根本不叫钱，上夜校每学期还得交八块钱的学费哪……

“猴拳学猴，鹰拳学鹰，龟拳就要学龟。一百万年以前，人用四条腿走路，那时候根本不知道什么叫疾病。自从直立起来，手脚分家，就带来了很多毛病，大脑位置上升，血液供应不良。心脏上移，周身血液运流不畅，还有脊柱和腰部肌肉负担过重，容易变形和劳损。常练龟拳有四大好处：一、降低大脑位置，使头脑供血充足，聪明易记；二、杜绝动脉硬化和冠心病；三、预防腰肌劳损和脊椎病；四、益寿延年。俗话说‘千年王八万年龟’。王八为什么能活千年？龟为什么能活万年？就因为它的成天爬行。”

学员们都被潘杰的理论征服了。

“现在大家跟着我做。弯腰，屈膝，双手扶地，腰和臀部尽量压低，缓慢向前爬行。爬行时不要东瞅西看，意守丹田，脑子里要想着龟爬行的样子。对，好……”

树林里七十个人突然变得比正常人矮了一大截，慢慢地向前蠕动、爬行。

潘杰抽空来到后面，用拳头捅捅章要武的腰眼儿，十分得意地说：“傻小子，认输了吧？”

章要武忽然圆乎脸拉成长乎脸：“潘杰，你老老实实把钱分给我一半儿，嘛事没有，否则我当众给你捅破！”

“你，太不够哥们儿了！……”

1985 年 1 月

230

望乡台上

死亡比人们想象的可要美妙多了。我身似轻雾，飘过黑森森、冷凄凄、幽暗深长的鬼门关，没有碰上一个青面獠牙的鬼怪就登上了望乡台。前面就是我的去处，也是所有文明人类的最后归宿，没有太阳却光明灿烂，没有空气却令人神清气爽。我感觉到又获得了一个新生命，人的各种欲念顿然消失，心境平和，气调慈祥，没有痛苦和忧虑。我在尘世之上，人间的一切都看得十分清楚，要等留在凡间的亲人们把我那副皮囊处理完，我才能离开望乡台，投身光明——

老婆孩子围着我的遗体在哭，涕泪横流，好伤心哟。好像我是个不该死的人而偏偏死了，哪有这样的理，凡是死了的就都该死！

噢，我明白了，他们是哭给我听的，哭给别人看的，哭自己的损失，感情上的和经济上的。大哭的仪式是万万省略不得的，好像没有这惊天动地的哭声就不能把我送上西天……他们应该先找块破布把我的遗体盖起来，这副臭皮囊太难看了，躯干和四肢抽缩得像秋天的干丝瓜瓢，上边却顶着两个大脑袋。左边的那个二号脑袋是个肿瘤，两年前它还只有个指头大，我没有搭理它，它也未见膨胀。半年前老朋友胡磊说它不一定是好东西；长得也不是地方。我心里犯嘀咕，跑遍所有的医院去检查，这个摸，那个捏，一下子把它摸惊了，一个月后变成苹果大，两个月变成茄子大，三个月成了早花西瓜。这个后长的左脑袋把全部营养都夺走了，正南巴北的右脑袋反倒枯萎了！

胡磊在报纸上发表了一篇追悼我的文章，这小子应名是个作家，从来没有写出过好东西。这几年全靠老朋友们照顾他，每年在报纸上露几次名字，以维持那顶作家的破帽子。这回借着哭我又可以捞个十元八元的，能够换一瓶酒喝。他装得还挺正经，说像我这样的"好同志"，死后一定能"升入天堂"，而那些"欺世盗名的人"，死了也只能下地狱。这家伙又在炉火中烧，咒骂那些文学成就比他大的作家。仿佛他是阴间的小鬼，升天堂、下地狱全凭他一句话。真不是玩意儿，把我这个死鬼还要拉扯到他的是是非非之中去。将来他死了万不能叫他到我的这块天堂来，免得搅得阴间也不得清净。

我的追悼会就要开始了，生前友好都来了，生前不好的也来了，活人对死人总是宽容的。灵堂布置好了，人们冲着我那张一个脑袋的假像（真实的我是左右两个脑袋）站好了，就等着奏乐、默哀、致词，或许还有人会洒一滴同情之泪。然后把我送进火葬场，万事大吉，我也可以轻松自在地升天了。机关党委书记突然宣布因家属不同意，追悼会不开了，何时召开另行通知。

开什么玩笑！

天上下着小雪，地面溜滑，空气阴冷，这样的坏天气罚大家白跑一趟，可谓天怒人怨。有人看笑话，有人甩闲腔，有人指着遗像骂我，说我死了还折腾活人！

看来我是个早就该死的人！

老婆孩子向机关提出要求，不给增加两间房子，不把我女儿调到报社当记者就不同意火化我的尸体。党委书记甚感为难，房子问题、女儿的工作调动问题都不是一两天或一两句话就能解决的，只好让殡仪馆把我放进冷冻室先冻起来，免得腐烂变臭。这正中我老婆下怀，我每天的冷冻费是八元，一个月就是二百四十元，比我生前的工资还高，不愁机关不答应家属的要求。

我的皮囊变成了砝码。我感到阴间的阴风吹到了望乡台上，冷飕飕的。望乡台上挤满了像我这种一时还不能从阳世解脱出来的灵魂，有的因交通事故或突遭横祸，尸体尚未被亲人领走。有的则因各种原因还在打官司，暂留尸体为证。但是谁也没有我拖的时间长，在望乡台上已经等了三个月啦！在望乡台上待的时间越长，越被人家看不起，我只能躲在一个角落里，盼望着老婆孩子早发善心，快点把我烧了。

凑足了一百天，国家花了八百元冷冻费，我老婆先得到了一间房，欠的那一间等以后有了房子再给，女儿的工作调动也办成了，他们心满意足地同意烧我了。没有再举行追悼会，没有一个朋友为我送行，机关里只出了个办事员把我送到火葬场。

火化工人一看我的样子就骂上了：

"嘿，两个脑袋的大冰棍儿！"

我被放上铁板车，火化工人对我的儿女和机关办事员说："告诉你们，这个老头儿冻得太硬，烧起来费油，时间也长。你们等不及就回去吧，把骨灰盒放在这儿我给装灰。"

他们果然不再管我，坐着机关的面包车拨头而去。

火化工人没有把我放进炉子，却推我来到火葬场的后面。一路上还骂骂咧咧："这老家伙，活着时准没办好事缺了大德，死了才挨冻。一个月要碰上几个这种货，连节油奖都拿不上了！"

火葬场后面并排着几眼深井，工人用一根粗麻绳把我双脚捆上，绳子的一头拴在卷扬机上，他一掀车把，我便头朝下栽进深井。他要把我身上的冰全都化开，再送进炉子去烧……

我心寒眼晕，突然从望乡台上掉了下来。下面鬼火闪动，人哭狼嚎，油锅沸沸，几个巨魔张口，獠牙正等着我！

原来阴间真有地狱……

1985 年 2 月

修脚女

　　黄玉秋被请进了上海牌轿车。来接她的市文化局干部，一个劲儿催司机快开。可是市中心这条最热闹的大街，像一条人流满槽的大河，大有街道要被挤破、人流会冲决堤岸之势。汽车顶着人流缓缓而行，躲让行人，还要躲自行车。躁动不安的春天，把生活也搅得躁动不安。人们从家里拥出来，城市拥挤了，街道狭小了。人多不可怕，闲人太多就可怕了。如果闲人口袋里多少还装着点钱，那就更热闹了。不过黄玉秋并不着急，心里倒有一点儿紧张。她只听说过大头头有了病，派小汽车到大医院去接脑科博士、心脏权威、肿瘤专家等名人大家去会诊；今天，怎么轮上她这个修脚工坐着小汽车出诊了！

　　她被送到全市最大的那家东方宾馆。她还是头一次进到这里面来，难免有点眼花缭乱，抬脚动步都有点拘束。她不敢东张西望，只紧紧抓住自己的小提包，跟着接她的人上了电梯。在七楼的一个房间里，迎接她的是个俊美的青年男子。演员的年龄不好推断，谁知他是二十多，还是三十多？突出的额头，挺直的鼻梁，最厉害的还是嵌在深眼窝里的那对眸子，又亮又野，盯住人毫不含糊，几乎无情不可

235

传。他向黄玉秋伸出手："你好，我叫郑西宾。"

"她就是全市最好的修脚师傅黄玉秋。"文化局干部替她做了介绍。玉秋双颊泛红，表情腼腆，眼睛躲开了对方的目光，轻轻地问："您的脚怎么啦？"

"哦，昨天感到右脚的大拇指有点疼，我没有在意。今天上午就疼得很厉害了，现在右脚几乎不敢沾地！刚才到医院打了止疼针，不管事。他们叫我住院治疗，先检查脚骨有没有毛病，还要拔掉指甲，至少三个月之内不能演出。可我在这个剧里扮演连斯基，还没有安排B角，一个萝卜一个坑，今天晚上我必须出台，死活也得顶下来，救场如救火！文化局这位老邵同志很热心，建议请您来看一看，反正死马当活马治呗。"从口气里听得出来，这位漂亮的演员并不太信任眼前这个修脚女。

黄玉秋已经猜到舞蹈演员的这双宝贝脚出了什么毛病，叫他脱下袜子检查了一下，立刻松了一口气。说："您得了甲沟炎，里边套脓，当然会感到很疼。修掉往肉里长的指甲边，把脓放出来就好了。"

"什么时候修？"

"您先用热水把右脚烫一下。"

"您说我今晚能上台吗？"

"能！"黄玉秋声音不高，却充满自信。郑西宾到卫生间里去烫脚，老邵到剧场把这一消息通知正在试台的芭蕾舞团的领导，黄玉秋打开提包拿出各种用具。她打量了一下房间，把茶几上的水瓶、茶杯搬到写字台上，将两个单人沙发挪个方向。她做完了准备工作，演员也烫完脚出来了。黄玉秋叫他在沙发上坐下，把右脚放在茶几上，底下垫块毛巾，黄玉秋坐在对面的沙发上，治疗甲沟炎的手术这就开始了。治这种病本不用打麻药，黄玉秋猜想演员都娇气，就给他打了一针。

起初郑西宾不敢看黄玉秋手里的刀子，咬牙闭眼，反正把右脚交给她了。除去打针时有点疼，真动了刀子倒不觉疼。他睁开眼睛，用男人的、演员的好奇眼光，打量着眼前这个修脚女。她有一张朴实娟秀的脸，虽谈不上多么漂亮，但皮肤雪白、鲜润，可能是由于长年被浴池的水蒸气清洗的缘故。神情稳重厚道，眼神温和绵软，透出她的纯洁和善良。风韵天成，招人爱看，且经得住细看。额头眼角已隐约可见岁月留下的细细的年轮，似乎已有三十岁左右了。但她身材修长，腰腿苗条，还完全像个姑娘。郑西宾见惯了文化艺术界和所谓中上层的时髦妇女，更觉这位聪颖娟秀的修脚女身上有一种羞答答的淳朴的美……

黄玉秋像手术台上的外科医生一样，神情专注，仪态动人，她的双手准确而又麻利。她修治过成千上万双脚，有小巧的、丰满的、秀丽的、结实的、玲珑的、宽大的；也有丑的、臭的、发炎的、畸形的，五花八门，奇态怪样。一般讲，容易得脚病的是老人、纺织女工和长年累月穿着大头皮鞋工作的炼钢工人。她为芭蕾舞演员修脚还是第一次，这双脚多么健美有力，富于弹性。人们一般都认为脚是臭的，是丑的，不能摆上台面的。而舞蹈演员的脚是可以举过头，在大庭广众之下让人们从各个角度观赏的，是艺术的一个组成部分，它表达了美。郑西宾先是觉得右脚大拇指微微有点麻胀，渐渐觉得轻松起来，全身传遍一种似痛似痒的快感，他低头一瞧，嵌进肉里的指甲被修掉了，积脓放出来了，他立刻涌起一种欲望，想站起来试试这只脚。但他没有动，他的眼睛被黄玉秋的一双手吸引住了，那窄窄的细长的手掌，浑圆而轻柔，十指纤纤，匀称而丰满。这是一双有着古雅美的秀手，在他的脚背和脚趾上滑动，如同音乐家的手在琴键上滑动一样，温柔灵巧，把修脚女的内在美和外表美协调在一起了。被这样一双手修脚简直是种妙不可言的享受。郑西宾像任何一个碰上了好医生的病人一样，对黄玉秋充满了感激和敬重。

"您站起来试试。"黄玉秋在他的大拇指外面薄薄裹了一层纱布。

"这么快就好了？！"郑西宾小心翼翼地把脚放到地上，轻轻蹬了一下，没有感到疼痛。又用力踩了一下，有点疼，但完全可以忍受。他一阵欣喜，舒展双臂，抬腿踢脚，在房间里一连串做了几个舞蹈动作，轻松自如，矫捷雄健，然后收住式子，心头冲动地抓住黄玉秋的手："太好了，晚上的演出绝对有把握！谢谢您，您是我碰到的最最出色的外科医生……"

黄玉秋神情慌乱，满面飞红，她治好过许多脚病患者，还没有人对她作过这样真诚而热烈的感谢。她也从没有和一个青年男子这么接近过，而且是在这样豪华安静的宾馆里。她心里泛起一种从未体验过的兴奋，却又感到有点紧张。她想把手从郑西宾的双掌里拔出来，可是对方握得很牢，嘴里还在滔滔不绝："您这双神仙似的妙手，是艺术家的手，是魔术家的手，可以和任何伟大的舞蹈家、演奏家、外科专家、雕塑家、绣花女的手相媲美……"

黄玉秋并没有完全听清他说的什么，但看见他那双令人惊奇、感人至深的眼睛里，充溢着男性的热情和温顺，充满着生命的力量，他的脸这样年轻，这样生动。到底是著名的芭蕾舞团的演员，感情丰富而热烈，而且表达得淋漓尽致，且不做作。他讲到激动处，竟毫不生硬地把唇凑到黄玉秋尖溜溜的指尖上，吻了一下，就像连斯基吻奥尔伽的手一样自然而合乎情理。黄玉秋却像被火烧了一下，慌忙把手抽了回来，她身上微微发颤，整个人都像被火烧着了一样，一句话也说不出来。她的惊慌失措使郑西宾一下子清醒了，站在他面前的是个浴池的修脚工，她不会拒绝，也不会忘记这一吻的。她同自己生活圈子里的那些女性是不一样的，那些女人不会计较这种事，也不会记住这种事，逢场作戏，哈哈一笑。他忙用抱歉的口吻说："对不起，我这个疯子可能把您吓着了，请别见怪。我实在不知怎样表达对您的感谢。"

他从柜子里拿出巧克力、苹果，送到黄玉秋眼前。黄玉秋不好意思。他又为她冲了一杯热腾腾的麦乳精。人家真情实意，她不能不喝。自从她当了修脚工以后，就没有用别人的杯子喝过水，自己不嫌还怕别人嫌哩！前些年她回到家里，连弟弟妹妹也不许她盛饭摸菜、动用别人的碗筷。成天摆弄别人的臭脚丫子，多恶心人！今天，这个大演员却这样高看她，叫她感动，叫她感激，她不知该如何是好。郑西宾要留她在宾馆吃晚饭，她高低不答应。郑西宾为不能留住她感到十分惋惜，最后他拿出两张票子："晚上无论如何请您看我们的演出，有您在，我就放心了，万一脚再疼起来，您好给救急。"

黄玉秋笑了，这笑容表示绝不会发生像他说的那种事情，但她还是接受了一张票。郑西宾一怔："为什么不带您的爱人或朋友一块来？"黄玉秋脸一红，只摇摇头，回身拿起自己的提包告辞了。郑西宾心里赞叹：真是个老实姑娘，这么难得搞到手的票子她为什么不都接过去？即便没有爱人也还可以送给别的人嘛！

玉秋以前看过芭蕾舞，对这玩意谈不上喜欢，也不能说不喜欢。今天晚上这场《奥涅金》，却看得她情绪激荡，心里很不平静。她同情连斯基，为了那个有点轻浮的奥尔伽竟想和奥涅金去决斗，两个人还是朋友哪！生活太不公平，太反复无常了！她不喜欢那个自命不凡的奥涅金，狂傲自大，姑娘们却喜欢他，连达吉雅娜都没命地爱他。社会就是这么势利，人的眼睛就是这么浅薄，只看得见那些喜欢自我吹嘘的人，而忽视了默默地为大伙献出一切的人。她忽然为自己的命运感到委屈。七年前，浴池的头头要"反潮流"，却选中了她们三个刚上班的女服务员学修脚，那两个姑娘有门路，一年不到都调走了，就把老实厚道的黄玉秋甩在了修脚室。受了多少欺侮，听了多少闲话，连个对象也找不上！有些好心的大爷大娘，被玉秋治好了多年的脚病，心里感激她，喜欢她，愿意把自己的儿子介绍给她，却遭到儿子的嘲笑。而这个高雅英武的郑西宾却不嫌弃她，下午还抓起她刚修完脚的手就亲。黄玉秋的心又跳得紧了，被郑西宾吻过的右手有点麻酥酥的，她情不自禁地抬起右手，轻轻放到了自己腮边，一股暖流从心头流过，当她突然意识到自己这个动作的含义时，便又赶紧把手垂下了。尽管周围一片黑暗，她却双颊火烧火燎，双眼也再不敢斜视，紧紧盯住舞台……郑西宾的身材那么好，双臂双腿那么匀称，那么健壮有力。一举手一投足都满带着感情，挥洒自如，风度翩翩。黄玉秋觉得自己好像爱上了芭蕾舞，陶醉在一种美的境界里，这真是一种美的艺术。每一幕结束，观众都如醉如痴地鼓掌。当个演员多美气，一辈子接受多少赞扬、多少尊敬！世间凡是有一技之长的人，都被称作"专家"，受到另眼看待。唯独干修脚这一行，谁掌握了这门技术谁倒霉。对一个女修脚工来说尤其如此。人们离不开它，却又厌恶它！有谁像她这样生活的呢？她似乎还从没认真尝到过青春的欢乐呢！她不串门，不交朋友，不愿到热闹的地方去。她怕交谈，尤其怕谈起职业，怕姑娘们凑在一起谈起找对象的事。她渴望找到一个朋友，她也知道自己长得还不算难看，而且不计较男方的长相，只要心好，不嫌弃她就行。然而社会上有"剩女"没有"剩男"，何况她是个修脚女，不剩她剩谁？！但是干起工作来她又不是全无兴趣的。起初她通过修竹竿练修脚技术，整整修掉了三大捆竹竿。如果把修脚这一行挪到医院里去，她就像郑西宾说的是个出色的外科医生。要说脏，还有比医生护士的手更脏的吗？可有人敢瞧不起医生护士吗？巴结还来不及呢！人身上有多少器官，医院里几乎就设立多少病科，唯独没有"脚科"，好像修脚的天生就是下九流！社会越是这样不公平，她把自己的心就包得越严，歇班躲在家里，上班蹲在修脚室里。说也奇怪，她只有走进修脚室以后才感到自在一点，身上那种无形的压力才有所减轻，感受到了做人的价值和尊严。那些各色各样的脚病患者龇牙咧嘴地走到她的跟前，把身上的粗相、俗态都收敛了一些，有求于她，对她尊重又客气，甚至仰起了媚脸。当然也有些"下三烂"式的男人，一面非要找她修脚不可，一面还说些下流话占她的便宜。因此在修脚室工作时，她柔和的目光中藏着自傲，温存羸弱的神情下有坚强的自尊和防卫森严的意志，在她身上散发出一种使人不敢小瞧她的精神魅力，这魅力似乎可以触摸得到。这是一个大姑娘本能的自卫，防备自己的心不要被生活的轮子碾碎。然而在心灵的痛苦面前，人人都是怯懦者，她宁愿一个人承受各种各样的寂寞和痛苦，长期地忍耐。有谁能够理解一个大姑娘内心深处的寂寞呢？生活是终身的长跑，只有生命终结，才能到达终点。社会太强大了，传统太强大了，一个姑娘善良的意志力又能支持多久呢？她的青春在悄悄逝去，任何错误都可以原谅，青春可追不回来啦。突然，她觉得自己的眼角流出一串凉浸浸的眼泪。一声枪响，连斯基在和奥涅金的决斗中意外地死去了。她心里猛地一颤，把思想收回到剧场，却没有去擦拭眼泪，任它悄悄地流淌……

演出结束以后，观众一次又一次鼓掌，演员一次又一次谢幕，演员的队伍里却没有郑西宾。原来他拉着导演来到黄玉秋的座位前，当着满场观众，再次向她表示感谢！这是多么周到的礼节，对于一个修脚女来说是多大的荣耀！当郑西宾送她走出剧场，跟她握手告别的时候，她突然说："明天上午，如果您感到脚不舒服，请到浴池来，我再给您检查一下。"

"好的，谢谢，你太好了！"

黄玉秋一说完就后悔了，这算什么？这根本用不着。时间长了不敢打保票，一两年之内他的脚不会再生甲沟炎！我这是干什么呢？想再看看他这个人，再摸摸他的脚？听他说几句叫人动心的话，还是想再让他吻一下手指？最后他说"你太好了"，是什么意思？而且没用"您"……

她生了自己的气，夜里连觉都没有睡好。

1984 年 10 月

印度洋暗夜

　　天空漆黑，硝烟搅动着乌云，海上波涛峥嵘，舰艇在洋面上劈开一道道深沟，炮火连天，烟雾弥漫……急促的电话铃响第一声，他就猝然出梦，尽管感觉像刚刚睡着，却抬身而起，同时把电话抄在手里，这是长期跟海洋打交道逼出来的警觉。电话里传来公司值班员方见惊恐的呼叫："余总，'天觉号'出事了！""嘭"的一声，脑袋又像许多年前被绷断的钢缆抽上一样，瞬间感到碎裂般的剧痛："说！""船长已弃船。""'天觉号'翻了没有？"即使在这种紧急情况下，他都回避从自己嘴里说出那个"沉"字。"还没有，只说倾斜。""我这就到，立刻通知调度、律师、保险公司、货主……"他瞄了一眼时间，凌晨2：25。

　　以比当年在部队紧急集合更快的速度穿衣出门，却欻然回首又扫一眼自己刚睡过的古旧大床。这是一张确认在上面死过三代人的硬木老床，很费了些周折才买到手。他在部队担任鱼雷快艇艇长时曾险些葬身海底，与许多老水手一样信奉死在床上是最大的福报。能死在床上就是死在家里。转业后一定要买一张在上面死过人的床，睡在上面

243

才心神安稳。他悄无声息地出门走进院子，深冬的夜风迎面扑来，身上一激灵，遂以训练有素的身手钻进汽车。夜半更深，路旷车稀，他的脑子里在飞速揣度着"天觉号"面临的各种可能，这是两年前花七千多万美元买的新船，从利伯维尔装了散货回国，船上总价值少说也有一亿四千万美元，真若打了水漂儿如何得了！周天远洋公司值班室在经纬大厦的九楼，透窗可俯瞰天津港全景，灯若连珠，色彩斑斓，一座座巨型吊车垂臂而立，显得温暖而宁静。公司的另一艘四万吨集装箱货船正停在三号码头装货，明天就要出发去圣地亚哥。余乾宁进屋直奔侧墙上的巨幅海图，同时对方见下令："打开录音机和录像设备，从现在起，这个房子里的每一个动作、每一个声音都要记录在案。"方见短发方脸，透着一股忠诚干练的精气神，此刻神色高度紧张，利落地打开各个现代音像设备，眼光也一直在跟踪着自己的上司。余乾宁眼波深不可测，里面正在酝酿着一场风暴："'天觉号'的位置？""南印度洋，东经65，南纬34.5。""水深？""四千九百五十米。""有照片或视频传过来吗？""没有。""想办法叫通船长电话……"

此刻公司调度易阳春、法律顾问鲁贤，前后脚奔进值班室，却谁都没有说话，一左一右地站在余乾宁两侧。船长的卫星电话接通了，方见按下能录音的扩音键。余乾宁问道："刘洋船长，我是余乾宁，你和船员们怎么样？""我们都上了救生艇。""是全部吗？有没有丢下的、受伤的？""没有。"'天觉号'发生了什么事？""我们可能遇上了涌流，一开始船剧烈地颠簸，然后倾斜，我赶紧发出求救信号，随后弃船。""倾斜多少度？""看不清。"余乾宁声调突然拔高了："看不清？风浪大吗？""不大，三四级。""天上有月亮或星星吗？""有星星。""将救生艇划到'天觉号'船头，拍一张照片或视频发过来。"余乾宁转头看看鲁贤，律师似乎已心领神会，在旁边一张写字台前坐

244

下来，打开自己的手提电脑忙乎起来。此时一个精悍逼人的中年汉子带着一阵冷风闯进来，是保险公司海险部主任王冠时，看上去他比周天公司的人更着急，"天觉号"投了全险，真出了意外，保险公司要赔偿全部损失，那可不是小数目！他进门后气还没喘匀就问："船怎么样？"易阳春迎上去，轻声向他介绍情况……

　　船长的照片传了过来，值班员把它投放到正墙的大屏幕上：沧溟野旷的海面上，映出巨轮黑乎乎栽歪着肩膀的轮廓。余乾宁勃然大怒，对着电话吼道："这才倾斜了十六七度，你就敢弃船啊！从现在起，每隔二十分钟给我传一张现场照片过来。刘船长，你是什么时候弃船的？""一个多小时前。""一个小时前倾斜度还小，完全可以挽救！""问题是我们不知道为什么大船会突然倾斜，不知如何挽救。""你还不知道船体倾斜的原因，不知道危险来自哪里就弃船！问一下二副和负责货舱的水手，很可能是装船时马虎，货物固定不牢靠，遇洋流一晃货箱滑动，造成船体倾斜。如果你不急着逃跑，组织船员加固货柜，特别是那几百吨原木，船体完全可以矫正过来。"对方半天不吭声。余乾宁对着话筒继续呼叫："刘洋，听到了没有？怎么不说话？"刘洋声调喑哑，不像刚才那么理直气壮了："您也只是猜测，现在说什么都晚了，即便是那个原因也没有办法了。""为什么没有办法？"余乾宁又喊了起来，"别说倾斜十几度，就是倾斜三四十度，如果是货物滚动造成的都可以挽救，不会有危险。""余总，你坐在办公室下令容易，我这里可是南印度洋，是世界上最凶险的水域，谁在这儿出事都会吓破胆。比起您的船，比起货物，船员的性命更重要！""你吓破胆了？我问你，弃船时带了航海日志没有？""哎……忘记拿了。""什么？你竟然忘了一个船长最基本的职责，无论任何时候弃船都要带上航海日志……"

余乾宁越说越气，愤然又坐回椅子上，一双熟悉的柔软又有些粗糙的手从后面掐住了他棱角嶙峋的额头，轻轻在揉搓。他的火气随即压了下去，声调降了八度："黑更半夜的，天又这么冷，您来做什么？""出了这么大的事我能不来吗？既然一着急上火，老伤就疼，还隔着这么远跟船长发脾气，有用吗？"余乾宁的母亲早逝，姑妈也是妈。老太太一脸富态，神情劲健，通身上下收拾得干净利索。余乾宁对姑姑没有办法，却可以指挥跟在老人旁边的老婆："快送姑姑回家，要不就先到旁边我的办公室歇着。"随后才对老人说："'天觉号'还在南印度洋上命悬一线，十万火急，您在这儿会让我分神。"老人一听这话立刻顺从地被侄媳妇搀着向外走，嘴上却说："你不发火，我就不搅和你，但我不回家，就在公司里守着你。"余乾宁同时对老婆耳语："抓空回家把闺女的醒脑器给我拿来，先放到我办公室。"黄兰性情端静，奇怪地看看丈夫，没有吭声。

王冠时趁机问易阳春："'天觉号'上的船长是你们公司的吗？"易阳春摇头："我们不养船员，船长和船员都是从新加坡船务公司雇的。"他又对余乾宁说，如果这次事故跟船长失职有关，不仅可以拒付船员劳务费，还可以向他的公司索赔。余乾宁说那是以后的事，眼下还是救船要紧。转头问易阳春："南印度洋附近还有咱们的船吗？"易阳春摇头，"天健号"刚到墨尔本，算是离那儿最近的了。他随即吩咐道，注意过往的商船信息，刘洋既然发出了求救信号，按国际惯例，所有经过那片海域的船都会施以援手。随即转问王冠时："保险公司在附近的水域有能救急的船吗？"鲁贤和易阳春不经意间交换一个眼色，一齐把目光转向保险员，见他走到海图前指着"天觉号"现在的位置，口气犹豫："我一直在跟总部联系，离出事地点最近的一条船在开普敦，就怕赶不及……"这

246

位经验老到的船舶保险员，虽内心焦急，表面上却不动声色，还能稳得住神。他来的目的是抓周天公司的漏洞，抓一个漏洞就可以减少一部分赔偿金。而到目前为止，余乾宁处理这场事故的举措还没有不当之处……余乾宁示意易阳春："计算一下，从开普敦到'天觉号'要多长时间？"易阳春小声向王冠时询问救援船的型号和最大航速，然后到旁边的电脑前去计算。而余乾宁则指着"天觉号"最新的倾斜照片对王冠时说："如果像我估计的那样，你的船在十五个小时之内赶到现场都来得及。"易阳春报告计算结果："救援船全速可用十七个小时到达现场。"啊……这可就难了！值班室里的所有人似乎都在嘀咕同一个问题，如果天公作美，出事的海面没有变化，"天觉号"或许还能扛十七个小时，但这只是他们一厢情愿的估计。南印度洋被所有远洋船员视为"地球上的外太空，最荒凉的海域"。洋底有十万大山，洋流神秘莫测，瞬息万变。倘若救援船花大成本赶去了，"天觉号"已无影无踪，那损失又该谁出？谁又敢下这个令？王冠时到旁边跟总部通电话，值班室电话的扬声器传来刘洋的声音："余总，我们得救了，上了一艘希腊货船。"余乾宁道："好，祝福你们！请你转告希腊船长，我们公司一定会重谢他，我能不能跟他通话？"余乾宁站起来把话筒让给易阳春，自己站到旁边。他们两人是战友，易阳春刚入伍时曾在余乾宁的快艇上实习半年，后来到舰队参谋部当翻译。扩音器传来希腊船长的声音，易阳春代表余乾宁和周天公司再次表达了对希腊船长的谢意，并请教了船的名字和船长的姓名，然后转述余乾宁的请求："根据'天觉号'倾斜的速度，几乎可以断定是因为货箱移动，能不能请维特船长派船员登上'天觉号'，协助我们的船员将货箱归位，挽救'天觉号'。我们一定重谢！"希腊船长答应试试。

天已大亮，余乾宁的妻子为大家买来早饭，放在值班室靠门口的桌子上。救船正急，大家似乎都没有心思吃东西。南印度洋上仍无任何消息。清晨上班来的周天职工，一见这阵势都吓一跳，公司总共只有七艘远洋货船，其中四艘是租来的，属于自己的只有包括"天觉号"在内的三艘，若救不回来，公司真是塌了一角……每个人心里都在盘算这场大难将对公司及个人造成怎样的影响，惴惴不安地坐在工作台前，低首下心地全力倾听着值班室的动静。只有公司财务主管葛英秀，是余乾宁姑姑的女儿，上班来便直奔值班室，把方见拉到一边打听事故的进展情况……仿佛过了一年那么久，扩音器骤然暴响，并伴以刺耳的噪声，值班台上的电脑竟出现了画面。希腊货船上有完备的现代通信设备，借助卫星什么信息都可以发过来。随后就是维特船长的声音，易阳春急速地讲解：他派了自己的大副，并劝解刘船长也愿意一起回"天觉号"，但气象条件变得恶劣了，涌急浪高，倾斜着的"天觉号"晃动剧烈，救生艇无法靠近。不用他说，大家从屏幕上已经看到了，南印度洋上也是白天了，但乌云布色，骇浪浮天，救生艇如浪尖上的一只瓢……余乾宁赶忙说，谢谢维特船长，保护船员的安全第一！维特船长反而安慰余乾宁，我们还有机会，等涌浪小一些了再试。值班室门口堵满周天公司的员工，也立刻散去各回自己的工作台。余乾宁示意鲁贤，律师会意，要做最坏的打算了，他端起自己电脑，叫上葛英秀，陪同王冠时走出值班室。许多年来，周天的船投保都是经王冠时的手，他能当上保险公司海险部主任，而且在天津高档小区有套大房子，都不能不感谢余乾宁……于私于公，鲁贤都对这次能得到个理想的赔偿额度有信心。

　　刚才大家在最紧张的时候谁也没注意，值班室里多了一位陌生的年轻人，衣着合体，姿容俊爽，难得的是没有现代精英人物身上那种盛气，不轻不慢，神情端慎。站在他身后的公司业务员寻机向余乾宁介绍："这位是家安集团的陈总。"大家转头注视，他向余乾宁伸出手："余总您好，我是陈厚良。"余乾宁由衷地赞叹："陈总这么年轻啊！"陈厚良廉静自持，谦谦可近："我什么都不懂，给父亲当助手。"易阳春补充道："陈总是留英归来的博士。"余乾宁最想有个儿子，妻子却只给他生了个女儿，他对眼前的小伙子越发好奇："读的什么专业？""本科及硕士读的是数学，博士改学经济。""你父亲真是好福气，家安集团做得那么成功，接班人又如此优秀！"余乾宁从心里钦羡陈氏家族，"你放心，即使'天觉号'出意外，家安集团的损失我们也会补偿的。"陈厚良轻叹一声，面色沉郁："余总，这真不是钱的事，我只是心里特别惋惜船上的那些木头，有几百吨奥堪美木，最叫人心疼的是那二百多吨乌木、一百五十吨花梨木，直径大多在一米以上，即便在加蓬那么好的自然条件下，也得需要百年以上才能长那么粗大！"其实他还有些话没说出来，那些木头即使沉到海底也不会腐烂，将来打捞出来同样是宝贝。但南印度洋水太深，海底是另一个世界，打捞几乎是不可能的……他总是心有不甘，甚至有一种罪孽感，却又说不清是谁的罪。余乾宁岔开话题："是不是因为海南黄花梨、紫檀的资源几近枯竭，才跑到非洲去买红木？"陈厚良抬起眼睛，极轻微地晃了一下头，似乎是把满腹沉重暂时抖掉了。"是的，加蓬的森林占到国土面积的近百分之九十，跟我们的绿化面积不是一个概念，那里是原始森林，在利伯维尔一下飞机你就会感到喘气不一样了，特别轻松、舒畅。我们在那里买了一千一百公顷原始森林，雇了三百名加蓬工人照看森林和负责伐木。这些原木就是从我们自己的森林里砍伐的。""砍了老树是不是还要立刻栽上小树，以防有一天森林被砍光？""不会的，我们规定只许砍伐直径八十公分以上的大树。那儿的树木生长极为茂盛，砍掉一棵大树，周围的树立即争抢空间，成长很快。""为什么不在加蓬开个工厂，省得不远万里往回运木头？""那儿的人文条件、技术环境都达不到办厂的要求。我们在美国有工厂，是面向北美市场的，在意大利有工厂，负责供应欧洲客户。"两个人的一问一答，让所有在场的人都从心里发出惊叹，家安集团最早只是一家乡镇木器厂，如今竟做成了能立足于世界的大企业。

趁这个空当，方见走到余乾宁身边附耳悄声说："老太太叫您去吃药。""哎呀，老太太还没走？"他急抽身想离开，又回头对陈厚良说，"陈博士别着急，你有什么要求、什么想法都可以跟我们提出来。"还嘱咐易阳春照顾好客人，随后才离开值班室走进处于经纬大厦"金角"的办公室。办公室里间有一张床，还有一个敞亮的卫生间，姑姑却并没有到里屋躺着，而是坐在写字台对面的硬木凳子上，腰板挺得很直。他问："怎么不到里屋躺一会儿？"老人从他一进门眼睛就没离开过他的脸："出了这么大的事，我躺得住吗？"黄兰为他打开一个大饭盒，两个煎鸡蛋下面是牛肉汤面，还配有一小碟芹菜拌果仁。他顾不得说话，甚至也顾不得咀嚼就先把两个煎蛋吞进去了，然后像往脖子里倒一样，刹那间一大盒汤面也进了肚子。老人见他这股吃劲，心里确实松快许多。余乾宁问妻子："醒脑器找到了吗？"黄兰从包里拿出一个两指宽的钢圈，外面墨绿，里圈焊着六个突起的圆钮，据说混合了远红外线的材料，戴在头上能解除大脑疲劳，提高记忆力。这是好几年前女儿升高中时，在车里听广播被忽悠，花六百多元买的，女儿只戴了一会儿，嫌卡得脑袋不舒服就再没有戴过。余乾宁到卫生间对着镜子戴好醒脑器，钢圈上的六个圆钮紧紧扣住前额、后脑以及两个太阳穴，确实觉得不舒服。恂恂然，他似乎理解了孙悟空戴上金箍的感觉，想笑却没能笑出来，反而紧锁着眉头苦着脸走出卫生间。姑姑吓得一愣："这是什么玩意儿，吓人呼啦的，又像当年脑袋被打烂了一样！"他没有理会姑姑，从办公桌的抽屉里找出一瓶止疼药，嘱咐老婆："船目前还在洋面上漂着，是好是坏还不知要多长时间才能见分晓，你赶紧把姑姑送回去，就在家里等消息，别再往公司跑了，这儿已经够乱的了。"此时听到值班室有动静，他转身跑出去，值班室电视的画面却咔嚓一声又断了，人们回头，见他脑袋上的钢圈也吃一惊……这种时候却不便多问，都以为是他头上的旧伤发作，打上一道钢箍，以防脑袋剧痛时爆裂开来。易阳春告诉他，刚才希腊船长传来信息，现场海况越来越糟，风雨大作，雷电交加，船员们都上了希腊货船，救生艇也收起来了，免得被风浪打走。"天觉号"倾斜加剧。"这是必然的。"余乾宁左手用力掐着自己的头，"船体摇晃，船舱里的货柜必然向低的一侧滑动，货柜滑动又加剧船体倾斜……"后面还有一句他没有说出来，不发生奇迹，"天觉号"恐怕没救啦！

　　希腊船长当然也意识到了这一点，既没有画面传过来，也没有电话打过来，值班室的气氛像冻住了一样，冰冷而僵硬。鲁贤和王冠时也回来了，余乾宁见保险员的脸色极其灰暗，便贴过身子轻轻安慰他："但放宽心，不论有什么问题，周天公司都给你兜着！"其实越是遇到大的灾难，越能赢得口碑，国际上的大保险公司，都是在这种时候赔付及时而大度，体现了大公司的实力和信誉。王冠时点头："余总到底是经历过大世面的，对这次事故的处理让我无话可说。"在紧张中不知不觉竟熬了一天多啦，又一个夜晚降临，仿佛为了印证余乾宁的话，电视也有了画面，时断时续，并传来维特船长的声音，海上信号很差，他不能继续发送视频信息。刚才大家在那个模模糊糊的画面上也见到了，"天觉号"已经不是倾斜，而是倾倒，洋面上只剩下半边船体在浮动。它的大限已到，值班室里外静得连喘息的声音都听得到。似乎过了很长时间，余乾宁发声打破了屋里的死寂："阳春和我留下，为'天觉号'送行。其他人都回家，明天上班来听消息。方见负责送王冠时主任，鲁律师和英秀送送陈博士。"

一阵骚动之后，值班室乃至整个大楼里又安静下来，两个人坐在值班台前，守着像死机一样的电视，长时间默然无语。为了找点事做，余乾宁让易阳春跟周天公司还剩下的其他六条船联系一下，问问它们的情况，以防"祸不单行"。为等待南印度洋的情况，不敢动用视频，易阳春打了一圈电话，确定各船都一切顺利，他又坐回老战友的对面。见余乾宁依然面色沉重，便打破沉默："想什么哪？"余乾宁解下头上的钢圈，揉搓了几下额头重新戴好："等忙过这几天，将这些年你认识的好船长，出色的大副、二副及水手拉个名单，我们还得要有自己的船员。"易阳春惊诧："你不是一直主张不养船员吗？这次多亏了这一点，如果是我们自己的船长那就得赔死！"余乾宁摇头："如果你是船长，或者我在船上，'天觉号'还会出这么大的事吗？"他心绪沮丧："其实刘洋也是个老船长，没想到他成了老油条，没有一点儿责任心。现在这个社会能依靠的只能是自己，自己的人，自己培养的人。"易阳春担心他的心绪："你可是死过一回的人，可不能被这次事故打蒙，世界进入多事之秋，在现代丛林里立足，就要学会利用事故，吃灾难。刚才我跟鲁贤商量过，这次我们损失不了多少……"

易阳春话未说完，值班电视突然出现画面，南印度洋上雨过云散，风平浪缓。正值午后，夕阳浴波，万顷金光中，"天觉号"只剩下一条白线……两个人悚然起身，眼看着那条白线渐渐消失于海波之下。身后"哐当"一声，余乾宁猛回头，见几个小时前答应回家的周天员工，都站在值班室门外。黄兰扶姑姑来送饭，见这场面受惊，饭盒掉在了地上……

余乾宁盯了易阳春一眼，见对方极轻微地点了一下头，便一言不发地扔下一群发傻发愣的公司员工，径直下楼驱车回家。到家后嘱咐紧随其后赶到家的老婆，不许任何人打搅他，随后就一头攮到床上，呼呼大睡了一天一夜还不醒。姑姑在这一天一夜里却如热油煎心，一会儿推开侄子的门缝瞅一眼，一会儿又逼问侄媳妇黄兰："你确定他没有大把大把地吃了安眠药？"黄兰说："一开始我也有些担心，但吃了大把的安眠药会吐得稀里哗啦，人被折腾得非常难受，绝不像一般人想象的那样能安安静静睡过去。哪像乾宁这样睡得跟死猪似的。"

姑姑却还是不放心："船还没沉的时候他着急，船真的沉了他怎么倒没事了？眼睁睁看着一亿多美元沉入海底，银行贷款怎么还？公司还能不能办下去？这是倾家荡产的塌天大祸，他本该睡不着才对，怎么还会睡不醒？如果不是吞药想死，就是脑子急出了毛病，吓傻了？睡茶了？"

……

2017 年 11 月

桃花水

午后，在黄土高原特有的蓝天骄阳下，面包车沿着五百里无定河岸缓缓爬行。深陷于巨壑、断涧之中的无定河，在广漠的峁塬上兜兜转转，时而河面被冰雪覆盖，时而满河冰凌……不知从哪儿开始，无定河悄然跃升到地面，没有陡峭危深的河岸，也没有细润漫平的河滩，一片大水就在道边，浮浮漾漾，缓缓而下。深冬季节竟没有一丝冰凌，也算是奇观。

有人一声惊呼，面包车上的人都掉头窗外，讶异、赞叹、大呼小叫，要求停车，亲近一下无定河。这时车内响起一声尽量压低音量的断喝："安静！先别下车！"发声者竟然是平时极少说话，经常用相机挡住眼睛和嘴巴的祝教授。大家顺着他的镜头望去，在面包车的右前方，确有一幅奇异的画面：

在大道与高塬之间有块不大的三角地，三角地中央兀突突立着一盘石碾子，上无遮盖，下无水泥碾道，两个半大小子和一个比他们略小一些的姑娘，在说说笑笑地推着碾子碾米，一个老太太就着旁边的土坡将碾好的面子过箩。土坡实际上是三角地最长的那条边，是一条

254

从河边大道通向塬上的土道。在老太太的上方坐着一位少妇，头发绾在脑后，深绛色的斜襟短袄，右手托着一管细杆烟袋，烟袋嘴儿没有含在嘴里，而是顶着腮边，定定地望着无定河，像是在看，又像什么都没看见，是出神，却带着几分落寞。她一动不动像尊雕像，背后的夕阳反射出满天红光，越衬得她沉静秀异，神韵天然。

车内不免有人轻声议论起来：

"啊，好美哟！"

"你是说人，还是风景？"

"景美人更美，这黄土窝里难得见到这么漂亮的小媳妇！"

"外行，米脂的婆姨绥德的汉，就离这儿不远，历来出美女。"

"她手里那杆烟袋太美了，抽烟的女人都是有个性、敢爱敢恨的角色……"

"祝教授自己不吸烟倒喜欢抽烟的女人？"

"这你就不懂了，抽烟的女人媚而不俗。有高人说，男人抽烟是馋，女人抽烟是醉。"

……

祝教授一声不吭，摇下车窗，按了许多次快门之后才让大家下车。十来位艺术家下车后大多都奔向左侧看河，尤其是画家和摄影家，对风景的兴趣最炽烈。而编辑、记者、作家们则在河边拍完照就转到右侧，他们对在没有村庄的大道边，凭空出现的碾米一家人充满好奇。

少妇早已起身，用簸箕从地上的口袋里舀出黍米，倒在碾盘的中间，又把碾子边上已经碾好的黏面用簸箕收起来，倒进老人的细箩里。她深腰高臀，身姿轻盈，由于天不冷，薄薄的冬装裹不住健硕又不失柔美的曲线。一看便知这是那种能承担生活压力的俏女子。

与陌生女子，特别是漂亮女子交流，是年轻艺术家的强项，一直默默地从各种角度为这碾米一家人拍照的祝教授，从别人和少妇的对话中，他大致知道了这一家人的情况：

快过年了，碾点黏米做油糕。从坡道上去走十来分钟，是这位少妇的家，其实是娘家，村名叫清水湾。罗面的老人是她的母亲，推碾子的两个少年中略高一点的是她哥的儿子，另一个是她的孩子，已经十四岁，那个女孩十二岁，是她的女儿，孩子们都放寒假了……现场晚婚晚育乃至不育的艺术家们一阵咋呼："你这么年轻孩子都这么大了！"

其中有些人的艳羡还真是发自内心的。

这群人是北京组织的文化下乡活动中的一个采风小分队，眼看天色将晚，领队便招呼大家赶快上车，众人于是纷纷道别。一直没有作声的老太太忽然大声说："你们留下吧，明天早上吃油糕。"

领队感谢了老人的美意，并解释说晚上市里还安排了活动。大家都陆续上车了，只剩下祝教授最后一个走到少妇跟前，问道："从你们这儿到市里还有多远？"

少妇似乎才注意到他，随随便便地穿着一件很好的驼色外套，面容清癯，却赫然一头乱发，眼神离离即即，看她的时候却很专注。好像搞艺术的这般神头鬼脸的很多，便缓缓答道："你们坐车也就一个多小时。"

"好，我晚上来给你送照片。"

少妇似乎并没有被吓一跳，或许觉得艺术家精神上有毛病的也不少，她眼眸幽深，内心稳定，只是看着他没有出声，不知该不该相信他的话。祝教授冲她点点头，没有被拒绝似乎已经觉得很欣慰了，转身快步登车。

教授一上来，面包车里就像炸了窝，大家相处快一周了，正好熟悉到可以相互开玩笑，特别是带点荤腥的玩笑：

"教授，你是糊弄人家，还是晚上真的回到这无定河边上演《西厢记》？"

"祝教授这是学雷锋，这家人太孤单了，老太太盛情挽留，也是为了她的女儿。她们碾的那个黏面就是做油糕的，是过年才吃的好东西，可见老人是真心想留我们。"

"祝教授要小心点，别让她丈夫撞见被暴打一顿……"

祝教授终于忍不住接茬儿了："诸位，请口下留德，别再拿这件事八卦了，我一个半大老头子无所谓，不要毁了人家清誉。我只是想给她塑像，因为泥在宾馆里，必须再回来一趟。"

"塑个像，太棒了，可作永久纪念！"

话题老是岔不开，祝教授计上心头："这样吧，我跟你们打个赌，我出个字谜，在到达宾馆之前，你们只要有一个人猜对了，我晚上就不回来了，雇个司机来给送照片，我答应人家的事不能食言。如果你们猜不对，今后在任何场合都不能再谈论今天的奇遇。敢不敢应这个赌？"

领队赞叹："祝教授果然才思不凡，这个赌打得好，想来不是一般的字谜，大家不敢应赌也算输。"

一年轻气盛的高级记者不服，高声应战："这个赌打了，我不信这么多才子才女还猜不出一个谜语。但是有一条，你不能瞎编，最后谜底揭开，得合情合理，有根有据。"

"那是当然，这个字谜是当代一位很有才华的作家给我出的，他是为八大山人立传的，一本难得的好书。你们准备好了，我可以出题了吗？"

"请出题。"

"刘邦大笑，刘备大哭，打一字。"

霎时，面包车里安静下来，都在脑筋急转弯，谁都想率先破谜。憋了好一阵子，却无人憋出门道，甚至越想越摸不着头绪，觉得此谜好难猜。有人开始跟邻座交流破解之道，渐渐全车人都加入了讨论，希望靠集体智慧猜破此谜，你一嘴他一嘴，反而越说越复杂，好像离谜底也越来越远……祝教授乐得换来难得的心静，低头专心检查自己相机和手机里的照片。

车进榆林市，很快就要到宾馆了，大家急于想知道谜底，只得宣布认输，请祝教授讲出答案。祝教授不慌不忙地收好自己的相机和手机，一板一眼地说道："刘邦一生中最开心的一次大笑，是项羽死，他要真正当皇帝了。刘备最痛心疾首的一次号啕大哭，是关羽死。项羽简称或自称'羽'，关羽简称或自称也是'羽'，'死'在字面上也叫'卒'，象棋里小卒子的'卒'。'羽死'惹得二刘一笑一哭，'羽死'就是'羽卒'，上面一个'羽'，下面一个'卒'，是什么字？"

"翠！"

"对了，诸位请记住你们的承诺。"

有人恍然大悟，有人抱怨这太难了，但又不能说是胡编的……这个话题一直到进了宾馆下了车还在议论，还在回味。

祝教授下车后请当地的面包车司机帮忙包了一辆出租车，他先去照相馆洗照片，然后跟大家一起吃晚饭，饭后向领队请了假，回房间提上那一坨雕塑用泥，坐出租车去照相馆取了照片，然后直奔清水湾。车行没多远，他忽然高叫一声，才想起来下午忘记询问少妇一家人的姓名了，怎么去找？好在司机认识清水湾，并告诉他："村里没有几户人家，你只要认识本人，就很容易找到。"

于是他放下心来，拿出照片一张张地挑选，效果太差的放到一边，自己需要的留下，放进外套口袋，剩下的都送给少妇一家人，有老人的，有孩子的，他们会高兴的……

晚上9点多钟，老娘喜欢的省台电视剧播完了，捅醒了在一旁打盹的老爹，并催促着三个孩子上炕睡觉……

少妇自己这一晚上却有些心神不宁，主要是那个乱头发教授临走时扔下的那句要给送照片来的话。如果他真来，就得到大道边去接一下，不然这塬上一片黑灯瞎火，他往哪儿去找？如果他就是随便一说，这十冬腊月的晚上，她一个人站在土坡上，岂不是冒傻气？犹豫再三，她还是穿上大衣，裹好围巾，拿着手电筒出了屋门。

快到年底了，峁塬上的夜格外黑，格外静，却没有风，也不是很冷。无定河都没有结冰，还能冷到哪儿去？世道变，天道也变，她记得小时候天一凉就天天刮黄风，进九后再砸开无定河的冰，有二尺厚，那时候的冬天才像冬天，就像诗里说的，北方的冬天不是一个季节，而是一种占领、一种霸道……仗着路熟，她打开手电筒顺着坡道缓缓往下走，竟觉得一个人在这漆黑的旷野里走一走也很舒服，特别是现在用不着担心会受到野兽、强盗之类的伤害。塬上甚至连人都越来越少了。

她的眼睛渐渐适应了黑暗，看见远处的青黑的夜色中有一条淡淡的白色长带，那就是满天星光投射下的无定河。黄土高原上的夜晚，不管初一、十五，繁星总是这么贼亮贼亮的。为了让来人远远地就能看到她，她没有去河边，而是站在高坡上，手电的光柱指向从榆林来的方向。四野一片寂静，大道上没有一辆车，眼看就到年根底下了，跑车的人谁不往家里跑啊？

她蓦地想到了自己的丈夫，还有几天就是他当她的丈夫的最后期限，他会不会回来？这已经是他第四个春节没有回来过年了，她甚至连恨都恨不起来了……她希望自己能这样，有时也相信自己已经达到了这个境界，跟别人也总是这么说。其实她的心里恨丈夫，已经恨出了一个洞，这个洞至今并未长好。好在过了这个年就一了百了啦！

时间真是一盘细磨，慢慢把人的心磨出了茧子，天大的事也不怎么在乎了。细想起来也不能全怪他，自己当初如果跟他一块出去打工，他可能就不会找别的女人，就像自己的嫂子，大哥去哪里就跟到哪里，把孩子和地都扔给老人。她也试过，实在忍受不了那种外出打工的生活，吃不像吃，住不像住，最主要的是没有自由和尊严，被呼来唤去，谁都可以支使你、呵斥你，累个七死八活，说不要就炒你，说不给钱就可以真不给，甚至连工厂也是说黄就黄……

那时她的两个孩子还小，舍不得丢下，结果却把丈夫丢了。也怪现在的男女关系太乱了，男女一乱，家就乱了，家一乱就把女人毁了……她的脑子里胡思乱想，却没有影响她看到从市里来的方向，真的出现了一对车灯，向着这边越驶越近，她赶紧移步下坡迎上去。

车速减慢，在她脚边停下来，乱发教授慌忙从车里钻出来，声音里带着异乎寻常的感动："不好意思，还害得你在这儿等候，冻坏了吧？"他伸出双手似乎要给少妇暖暖手，或者只是想握握手，却半截又缩回来反身打开车门："快上车，里面暖和。"

少妇迟疑着，她以为对方把照片交给她不就可以返回了吗？

祝教授可能明白了少妇的意思，解释说："我想到你家给你塑个像，只是打草稿，不会占用你太长的时间。方便不方便？"

少妇虽然还不完全明白"打草稿塑像"的意思，却不好拒绝他想到她家里去的要求，何况自己的母亲下午邀请在先。于是她上了车，引导着爬坡上塬，来到自家院门前，她下车打开院门，让车开进院子，然后将乱发贵客或者说是不速之客让进屋里。她也想让司机进屋，司机却坚持在车里等候。

刚才女儿一个人出去了，老太太自然不放心；妈妈出去了，孩子们更不会睡觉，听到汽车进院的引擎声，都从里屋跑出来。少妇将客人引进自己和女儿睡的房间，祝教授从兜子里掏出照片放到炕上。拍照片是祝教授专业的一部分，相机又好，照片自然拍得很好，而且人人有份，个个神态自然生动。大人孩子抢着看，一阵惊讶，一阵欢笑。

祝教授拿出一张自己的名片递给少妇："我叫祝冰，是中国工艺美大的教师，搞雕塑的，还没有请教你的芳名？"

少妇一边低头看着祝冰的名片，一边答道："我叫孙秀禾。"

祝冰反客为主，把墙边的杌凳搬到屋子中间光线最好的地方，让孙秀禾脱掉大衣，只穿一件藕荷色的斜襟薄棉袄，身子微微向左侧着坐下，他嘴里叨咕着："你的这个侧面美极了！"

随后他自己也脱掉外套，里面只穿着衬衣，外套一件毛背心。他将大炕对面的桌子移到孙秀禾对面，把塑泥放到桌上，眼睛像刻刀一样在孙秀禾的脸上死死地盯了一会儿，两只手倏然变得像魔术师一样灵巧有力，那坨泥在他的手里既柔软又坚硬，软到随着他的手指任意变化着形状，凡经他捏出来的形状就硬到绝不扭塌。他的眼睛甚至常常不看手中的泥，只盯着孙秀禾的脸，十分专注，且锋利无比，仿佛能看到她的骨头缝里去。他也有柔情脉脉的时候，饱含着迷恋，甚至是崇拜；却又不是那种色眯眯的、猥亵的，孙秀禾也就没有顾虑地随他看个够。

屋子里安静下来，老人和孩子们不再看照片，而是围在祝冰身边看那塑像，首先是孙秀禾的儿子嚷起来："像，像妈妈！"

其他孩子连同老太太也都随声附和："是像，还真像！"

老人说完强行把孩子们都赶到自己的屋里去睡觉，然后又给祝冰和女儿各端来一碗枣茶，并随手替他们关好了屋门。祝冰的工作却停了下来，反复地看看塑像，再看看孙秀禾，他显然是遇到了困难。

他脱掉毛背心，只穿一件衬衣，回手端起那碗枣茶一饮而尽，放下碗看着孙秀禾的眼睛说："小孙，我能摸摸你的头吗？"

说完他使劲在衬衣上把两只手擦干净，不等孙秀禾反应过来就走到她的近前，双手捧住了她头颅的两侧，由上到下，又由下到上，随后是耳朵、脖子、脸、眼睛，甚至嘴唇……他的手时而轻柔，时而有力。她极紧张，却又不是没有一点儿舒服的感觉，她害怕和厌恶自己这种紧张又受用的感觉，从小到大，还从来没有人这样摸过她。她越来越感到祝冰的手指上带着火，带着电，火烫得要把她烧化了、击倒了。她呼吸慌乱，双颊发热，胸部膨胀……偷偷地抬起眼睑瞄一下祝冰，原来他是闭着双眼在摸，可她却感觉不到他是在瞎摸，他的手上就像也长着眼睛。他没有像自己说的只摸她的头，顺势又摸了她的双肩、双臂，甚至捏弄了她的每一根手指……

他睁开眼回到塑像跟前，不说话，也不再看她，注意力全部集中在塑像上，拧着眉头，眼瞳强力收缩，闪出一股兴奋和冲动，仿佛把她也忘了一样。过了好一阵子，他停下手，抬起头，端详着塑像，自言自语又像说给孙秀禾听："行了，今天就到这儿，回去再细加工。"

孙秀禾早就忍不住走过来看那塑像，心里一阵惊喜，眼睛火辣辣地燃烧起来……这个乱发教授真不是白当的，这么一会儿的工夫就重新塑造了一个孙秀禾。她太喜欢这个塑像了，这是自己，似乎又比自己更好，好在哪里她一时还想不明白，是比自己更漂亮、更有精神？

祝冰移开凳子，让孙秀禾站到刚才坐的地方，身体仍然微微向左侧一点，不再提出申请就动手摸了她的腰、屁股、两条秀腿，然后从兜子里拿出个硬壳大本子，飞速地用笔画出她的站姿，随后又拍了照片，才长出一口气。一眼看见孙秀禾没有动的那碗早已冰凉的枣茶，端起来一仰脖子灌下去，擦擦嘴角冲着孙秀禾笑了："以后我还会麻烦你，能不能告诉我你的电话？"

两个人交换了电话，加了微信，祝冰开始收拾东西，把自己的零碎儿全放进随身带的大兜子，穿上毛背心和外套，从口袋里掏出一个信封递到孙秀禾手里："这个信封里有一张卡，信封上的数字就是密码，里面还有十万元多一点，这不是你让我塑像的报酬，是给孩子过年的红包。"

孙秀禾吃一惊，没想到这个乱毛还有这一手，坚决不要，但她更没想到的是祝冰手劲极大，摁住了她的手："别跟我争，不要吵醒老人和孩子。"他强把卡塞进炕上的被垛下面，然后用自己的围巾裹好塑像，小心翼翼地抱在怀里，轻轻出了房门，并反身将孙秀禾推回屋里，轻声却很强横地说："外边冷，你不许出来！"

这个祝冰简直就是疯子，他不听你说话，也不管你心里是怎么想的，来一阵风，走一阵风，等孙秀禾反应过来，从被垛底下翻出那张卡，披上大衣追出门，只看到汽车尾灯顺着坡道渐渐消失在塬下。

她站在院门前，呆呆地望着黑乎乎的远处……

老娘不知什么时候也出来了，或许她老人家根本就没睡，一直在听着这边屋的动静，天底下只有娘最清楚女儿这些年心里的苦。老人轻轻地在女儿身后说："外边冷，回屋吧。"

孙秀禾顺从地回身进院，并随手锁好院门。

这一夜，孙秀禾还能睡得着吗？

孤寂沉郁了许多年的少妇之心，被这个疯子教授的出现搅乱了，脑子里涌出一堆问号：他到底想干什么？他为什么非要给她留下那张卡？是认为农村人穷，瞧不起她？这让她的心里很不自在。其实她真不想要他的钱，而想要那个塑像。可她张不开口，实际上也没容她开口，那个疯子抱着塑像就跑了。他在她的身上又摸又捏，分明是占自己的便宜，可她当时却无法抗拒，甚至还产生了一种说不出口的异乎寻常的刺激和感动，事后想起来还觉得脸红耳热，心里怦怦乱跳……

她几次拿起手机，有一股强烈的冲动想给他打电话，问个明白，可她又怕自己说不出口，有些话在电话里也说不明白。他如果还在出租车上，当着司机能说什么呢？如果已经回到宾馆，说不定已经休息了，人家刚走电话就追过去，也不太合适……麻烦，孙秀禾陷入一种从来没有过的心慌意乱、顾虑重重、犹犹豫豫、拿不起又放不下的境地。

早晨，天一放亮，她穿戴齐整，跟老娘打了声招呼，戴上头盔，骑着电动车直奔榆林市，她怕去晚了采风小分队的人走了。就这样等她赶到宾馆，艺术家们已经上了面包车，正要出发。她在面包车跟前下了车，从前到后扫视着车里，却发现祝冰并不在车上。

面包车上的人本来就喜欢跟她搭讪，看到她一大早从乡下赶来，惊异而充满好奇，有人抢先告诉她，祝教授有紧急任务赶回北京，刚走不一会儿，去机场了。

她愣在原地。

有人喜欢多嘴，问她："你找他有事吗？"

废话！这么着急地跑来怎会没事，可有事能告诉大伙吗？

她沉了一会儿才答道："昨天祝教授有东西落在我家了。"

264

面包车里有人笑着说："八成是他的魂儿丢在清水湾了。"

车上的人开始小声嘀咕："老祝可能闯祸了，这叫惹火烧身，他到底是北京真有急事，还是吓得赶快逃了……"

领队提醒道："大家别忘了昨天对祝教授的承诺。"

孙秀禾知道是自己给祝冰惹麻烦了，这些人脑瓜本来就比别人转得快，想得多，自己一个乡下女子昨天刚认识，今天一大早就追到城里来，也难怪人家会多想。

面包车载着艺术家们的玩笑声和怀疑的眼光开走了，一遇到这种事人们一般都不往好处想，他们肯定在不怀好意地揣度祝冰和她昨天晚上到底发生了什么事情……她心里猛地也上来一股狠劲，索性一不做二不休，把电动车存在宾馆，到门口拦了辆出租车，向机场追去。

她追到机场，看见祝冰正排队办理登机手续，怀里抱着个裹得严严实实的东西，旁人一看就会认为是珍贵的瓷器或其他怕磕怕碰的宝贝。他用脚踢着跟前四个轱辘的行李箱，缓缓向前移动。孙秀禾看他这么爱惜自己的塑像，心里泛起一波暖意，站在远处定定地看了他一会儿，才走到他身边，伸出双手要从祝冰怀里接过塑像。祝冰嗖地往旁边一躲，刚要厉声喝问，看清是她，十分惊讶："你怎么来了？"

孙秀禾笑笑："给你送行啊，要走了也不打个招呼。"

祝冰没想到还要向她辞行，解释说："今天早上临时决定的，太急了。"

孙秀禾要替他抱着塑像，他却让她帮着推箱子，不肯将塑像撒手，外行人不懂得这个塑像对他的意义，他怕万一摔了。

她说："我替你抱一会儿都不行？"

他竟实话实说："我自己抱着心里踏实，不敢也舍不得让别人抱。"

"我是别人吗？自打昨天晚上塑好了我还没有碰过，你总得让我

265

抱抱自己吧？"

祝冰这才把塑像交给她，让她到旁边的空椅子上坐着等候。他托运了箱子，领了登机牌，才来到她身边坐下。她腾出一只手，伸到外套里面的口袋里掏出那张卡，还没容她开口，祝冰眼疾手快夺过来又掖回到她里面的口袋里，完全不在意触碰了人家的胸。

孙秀禾不敢挣脱、推让，脸却红了，毕竟候机厅里人很多。

她轻声说："我不要你的钱，我不是你的模特。"

"模特？模特一节课只有几十块钱，我带着学生上写生课，四节课整整半天，才给模特二三百块钱。你怎么会是模特？你是女神，黄土高原的女神，我的艺术女神！"

"满嘴胡说，当教授就是这么哄人的？"

祝冰并无半点油嘴滑舌之相："我接了一个项目，憋了好几个月就是找不到感觉，昨天一见到你脑子轰然开窍，灵感终于降临，昨晚回到宾馆创作欲望像火一样烧个不止，各种想法和细节源源不断地从脑子里冒出来，我一夜没合眼，边写边画，直到天亮。你说你不是上帝派来拯救我的灵感女神吗？"

这个疯子说着兴奋起来，眼睛里迸射出奇异的火花，一只胳膊伸过来搂住她的肩，不顾众目睽睽在她的脸上亲了一口。

孙秀禾僵着不敢动，努力保持神色自然。

祝冰继续说："你怎么老提那张卡，那不叫钱，再说我要钱也没有用，当时我就想给你点东西，表达我的心意，可我身上没什么好东西，就那一张卡。要过年了嘛，给自己和孩子买点喜欢的东西，从今天起，恐怕三个月内我都得在创作室里工作，没有工夫给你买年礼。"

"可我不想要钱，想要这个你给我做的塑像。"

"这个塑像我回去还要处理，不然会裂。再说我抱回去还有大用，

266

今后的三个月内我一刻也离不开她，现在你明白我为什么说你是我的艺术女神了吧？这个工程完成后我本来想自己留着，放在书房的桌子上，天天看着，时时给我以灵感。如果你想要就给你，我还想给你雕一个大理石的全身像……没关系，我是搞雕塑的，你想要什么样的像我都给你塑。"

她不自觉地跟他说话变得随便起来，自然起来，盯着他的眼睛不让他躲闪："你说话算话？"

"当然，我是跟石头、金属打交道的，虚一点都不行。"

"你到底接了个什么项目？"

"还没开始，不敢说。中途如果卡壳需要女神垂顾，我再请你去。"

祝冰的航班早就开始登机了，广播里喊着他的名字催促他快点登机，他站起来从孙秀禾怀里接过塑像，非常小心地放到椅子上，然后在大庭广众之下很绅士地拥抱了孙秀禾，并在她脑门上亲了一下。然后在耳边嘱咐道："回去的路上要小心，有的路段上有冰。"

孙秀禾："你到家后发个信息来。"

"那是一定。"祝冰边说边快步走向登机口。

她看着他，眼神茫然，心也茫乱。

她打车回到市里，趁便用祝冰的卡买了一大包老人、孩子以及家里过年所需的东西，绑在电动车的后架上，正准备出发，收到了祝冰的微信："我已落地，勿念。你到家了吗？"

她回复："有人接吗，是您太太去接吧？我还在路上，到家再复。"发完微信她又觉得不妥，平白无故怎么会想到人家的太太呢？

祝冰的回复又来了："秀禾放心，学生接我，我的太太十几年前就带着女儿去美国了。"

她很高兴他称她"秀禾"，显得亲切。但他又何必表明自己的太太不在身边呢？她没有再复，保留这个回复的机会到家后再写，却一路上都在猜想祝冰的生活状态，十几年来难道是他一个人在生活吗？对于一个大学教授来说这有点不可想象……

她回到家，老娘已经做好了午饭，她从车上把年货卸下来搬到屋里，大人孩子一阵忙乎，欢欢喜喜，立刻有了要过年的样子。自打早晨她就没有吃东西，却并不觉得饿，进屋先给祝冰发微信："我到家了，母亲做了油糕，可惜没有让您和您的朋友们尝到。"

一下午她都把手机带在身上，却没有接到祝冰的微信。到晚上，忍不住找了个理由又给他发了一条微信："还忘了跟您说声谢谢，谢谢您给的过年大红包，今天路过市里，给老人和孩子买了点年货。"

他如果再不回复，两个人的关系或许就到此为止了。

祝冰果然没有回复。

晚上 10 点多钟，她在女儿身边躺下准备睡了，心里却空落落的似有所失。她问自己失去了什么，祝冰没有给你任何许诺，他当众抱你、亲你，以他的年龄和身份并无什么不得体，不过是城里知识分子的一种礼节，也可以说是逢场作戏，是你自己想多了。别忘了自己只是一个被农民工抛弃的农家女，千万别被城里人，特别是大教授的随口恭维迷惑了，他不过是看你长得好看，拿你当回模特。这是他有眼光，你自小就是塬上最漂亮的丫头。其实这也算不了什么，他在城里，特别是在大学里，年轻漂亮的女孩子不知见过多少，在农村突然见到一个顺眼的，半真半假、好听的话一大堆，千万别太当真，想歪了……也是由于昨晚没有睡好，她这样一数落自己，竟真的很快就睡着了。

尽管已经睡着了，手机一有动静，支棱坐起来，屏幕上显示快 12

点了，是祝冰的微信："女神，我刚从创作室回到家，今天开头很顺利，这应该感激你这位女神，你占据了我整个人，满脑子都是你，极为端丽的五官位置，温婉循循，一切都在我心里活起来，何况旁边还摆着你的塑像做样板，创作起来得心应手，一气贯下来。只是有点累，我要先洗个澡。"

这个疯子竟是从机场直接去创作室，一直工作到现在。孙秀禾想象不出他进入创作状态时的样子，心无旁骛，精神高度集中是肯定的，去洗个澡也要告诉人家……她写道："您太辛苦了。请您以后别再叫我女神，叫得我很不好意思，我就是一个农妇。"

过了很长时间祝冰才回信："秀禾，你就是我心里的女神，女神是不能随便乱封乱叫的，我是由衷的。我也喜欢自己的这种心态，这对我的创作有好处。你最大的特点是美得真实，我不需要那种没有人间烟火气的漂亮。你如果愿意，有空时也可以跟我讲讲你的经历，你的家庭、丈夫、孩子，我看你的气质、谈吐，至少是上过中学了。"

"高考时大意，将准考证忘在课桌里，下午耽误了近一个小时才进考场，题没有做完。落榜后就回家务农了。"

"生命的意义很丰富，不必死认一条路。我在你们那一带跑了不少地方，有些很好的古堡都空了，甚至有的镇都没有多少人了，年轻人似乎大多出去了，你没有出去是不是有什么想法？连我都觉得那些古堡、古镇都空了，太可惜，我还想在古堡上做点文章。"

"我也出去过，但没待几个月就跑回来了，我不喜欢打工的环境和精神上的压抑，再说打工的活儿，也不比在塬上种地轻松多少。比较起来我还是更喜欢在家里种地，天高气爽，自由自在，由于地多人少，维持生活很容易。"

"好，终于碰到一个喜欢农村的知音。我就是农村人，至今做梦还都是梦到童年时老家的样子，我想退休后找个农村或有荒地的山区，盖两间房子，种几亩地，优哉游哉。"

"真的吗？您能塌得下腰、吃得了农村的苦？"

"我是在农村长大的，对农村对土地有种天然的感情，现在的工作说到底不过就是个石匠，有时候还当铜匠、铁匠，都不是省力气的活儿。至于苦不苦，全在个人的感受，以后若有机会我会证实给你看。"

"我也喜欢我们这个地方，有人说，在我们这儿当个牛、当个羊都是快活的，犁地有犁地的歌，拉车有拉车的歌，所以羊肉不膻，有奇香，您再来的时候一定让您尝一尝。"

"你的歌一定唱得很好了？"

"好不好不敢说，自小在民歌中长大，陕北人哪有不会唱民歌的。"

"好好好，我一定会找机会听到你唱歌的，那将是一种幸运，一种大享受！现在的年轻人喜欢农村的不多，你能喜欢自己的家乡这太好了，难怪叫秀禾！汉世祖刘秀出生那年，他的父亲刘钦看到自家麦地里有一棵麦子长出九个麦穗，于是他给儿子取名'秀'——'嘉禾之瑞'。你就是陕北黄土高原上的嘉禾！我没动脑子脱口叫你女神，看来是叫对了。"

祝冰的话让孙秀禾心里很受用："您真不愧是大教授，这个名字我叫了三十多年，没人给我解释过，我自己也没有这样想过。"

"你看这样好不好，为了奖励你难得的对家乡的热爱，今年放假你们一家人可以到北京来玩，开我的车随意去你们想去的地方，全部费用都不用你们操心。"

"谢谢您的好意，我出不去，这个年我将非常忙，三十要回婆婆家一趟，如果我丈夫回来就利用放假这几天把婚离了，如果他还不回来，一过年我就得到县法院起诉他，强制离婚……"她突然打住，不知自己是怎么回事，竟跟人家说起这些家丑。

"你的婚姻出了什么问题？"

"前年我知道丈夫在外打工又有了别的女人，我提出离婚，一直对我不错的婆婆给我跪下了，不让我离婚。我提出一个条件，他必须离开外边的女人，回家跟我一起种地，若真是一扑纳心地想跟我过好日子，我可以考虑不离婚。他父母几次三番地去信催，甚至还派人去叫，他都没有回来，还跟外边的女人有了孩子。即便是为了外边那个女人和孩子，这个婚是离也得离，不离也得离。我给定的最后期限就是今年年底，他回来就协议离婚，不回来我就通过法院打官司离婚！"

隔了好一会儿祝冰的信才发过来："对不起秀禾，惹你谈起这种令人不快的事。但我要感谢你告诉我这些，现在我知道你身上那种沉毅清肃的风致是怎样形成的了。那天初见，你很特别，可以叫卓然而立，也可以说是孤独，一下子打动了我。孤独是心灵的深刻和敏感造成的，只有优秀的人才能在孤独中发现自己。"

不等孙秀禾回复，祝冰的微信又发过来了："西方一个知名的哲学家说过，婚姻是一种必要的苦恼。生活中充满悖论，你失去一个，说不定还得到一个；得到一个也许还会失去一个。当今世道，西方人找不到上帝，东方人找不到神仙，各行其道，大主意自己拿，自己主宰自己的生活。"

"前两年我很绝望，觉得活着一点儿意思没有，完全是老人和孩子使我撑下来。"

"大可不必，所谓绝望就是心死，心绝路才绝。有什么念头，就有什么命运，变换心境，就是变换生命。你肯定知道林青霞，一个优秀的演员，却情路坎坷，婚姻失败，陷入困境时圣严法师用八个字开导她：面对，接受，处理，放下。她放下后焕然一新，风华依旧，写了许多很漂亮的文章，展现了她的另一种才华，更重要的是，证明了优秀的女人具有强大的自我修复能力。"

"我放下了，但两边的家庭、老人和孩子放不下。他是我高中同学，各方面都很一般，我喜欢的男孩子考上大学走了，我们不可能有结果，便接受了他。看中的是他很老实，可以踏踏实实地跟我种地过日子。不想他一出去见了点世面，人就变得那么快。"

"你因高考失误，竟在婚姻上退而求其次，这就叫凑合，为什么要委屈自己？而对方自卑的老实，是靠不住的，那是没有条件不老实，一旦有了机会自卑者反而更容易膨胀，要在另一个女人面前当大丈夫，这是一般规律。爱情的本质是分享，相互分享喜怒哀乐，当不但不能分享，甚至一方感到痛苦委屈时，就不能再继续委屈下去。情知不是伴，何必要相随？从我看到的你的状态，以及刚才你讲述此事的语气，可见你器识大度，自尊不允许你死缠乱打，这就是黄土高原上女神的境界！"

孙秀禾感到一种被理解的欣慰和感动，从来没有人跟她说过这样的话，都是劝她忍，等待那个或许她从来就没有爱过、高看过的男人回头。他们总是说，男人在外边野够了自然会回家的，农村人都抱着"宁拆一座庙，不毁一桩婚"的观念，其实堡子上的庙一解放就都被拆了，光剩下违约毁婚了……

她忽然想到自己耽误祝冰的时间太长了，要说这个人的精力也真是好，在农村五十多岁就是老头了，看看他，一夜没睡，又长途奔波，回到北京不休息直接工作到深夜。她赶紧写道：

"谢谢您对我的开导，时间太晚了，今天您也太累了，赶紧休息

272

吧，等您有空时再聊。"

"现在已是凌晨，时间不是太晚，而是太早。但我们确实都该休息了，既然是睡觉就道一声晚安！"

"晚安！"——临睡有个人跟她互道晚安，这让她的心里温暖，还有一种别致的感觉。

自此以后，每天晚上无论多晚，两人都要互通微信，或者通个电话。话题越来越广泛，几乎无所不谈，也越来越深入，她自然也问到自己最关心的祝冰和他太太的关系，这复杂微妙的问题若通过微信说清楚得写多长？他只有在电话里告诉她：只是因为两人都忙，没有时间离婚，而且特别讨厌在中国离婚的麻烦，被逼着要回答许多问题，两个人又都还没有再婚的打算，婚离不离的无所谓。或许等他再去美国时，两人到拉斯维加斯去办离婚手续，花三十美元，几分钟就可拿到离婚证。

祝冰在讲述他的婚姻状况时跟讲笑话一样，常常逗得孙秀禾忍不住想笑。他妻子是画家，爱干净，最忍受不了他工作后一身脏兮兮，回家往床上一躺像死狗一样。她最初爱他的才华，其实他的才华就在一双手上。他也非常爱妻子，喜欢给她按摩，为她摸骨，一开始她很享受，后来有了孩子，不管她处于什么状态，他的疯劲一上来就要又摸又捏，特别是创作遇到困惑时，拿自己的妻子当骷髅那样摸，让她受不了。他最早也是学绘画的，小时候在乱葬岗子捡了个骷髅头，用河沟里的水洗干净，就藏在自己的被子里，没事就摸那个骷髅，晚上搂着骷髅睡，一遍遍地在纸上、河滩的沙子上画那个骷髅……

后来他的妻子送女儿到美国读书，就没有再回来。失去妻子的前几年他非常痛苦，家庭是天性和文化的妥协，他很后悔当初不懂得妥协。刚结婚时无论是他们自己认为，还是在别人看来都是完美的结合，其实哪有完美的结合？只有在结合中双方趋向和谐，慢慢找到各自属于自己的完美。可惜他们错过了机会，走到了反面。

孙秀禾听到这儿禁不住想，竟然连祝冰这样的教授家庭也是走着走着就散了！农民的家在散，城里人的家也在散，有彻底散的，有名存实散的，有正在散和准备要散的，家庭散伙似乎成了一种时尚……她险些脱口而出，我喜欢被你摸的感觉。话到嘴边改口道："您为什么要摸骷髅，摸人的骨头？"

他说："人都是骨头撑着肉，只有摸了骨骼和筋肉的形状和结构，对一个人的形体样貌才有把握。"

她还关心他一个人怎么生活："您每天吃饭怎么办？"

"现在最不成问题的就是吃饭，吃饭有两个目的，一是为了生存，填饱肚子才能活着、工作，二是为了快乐。家里有厨房，学校有食堂，大街上有饭店，这两个目的都太容易就能得到满足。"

……

每天晚上两人的通信或通话，成了她最期盼、最快乐的事情。每晚一过10点她就处于一种焦灼、饥渴的状态，等待着他的信息。有时过了12点还没有他的信息，她禁不住一遍遍发微信甚至打电话，而他的工作不告一段落是不开手机的，他错过了通信的时间不是因创作大顺，就是创作不顺。他强烈地活在自己的创作情绪中，也感染着她跟着一起兴奋、快乐或担忧。两个人通信或通话，不知不觉也变得越来越无话不谈，且情意绵绵……

渐渐地，她认同了他的工作规律和作息习惯，也开始试着接受他的精神世界。她敏感的心灵随着命运的安排开始活跃起来，自己都觉得与现在的状态相比，前几年简直就好像是假装在活着。就这样，自然而然地，她发现自己真的喜欢上了祝冰。

她虽然生了两个孩子，却根本没有真正恋爱过，上高三时有时与班长偷偷摸摸地传达情意，无法与眼前对祝冰的依恋相比，不要说一天接不到他的信息会发疯，他的信就是来得晚一点她都觉得受不了，后来她要求每到晚上 11 点，就是工作没结束也要打开手机。一旦听到他那些恭维的昏话，就羞怯欢恋，情致旖旎。

他有时甜言蜜语，有时胡言乱语，光是对她的称呼，一会儿秀秀，一会儿禾禾，一会儿小禾，甚至小丫头、小姑娘……她有时竟被这些亲昵的称呼就弄得魄荡神迷。或许女人就需要这样被自己喜欢的人溺爱、宠赞。她相信祝冰这样跟她亲昵，也是他自己感情的需要。当每晚跟他通完话再躺下来，她神思如醉，内心畅满。

有一天她终于忍不住说出了口："我想你！你知道吗？"

"将心比心，我怎么会不知道？我也想你，所幸我可以天天看着你，把对你的思念融进作品。"

"这都怪你，天天说好听的哄着我。"

"说得不错，但不是我哄你，而是我让你认识了自己。一旦你明白如何去聆听自己，欣赏和爱自己，你也就能爱上别人。归根到底，你生命中所发生的一切，都是你自己吸引过来的。那天你不坐在道边举着烟袋出神，后边的一切都不会发生。"

"女人抽烟是不是很丑？那是我娘的烟袋，我有时累了、烦了，也会抽上几口。"

"有一种女人抽烟，益增其美，你就属于这样的女人，显得更成熟、更智慧。你不见好莱坞电影里的许多美人都拿着烟，不是为抽，是为了美。"

"什么话从您嘴里说出来总是味道不一样，但我们不会有结果的。"

"那不一定，我是可以给你结果的，就看你的决定。再说生命的意义并不在于结果，而在于活着的每一个过程。每个人最终的结果都是死亡，所以人活着总要有点意思。说穿了，人生就是经历，当一个有意思的人，有意思地活着，做点有意思的事，这本身就很有意义。"

他的话像绕口令，却让她大脑开窍。

就这样，两个人天天有说不完的话，情意越来越浓，孙秀禾觉得上一辈子就认识他了，他像她的情人又像她的父亲，哄着她，宠着她……

很快到了农历三月，塬上桃花开了，横山的冰雪融化，无定河的桃花水下来了。塬上的春耕春种也开始了，祝冰要来看她。

桃花汛期中的无定河，比冬季宽阔了许多，河水混浊而湍急，河岸边的花木郁郁葱葱，一派北方的暖春气象。祝冰开着自己的大众SUV，在灿烂的阳光下，远远就看到秀禾站在他们当初见面的道边等候。他将车驶近后在路边停住，推门下车，定定地望着秀禾桃花般姣好的面容，幽深而含笑的双眸，然后就扑过去，两个人熟悉得像久别的夫妻一样紧紧抱住，急切地相互寻找着对方的唇。

孙秀禾没想到自己一点儿准备没有，竟会这么自然顺畅地就走到了这一步。待他们的想念和焦渴得到暂时的满足后才松开对方，祝冰为她拉开车门，两人上车后拐上进村的坡道，直接开进了秀禾家的院子。爹娘下地了，孩子们还没放学，家里很清静。

祝冰打开后车门，车座上、座位下放满了箱子、盒子、兜子……他先把箱子拿下来，就在院子里打开，里面有两个硬纸盒子，打开盒子，里面塞满泡沫塑料保护着的两尊孙秀禾的塑像，一尊就是那个泥塑，另一尊是大理石的全身雕像。丰姿慧美，又卓然入妙，跟她完全是一个模子刻出来的，隽洁秀异，风致端凝，又多了一种雍容、幽淑的气度。她一时目瞪口呆，欣喜异常，转头在他脸上亲了一口。然后分别把两尊雕像抱到屋里，一尊放到自己屋里，一尊摆到爹娘屋里的迎面桌上。祝冰拉着她的手双双坐到炕沿上，直视她的眼睛，怎么想就怎么说，他希望她相信，其实也知道她会信任他：

"秀秀，跟你说一件严肃的事。口北建了个北方博物馆，很堂皇，藏品也多，应该是北方最大的博物馆了。去年他们找到我，在博物馆大院的中央、主楼的前面立一尊塑像。我憋了几个月不知要塑个什么，几个月前看到你的那一瞬间我骤然开悟，既年轻漂亮，又要有历史感、有深挚沉静的母亲风韵。后来爱上你就更好了，这也是我的一个梦想，将自己爱人的形象借助大理石而不朽，永远矗立于人世间，供人们敬仰、膜拜！"

"这是好事，为什么总不跟我明说？"

"以前不敢跟你说明，怕你不同意，这毕竟使用了你的肖像权，如果你不同意我还要在面部做些改动，改得在像与不像之间。可我不想改，我就想以你的面貌立一个'大地之母'。基座八十公分，塑像三点八米高，形神卓荦，仪态端静，既风神绰约，又满身散发着母亲的光辉。我给雕像定名为'大地之母'，你们这里有句老话不就是'千年老根黄土里埋'嘛！当初因大陆板块移动，非洲的猴子从树上落到地面上，才渐渐成为人类，大地就是人类的母亲，我雕塑的就是黄土高原上的母亲，从内心到外表都很美，又年轻有活力，充满力量。无论是博物馆的人，还是学校雕塑系的师生，看了完成的雕像后无不惊艳，一致通过。我自己也觉得这是我投入感情和心力最多的作品，是自己的得意之作。"

孙秀禾就是先被他的智慧和精神的强大所征服，渐渐才爱上他的，她没有明确表示同意和感激，却搂住他的脖子一阵亲吻。自从这次见到祝冰后她像换了一个人，老想贴在他身上，跟他亲近不够。祝冰今天穿了一件样式极少见的夹克，头面也收拾得干干净净，显得很年轻，她越看越喜欢，原以为自己已经枯竭的心灵又滋润起来，甚至像无定河的桃花汛一样开始奔涌、激荡。

祝冰继续说："后天塑像揭幕，我想请你跟我一起去参加揭幕式，揭幕式一结束，我们两个一块回来种地，行不行？"

孙秀禾有点顾虑："我不会给你丢面子吧？"

这回是他搂住了她，在她耳边轻声说："你只会给我增光，那天整个博物馆里所有人的眼光都将盯着你。所以我给你买了墨镜，参加揭幕式的时候，只让人们看到你女神的风采，不让他们全部看清你的面目。如果你摘了墨镜，一定会引起轰动，走到哪里都被围观。这个塑像以及创作过程，将成为一段佳话流传开来，也是我们感情的见证。"

他想了想又说："我的学生会称呼你师娘、师母，他们不是开玩笑，是尊敬，你大大方方地接受就是了。"

祝冰说完起身走出去，把车上的兜子、盒子都拿进来："我给你买了两身衣服，试试看合不合身？"

一身是休闲装，乳白色的紧身上衣，黑色高腰宽松裤，孙秀禾穿上以后整个屋子都亮堂起来，突出了她健美有致的腰身，真率天然，了无矫饰，越发显得轻盈灵秀，窈窕娟娟。秀禾对着镜子，目光荧荧，幸福感从心里往外溢："真想不到你还会买女人的衣服！"

"我哪里会买衣服，但我知道你的身高、三围，让服务员多拿几件，我来选。"说着他从兜子里拿出第二套衣服，是正装，准备参加揭幕式穿的。宝蓝色的直领衬衣和长裤，外面是浅棕色质地精良的薄大衣，肩上一系淡紫色的长纱，飘在襟前。他让她坐在炕沿上，耷拉着两只脚，他从纸盒子里拿出一双精美的深蓝近黑的半高跟皮鞋，却不给她试鞋，先捏她的秀足，从脚跟、脚掌到一个个脚趾，秀禾的身子都被他捏酥了，心里欢喜不尽地随他摆弄。他一边捏着一边说："以前我没有摸过你的脚，但看上去你的脚不大，我还有点奇怪，在农村少见有这么秀气的一双脚。"

她秋波盈盈："小时候娘总是给我做小鞋，说女孩子别让脚随便长，长个大蹄子，人没到脚先到，难看死了。让我穿小鞋，挤着点。"

"老太太有这般见识，难怪生出你这么漂亮的女儿。我买的大了半号，不知合适不合适？站起来，到外面走走看。"

孙秀禾自己都觉得整个人被抬起来了，她到衣柜的大镜子前，前后左右看个没完，祝冰又拿出迪奥的太阳镜给她戴上，往她身上喷了同一牌子的香水，后退两步反复地打量着，惊奇自己努力的效果，面前的美人神姿艳发，如云出岫。他情不自禁地赞叹："太好了，活脱脱一位高贵女神的范儿出来了！"

他将自己的左臂弯伸到秀禾面前："是挎着我的胳膊，还是让我拉着你的手，咱们到外面走一圈试试感觉。"

秀禾选择了挎着他的胳膊。这样的衣服和鞋一穿，胸自然前挺，腰塌下去，头就仰起来了，双双刚走出院子，正碰上刚从地里回来的两位老人和放了学的孩子们，大家吓一跳赶紧让开路。

祝冰向他们点头打招呼，秀禾故意不吭声，挎紧祝冰的胳膊向河边走去。她越走感到越舒服，胳膊也挎得越紧，紧紧依偎着祝冰，悄声说："这要让你花不少钱，怎么好意思，你给我的卡里的钱还没怎么花哪。"

"为你花钱我心里高兴，没有比这个钱花得更值了。等春种完了，闲下来，你跟我一块回北京，要好好买几件适合你的衣服。女人，特别是像你这样有身材有容貌的女人，如果不穿着适合自己的衣服，不把自己的特长穿出来，就是一种悲哀。"

当他们走到河边再返回来的时候，院子前面站着一群看新鲜的村里人，孙秀禾松开祝冰的胳膊，摘掉墨镜，一双儿女大声喊着妈妈扑过来，她哈哈大笑弯腰将他们搂在怀里。

她的娘抹着眼角进屋做饭去了，女儿不知有多少年没有这么开心地笑过了。她的老伴则在里屋看着女儿的塑像闷头不语，他不知道，女儿的心被这个人搅和活泛了到底是福还是祸。刚离婚就这么张扬，好像多臭美似的，可这个城里人靠谱吗？年纪是不是也有点大？

老太太知道他的心思，走进来低声嘱咐道："你给我打起精神来，在贵人面前不许带相。"

农村历来是把姑爷看作"贵客"的。

"这个人只要让我女儿高兴，我就认他！再说他不是比前边的那个窝囊废强百倍吗？"

老头嘴里哼哼两声，算是答应。

中午吃面条，简单省事，图个吉利。老太太昨天都准备好了，只剩下打卤、切菜码、烧水煮面，这就简单多了。很快，热气腾腾的喜面捞出来上了桌子，这也确实是一顿喜气洋洋的午餐，卤里全是羊肉丁，真材实料，香气盈盈。

家里增加了一个祝冰，气氛跟往常完全就不一样，首先孩子们打心眼里感到新奇，闹闹嚷嚷。秀禾换上了那一身休闲装，看着格外清爽喜悦。

祝冰大口吃完面条，对着两位老人宣布："老人家，吃过饭我跟秀禾就得出发，后天上午参加口北的一个庆典活动。最晚大后天我们回来。回来后我就不走了，跟着一块种地，等春耕春种完了再说。农闲时二老也可以跟着秀禾到北京休息一段时间，我北京的房子够住的。"

老头抬起头，第一次正眼看着他，似乎没明白他的意思。

祝冰笑了："大叔，我是石匠，还是有点力气的，您看到禾禾的塑像了吧，我是用一整块大理石雕成这样，没点力气行吗？！我是河北阜平人，太行山脚下，小时候种过地。"

老头似乎笑了一下，点点头。孩子一听说祝冰再回来就不走了，兴奋起来，也希望他用泥给自己捏个像……

饭后，祝冰从汽车的后备厢里拿出个大箱子，提到孙秀禾的屋里，对老太太说："大娘，这里边是我的衣服和杂物，回来用的，就不带着了。"

两个人一块上了汽车，老太太特意走到祝冰那一侧，对他说："路上千万要小心，高兴就在外边多玩儿几天，别惦记种地的事，地是种不完的。"

祝冰答应着，启动了汽车，顺坡缓缓而下。

幸福里

老马，大名步良，年已七十有五。身体羸弱，心脏不好，肠胃不好，睡眠不好，血压还有点高……总之浑身是病。全靠有个好老伴照顾，活得倒也滋润。这天老伴突然觉得喘不上气来，还咳了一摊血，送到医院一查，竟是肺癌晚期。

从老伴住院的那一刻起，他就抓着老伴的手不放，嘴里说个不停，全是自责：都怪我，都是为了照顾我把你累成这样的，我总以为你比我年轻两岁，身体也比我好，闹了半天你是强撑着！你可不能出事，花多少钱咱都治，咱有积蓄，闺女女婿也有钱，他们都是孝顺孩子。没有你我可没法活，闺女忙，谁管我？咱俩不是早就说好了嘛，我先走，你送我……随着老伴的病情越来越重，不是一天比一天重，而是一刻比一刻重，老马神情凄惶，眼神迷离，不再出声，跟谁也不再说话，谁问什么也不搭腔，只是默默地抓着老伴的手，一刻也不松开。直到晚上被逼着回家睡一觉，至于睡着睡不着，那就另说了。

他走后，老伴强打精神嘱咐女儿：你爸可能没安好心，平时家里的药都是我管着，放药的抽屉里有个盛安眠药的小瓶，里面还有二十多粒，白天趁你爸在医院的时候你回家一趟，把安眠药片倒出来，数数多少片，再换上谷维素片。

送走老伴从火化场回到家，女儿跟他说，以后就不要起火了，跟我们一块吃，哪天累了不想动，我就做好饭菜送过来，好在只隔着一个门。他哪有胃口，几天来都没有好好吃东西，仍然一点儿不饿，晚上只喝了多半碗面汤，就回到自己的家。家还是原来的那个家，却一下子变得特别空旷而陌生，实际上这也不是他的家了，小时候老娘在哪儿，哪儿就是家，老了有老伴就有家，老伴一走，家充其量就是个安身的窝。他在火化场没有掉泪，此时却悲从中来，躲进卫生间，关好门窗，打开水龙头，掩踊抽心，放声痛哭。

直到哭够了，洗了个澡，出来换上自己最喜欢的干净衣服，坐在椅子上，对着老伴的遗像开始说话：老梁啊，算啦，还是像刚搞对象的时候叫你惠洁吧。世人都认为长寿好，可对老两口子来说，谁先走谁有福，长寿的那个反而受罪。老话说"过一不过三"，一对老夫妻先走了一个，剩下的那一个大多都活不过一年，即使活过了一年也逃不过三年，我病病恹恹的，就不想再多受那一年的罪了！咱住的这个幸福里，可不是老年人的幸福里，六号门的老杨，比我大两岁，自年初老伴死后就不出门，谁劝也不行。理由很奇怪，怕丢人现眼，没脸见人，总觉得心里冤屈得慌，还老哭……谁都不理解，说他脑子出了毛病，我现在倒觉得有点理解他的感受。再说三号门的李老太太，老伴死后她小脑萎缩，走失过一次，就被孩子关在屋里，外面上锁，里面放好吃的东西。有时吃，有时不吃，没到两个月就死了。四号楼的大老王，跟我是一个单位的，每天早晨买一大堆菜、肉，有时还有水产，下午估计儿媳妇们快下班了，就出去遛了。两个儿媳妇特别团结，下班后都到老公公这儿来，两个人合计着把饭菜做好，两家人吃完，再各自带着明天中午吃的，当然也给老头剩一点。等儿孙们都走了，老王才回家，说回家早了看见儿媳妇们连吃再带，怕人家不好意思。他每个月把自己那点退休费花得精光还不够，老伴活着时攒了一点钱，等把那点存款花完，还不知该怎么办。说起来还是咱的闺女好，他们两口子工作都不错，收入也不少，外孙子已经上了大学，咱们算是没有牵挂了，只有我是她的累赘。人想人是天下最苦的事了，特别是想死人。这些天我翻过来掉过去，前思后想，决定跟着你一块走，比赖赖巴巴活着强。你等我一会儿，我马上就来。

他从抽屉里找出那小半瓶安眠药，从柜子里拿出整瓶的直沽高粱，他打听过了，就着水服死不了人，反而又吐又难受白折腾一通，用白酒送服安眠药则必死无疑，舒舒服服就睡过去了。他去卫生间，把体内的脏东西打扫干净，再穿上几乎还没怎么穿过的那身西装，将安眠药全倒进嘴里，仰脖咕咚咕咚喝了几大口白酒，险些没有呛着。随后按照人死后的姿势慢慢仰面躺好，欢欣鼓舞地等着去见老伴了，肯定会给她个惊喜。

在去见老伴的路上并不舒服，肚子不好受，脑袋又疼又涨，有一段时间感到身体似乎是飞了起来，显然是要进天堂了……四外一片亮堂，想必天堂已到，他猛地睁开眼，没有万丈祥云，没有五彩霞光，跟人间差不多，心里还有点失望。女儿开门进来，一手端着豆浆、一手拿着烧饼油条……他大叫一声，你怎么来了，你娘哪！眼睛瞪得老大，像中邪一般。

女儿放下早点，顺手把酒瓶子放进柜子里：昨天晚上自己一个人又喝酒了？还喝多了，穿着衣服就睡了！以后馋酒在吃饭的时候喝，不能一个人喝闷酒。她又拿起安眠药瓶晃了晃，说道：安眠药没了，以后睡前我给您拿过来，一次只能吃一片，不能多吃……这时老马清醒过来，自己没有死，只是睡了一大觉，到天堂边上转了一圈又回来了。他把女儿赶走，起来看了看安眠药的瓶子，又到放药的抽屉里翻了半天，没错，就是这一瓶，他数过一共二十七片，足以置人于死地，为什么对他无效？

他突然放声大笑，虽然笑得很瘆人，好在屋里也没有别人。笑过之后高声对自己说：我想死你不让我死，看来我的命很硬，不该死，不能死。那我还就不死了，活个样给你看。他洗漱完竟然把女儿买的早点都吃光了，将那身西装重新放回衣柜，换上平常的行头，开始琢磨今后怎么活法。人最难相处的就是跟自己，如果关死门天天跟自己相处，不出两个月，不死也疯，要不就痴呆了。一定得出去，老伴走了没人相处，就想办法找点事干，跟事、跟物相处，尽量减少一个人傻待着的时间。能找到什么事干呢？当下没有补差的地方，哪里都不要老头了……在马路边上跟一帮老头下棋打牌？他不喜欢。到公园唱戏，他不会，也拉不下那个脸，自小唱歌就不好……憋了半天也想不出好主意，不管那么多，先出去溜达溜达再说，实在不行我就一天天地在外边转悠，转悠不动了回来就睡。

他还没有走出小区，一会儿工夫就看到每个楼栋口前的垃圾箱被两三个人翻腾，好像还都有所收获，不觉心里一动，买了两瓶矿泉水，送给一个捡垃圾的人，并跟他走了大半天，中午还请他吃了半斤包子，傍晚跟他去了最近的废品收购站，算是把捡破烂的全部程序都学会了。

第二天穿上一身旧衣服，背上一个大袋子，开始了捡破烂。中午背回一大兜子，一堆堆分类放好，吃过午饭，躺了一会儿才又出去，傍晚前早早收工，送到废品站卖了二十元，十分高兴。回家洗了澡，到女儿家吃晚饭。晚上琢磨好明天的路线，一觉睡到天亮。第二天卖了四十元，第三天五十元……他渐渐摸出了一点儿门道，路线选好，时间赶巧，每天收获个百八十元是正常的。

更重要的是他原以为自己是病秧子，成天不是这儿疼就是那儿疼，通身上下没有好受的地方，现在才明白，是老伴对自己太好，什么事都不用操心，油瓶子倒了也不用他扶，反倒把他惯坏了。如今上午捡两三个小时，中午在家睡一觉，下午捡两三个小时，反而吃得饱，睡得着，身上也有劲了。看来所谓命硬，首先得心比命硬。

第四天，正在家里将废品分好类，闸板扣好送往废品站，女儿特意提前下班将他堵在屋里，跟他大闹：别说你有退休费，就是没有我也养得起你，我妈刚死你就去捡破烂，邻居们都知道了，这不是寒碜人吗？你不嫌丢脸，我还嫌丢脸哪！

老马突然上来脾气：屁话！我捡破烂丢得着你的脸吗？你嫌弃就别认我这个爹，我也不用你管，从今天起我不会再到你那儿去吃饭了，我自己能照管自己。

女儿气得哭着走了，却还是舍不得丢下这个"破烂爹"不管，每天晚上仍然热汤热饭地给送过来。老马自由了，脸也拉下来了，大大方方地开始了"破烂生涯"。每天轻轻松松进账五六十元，赶上运气好上百，甚至过百，自然而然也结识了一些破烂中人，特别是老年妇女，有的有家有口，穿得干干净净捎带着也捡点破烂。现代社会浪费太大了，年轻人什么都扔，捡破烂跟过去学雷锋做好事差不多，弯弯腰就是钱，不捡白不捡。其中一个沈老太，快七十岁了，是破烂行中的老手，教给老马很多捡破烂的经验。

过去她家里穷，自小捡煤渣，中年下岗后就开始捡破烂，丈夫跑运输赚外快，开夜车缺觉，出车祸死了。她一个人靠捡破烂供儿子念完大学。儿子现在是个小老板，给她在一个比幸福里高档的新小区买了一套一百多平米的大房子，任她折腾，在厅里进行垃圾分类。她和老马很谈得来，还专门到老马的家里指导他怎样进行破烂分类容易装车，这在邻居间引起轰动：

老马捡破烂，还捡了个老伴。

2020 年 1 月

熊冠三

　　熊冠三，面黑体壮，眼光中正，性烈，至孝。每天必为母亲准备好早饭，才去上班。当过化学兵，中国第一颗原子弹爆炸时他在现场。转业后任机械局保卫处副处长，后下派到出名的烂摊子、没人愿意去的红星机修厂任厂长兼书记。上任第二天，有警察到厂，要拿走一个职工的档案，送往大西北劳动改造。他为警察斟了一杯水，让其在办公室等候，自己来到人事科，了解事情原委。

　　犯事的人叫二膘子，真名刘传标，厂里的一个小流氓，除去惹祸干什么都不行。前几年进过公安局，出来后老实了两年，好不容易找了个对象，为讨好丈母娘给修理厨房的下水道，昨天晚上来厂里偷管子被巡逻的民兵当场抓住，现在社会上正开展"严厉打击流氓罪"运动，算他倒霉赶上了，往大西北一送，这辈子就算交待了，媳妇也白娶了。

　　熊冠三回到办公室对警察说，事情有出入，我跟你去一趟当面再问他一次，如果还要往大西北送，我派人把他的档案给你送去。他跟着警察来到派出所，警察到里边把二膘子带出来，冠三跟他一对眼

288

神，抡起胳膊就是一个大嘴巴子。这一巴掌扇的，二膘子在地上转了一圈儿扑通就跪下了，一股鲜血从嘴角流出来，冠三指着他骂道：我在局里干保卫还不懂这个，他们打你你就承认？咱不说好折钱吗，下个月从你工资里扣。窝囊废！

冠三越骂越气，又想抡胳膊，二膘子直冲着他作揖：厂长你不知道啊，他们晚上没事拿我找乐儿，往死里打，我不承认就见不着你了。你得救我啊厂长！

冠三回身看看警察：你都听明白了，这个人我得领走。警察点点头，人家厂长来领人，焉能不放？回厂后，熊冠三让一无所长的二膘子去动力科烧锅炉。

熊冠三为了尽快熟悉机修厂的情况，上午听各科室的汇报，下午到各车间里转，有不明白的就问，碰上对眼的就聊一会儿，在铆焊车间看到一个挺着大肚子的女工满车间捡边料，边料都是带刺的铁块，轻者几斤，重的十几公斤，还要不停地弯腰，这不是糟改嘛！他喊住了那个女工问：怀孕几个月了？

八个月了。

八个月了还干这个？女工眼圈红了，却不敢多说。

你叫什么名字？

刘兰芬。

冠三把车间主任找来，主任说是劳资科长王贵有定的，她不知怎么得罪了他，就是故意整她。

她是你车间的工人，为什么任凭王贵有整？

工种分配是劳资科的权力，车间无权更改。

屁话，你是不是跟王贵有一伙的？

车间主任为自己百般辩解，冠三直盯着主任的眼睛，不让他躲闪,也不相信他的话:你车间里就没有轻松点的活儿?

她原是焊工,有些活儿可以坐着干。

那就马上让她回去干本行。

第二天一上班,熊冠三来到劳资科听汇报。王贵有通身上下清爽整洁,白面,微胖,眼光犀利,充满自信,他的汇报简短,有条理,却都是应付外行的漂亮话,劳资科的真正业务谈得很少。熊冠三领导过部队的化工连、营、团,干企业隔行不隔理,在局里这几年也没少往企业里跑,自然听得出王贵有在糊弄他,甚至还猜得出王贵有的心思,他这个厂长能当多长时间恐怕也得取决于王贵有。

等王贵有汇报完,冷了一会儿场,冠三才开口:工人们说,红星机修厂干不好是因为有两大能人,你王贵有就是一霸。就这一句开场白,整个劳资科的人都傻眼了,王贵有的脸也立刻变色了,冠三看着他不紧不慢继续往下说,铆焊车间女焊工刘兰芬,挺着怀孕八个月的大肚子,天天在车间里搬边料,就因为你怀疑她跟你的对头生产科长好。孕妇犯了罪都暂时不收监,有什么刑罚都等到生完孩子再说,你这一手关乎两条人命,这是迫害妇女,违反国家劳动法,就凭这一条我就可以把你送进去,至少流放大西北,你信不信?

王贵有登时就尿了,整个人都塌架了,往常的冷傲变成一脸卑微:厂长,我不是有意的,没想到事情这么严重……

熊冠三眼带凶威,眉横杀气,摆手不让他说下去:散会后你把工作跟副科长交代一下,放你半天假,明天一上班到这儿报到,找副科长给你分配个工种,下去当工人,工人当好了再说。他转头看着副科长说:你暂时代理劳资科长,警告你一句话,别当人贩子。红星厂是国家的,别拿着国家给的权力当大爷,这个厂没有谁都行,包括我熊冠三。谁不想干现在就举手,明天下车间,如果再让我听到工人骂你们劳资科是人贩子，就不会像今天这么客气，我是干保卫的出身，咱们就公事公办！

熊冠三除了工厂的两霸，改选了党总支，到年底竟破天荒地完成了局里下达的生产任务。在各车间报上的"先进生产者"名单里，他看见了"二膘子"刘传标的名字，一问动力科，这小子还真被他那重重的一巴掌给打过来了，干活拼命，有一天晚上来煤进不了厂，他本来是下中班，却光着膀子干了一夜，用小车把煤一车车地运进了锅炉房。

俗话云："宁得罪君子，不得罪小人。"王贵有就是小人，每隔一段时间，他就用两张蓝靛纸垫着写一封告状信，一式三份，署名"红星机修厂广大群众"或"部分群众"，花上三八两角四分钱，分别寄给中央、市里、局里。告状信的内容也经常更新，国家开展反对浪费运动，他就检举熊冠三贪污受贿；国家搞"一打三反"，他就揭发熊冠三强奸女工……说得有鼻子有眼，上边一次次地下来调查。熊冠三的做人处事就像他当兵时的背包一样，四角四方，八面见线，调查不出什么问题，但癞蛤蟆趴在脚面上——不咬人恶心人。上边也老批评熊冠三，你说你没啥问题，为什么有人老是告你？也就仗着红星机修厂被他管得不错，没有调他，也没有提拔他。

"文革"一开始他被彻底打倒，因态度不好，腰椎被打断，后半生在轮椅上度过。令他欣慰的是，每年春节刘传标都带着老婆孩子去他家里拜年。

2020 年 3 月

薛傻子

人人都叫他傻子，其实他并不傻。只是为人忠厚木讷，特别是干活肯卖傻力气，别人都是"干不干，三顿饭""炕头上一蹲，啥也不少分"，而他领了队长分派的任务，总是闷头闷脑一干就是一天。白天在地里傻干，晚上在炕上也傻干，刚四十岁就有了四个孩子。老婆在生第四个孩子时，得产后风死了，老四是个丫头，却活了下来。

出名的薛傻子，带着四个孩子，可想而知，真带出傻样儿来了：大人孩子一年到头衣服都是脏兮兮的，吃饭也是有一顿没一顿。但傻人有傻福，四个孩子竟都活得结结实实。

1958年，村里成立食堂，这对薛傻子是好事，省得自己起火做饭了。村上的头头宣布，各家各户的粮食要全部交到食堂，一个粮食粒也不许私藏私留，村里的民兵要挨家挨户地检查。村里数得着的漂亮媳妇洪芳，结婚两三年才怀上孩子，怕食堂的大锅饭缺乏营养，私藏了两袋麦子，埋在院子里。

年轻轻的两口子，脸蛋漂亮脑瓜却很笨，将粮食埋在自家院子里，这在过去糊弄日本鬼子还凑合，怎能蒙蔽得了本村民兵的火眼金睛，简直就如同猫盖屎。两口子被当场批斗，批斗后男的被带到民兵大队部，不知还会受到怎样的惩罚。

当晚洪芳流产，喊救命喊到昏死过去，也没有人听见。幸好她丈夫半夜从民兵大队部逃跑了，民兵到她的家里来抓人，她丈夫没抓到，倒发现她还有一口气，送到公社卫生院。命保住了，人却疯了。

疯子有两种，一是文疯，自虐不打人骂人；二是武疯，打人骂人，而且不知轻重，抓到什么就往别人身上招呼什么。她偏偏是后一种，披头散发，衣不遮体，天天就在队部和大食堂里闹，恶吃恶打，抢到菜刀就砍，抓到铲子就抡，甚至抢着棍子见人就打，打不着人就打牲口……当然，她也没少挨民兵的打，可她毕竟是女人，民兵也不敢真下死手，害怕把她打出个好歹，缺德又遭人恨。

她娘家的哥哥来领过两三回，领回去没几天就又跑回来。此时，世界闻名的三年大饥荒降临，村里每人每天的粮食定量由开始的一斤，改为八两，后又减到五两、三两，当三两也不能保证的时候，村里的食堂办不下去了。

洪芳也没有力气疯了，眼看就要饿死了。这时候薛傻子又冒傻气了，找到村上的头头，要求把洪芳领回家，死了负责用席一卷把她埋了，活下来就算她命大。村里乐不得甩包袱，薛傻子傻得正是时候，村头答应得很痛快，还假装严肃地嘱咐傻子："她流产时大出血，卫生院大夫讲她不能再生育了，你晚上不要得便宜傻干，别干出人命来。"

薛傻子咧嘴傻笑："这时候能保住自己命就不错了，哪还有力气干别的。"

他把洪芳领回家，先用剪子把她那一头齐腰的又脏又乱的头发剪掉，然后烧了一大锅热水，让四个孩子中的唯一的老闺女帮忙，从头到脚给她洗干净，换上薛傻子老婆以前穿的干净衣服。洪芳已经饿得一点儿力气都没有了，任由他摆布。

薛傻子自己有四个孩子，再加一个洪芳，他怎么养活？

1958年成立大食堂前的几个月，他从外村人口里就听到了风声，他孩子多，不怕一万，就怕万一，便开始天天在院子里脱坯，脱的坯够盖两间南房。对外称孩子多，将来娶媳妇都要用房。其实，每一个土坯里都藏着一包粮食。别说是本村的民兵，就是天兵天将来查，也不会想到土坯里有粮食！

白天生产队里派了活就干，生产队没有派活他也到地里转悠，假装捡粮食粒。人们饿得恨不得吃土坷垃，地里哪还会有丢下的粮食粒？薛傻子主要是糊弄自己的孩子，怕他们出去乱说。每晚等孩子睡了，他从土坯里取出粮食，再将土坯原样放好，烧半锅开水，灌到两个暖水瓶里，将粮食粒放到暖瓶里，有黄豆、黑豆、麦子、玉米、高粱……混在一块泡一夜，第二天早晨已经很软了，每个孩子连水带粮分上小半碗，也就两三口的事。就是这两三口，却能保证他们饿不死，四肢不会浮肿。

对洪芳也是这个量，让她饿着点，跑不出去，也没有力气发疯。晚上睡觉，他用一根绳子一头系在洪芳的脚脖子上，一头拴在自己的小腿下边，她一动他就知道。天冷了就搂着洪芳睡，有时难免会亲她几口，亲亲脑门、脸蛋，无伤大雅，人家外国男女，不管认识不认识，见面就可以来这一套。但绝不碰她的身体，傻有傻的原则，不能乘人之危。

一年后的一天夜里，洪芳竟主动亲了他一口，他吓一跳，以为她这么长时间没犯的疯劲又来了。洪芳搂紧他，小声说："我不疯了，谢谢你救了我。从现在起你也不用天天用绳子拴我了。"薛傻子嘴里"哦哦"着，赶紧起身解开洪芳脚脖子上的绳子。

他心里却不是很踏实，傻乎乎地又问了一句："你真好了？"

洪芳笑得很甜，也很正常："一饿治百病，我不想死了，就不会再疯了。再说你天天搂着我，再疯也叫你给热乎过来了。"

也是从那晚起，他们成了实际的夫妻。但洪芳仍旧不出门，为他照看四个孩子，洗衣服做饭，把傻子的家里收拾得干干净净。

村里人几乎把她忘了，度荒三年饿死不少人，有人甚至认为洪芳也早就死了。

1962年夏天，村民都已经能吃饱饭了，洪芳走出薛傻子家的院门，到村委会申报丈夫失踪。

半年后与薛傻子结婚。四个孩子对她都不错，薛傻子活到八十岁，丈夫死后，洪芳跟着嫁在本村的老闺女，又活了十几年。

2020年3月

铁笔神探

张道义，自小迷恋侦探小说，然后考上警校，并把父亲给起的张道一的名字，改为张道义。毕业后如愿当上刑警，屡有上佳表现，当升到一个沿海地级城市刑警队队长的时候，破获了一桩国际贩毒案，立了大功。正是志气高昂、前程无量的时候，噩梦却随之降临……

外出办案归来，刚下飞机就被同一公安局经侦队的警察带走，查了个底儿掉，没查出问题，放出来恢复职务。没过多久，他在局里的大会议室正开着半截会，众目睽睽之下又被人带走，随后查了个人仰马翻，大半年后证明举报不实，又被放了出来。

回家没几天，还没有接到恢复正常工作的通知，赶上一个风雨交加的深夜，他家的玻璃骤然间全被石块砸碎，他护住老婆孩子，然后全家人一起遮盖家具，从屋里向外淘水……

就在那天夜里，他知道自己的警服穿到头了。他破案伤害的利益集团，势力庞大，上边下边都有人，那时还没有开展全国性的"打老虎拍苍蝇"的运动，举报无须实名，上下一块折腾，他怎么顶得住？你说你没有问题，为什么老有人举报你？就像裤裆里抹黄油，是屎不是屎说不清楚。而不相干的人，一般都会相信，老被人举报的人八成是有问题的。

第二天他向局里交了辞职报告，然后给房子重新装上玻璃，打扫干净，换到一座高楼的十八层。再有臂力的流氓，也不可能把石块、砖头准确无误地抛到五十多米高的楼上。将家人安顿好以后，他就去了五台山，烧香磕头、做法事，一个身怀绝技、曾自认为很有力量的警察，却不得不求助神灵禳灾消祸，保佑自己和一家人平安。

做完法事他在庙里闲逛，走到一个养龟池边，看到里面各种各样、大大小小的龟，或悠闲缓慢地爬动，或缩颈闭目一动不动，对身边层层叠叠、光华闪闪的香客抛下的金钱，视而不见，不为所动。张道义忽然觉得自己的心里静了下来，感到一种舒服，似乎得到某种启示……他从来不知道自己竟然喜欢龟！

回家后立刻到花鸟虫鱼市场，买了几只漂亮的大小不等的金钱龟，将十八楼的阳台改造成龟池，有水有草有石，还有供龟晒太阳睡懒觉的沙地。得空时在龟池旁边一坐，他看龟，龟看他，心静身净。喧嚣世界，能静即福。

为了医治多年当警察养成的心高气傲的毛病，他特意找了一份在一家公司看大门的工作，培养微笑的习惯，每天都须将身姿放到最低。因工作清闲无压力，开始利用一切闲暇时间阅读中外文学作品，每天保持八万至十万字的阅读量。

读了一年多别人的小说，觉得不过瘾，开始自己写，将满脑子的故事和在现实中无法实现的愿望，还有明知是谁在害自己，却说不出来更无法反抗的憋屈，都通过小说表达出来。十多年的时间写了九部长篇小说，直写得视网膜脱落，索性辞掉了工作。

养好眼睛以后继续没黑没白地写，出版第十二部长篇小说后，获得了一个全国性的"燧石文学奖"，并在他不在场的情况下被选为市作家协会主席。其实当时他连作家协会的会员都不是。有人向他道贺，说他因祸得福。他养的满池金钱龟也值了大钱，社会上流传金钱龟治癌，一斤重的五万元，一斤半重的七八万元，二斤以上的十几万、几十万……

他只是苦笑，至今他心里真正想干的工作还是当警察，而不是当作家。他养的龟是神物，帮他调气、养气，给多少钱也不卖。而写作是为了撒气，当不了真警察，就在纸上当个神探。

他自觉，正是因为养龟和写作，受那么大委屈才没有得癌症。

2020 年 4 月

狈子客

在人类弱的时候，特别是在科技不发达时期，灵异之事就多。1960年，全国大饥荒，齐河县境内的宽河边上闹狈子。

何谓狈子？比成年的狼狗小，比狐狸大，站起来像个五六岁的孩子。有时戴草帽，穿着人的衣服，会人语，站在路中间，拦住过路人发问："你看我像人吗？"

如果行人害怕或紧张，想应付过去快点赶路，便顺嘴说："像、像！"它随即就成精了。

你看，它已经修炼到这个地步，仍然想当人。就如同已经修炼五千年的峨眉山蛇精白素贞，还是愿意嫁个凡人，生儿育女。倘是过路人胆壮，随口骂道："像个屁！""滚蛋！"若手里拿着家伙顺手给它一下子，它就立刻逃掉，再去修炼。

宽河拐肘的地方穷，胳肢窝的地方富，那个地方俗称"蛤蟆窝"。狈子想成精自然离不开人类的承认，因为只有人类承认世界上有妖精这种东西存在，它当然也要找富裕、人多的地方。蛤蟆窝的老实农民韩五林，秋忙的时候割完高粱穗就回家了，不想晚上下雨，怕高粱穗被雨水泡了生芽，赶紧跑回地里，将高粱穗往地边上看粮食的窝棚里搬。一进窝棚，看到床上站着个半人半鬼的小孩子，吓得大叫一声扭头就往家跑，第二天就死了。

这还了得，既然发现了狍子，就得请狍子客来除妖，天下最厉害的狍子客是陕西人。村里派人到陕西请来了一位狍子客，貌甚诡异，面色晦暗带阴气，但眼有精光。说话像鸟叫，没人听得懂，他的年轻助手一字一顿地告诉宽河边上的人说："我师父怀疑这只狍子，就是春天被他的链子枪钩掉大脚趾的那一个，猜到它可能会顺着黄河跑下来。"

狍子客问明韩五林的新坟在什么地方，不让村人跟着，他们师徒二人远远地埋伏在新坟两侧。狍子吓死了人，会连续好多天到坟头上来哭，赎罪，不然会大大增加它修行的难度，甚至永远都成不了精。只要看到它，悄悄跟踪找到它的窝，就不会再让它跑掉了。

连黑带白蹲了三天，终于找到了狍子的窝，在村子另一侧老柳家的坟地里。看着狍子进窝后，狍子客的徒弟立刻回村叫人来帮忙，把坟地周围一共四个洞口严严实实地堵死三个，只留下一个。狍子客戴上皮面具、皮套袖、皮手套，右手握住链子枪，村民点着柴火，他的助手用自带的鼓风机往洞里吹烟。

过了半个多小时，狍子客似乎听到了什么动静，钩链子枪嗖地捅进洞内，一声怪叫，链子枪钩住狍子的上膛，从洞里拽出来直接装进帆布袋子。

狍子客师徒立即上路回陕西，不收韩五林家属和蛤蟆窝村的一分钱，有这一只狍子就足够了。其皮毛雪白，极其珍贵，肉质细嫩，有奇香。

——说了归齐，还是人最厉害。

2020 年 4 月

道 爷

燕山山脉深处，有座狮子峰，山势险绝。山上古木参天，飞瀑流泉。半山腰负阴向阳处，有两间石屋，屋前开一片荒地，种着树苗、菜蔬和庄稼。石屋里住着一位独身老人，形貌劲健，看上去身上没有肉，却并不让人觉得他瘦，好似在骨头里长肉，气和神爽。

据传他原是铁刹山道士，云游至此，见山脉气韵奇佳，想在狮子峰顶建道观。后因战事不断，继而全国解放，道观没有建成，他留下成了狮子峰上唯一的山民。随着年岁增大，须发皓然，附近百姓都称呼他"道爷"。

狮子峰下散布着大小不等的村落，村民有困难可以到山上任意摘取他的蔬菜、粮食，但有一条，不许糟蹋。曾有一骑马游山的人，因山陡骑不了马，下山时一手牵着马，一手用鞭子狠抽道爷的树苗。此时悚然乌云密布，沉雷滚滚，雨风拽云刮地从山上压下来，随即一声巨响，一个火球扑向挥鞭人，一个炸雷，人变成一截烧焦的木炭。而近在咫尺的那匹马，却毫发无损。

山下有个良王庄，庄上有个大户，弟兄六个，和和气气，日子兴旺，自从老六娶了媳妇，这个家就不断出事，伤人、打官司……掌家的老大还得了一种被农村人叫作"撞客"的怪病，一犯病如中魔一样，四五个大小伙子摁不住，六七尺高的墙头一蹿而过。在省里的精神病院住了很长时间，电疗、捆绑……各种手段都用上了，人被折腾得不成人样了，病却没治好。万般无奈抱着有病乱投医的想法上山求道爷，道爷一进他家的院子就停住脚步："不用看病人了，我知道是怎么回事了，你们这院子里原来有棵一二百年的大槐树，怎么没啦？"

全家人一惊，道爷从未到过他们的家，怎知道原来有大槐树？代替大哥管家的老二说："六弟结婚时砍了做了家具。"

道爷吩咐："赶快到山上我的苗圃里，挖一棵最大的槐树苗，栽到原处。"

"若栽不活怎么办？"

"放心吧，你就是插根槐树枝子也能活。"道爷说完转身回山了。

死马当活马医，槐树苗栽下去，果然长得很好，随着槐树越长越高，老大的病彻底好了。

邻村一户人家听到这个消息，赶紧也找到道爷，他们家有一年多吃不上熟食，蒸馒头、蒸窝头怎么也蒸不熟，只能天天吃半生不熟的东西。道爷去了一看，他的屋前有棵老榆树，一根枝干伸到房顶上，正在烟筒的上方，一做饭就被烟熏火燎。

道爷说："你赶紧将烟筒口改道，别再熏这棵老榆树了。"

"为什么？我把那根树枝砍了不行吗？"

"绝对不可以砍树枝，砍了树枝，那你家的麻烦就不是蒸不熟馒头的事了。"

主家不服，他嫌改烟道费事，一定得问出个原因来。

道爷说："你是一个生命，对吧？榆树也是一个生命，你得承认吧？榆树上面还住着一户灵物，本来与你们相安无事，甚至还能保佑你家平安兴旺，可你天天用烟熏它，它能让你过好日子吗？不信你问问过去的财主家，都有蛇，有的蛇很大、很多，财主从来不打蛇。"

那户杠头最终还是改了烟道，从此就吃上了熟馒头。

——关于道爷的故事还有很多……1958 年"大跃进"，村民们疯了一样，成群结队上山砍树炼钢。道爷自知拦不住，丢下石屋和苗圃、菜地不知去向。有人说他是树精，老树都被砍了，他还怎么活下去？在狮子峰顶羽化成仙了。

2020 年 5 月

雨夜南瓜地

　　1960 年初夏的雨夜，河北老东洼小学的语文老师兼校长吕从周，饿得腹腔内像着了火一样，他在自己的办公室兼宿舍里四下踅摸，寻找还有没有可以往嘴里填的东西。

　　忽然想起高年级的学生说过，钓鱼台子有块南瓜地，南瓜还没有熟就已经被人快偷光了。他看看窗外，电劈雷轰，如泼的大雨一阵紧似一阵，这种天气大概不会再有人去偷南瓜。此念一生，顾不得拿伞就出了门，其实这样的风雨，任何雨伞、雨衣都没有意义。

　　他深一脚浅一脚，终于摸索到了那块南瓜地，在地里摸了个遍，哪里还有南瓜，无论大小全被摘光了。但饥饿难挨，受这么大罪消耗了诸多体力，也不能白跑一趟，他揪下一段南瓜秧塞进嘴里，甜丝丝也很好吃，便大口大口地吞咽着南瓜秧。电光下见又有两人进了南瓜地，吕校长急忙趴在南瓜地的垄沟里，手里仍然不停地往嘴里塞南瓜秧。

　　南瓜地里已经无南瓜，那两个人自然也摸不到南瓜，突然一个闪电，其中一人看到垄沟里吕校长黑乎乎的脑袋像个瓜，欣喜地大叫一声："这儿还剩下一个！"

奔过来伸手就要抓，吕校长岂能让他们抓到，只好站起来，认出那两人竟是他的学生。两个学生也觉得眼前的落汤鬼很像自己的校长，但校长不会来偷南瓜，而且他嘴里挂着长长的南瓜秧，更像是传说中鬼的长舌。两人大叫一声扭头就跑。

两个学生回到家一头就攮到炕上了，发高烧，说胡话。

吕从周校长一时神魂失据，回到学校，心上凄怆，越想越惶愧，校长偷南瓜竟让自己的学生逮个正着，今后还如何给学生上课？还谈什么道德教育、为人师表？况且按村里的规定，偷大队的粮食瓜果，是要当众批斗的……

悔不该为肚囊所累，一时犯糊涂，毁了自己的一世清名。他找了根绳子，在学校门前的老柳树上，把自己吊死了。

2020 年 5 月

王爷求画

　　清朝最后一个皇帝爱新觉罗·溥仪的堂弟——爱新觉罗·溥佐，气度融和，沉静矜持，做人一向低调。长久以来人们称他为"被忽视的皇亲国戚"。正是这种"低调"救了他，"文革"期间几乎没有吃过大苦头，后来以天津美术学院副教授的身份，下放到天津边上的静海县大瓦店。

　　静海在大运河岸边，古称"御河"，两岸流域水土好，人性良善。即使是村里的"造反积极分子"，仇视的是对立面和"地富反坏右"，对他这位"皇亲国戚"，村民们心里充满好奇，说不定还暗暗地认为是大瓦店的荣耀。当时溥佐刚五十出头，由于乡亲们知道他是王爷，就觉得他年纪很大了，看上去一派儒雅，谦和温润，身板也略显清瘦。于是就不让他下地，留在村里干点力所能及的零活儿，或者随便他自己找点事干。

　　溥佐自小出入皇宫、王府，被赶出紫禁城后和溥仪一起来到天津，后来溥仪去"满洲国"继续当皇帝，他则留在天津作画、教书。他的眼里哪看得到村里有该他干的零活儿。村民们也不好支使他，他是个安静的人，不便也不愿意在村里逛荡，干脆就关在屋里作画。他住的房子里有张八仙桌，铺上毡子足够耍把的。四周非常安静，只在开会的时候村里的大喇叭才会响，也大多跟他没有关系。最重要的是没有造反派上门捣乱，村民们反而对他恭敬有加，人前人后都称呼他"溥王爷"……

他从接到下放通知的那一刻起，就做了来乡下受罪的准备，不想却进了世外桃源。这使他的心情格外好，创作欲望强烈，下笔得心应手，毫不黏滞。

村里凡有娶媳妇、生孩子、盖房上梁等喜事，都愿意请"溥王爷"赴席，不办喜事的也常有人请他到家吃饭，都想沾一点儿皇家的福气。好在那个时候家家的饭食都差不多，请客也多花不了多少钱，还可以从王爷手里换点全国粮票。溥佐遵老礼儿，每有人请客，就带一张自己的画去，以答谢主人厚意。

知道他赴宴必带画相赠，村里请他吃饭的人似乎更多了，他心里也特别高兴，虽然刚经历了"扫四旧"、烧字画，却连农民也懂得他的画珍贵。几年时间他送出去近二百幅画，花鸟最多，农民们喜欢，山水、人物和马也画了不少，缤丽丰腴，明润清雅，都是上乘之作。其中他最得意的是一幅《松鹤图》，送给了村里的小学老师张鹤年。张老师比他大几岁，却跟他极投缘，经常晚上带着红薯干酒来他的房子里聊天，在很大程度上排解了他在下放期间的孤寂。

后来干部落实政策，静海县来了位新县长于兴泉，办事有魄力，群众口碑不错，似乎杂书读了不少，也喜欢书画，专门来大瓦店看望溥佐，关心他的身体状况，并一再询问生活上有什么困难、有什么要求尽管开口，千万别客气。临走时还叮嘱村干部们照顾好溥佐。

没过多久，于兴泉坐着吉普车又来到大瓦店，对溥佐说他可以回天津了，毕竟年过半百，身体也不是很强壮，无论从哪个角度考虑，县里都觉得应该让他先回天津，大瓦店对他照顾得再好，也不如回到自己家里舒服。等国家关于下放人员的政策下来，再把手续给他送去。溥佐当即收拾好自己的东西，来不及跟乡亲们告别，就坐县长的车回家了。

　　一晃又是许多年过去了，溥佐真正进入了老境，常怀念大瓦店村民对他的好。其实他心里更留恋自己在大瓦店画的那批画，那些作品反映了他在那个特殊时期的生命体悟，正当年富力强，感动于村上对他的照顾，心无旁骛，画得用心，都是自己的得意之作，心里一直特别珍惜那批作品。当春节临近的时候，他终于想出一个好主意，从银行提出一笔钱，让已经当了天津市农林局局长的于兴泉陪着他重回大瓦店。

　　到大瓦店先拜会村干部，给了他们一人一盒天津大麻花，然后说明来意。村委会主任立即打开扩音器对全村广播："当年在咱村下放的王爷溥佐老先生，今天回来看望咱大瓦店的乡亲，提前给大家拜早年！谁家里还保留着溥王爷当年送的画，拿到村委会来，愿意卖的一张至少一千元，不愿意卖的让溥王爷拍个照片，给二百元红包……"

　　当时"万元户"就是富翁，一千元对农民来说是一笔大钱，应该还是很有诱惑力的。他画的马在"文革"前就已经卖到八百元一匹了，所以他定一千元是最低价，画保存得好，他喜欢，还可以多给钱，上不封顶。可是，广播了好几遍，他们在村委会等了大半天，却没有一个村民来卖画。

　　溥佐脑子好，大体还记得当年去谁家吃过饭，特别是张鹤年老师的家，他去过多次，记得最清楚，便先去了张家。不料张老师已去世两年多了，偏巧张老师的老伴也不在家，他儿子说从来没有见过什么画。溥佐失去在自己最不得意时结下的知交，心里甚是感伤和失落，掏出二百元钱交给张老师的儿子，让他去买纸钱，代溥佐到其父坟上一祭。

随后便跟着过去的老县长和村干部挨家走访，满村转下来竟只买回五幅画，其中还有破损的、受过潮的。其余的那些画呢？有的说糊了窗户，有的过年贴在墙上当年画了，有的剪了鞋样儿、袄样儿，更多是不知道扔在哪儿了，或者被耗子啃了、给孩子擦了屁股也说不定……

溥佐这个心疼啊，后悔不迭，当初赠画的时候就该告诉他们好好保管，留着这画将来说不定还值点钱……于兴泉理解他的心情，不停地安慰他，这更说明农民的善良与朴实，当初对他好，是没丝毫功利之心的……

乡亲们或多或少也感觉到了"溥王爷"的失望，但感谢他还没忘了大瓦店，送给他不少香油、大枣等土特产。他一迭声说着感谢的话，掩饰着心里的无比沮丧，却谢绝了大瓦店要留他吃饭的盛情，坐上于兴泉的车匆匆赶回天津。

车刚到村口，被一老婆婆在道边扬手拦住，她怀里抱着个长布卷，眼睛不看县长，却只盯着穿戴与乡下人大异的溥佐。王爷只好下车。

老婆婆对他说，老头子离世时，交给自己一件传家宝，生前不许任何人看，私下告诉我这是皇家的东西，将来还得交还给皇家。你是皇家的人，你看看是件啥宝贝吧！

溥佐已经认出了老婆婆，也意识到布卷里的宝贝可能就是自己想求的东西，双手难免有些抖动，打开来正是当年送给张老师的那幅《松鹤图》。

他嘴里一迭声地说着："谢谢老姐姐！谢谢老姐姐！"

从兜里掏出剩下的全部现金，往老婆婆的手里塞。老婆婆吓得直后退。溥佐转头对于兴泉说："快，拉我去张老师的坟地，我要给他磕个头！"

2020 年 10 月

熊 掌

东北大山里的夜晚是恐怖的，风大，动静大，飕飕飒飒，各种奇声怪音令人毛骨悚然。但山里人习以为常，倘若寂静异常，才会让他们恐惧。第一代伐木工人的儿子、当然成年后也伐树、被通称为"木二代"的大头三儿，就专门喜欢夜间活动，他一瘸一拐地来找同是"木二代"的韩六子，通知他明儿个天不亮来拿炸药。

韩六子眼睛一闪："又有人要货？"

"后掌一只七千，前掌一只八千，熊胆两万五。还是老规矩，你四我六。"大头三儿多一个字也不说，在门口交代完拨头就走。

第二天凌晨，韩六子顶着满天的星星来到大头三儿的家，他身板壮实，背上大头早已准备好的炸药和工具，两个人转坡北上，钻进了长白山北麓的王达岭。直到天麻麻亮才摸进了黑瞎子沟。当年对原始森林大砍大伐的时候，只在这儿还留下了一些零星的母树林，如今算是东北少有的还像点模样的林子了。因此，如果运气好，也只有在这儿才有可能碰到熊。大头三儿在坡上坡下转悠了好半天，最终确定了熊的觅食路线，选了七个点，埋好炸药。随后两人登高躲到一个安全隐蔽的岩窝下，坐下来吃干粮，就等着炸药爆响，再出去割熊掌、取熊胆。

雪消冻化，阳光已经有了热乎气，山里活了，连地上的花花草草都开始冒尖、出叶。大头三儿很有信心，经过冬眠的熊，急需寻找食物填饱干瘪的大肚囊，这黑瞎子沟只要还有一头熊，也该是他碗里的菜。他们嘴里嚼着干粮，心里想着炸到熊以后的美事……今天他们的运气确实不错，带了三天的干粮，还没到晌午，"轰隆"一声炸药就响了，连岩窝子都被震得一哆嗦。他俩嗖地站起来，大头三儿却一把拉住了想要往外跑的韩六子："声音不对，这不是炸到熊的声音！"

韩六子说："我也觉着头皮发麦，炸到熊的声音发闷。"

这时听到一个男人大呼小叫地往山下跑去："炸死人了……"

坏事了！两个人都有点傻眼，大头三儿腿脚不利索，想叫韩六子出去看看，随即又拦住了对方，他怕韩六子不机灵，何况他已经慌了神。大头三儿定住魂想了想：刚才那个人出沟，一是去叫人，二是报警，一会儿警察就得上来，一搜山就会发现他们……他决定先往安全的地方躲起来。

韩六子说："不如趁着警察还没来，咱把那六处炸药起出来。"

"你怎么知道被炸死的人旁边没有人守着？即便没人守着，起炸药是容易的事吗？不等我们起完炸药就被人抓住了。"大头三儿收拾好干粮袋子，把岩窝子的痕迹收拾干净，让韩六子背起工具兜子，向黑瞎子沟外更高更险的方向窜去，最终抓着从石头缝钻出的一棵矮树的枝条，爬上一块巨石，在断崖下的浅洞里安顿下来，洞口有灌木藤蔓遮挡，真是绝佳的藏身之处。在这里居高临下，扒开洞口的藤蔓还能看到从山下进入黑瞎子沟的路口。但恐惧，比现实的危险更可怕，如越收越紧的网一般将他俩罩住，两个人都在暗自盘算，谁都不想说话，恐惧让他们清醒，想得很多……

觉得过了很长的时间，天都快黑了，山林开始骚动，才有十几个人来到了黑瞎子沟，其中有几个警察，想必是来排雷的，或者是抓人的，但不大一会儿，有个警察又踏响了炸药，身体被炸得飞起老高……韩六子叫出了声："坏了坏了，两条人命啊，这可怎么办？"

大头三儿两眼发直，看着断崖下一声不吭。韩六子吓得在洞口转磨磨，可怎么转也转不出能活命的主意，还得央求大头三儿："三哥，你倒是说话呀，咱怎么逃活命？"

大头三儿蔫蔫地说："炸熊就犯法，再加上两条人命，还有一个是警察，还想活命？"

韩六子后悔了，家有老婆孩子，为了这两三万块钱把命搭上，真是不值得。可现在后悔，还管个屁用！这些年他跟着大头三儿没少捞外快，东北的森林砍没了，林场好几年发不出工资，多亏大头三儿有能耐，跟着他才没挨饿。后来能办提前退休，大头三儿真正成了他的老大。

大头三儿本名杨路，排行老三，从小脑袋大，又忒聪明，一提大头三儿，整个白沙河一带没有不知道的。倒腾人参，贩卖皮货，抓鹰卖鹰……没有他不干的。他的口头语是：木头被咱砍光了，东北还有其他的宝贝，怎么也够咱这一辈儿吃的。别的不说，单说白沙河周围有多少动物，他心里一清二楚，比如个头比较大的灰斑鸠，原来有四十多只，老猎人发现一年比一年少，是被大头三儿给吃了。每当斑鸠下蛋孵出小斑鸠，他就找到斑鸠窝，给小斑鸠身上涂一层豆油，小斑鸠从此不长毛。大斑鸠还会天天喂食，最后长成一个肉蛋，他上树掏下来，或油炸，或清炖，或爆炒，其香无比。其实斑鸠也是国家保护动物，有人劝过他，有本事是好事，还要有理智，别犯法。他大脑袋一晃，社会不理智，命运不理智，要有一点儿理智，能把那无边无沿的老林子砍光吗？东北就不是现在这个样，我还能出来炸熊吗？混到这个地步让我理智，你不如干脆说让我理智地去死吧！

有一次，他正在树上掏已经长成肉蛋的斑鸠，偏巧大斑鸠回窝，拼命抓他的脸，用尖嘴鸽他的眼睛，他趁机想把大斑鸠也抓住，却失手从树上掉下来，摔断了一条腿。没钱去城里大医院，请附近屯子里的土大夫给接骨，加上他也没有好好养着，骨头没长好落下残疾……像这样有脑子有办法的人，也一定有主意能逃生，说不定他在炸熊前就想好了退路。

韩六子近乎哀求了："三哥我不想死呀，你是咱们这一片最有办法的大能人，一定得想办法救救咱俩！"

大头三儿扬起脸盯着他，那眼光让韩六子后脊梁冒冷气，沉了一会儿才出声："瞧你那个尿样！有人买，咱们才炸熊，我保你死不了，等天黑了再告诉你怎么办。"

韩六子心里没底："咋还等到天黑呀？"

"现在出去就得死！"大头三儿说完就又不搭理他了，也不看韩六子。

韩六子心慌麻乱，站不住，坐不下，起来倒下地折腾，他盼着大头三儿跟他说说话，对方却闭着眼一动不动，不知在想什么，还是真睡着了。韩六子心里有点怕他，他狠得下心，下得了手，真逼急了没准先把他韩六子杀了当垫背的……好不容易熬到天黑，黑瞎子沟里排雷的、搜山的都撤走了，韩六子催促大头三儿快说出他的好主意。

大头三儿睁开眼，起身提着工具兜子下了岩洞，才对着韩六子开口："你现在下山去派出所自首，千万别回家，你家里肯定有警察在等着抓你，被警察抓着就不算自首了。到派出所实话实说，你是我雇的，帮我这个瘸子拿东西。买卖是我接的，主意是我出的，炸药是我的，也是我埋的，你就是给我打工的，敢不听我的吗？也许被警察骂一顿就没事了，顶多关你十天半个月的。"

"你呢，三哥？要不咱俩一块去自首吧？"

"两条人命，我自首不自首都得死，先到老鹰岭躲几天再说。"大头三儿说完扭头就往黑洞洞的后坡走，韩六子还站着发愣，大头三儿走了几步又转回身，"六子，把你的干粮给我。"

韩六子把手中的干粮袋子递给大头三儿，突然嗓子眼发咸，带着哭音说："三哥，咱一块去自首吧！"

大头三儿没搭腔，连头也没回。

韩六子哭喊着："三哥，明儿个白天，警察会把北半个长白山翻个遍，你没处躲呀……"

黑夜吞没了他的声音，也吞没了大头三儿的声息和行踪。大山里的黑夜极其凶险，他惊恐四顾，蓦地全身寒毛倒竖，慌乱地向山下疾跑……

自此，无论是警察搜山，还是公安局发布通缉令，大头三儿杨路，活不见人，死不见尸。后来，东北的地下熊掌生意反而更火暴了，如果到与俄罗斯交界的城市饭馆用餐，只要有点门路，都能吃到大盘的红烧或清炖熊掌，都是从俄罗斯进来的。俄罗斯的老林子多，熊也多，够炸一阵子或打一阵子的。据传，在俄罗斯把熊掌卖到中国的，还是个东北人，一个神通广大的瘸子……

铁木奇冤

　　湖北出奇人。如大洪山深处的水坪村，半个多世纪来，全村总是只有八十人，生一个必死一个，死一个必再生一个。

　　同样是湖北的周天元先生，不仅精通《周易》，且能自己制药救人。他告诉我当初专攻《周易》的原因：距他家乡不远的张家峪，1958年"大炼钢铁"时，狂躁激发狂想，挖了个直径如篮球场般的巨大圆坑。然后砍光山上曾被植物学家鉴定为一万五千多年的原始森林，再把山掏了个大窟窿，声称挖出来的是矿石。

　　在大坑里码一层圆木，放一层矿石……直堆得高出坑沿还有两层楼高，随后就浇油点火，开始炼钢了。冲天大火烧了一个半月，方圆五里的土地被烤烧得滚烫，连天都被烧红了。待大火熄灭后，只收获了一坑灰烬，和一块凝成一体的大石头渣子，连一斤钢铁也没有炼出来。

　　大火灭了，但张家峪主事者的狂热有增无减，带领群众到山上把千年老庙里那口五吨重的古钟砸碎，抬到山下，放进炼钢坑。但不敢再用大火把古钟的碎铁块烧没了，只是象征性地过了一遍火，缴上去算是张家峪大炼钢铁的成果。

第二年的同一时间，连续两天大雨后的第三天凌晨，水势一丈多高的山洪，仿佛是从天上砸了下来。挟带着石块和棍棒，轰轰隆隆，排山倒海，那才叫"横扫一切"！

一瞬间，张家峪从人间消失，老老少少一千五百人葬身洪流。

自那时起，周天元开始专心研究天道人命，以及民族的狂躁基因。为什么中国的动乱那么多？而且一有运动，就总能把民众煽呼起来……

他的大著出了几本，但说起对社会的影响，我以为收效甚微。时隔六十四年之后，新冠疫情的乱象，证明如此厉害的病毒，可以要人命，却侵害不了人类的狂躁基因。

豺狗猎牛

"豺狼当道"——豺在前。说明豺比狼更凶狠、阴毒。

猎人常把豺称作"豺狗子"，因其体形跟一只小狗差不多。《世上》一书载，就是这跟小狗一般大的豺，却可以猎杀一头成年牛。

豺的家族发现目标后，立即形成圈子，把牛圈在中央，豺们不停地发出"呜呜——！呜嗷——！"的嚎叫声，尖利刺耳，牛不可能不慌乱。

这时还会有一两只豺跑进圈儿，对牛做撕咬状，逗弄牛不停地在圈内奔跑。若是猛牛，不顾一切冲出豺的包围圈，便可逃脱活命。一般的牛却只会在豺的圈子里跑，这正中豺的下怀。

自然界的食物链就是这么诡异，食草的牛尽管体形庞大，却惧怕体形小于自己几十倍的肉食动物豺。直到牛在豺的圈子里累得精疲力竭，豺们的包围圈也越来越紧。

此时，一直在圈外坐着不动声色的豺家族的首领，猛然直起腰，昂头发出"呜嗷嗷——！呜嗷嗷——！"的叫声。随即冲进圈内，纵身一跃，跳上牛背。它倒骑在牛背上，伸出一只爪子抓挠牛的肛门。

无论是动物世界还是人的世界，碰到"拍马屁"和"舔菊"的，都需格外小心了，危险正在迫近……果然，牛屁眼儿不知是被豺抓挠得发痒，还是被抓挠得舒服得翘起了尾巴，牛背上的豺等的就是这一刻，迅疾将一只利爪塞进牛的肛门，并使劲往外一拉，牛的大肠头就被攥在豺的爪子里。它旋即跳下牛背，抓着牛的大肠头按在一棵树上，嘴里"呜啦——！呜啦——！"地大叫。

其他豺们"嗷啦——！嗷啦——！"地应和着，飞快地跑过来，帮着按住牛大肠！

牛疼痛难忍，围着树狂奔，不一会它的大肠小肠血淋淋一堆缠在了树上。牛望着自己那冒着热气的血肠，"哞哞"几声就倒下了……

豺们又围成一个圈，坐在草地上看着首领。

首领豺先打开牛的腹部，此时牛已经彻底死去。它抠下牛死前无比惊恐痛苦地瞪大的眼珠子，然后挖出热乎乎的牛心牛肝，极香甜地吃完，才慢悠悠地离开。

一直围坐在四周的一干大小豺狗子们，这时一哄而上。"转眼间，林中的草地上，就剩下一副牛骨架和一片血糊糊的泥草。"

豺狼，豺狼，有人写《狼图腾》"怀念狼"，却没有人歌颂或怀念豺。

滚刀肉

现代"上访经济学"的创始人，当属天津的杨大妈。

她和丈夫从工厂下岗不久，住房拆迁，经过几个回合的较量，四周的邻居都搬走了，杨大妈两口子不搬。理由很简单，他们跟别人不一样，说白了就一个字：穷！两人下岗一年多没有领到工资，丈夫还因工伤致残，佝偻着腰无法出去找活干。破家值万贯，住在这儿还能凑合活下去，一搬这个破家就散了，到个空荡荡的新房子里喝西北风去。

明摆着就是想多要钱，嘴上并不直说。"拆迁办"的人也不是傻子，但这个口子不能开，一多给他们钱，搬走的那些人再回来闹怎么办？"拆迁办"什么人没见过，穷横的、要赖的甚至地痞流氓……胳膊终归拧不过大腿，最后还不是都搬走了。

僵持到最后，"拆迁办"决定以恶制恶、以损破损，让那几个剃着光头、身上刺凤描龙的人出场，开着推土机先顶住后墙，稍微动一下摇把，那个大铲子就进屋了。但要先把屋里的那些破烂给搬出来，几个横眉立目的小子一进屋，见杨大妈的丈夫正坐在床边等着呢。一见他们进去，二话不说，左手撩起衣襟，右手抡起菜刀朝自己的肚子就砍，刀砍进肚子还顺势一割，立即血流一地，大虾米一样的身体斜摔到地上，登时气绝。这才叫"横的怕愣的，愣的怕不要命的"！那几个小子傻眼了，赶紧将推土机倒退，给"拆迁办"的头头打电话……

几乎是与此同时，杨大妈在天安门广场毛主席纪念堂的前面，大声喊叫："毛主席，我活不下去了，这就去找你评理！"一边喊着，一边掏出一把锋利的长柄水果刀，朝自己的腹部捅下去，然后手腕一拐将腹部切开，当即血溅广场，昏死过去。

事情闹大了，杨大妈随身带的布兜子里装着自己的证件和告状信，北京根据杨大妈的证件立即通知天津，这自然就惊动了市里的头头，"拆迁办"这回吃不了得兜着走。老夫妻双双剖腹自杀，若一块死两个人，还真不好收拾，赔多少钱也消除不了负面影响。天津抢救男的，另派人往北京赶……

杨大妈在医院醒过来，说什么也不让医生缝合伤口，就是不想活了。人在医院里还能让她死得了吗？急诊室的外科医生清洗完伤口，就发现这个大妈很会割肚皮，或受过专门训练，或反复练习过，她的刀只切到皮下脂肪，光流血却不会流出肠子，看着血糊流拉，其实离死还远着哪。

人没死成，"拆迁办"的好话说得可能比真死了在追悼会上说得还多。夫妻俩伤好一回到家，"拆迁办"就送来十五万元，杨大妈也不掩饰自己见钱眼开，当场就答应了搬家。当然要先歇息几天，养养身子，抓空还去"尚美高等发廊"烫了头发，做了美容，随后就沉了下来，该吃的吃，该喝的喝，不再提搬家的事。

"拆迁办"来催，她说："你们不用催了，没看我把自己收拾干净

321

了吗？我浑身有气无力，活不了几天啦，不想折腾，也没有力气折腾，就想死在老房子里。这么多天你们都等了，也不差这两天，我一闭眼你们也素静了，房子随便扒。"

"拆迁办"知道她又在歪词，费了半天口舌，经过一番讨价还价，最终还是谈妥，请公证处的人来，三头对面签了协议：三天后搬家，搬到新房的当天，再给七万元补偿。

杨大妈这尊神终于给请走了。她住进了新楼房，很快就觉得房子新并不能当饭吃、当钱花，她可不想从此就断了自己的财路，决定去找市里的大衙门。根据她以往的经验，从上往下闹，一通百通；从下往上闹，一通不通。她带着丈夫的工伤证明及医院治疗的各种票据，找到天津市政府的"信访办"，先是低声下气，后来越说越觉得自己冤，便声泪俱下、咄咄逼人地讲述了自己的生活如何艰难……工厂黄了，哭诉无门，政府不能不管。

到底是市"信访办"，接待她的人自始至终都和颜悦色，并答应把她的申诉材料转给商业局，她和丈夫原先的工厂都归商业局管，以后她有什么要求也可直接去商业局。有市里这句话就好办了，她开始找商业局，去了几次，连专管信访的局长都没见到，下边人用"调查一下、等着领导研究"等托辞打发她。杨大妈烦了，不再跟下边的人磨叽，还是老办法有效。她到超市买了把头一回见到的陶瓷刀，一试刀刃还挺快，半尺多长，拿着可手，价格不算贵，切腹后会被没收不用心疼。

等到三月初，全国人代会、政协会开幕的当天上午，她又来到天安门广场，广场上的岗哨多了，她不能靠近纪念堂，就选了个人多的地方，双腿一跪，掏出刀还没等喊出声，不知从哪儿冒出两个便衣警察就把她掐巴住，拖走了。

这也达到了一定的效果，好赖惊动了北京，就一定会惊动天津，由市政府通知商业局来北京领人，看他们还敢敷衍。商业局把杨大妈领回来，她的嘴一直就不闲着，但不提任何要求，就是想死："商业局不让我们活，我还就不想活了，天安门广场不让死，我就死在你商业局的大门口！"

"赶着不走，打着倒退"，她这么一闹，商业局分管信访的刘副局长露面了，带着钱和一大兜子东西亲自到家里安抚杨大妈。杨大妈心知肚明，自己就这么折腾下去，弄不好真会把他这个刘副局长的官帽子给折腾掉了。

刘副局长送来的钱和物，让杨大妈安定了一年多。来年秋天，北京要召开全国"党代会"，杨大妈就直接给刘副局长打电话："这次党代会我就不打算进京了，你派人送十斤排骨、十斤河螃蟹，外加五千元现金。你省事，我也省事，你看怎么样？"

刘副局长一听就火顶脑门子，我操你祖奶奶！你还讹上了，堂堂共产党还怕你个臭娘们儿敲诈吗？但他毕竟是局级领导，心里怒气冲天，嘴上风平浪静："好，我跟局长书记商量一下，最迟明天答复你。"

他放下电话来到商业局一把手的办公室，汇报了杨大妈的要求。书记摇摇头，心里也老大的不痛快："她还没完没了啦，整个一块滚刀肉！"

牢骚可以发，问题还得解决，一把手反问刘副局长，"你有什么想法？"

刘副局长说："我盘算了一下，只能答应她，这比让她进京划算。她到北京一闹，咱局里丢人不说，还得派车派人去接，也不少花钱，接回来不还得给钱给物吗？不如提前破财消灾。"

"那要惯下毛病，成了规矩，北京一有大活动我们就得拿钱哄她？"

"要不怎么办？等机会呗。"

"什么机会？"

"机会有的是，比如有什么运动，国家或市里出台了什么新政策，我们堂堂一级党组织，还怕收拾不了一个滚刀肉？"

书记点点头："好，就按你说的办吧。"

自此，每到"五一""七一""十一"和北京有什么重大活动，不等杨大妈打电话，商业局就会派人主动上门送礼。先把杨大妈的嘴堵上，比她自己打电话来要节省好多。若等到她开口，那可是不客气，就好像商业局欠她的，不要白不要。

高 兴

鲁迅在《估〈学衡〉》中，曾举《记白鹿洞谈虎》一书："诸父老能健谈。谈多称虎。当其摹示抉噬之状，闻者鲜不色变。"看来世间确有记录兽言的书，也真有人通晓野兽的语言，并能发出虎啸之声。《清史稿》载，清太祖努尔哈赤懂兽语，骑虎如戏猫。当然不排除有意神化他的可能。

也有古籍记载，药王孙思邈通晓虎语，有一次外出行医，被猛虎拦路。他问："你有事求我？"猛虎乖乖卧于道旁，张开大口，药王见一根骨头扎在老虎喉咙里。他嘱咐猛虎："不许动，我去去就来。"老虎果然张着嘴一动不动，他回城拿了一把"虎撑子"塞在猛虎嘴里，慢慢取出那根扎在虎喉里的骨头。猛虎匍匐以谢，随后竟驮着他去行医。

当代作家中，恐怕只有一人读过这样的书，见过通晓兽语的人，他就是吉林曹保明先生。他的大著《世上》，详细记载了这些奇人、奇事。上世纪六十年代，长白山腹地十四道沟，有一位奇人金学天，懂兽语，是狩猎世家第十一代传人。家藏一匣厚厚的三卷本手抄书《高兴》，上面详细记载着各种动物的语言以及配合兽语的形体动作。

金学天由他的父亲金达纯、祖父金洪弼言传身教，自然精通《高兴》一书。书是金家的祖上所写，内容却是众多长白山狩猎前辈的经验总结。

自然界由声音构成，自人类祖先成了"万物之灵"，便靠采集野菜、野果和捕捉野生动物维系生存。久而久之，他们破译了动物们的"语言"，摸清了各种动物在不同时期的活动规律，能准确分析和了解不同动物的不同"心理活动"。他们从山上狩猎归来，大家围坐在一起，一边模仿着动物的语言和动作，一边讲述狩猎的体会。将这些体会以文字和图形记录成书，并命名为《高兴》。

曹保明不枉是"长白山第一支笔"，他跟金学天相交数年，多次随他进山狩猎，得以亲见金学天的神技。他在发出虎啸之时，表情十分复杂，使人无比恐惧，很难用文字准确地表述。可以试着这样描写：他先把嘴一下子歪向左侧，嘴角随即奔向耳根。由于嘴的扯动，鼻子歪向一边，右半边脸上的诸多皱纹集中拧在一起，左眼变小，右眼白睁得极大，而且炯炯放光，两条胳膊和手指虎爪般地伸向前方。与此同时，他的嘴里骤然发出猛虎要撕烂一切的狰狞吼叫，山林变色，地动山摇，四周呼呼起风，令人肝胆俱裂……

虎有多种叫法，发出"噜——！噜——！"的吼啸，是孤虎。而孤虎多为雄虎，一门心思寻觅母虎的踪迹，不大留意地上的套子和地枪。因此猎孤虎多用套。金学天的祖父有一好友唐振奇，人称"唐打虎"。当年十四道沟虎患厉害，猎人和猎犬都常常被老虎追得四处奔逃，何况家畜，经常为虎所杀并成为虎食。有一只被称为"胖子"的成年公虎尤其凶猛。金洪弼约上唐振奇决定除此虎患。

唐振奇胡子花白，是个矮个子，还驼背，瞎了一只眼。手里只拿一把短柄利斧。他有个十三岁的小孙子，看着呆头呆脑，心思却极灵透，进山后走在最前面，在一片林子边上用鼻子嗅嗅，对爷爷说："大虫就在前边睡觉呢。"

唐振奇让大家躲起来，他握手斧站在一处开阔地。此时山野一片寂静，丝风没有，他拧身形，扭嘴巴，发出了令人毛骨悚然的虎叫："喔哇——！喔哇——！……"

骤然间，森林里起了风，"刮得树木哗哗响，大片的绿叶满天飞舞，一只硕大的猛虎从林子中蹿出来"，正是那只伤人害畜的"胖子"。它前脚腾空，尾巴扫地，直向唐老头扑来。唐振奇一动不动，嘴里仍在发出虎吼，双手紧握斧柄举过头顶，双脚如扎根一样牢牢钉在地上，在猛虎朝他扑来的一刹那，他身形一蹲立即又一挺，猛虎从他头上跃过，"扑冬"一声栽倒在地，从下巴、肚腹到尾腚，一条线齐刷刷被划开，五脏伴着鲜血流到地面上。

唐振奇摸摸脸上被虎爪划伤的地方，小孙子从兜里掏出一瓶药水，用草棍蘸着药水涂在伤处，血很快止住。唐打虎对金洪弼说："这种打虎法不伤虎皮，一张全皮可卖个大价呢！"

《世上》还这样描写金学天怎样召唤熊瞎子："他双腿微微下蹲，两手耷拉下来，双脚一前一后地踩动着地面向前走，嘴里发出'咔咔！唧唧！哞——！'粗嘎沉浑的叫声。脚掌踏得地面升起腾腾尘土，配合他嘴里发出的号叫声，震得山谷传来巨大的回声……"

临近熊藏身的树洞，他的吼叫改为"咔咔！咔唧！咔咔唧！咔咔，咔唧唧……"当然，这些叫声都表达熊能听懂的内容，译成人类语言，其大意是："我发现了好东西，你快来帮我！"

一只巨大的黑熊，果然从树洞里探出身子……

金学天讲，冬天猎人追貂，要不停地跟貂"对话"，以诱其踏进陷阱。叫声类似貂求偶。公貂追母貂，会不断发出"咕——！咕哩咕子——！"，母貂追公貂，"噜——！咕哩咕子——！吱——！吱——！"。

还有狼、狐狸、长白沙蛇……凡长白山有的动物，金学天都能与其"对话"。三卷《高兴》他已烂熟于心。

声音是大自然中通用的文字，前辈猎人掌握兽语，并不单是为了猎获动物，也是为保护动物。《高兴》中明确提出，懂兽语是猎人的基本品德，为了遵守狩猎的规则，不能"打亏情"，即打了怀孕的母兽，或者打了正在相爱的动物。

在长白山狩猎另一条重要规则，是"冬不打素，夏不打荤"。"素"，又叫"素菜"，如野鸡等禽鸟类，还有兔子、山猫、地鼠等小生灵，它们身体小，冬天活下来已经不容易，所以在严寒的季节里尽量不要伤害它们。

"荤"又称"荤菜"，指老虎、狗熊、野猪、狍子等大动物，在夏天尽量少打它们，它们的体量大，打下后吃不完，肉不容易储存，会腐坏、浪费……

可惜、可气的是，《高兴》这样一部奇书，在"文革"中被红卫兵付之一炬。随着金学天老人的谢世，世上也再无通晓兽言的人了。

元宝兄弟

东南沿海的渔民有一风俗，在海上打鱼时看见浮尸，一定要捞上来，并立即返航。诚惶诚恐，惕息为生，将浮尸带回岸上埋葬。称此举为"捞元宝"。

最先打破这一惯例的，是浙江洞头船老大方达。他初中一毕业就下海捕鱼，当船长也有十几年了，经过命运和时间的磨砺，在海上有了足够的自信和说一不二的资格。

那天难得一遇地赶上了大鱼群，但头一网就捞上一个骷髅头，全船的人都愣住了。捞上的是不是"元宝"且不说，如果此时收网，护送骷髅头返航，少说也要损失二十万元。

其实，现在年轻的船工们心里想的不是"元宝"，而是丧气！

方达却没有想那么多，好不容易钻进了鱼群，是渔民还会不下网就返航？无心者公，世间有些事是用不着太走心的。他那典型的渔民脸，泛着紫光，看着发呆的船工们吆喝道："都愣着干什么，还不赶紧下网！"

船工们知道不必立即返航了，兴奋得嗷嗷叫，恨不得连人带网都扎进鱼群。方达则亲手用水把骷髅头冲洗干净，回舱找了一件自己的干净衣服，嘴里一边轻声念叨着什么，一边把骷髅头包好，放到自己的床底下。

他弟弟方鸣也在船上，是跟着出海来玩儿的，一个古灵古怪的年轻人。前不久高中毕业，考大学不知要报什么专业，临近了突发奇想，觉得自己一脑子乱七八糟的想法却找不到答案，就打算上一个能明白自己，也能看懂世界的专业，于是报考了南大哲学系。接到录取通知书后却又反悔了，他终于想明白自己真正喜欢的是画画，决定放弃哲学，明年报考中央美术学院。

闲着没事，便跟着大哥的船出来了，天天拿着个画夹子，找个不碍事的地方一坐，画海上日出日落，画天上云舒云卷，画船工下网收网，捎带着给有意思的船工画像……

自从捞上骷髅头，他就几天不出舱，从大哥床铺底下将骷髅头搬出来，摆在自己床头，反复端详，端详够了用手摸，像热恋中人抚摸对方的脸一样，极轻柔、细腻。看够了摸够了，就开始画，画了几张骷髅头后，又开始想象这个人的面容，长得什么模样，什么年龄、什么身份、为什么落海？是失足，还是被谋杀？没有衣服，人的身份就模糊了，何况这只是一具骷髅。他只能凭想象画了一张像，给骷髅头配上了五官、血肉、躯体和衣服。

不知是不是跟捞上"元宝"有关，这次出海不仅平安无事，而且大丰收，鱼舱是满的，船板上有点空间也都堆满了鱼。回到岸上，大哥和船工们忙着卸鱼、过秤，让闲人方鸣到镇上买个装殓骷髅头的瓦罐。

等方鸣买了瓦罐回来，满船的海货已清理干净，大部分被买家拉走了，剩下一点进了冷库，方达和船工们都站在沙滩上等方鸣。方达打开衣服，捧着骷髅头一比画，罐子够大但罐口太小，他口中念念有词，骷髅头却怎么也放不进去。

此时方鸣从身上掏出画像递给大哥，大哥一见画像，端详后又举到骷髅头跟前，仿佛骷髅能看得见。然后将画像叠好先放进瓦罐，再双手捧着骷髅头举到瓦罐口，轻声说道："现在好了，脸和身子给你配上了，衣服也穿上了，很体面。你要想入土为安，就自己进去吧。"

大哥说完一松手，骷髅头咕咚一声自己落进了瓦罐。船员们和四周一大群看热闹的人，无不惊骇。万物有知，理不可解，方达让船工们赶紧回家休息，吩咐方鸣拿着铁锨，自己抱起瓦罐，上了海滩边上的沙台山，将"元宝"埋在了向海的山坡上，并做了记号。

有的渔民几年、十几年乃至一辈子也未必能捞到一个"元宝"。方达的运气奇佳，也有人说跟方鸣在船上有关。两个多月后，在远海又碰见一具完整的浮尸，显然刚落海不多久。那天他的船本来已经完成指标，方达想多赚点，加上船刚检修完，很好使，就下令再打一网。

当时海况已经不是很好，涌浪劲动，海水如墨，似刚翻过的黑土地上开着朵朵白莲花。看远处的渔船，在浪尖上跳荡……就在这时，一具浮尸漂在右舷的旁边。船工在长杆上拴了套，却怎么也套不上浮尸，每次都是眼看要套上了，浮尸随着海浪一跳，又逃开了。

古人讲，"生而为英，死而为灵"。死者似乎是想表达什么，是拒绝被打捞，还是成心在逗船工？茫茫大海上，直接面对这样一具尸体，船工心下惶骇，手中的长杆就更没有准头了。

船长方达接过长杆，站在甲板边上，迎风对着浮尸大声说道："死者已矣，生者何惧！你要想跟我回家，就乖乖地把脚伸过来。"

说也怪，他的话音刚落，那浮尸的一只脚随着海浪一跃，伸进绳套，旁边的船工急忙帮着把死尸拉上甲板。方达吩咐用帆布裹好，放在风凉的船头，然后用绳索系牢。

在返航的途中，风雨雷电交作，海涛喧腾，令人惊惧。渔工们议论纷纷，说这个"元宝"生前定不是一般人……渔船却相对平稳，方达甚至将舵轮交给副手，自己坐在后边闭眼打盹儿。

回到岸上，将"元宝"安置在一个阴凉处，要摆放三天，供家属来认领。三天后并没有人来认领，方达、方鸣兄弟把他送到火化场，火化后用瓦罐装了骨灰，埋到沙台山上。

此后许多年来，方达又捞到过"元宝"，有完整的，有缺胳膊短腿的。他明显地感到，近年来比他刚下海捕鱼时"元宝"多了，却并没有带来好运，让他打到更多的鱼。相反，鱼却越来越难打，船要开得更远……

倒是方鸣走得很顺，炒掉一个好大学，转年真的考上了中央美院，毕业后不再迷恋海，而是喜欢上了山。进西藏，走新疆，去美国，跑欧洲……这样跑来跑去还不过瘾，竟找了个伙伴，开着自己的丰田越野车，用两年多的时间，沿着中国的国境线走了一圈。

为什么是走？汽车能上去的国境线很有限，大部分要靠两只脚，有时候还要手脚并用……不知这小子到底有什么收获。有人问他，他一时竟答不上来，奇景看了不少，奇遇也不少，却并非全是猎奇。志气纵侠，似乎打开了心中的灵机。

方鸣结婚找了个漂亮的上海姑娘，在上海豪华区买了房，在家乡海边别墅群里还有一栋小楼。大哥方达按家乡风俗送给他一张在上面曾死过两代人的水曲柳老床，渔民一生最后的圆满就是死在床上。过去渔民结婚，千方百计要买个在上面死过人的床。

这样的床很值钱，上海的新媳妇却不敢在上面睡觉，方鸣就把它放在楼下的大画室里。什么时候累了，往老床上一躺，感到特舒服。有时在画室待得太晚了，就在老床上睡。说也怪，躺下就着，从不失眠，醒了还感觉特别解乏。

有一天，媳妇给他当模特，画了一幅绝佳好画，自己和太太都非常满意，乘兴就在老床上颠鸾倒凤，他显得异常体贴和雄勇。从此，媳妇不再害怕老床，两人一想亲热了，就到老床上折腾。

2022 年 3 月 12 日

姚二嫂子

　　姚二嫂子汪明兰，厚道勤谨。开春后修房，正房很高，姚二哥在下面用铁锨把麦秸泥甩上房顶，二嫂子在房顶上用抹子把泥抹平抹匀，从房脊往下抹，因精神专注，抹到房檐处失足摔了下来，正好摔到房檐下的鸡窝上，把鸡窝砸塌了，人也昏死过去。

　　二哥把她抱到屋里的炕上，正要准备车拉她去找医生，二嫂已苏醒。自己动动胳膊腿，摸摸头脸，一点儿事没有，翻身坐起，发现自己浑身上下连一点儿肉皮都没破。炕下却站着几个看热闹的孩子，其中有大哥家长不大的儿子。她看着这个小人儿，这是大嫂好不容易生的儿子，七八岁了身体还像三四岁的样子，没少求医问药，却就是治不好。大嫂跟医生说，或许孩子肚子里有虫子，医生却抢白她，现在人都快被毒死了，哪还会有虫子！但还是给了她打虫子的药，孩子吃了并没有拉出虫子……

　　姚二嫂子忽然用一种从来没有过的口气吩咐丈夫："快把大嫂子找来。"

　　姚二哥应声就出去了，不大一会儿，姚大的媳妇跑来了，以为是

334

兄弟媳妇从房上掉下来摔坏了呢。不想汪明兰告诉她，回家烙一张葱油饼，多放油，烙得香香的，趁热放到地上，把竹浅子的底儿捅个窟窿，扣在油饼上面，让大小子脱了裤子坐在竹浅子上，没准能治好他的病。

大嫂满心疑惑，以为是兄弟媳妇的脑子摔出毛病来了，可儿子长不大实在是她的一大心病，好在这个方子不费事，也不费钱，好歹总得试一试。当她的儿子光屁股坐在倒扣着香喷喷葱油饼的竹浅子上，不大一会儿就用手捂肚子，嘴里喊着要拉屎。他不想把屎拉到葱油饼上，心里好想自己吃那张饼，可没等他抬屁股，屎已经出来了，是两条一拃多长的大蛔蜒……此后，那孩子就再也不闹肚子疼了，饭量增大，像气吹的一样开始长身材。

"姚二嫂子会治病"——也在村里传开了。

有人问她，她却说是瞎蒙的，碰巧了。但村人得了暴病或医生治不好的病，还是都来找她，祈盼她再给"蒙"好了。说也怪，今人得怪病的真不少，如老话说的"河里没鱼市上见"，一听说姚二嫂子专治大医院治不了的病，四邻八乡的大病、怪病患者都来了，车拉来的，人抬来的……

有个壮汉是自己跑着跳着来的，找到正在地里干活的汪明兰，离着老远就喊叫："二嫂大夫快救我，我身上缠满了大蛇，上不来气儿，快被缠死了！"

汪明兰从地上捡起一根荆条，等那壮汉抱着脑袋来到近前，她二话不说抡起荆条朝那壮汉劈头盖脸地就打，那壮汉被抽了第一下就把护头的两只胳膊耷拉下来，一副浑身舒坦的样子，站着不动，任由姚二嫂子用荆条从头到脚抽打了一遍。等她停了手，那壮汉身心畅快，身上不再有蛇缠裹，倒地就磕头："谢谢二嫂子救我。"

汪明兰嘱咐他："到月圣寺上炷香，磕三个头。"

姚二嫂子给人治病有个"三不"的原则：不收钱、不收礼、不耽误自己干活。能治的用几句话就打发了，不能治的告诉人家赶紧去医院。她在自家一进门的堂屋设了个佛龛，用一只大瓷碗盛满小米权当香炉，有被治好病的人想给她磕头，就到佛龛前上香拜佛。

有个十九岁的女孩，两年前开始腿脚蜷曲，骨瘦如柴，省医院怀疑是一种世界上少见的骨坏死，要给她截肢。被家人用车拉到姚二嫂子跟前，二嫂子正给小儿子收拾行囊，她的两个儿子都很让人省心，大儿子在县里读高中，小儿子又刚考上了县一中。她手里忙活着自己的事，不等病人家属开口先问了一句："你父亲是不是三年前失踪的？"

女孩及家人都吃一惊。二嫂子吩咐道："你父亲是冬天在山里死的，死的时候光着脚，回去做一双暖和的棉鞋，到山里烧了。如果自己家养猪更好，没养猪就到集上买一头，杀了到山上祭奠一下。做完这些，你的病好就好了，还好不了，我也没有办法了。"

一个月后，女孩和她的男朋友骑着自行车，带着大包小包的东西来感谢姚二嫂子，进门双双先在佛龛前上了香，磕了头，随后女孩抱住二嫂子不知该怎么感谢，竟然大哭起来。临走，二嫂子让他们把带来的东西都送到月圣寺去。

当年秋末，地里收拾干净了，汪明兰跟丈夫说要去五台山看看。姚二哥知道拦也拦不住，妻子自打从房顶上掉下来就变了，该她干的活一样也不耽误，但心思不在这个家上了。自此，她每年秋后就提着包走了，到哪儿都住在寺院里，跟尼姑们一起作息，一起礼佛诵经，有时连过年都不回来。

她跟丈夫也交了底：我回到家来像是上班尽责任，一到寺庙心一下子就落地了，像回到了家。我早晚是要出家的……

2022 年 3 月 25 日

老绝户迷案

1961 年春旱，崔良庄四队轮到夜里才有水浇地。四队队长把这个活派给了村上老绝户头杜连弟。

杜老汉虽年近六十，身板还算结实。无儿无女，去年最难的时候老伴也死了。村里人猜测，八成是他老伴经常把口粮省给他吃，生生把自己熬得油干灯枯。晚上给老绝户头找点活干，也省得他一个人在家里黑灯瞎火的不琢磨好事。

杜老汉故意挨到肚子饿得实在扛不住了，才把那半块高粱饼子就着热水吞下去，随后拿起铁锨就出门了。浇地这个活儿很轻省，等水来了用铁锨把四队的地埂扒开个口子，水灌满了再把口子堵上。他到地头后等了一会儿水才来，水流很小，比牛尿尿强点，这要把四队的地都浇好，得天亮了。他扒开地埂，把水引进来，就到地头歇着。

地头有棵一抱粗的榆树，因树皮被剥光了半死不活，杜老汉抱着铁锨坐在榆树下，后背往光溜溜的大树上一靠，仗着肚子里有点食，舒舒服服地闭上眼睛。

等到他一觉醒来，傻眼了。眼前没有四队的地，也没有剥了皮的大榆树，他不是坐着，而是怀里抱着大铁锨站在一个车水马龙的城市大道边上。他还认得道边的牌子上写着"中山东路"，这是哪里？

边道上行人很多，有人像看怪物一样盯着他上下打量，有匆忙赶路的人低着头躲开他……他掐自己胳膊，拍拍自己的脑袋，明明不是在做梦，可自己怎么会到了这里呢？

他是知道中国有个孙中山的，这个中山路是孙中山的老家吗？他长这么大只在年轻的时候进过沧州城，好像也没有这么热闹……

他犹犹豫豫、傻傻乎乎地把铁锨扛在肩上，东撒搭西看看地想迈步，却不知要往哪儿走。路边人说话他听不懂，也不敢向路边人打问。问什么呢？他一门心思觉得自己碰上"鬼打墙"了。小时候听人讲过，没想到真让自己碰上了。

他这个样子不可能不引起别人注意，哪里都有闲人和爱看热闹的人，渐渐围拢过来。大街上造成围堵，警察就走过来了。那时候的警察很客气，问他："老乡，你怎么回事？"

他听懂了，比电匣子里的普通话还软乎，老老实实回答："俺不知道。"

"站在这儿干什么？"

"俺不知道！"

"你是哪里人？"

"崔良庄四队的，队长派我夜里浇地。"

"崔良庄是哪个县？"

"齐兴县。"

"你怎么浇地浇到南京来了？"

"俺不知道，俺靠着地头的榆树打了个盹儿，一眨眼就到这儿了。"

警察及周围看热闹的人都笑了，不知这个人讲的是真话，还是装疯卖傻。

警察只好把他带到派出所，派出所报告给鼓楼区公安分局，公安分局一通电话打到齐兴县公安局，县公安局把电话打到公社，公社打到大队，大队不用找四队核实，当即说明崔良庄确有这么个人，昨晚队里派他去浇地，等五队的人去接班，发现老绝户头失踪了，村里正找他呢……

这一下没有人能笑得出来了。

杜连弟是怎么到的南京呢？梦游？不可能游得了那么远。坐火车？离崔良庄最近的火车站是沧州，五十多里地，再说他口袋里一分钱没有，若是扒火车，应该困在南京火车站，像他这个样子，语言又不通，抱着个大铁锹肯定是出不了站的，也不会站在市中心的大道边上发傻。

由县公安局派人去南京把杜老汉领了回来。

但，直至老汉去世，他浇地浇到南京的谜，也没有解开。

2022 年 5 月 6 日

"玉王"成佛

1960 年 7 月 22 日，岫岩县东山玉石采矿场王秀，率领他的一班玉石工匠上山，意外地发现在一个山丘的顶部，迎着初阳闪烁着一种瑰丽的光泽，凭他们对玉石的敏感，急忙跑上去。当然是玉，被风吹雨剥只露出了一点。他们顺着玉块在四周挖土，一班人挖了一天，还没有挖到玉块的根部，这是一块他们以及整个岫岩玉工都从未见过，也从未听说过的巨大玉石体。

天黑后他们才恋恋不舍地下山。白天响晴毒日，当夜却下了一场大暴雨。第二天清晨雨过天晴，王秀那一班人匆匆往山上跑，怕暴雨冲下的泥石再把玉块埋住。跑到半山腰，老远就看见一块巨大的玉石屏风，耸立在山坡的一处平台上。由于埋玉的泥土昨天已被挖走大半，想必是山洪把玉块搬到了这个地方。雨水把上面的泥土冲洗一净，整个玉体晶莹璀璨，色彩斑斓。

这是一块七彩花玉，翠绿染着杏黄，朱红衬着海蓝，淡青托着乳白……在太阳照耀下，流光溢彩，释放着一种摄人心魄的神秘和圣洁的魅力。成年累月跟玉打交道的玉工们都惊呆了，有人情不自禁地双膝跪了下去。班长王秀，口中念念有词：这是岫岩的"玉王"啊！岫岩人祖祖辈辈挖了多少好玉，只不过都是它的子子孙孙……

他们拜完了"玉王"，派人赶紧去县里报告。王秀从工具兜子里拿出尺子丈量："玉王"高八米，宽七米，厚四米，估摸至少在三百吨，比曾经轰动世界的缅甸"玉石王"重八倍多。

这是大事，理应轰动全国、轰动世界的，由于度荒，大家肚子里都没食，饥饿感控制了全部神经，岫岩县不知该拿"玉王"怎么办。立刻报到省里，省里也不敢做主，报到北京，国务院批示：现在没有能力开发，要保护好，不得有损，等待时机。

国家的批示一级级落实到玉矿场，他们最初想重新把"玉王"再用土埋起来，但埋起来反而容易被偷玉者毁坏，摆在明处若有人毁坏，能立即发现。于是在原地搭建了一个牢固的棚子，由民兵日夜看守。那个时候"全民皆兵"，村村都有民兵连、民兵营，玉工们更是编成班排连营……都是兵，就都不是兵，值班看玉渐渐变得有名无实，几百吨的玉块，谁能偷得走？

这就给有心人提供了机会，整个玉块搬不动，用炸药动静太大，倘若从上面凿下来一块，也是宝贝呀！有个人几经侦察，选好了一个下錾刀的地方，趁一个满月夜，就带着工具上山了。他找好地方，左手扶着錾刀，右手抡起锤头砸下去……想偷玉的都是懂玉的人，肯定也是常年抡锤头采玉的，谁知他这一锤头下去，錾刀不知是怎么滑落的，铆足劲的榔头实实在在地招呼到自己的几根手指上。

指骨不碎也都得断了，登时疼痛钻心，却不敢喊叫，反吓得浑身寒毛倒竖。这是闭着眼也不会失手的活儿，这块大玉还真是成精了！他收起錾刀、锤头，慌忙给"玉王"磕了个头，掉头就跑。

第二天，上山守玉的人看到"玉王"正面赫然一个血手印，再看现场踩踏的痕迹，知道夜里有人偷玉，"玉王"毫发未损，偷玉者却受了伤。这个消息一传开，岫岩公安局在全县排查左手受伤的人，东山附近的百姓则开始有人上山给"玉王"烧香、上供。本来采玉的人都相信玉是有灵气的，此玉在东山体内经过亿万年修炼，玉体已如此巨大，当然不是凡物，在最显眼的地方留下窃玉者的手印，可见是"玉王"在通神显灵。

从此，保护"玉王"的棚子，成了"玉王庙"，逢年过节，上山烧香拜玉的人很多。不管是否有人看守，再没有盗贼敢打它的主意了。

一晃三十多年过去了，国门大开，开始流行"招商引资"。省会的一位副市长，招来自称"哈佛毕业"的女富豪，来来往往近两年，副市长一分钱没引来，倒赔了几千万。在上个世纪九十年代初，几千万是轰动全国的大案。副市长确实爱上了那个女骗子，又无脸向自己的城市交代，羞愤无比地一头向墙壁撞去。

他是抱着必死的心，用尽平生之力一撞，不想墙壁单薄，是用那种轻型空心砖砌成，他竟然把墙壁撞穿，血糊流拉的脑袋伸到了隔壁房间，人却离着死还有老远哪！他心里越发懊恼，这年头不仅爱情是假的，连办公大楼里的墙都是假的。经此一悟，他不想死了，以后他进了牢房，再没听说他用头撞过墙。

这个案件引起省里一位高官的思索，我们何必真佛不拜拜假佛？他想起了岫岩的"玉王"，把它雕刻成世界最大的玉佛，为它建一座庙，必然香火鼎盛，有心回乡投资的海外华侨富商，会不请自来。

这个建议被采纳，但把"玉王"雕刻成什么？大有争议。有聪明人怕雕刻成佛，会被说成迷信，不会获得上边批准，提出把"玉王"雕刻成鞍山钢铁公司一个著名的劳动模范……但大家心里都有一种说不出口的想法，这么好的一块大玉，雕刻成谁都是糟蹋材料，只有让"玉王"变成佛。

最后上面还是批准了成佛的方案，立即派人去请教佛教协会会长赵朴初，老先生当场命笔题写了"玉佛苑"三个大字。当时有政策，不允许修建新的寺庙，叫"苑"则可以。

于是，请高僧，聘高人，选址，造像……

单说一位不大不小的领导带着一个班的起重工，来到岫岩县东山，山上山下围满了看"玉王"搬家的百姓。起重工们带来六台卷扬机，用最大号的钢丝绳绑好"玉王"，一发号令，钢丝绳崩断，"玉王"却纹丝不动。

本是看热闹的村民呼啦匍匐一片，哭着喊着说"玉王"不想走，"玉王"一走，岫岩就再也没有玉了。谁若强行绑架"玉王"，一定不会有好结果！

当地百姓不想让"玉王"搬家是没有用的，但真要想请走"玉王"，还真不那么容易。有时候能人不用去找，找也不一定找得到，等待时机一到，会自然而然地自己站出来，大家也心里一亮：对呀，他一定能行！这个人姓陈名宗，资格很老，但级别不高，一是他总赶不上好机会，每到该升官的时候，他不知道在哪儿打八叉。二是他对升官兴趣不大，只干自己喜欢干的事，给人的感觉是不务正业。由于他资历太老，又拿他没办法。这回他自己说要揽这件谁也不敢干的事，上边自然是顺水推舟地任命他为玉佛苑工程总指挥。

陈宗真的成了"陈总"。

他先到军区找到已经成了将军的老战友借了一把手枪，然后一个人来到东山，察看完地形后在"玉王"的棚子门口贴出一张"玉佛苑建筑工程总指挥部"的告示，内容大致是："玉王"不能老待在这个破棚子里，要升座成佛。省里决定、国家批准在鞍山给"玉王"修建大庙。岫岩是鞍山市管辖的一个县，"玉王"成佛后照样会保佑岫岩，甚至会对岫岩呵护得更好。指挥部给当地百姓三天时间为"玉王"送行，烧香上供，磕头唱戏随便。三天后"玉王"移驾鞍山玉佛苑，谁也不许阻拦，有阻拦者"玉王"不悦，法不允许！

通告贴出后的三天里，上山给"玉王"送行的人络绎不绝，甚至成群结队，整个东山玉矿区烟雾弥漫，鞭炮声不绝于耳。"玉王"的前面摆满各种供品，糕点、水果已不足为奇，还有整只宰杀的鸡、鸭、山羊……

第四天从清晨开始，人们就在东山坡上聚集，到太阳照射到"玉王"的时候，其前前后后已经人山人海，大家要给"玉王"送行是公开的理由，人人心里还藏着个悬念，看看这次鞍山能请得动"玉王"吗。

陈总还是带着原来那一班起重工来了，先用崭新的毡子把"玉王"包裹好，外面又包了一层厚实的塑料海绵，最后十几个木匠用实木板把"玉王"严严实实地包装好……一切准备停当，总指挥吹响哨子，在前面开道的人挥舞着旗子让人群躲开。陈总从腰间掏出手枪，朝天"砰、砰、砰……"连放六枪，人群一激灵，纷纷后退……

不知他这是以枪代替礼炮，还是取"神鬼怕恶"之意？

他只用了四台卷扬机，拉动"玉王"缓缓上了滚筒，顺着滚筒平稳地放到特制的多轮拖板上，前面有一辆百吨重卡牵引，慢慢驶出矿区。

为"玉王"送行的百姓，这时才反应过来，有的鼓掌，有的下跪，还有人哭了……这里毕竟是位列中国四大名玉的"岫玉"产地，而且是最早被发现、开发最早的"天地之灵，华夏奇珍"。岫岩人祖祖辈辈指靠着玉生存，以玉为荣，对玉的感情不一般，对岫玉之王被挖走，更是有一种难以明说的不舍和隐痛。

"玉王"顺利运抵玉佛苑，去掉层层包装，刻工们搭好架子，准备动刻刀了。各方面有关的大大小小的官员都围在下面观看，他们的心都悬着，这是一整块七彩花玉，颜色的构成用现代科学技术都无法探明，倘若佛陀是个花脸，如何是好？刻工根据设计先从佛陀头部开始，几刀下去，玉的外皮脱落，佛陀的面部正好赶在一块纯净的淡绿色玉块上，质地细密，色泽晶莹温润。真是佛面天成，神韵自然，灵光生动。而佛陀的金冠，恰逢一块浅黄色玉块……

佛像雕成后，整体颜色搭配浑然天成，身披黑白相间的袈裟，背依普陀奇景，周围七彩祥云缭绕，佛祖法相庄严。

因"玉王"四米多厚，一面雕刻释迦牟尼，另一面是渡海观音，同样也是设计与玉体的本色不谋而合，观音上方佛光显现金鹏，脚下若鳌鱼摆尾……

"玉王"成佛的过程中奇妙之处甚多。一玉两佛，雕刻完成后重二百六十吨，成世界绝佳胜景。

2022 年 7 月 2 日

图书在版编目（CIP）数据

蒋子龙小说选 / 蒋子龙著 .—北京：作家出版社，2023.12
（作家小说典藏）
ISBN 978-7-5212-2584-6

Ⅰ.①蒋… Ⅱ.①蒋… Ⅲ.①中篇小说—小说集—中国—当
代②短篇小说—小说集—中国—当代 Ⅳ.① I247.7

中国国家版本馆 CIP 数据核字（2023）第 213173 号

蒋子龙小说选

丛书策划：路英勇　张亚丽
出版统筹：启　天　省登宇
作　　者：蒋子龙
责任编辑：史佳丽
装帧设计：孙惟静
出版发行：作家出版社有限公司
社　　址：北京农展馆南里 10 号　　　邮　　编：100125
电话传真：86-10-65067186（发行中心及邮购部）
　　　　　86-10-65004079（总编室）
E-mail:zuojia @ zuojia.net.cn
http://www.zuojiachubanshe.com
印　　刷：北京盛通印刷股份有限公司
成品尺寸：142×210
字　　数：255 千
印　　张：11
版　　次：2023 年 12 月第 1 版
印　　次：2023 年 12 月第 1 次印刷
ISBN 978-7-5212-2584-6
定　　价：48.00 元（精）